Sigi Lankau • Da

Sigi Lankau

Das weiße Huhn

Roman

FRIELING

Bibliografische Information der Deutschen Nationalbibliothek
Die Deutsche Nationalbibliothek verzeichnet diese Publikation in der
Deutschen Nationalbibliografie; detaillierte bibliografische Daten sind im
Internet über http://dnb.d-nb.de abrufbar.

© Frieling-Verlag Berlin
Eine Marke der Frieling & Huffmann GmbH & Co. KG
Rheinstraße 46, 12161 Berlin
Telefon: 0 30 / 76 69 99-0
www.frieling.de

ISBN 978-3-8280-3265-1
1. Auflage 2015
Bildnachweis: Archiv der Autorin
Umschlaggestaltung: Michael Reichmuth
Sämtliche Rechte vorbehalten
Printed in Germany

KAPITEL 1

Als die Kirchenglocken der zweitürmigen Stadtkirche von Baden-Baden verstummt waren, grölte sein Vater nach oben: „Unser Haus stinkt! Das ist Geruchsverletzung höchsten Grades! – Sohn! Hörst du mich?!"
„Ja, Vater", rief Benjamin vom Zimmerfenster aus nach unten, drückte rasch den Zigarettenstummel im Aschenbecher aus und pustete ein Ascheflöckchen von der Fensterbank. Es war an einem kalten Sonntagmorgen des Jahres 1950, einen Tag vor seinem 28. Geburtstag. Verärgert schaute Benjamin zu der gegenüberliegenden Villa und flüsterte: „Vater, hör auf zu meckern!" Er stutzte. Draußen ging schon wieder die kleine Annika mit dem Schäferhund der Nachbarn spazieren. Und das mitten auf der schneevereisten Straße, überlegte er. Ohne Mütze und Handschuhe. Wenn das ihre Mutter im Krankenhaus wüsste. – Eigentlich sollte ich mit Annikas Pflegeeltern reden. – Doch im Handumdrehen änderte er seine Meinung. Schließlich waren sie Nachbarn und enge Freunde seiner Eltern.

Nachdenklich ging er zum Sofatisch und strich sich mit dem rechten Zeigefinger über seine haarnadellange Kriegsnarbe am Kinn. Sein Blick fiel auf die gestrige Zeitung: *Badische Neuste Nachrichten*. Interessiert überflog er einen Artikel über den Bundeskanzler Konrad Adenauer und über die Besatzungsmächte.

Wie ein Bildersturm kamen plötzlich die Erinnerungen an die damalige Kriegsfront erneut in ihm hoch. Er schüttelte sich, als wolle er sie verscheuchen. „Sogar mein Medizinstudium musste ich an den Nagel hängen", barst es aus ihm heraus. Er zuckte zusammen und erinnerte sich, wie ihn damals der Stabsarzt wegen Ärztemangels als chirurgischen Assistenzarzt eingestuft hatte.

Verrückt! Gleich am ersten Tag musste ich bei einer Beinamputation assistieren. Der Äthergeruch von damals ist dermaßen in mein Gehirn eingebrannt, als könne ich ihn noch immer riechen. Benjamin schnüffelte und sah wieder in Gedanken den Verwundeten, dessen Handgelenke (schon vor der Äthertropfnarkose) am OP-Tisch angeschnallt waren. „Zählen Sie bitte laut: 1 – 2 – 3 …", forderte die grauhaarige Narkoseschwester in gütigem Ton. Dann legte sie die (mit weißem Mull bedeckte) gewölbte Mundmaske auf und träufelte Äther darauf. Gehorsam zählte der Patient: „1 – 2 – 3 …", bis er schlief.

Mit Unbehagen erinnerte sich Benjamin nun auch an die dumpfen und schrillen Geräusche der blutverschmierten Handsäge: „Damals war's mir richtig mulmig zumute", sprach er lautlos und erinnerte sich an die Ermahnung der Narkoseschwester: „Junger Mann, im Krieg gibt's kein Schlappmachen. Kein Selbstmitleid. Wir sind tapfer, treu und gehorsam!"

„Jawohl, Schwester", flüsterte er jetzt scherzhalber und entsann sich im Nachhinein seiner damaligen Zeit: Tja – in den nachfolgenden Wochen und Monaten, da lernte ich dann sehr schnell selbstständig Schusswunden zu versorgen, Glieder zu amputieren, Gipse anzulegen und, und, und.

Nun bückte sich Benjamin, zog seine handgestrickten, warmen Socken an, schob seine Füße in die Filzpantoffeln und überlegte: Damals redeten mich die Verwundeten mit Doktor an, obwohl ich ja noch lange keiner war.

Erneut ging er im ungeheizten Gästezimmer zum Fenster. Er fror etwas, weil er noch in seinem karierten Flanellschlafanzug bekleidet war. Wie in Trance erinnerte er sich auch an die sibirische Kälte. Und an die kalten Füße der Frontsoldaten.

Wie gut, dass man damals Pervitin-Tabletten schlucken durfte, dachte Benjamin grinsend. Panzerschokolade nannte man sie. Selbst der Stabsarzt bediente sich damit zur Bekämpfung seiner Ermüdungszustände. Und wegen des Hungers. Kurz und knapp: Die süchtig machenden Aufputschtabletten hielten mich geistig und körperlich leistungsfähig.

Benjamin massierte kurz seinen Kopf. Verdammter Kater! Scheiß Kopfschmerzen. Eine Schokoladen-Wundertablette könnte ich jetzt gut gebrauchen. Hab aber keine, dachte er und zog den Morgenrock über. Wieder einmal schweiften seine Gedanken in die Vergangenheit. Erst nachdem ich dreizehn Monate lang ein Kriegsarzt gewesen war, hieß es: „Abmarsch in die amerikanische Gefangenschaft. Attention!"

Benjamin schaute erneut zu der benachbarten Villa, die den Eltern seiner Freundin Johanna gehörte, und dachte: Die Villa sieht heute genauso romantisch verschneit aus wie damals! Damals, als ich abgemagert aus der Kriegsgefangenschaft heimkehrte. War das ein Jubel! Besonders, als ich dann wieder in Heidelberg weiterstudieren durfte. Damals! –

Damals begegnete ich in der Universität Johanna. Ich glaube sie war die schönste, reichste und am meisten umschwärmte Studentin an der Uni. Logisch! Johanna war die Tochter eines reichen Fabrikbesitzers! Benjamin rollte seine Augen zur Zimmerdecke und grübelte weiter. – Ihre Eltern waren damals längst mit meinen Eltern befreundet. Mein Vater war sogar Johannas Professor. Und eines Tages war Johanna – noch vor dem Abschluss ihres Studiums – mit einem jungen Dozenten verlobt.

„Igitt", murmelte Benjamin vor sich hin, als er den kalten Zigarettenstummel roch. Geschwind riss er ein Stück Zeitungspapier ab, wischte damit den Aschenbecher sauber, drehte sich um und warf den kleinen Papierball in hohem Bogen in den Papierkorb.

Mit Widerwillen dachte er an die Zeit zurück, als Johannas Verlobung geplatzt war und ihre und seine Eltern befürchtet hatten, sie könne sich etwas antun. Fazit: Sein Vater wünschte, Benjamin solle die fünf Jahre ältere Johanna zum Tanzen ausführen, obwohl sie überhaupt nicht tanzen konnte und er für sie keine Gefühle empfand. Benjamin rieb seinen Nacken und vernahm im Stillen Vaters Kommandoton: Sohn, vergiss nicht – unsere Nachbarn unterstützten uns damals finanziell beim Hausbau. Und jetzt wäscht eine Hand die andere. Freundschaftlichen Liebesdienst nennt man das."

In Gedanken an damals klopfte Benjamin nun mit seiner linken Handfläche dreimal gegen seine Stirn und knurrte verärgert: „Natürlich gehorchte ich. Ich Dackel!"

Nebenbei schaute er durchs Fenster. Wenn es so weiterschneit, erwog Benjamin, dann verwandeln sich Annikas dunkle Zöpfe in Eiszapfen. Ah, – gut. Sie geht mit dem Hund zurück zur Villa. Wieso redet Vater so laut? Neugierig geworden, schlich Benjamin zum Treppengeländer und lauschte, was sein Vater da unten im Treppenhaus zu seiner Mutter sagte: „… Grete, jetzt, wo Benjamin der Herr Doktor Uhländer ist, lebt er in den Tag hinein. Ist dir das schon aufgefallen?"

„Nein", antwortete sie.

„Grete, mir scheint, er möchte in kürzester Zeit alles Versäumte nachholen. Besonders alles, was mit Liebe zu tun hat. Zudem raucht er wie ein Schlot! Am liebsten tät ich seine getrockneten Tabakblätter von den Schnüren reißen und vernichten. Das einzige, was mich davon abhält, ist, dass er die Ärzteschaft damit versorgt."

„Ach, Siegmund, jetzt reg' dich doch nicht so auf. Denk an deinen Blutdruck."

„Jaja. Schon gut. – Grete, er flickt keine Soldatenknochen mehr. Es herrschen jetzt andere Zeiten. Friedenszeiten! Ich erwarte mehr Leistung von ihm", sagte der Professor.

Wütend geworden dachte Benjamin: Ja, Vater, ich weiß, du denkst bestimmt: Solange ich keine rechtsgültige Facharzturkunde vorweisen kann, bin ich ein Armleuchter. Ein Wundhakenhalter. Natürlich werde ich mein einmal gestecktes Ziel erreichen und ein Chirurg werden. Es ist lediglich eine Frage der Zeit. Aber je mehr du mich hetzt, desto weniger werde ich … – Was meckert er denn jetzt schon wieder da unten?

„Grete, ich sage dir: Solange er kein Facharzt ist, ist er ein Wundhakenhalter. Nenne du ihn, wie du willst."

Sofort verteidigte die Mutter ihren Sohn: „Ach, Siegmund, treib ihn doch nicht so an. Der Junge hat als Frontsoldat viel durchgemacht."

Kopfschüttelnd presste Benjamin die Lippen zusammen und redete dann in Gedanken zu sich selbst: Mutter, ich weiß, du meinst es gut. Aber dein ewiges Mitleid geht mir auf die Nerven. Was weißt du schon von den traumatischen Zeiten eines Frontsoldaten? Er zuckte zusammen, denn sein Vater sprach laut vernehmlich: „Grete, wenn er nicht drüber spricht, kann man ihm nicht helfen."

„Siegmund. Versuche doch mal, in ihm das Gute zu suchen", hörte Benjamin jetzt wieder ihre immer gleiche Verteidigungstendenz und dachte: Mutter, ich bitte dich. Was weißt du denn schon von Dauerbeschuss? Du warst doch in Vaters aristokratischem Paradiesgemach. Mit Blümchentapeten und Perserteppichen. Mit goldumrahmten Ölgemälden unserer Urahnen. Ja, ich weiß. Dein Lieblingsbruder ist im Krieg gefallen. Aber was weißt du schon von Bombardierungen? Hunger und Armut? Was weißt du schon von halb abgeschossenen, baumelnden Beinen? Dein Bedauern geht mir allmählich auf den Wecker.

All das hätte er ihr am liebsten ins Gesicht gesagt. Verärgert beugte er sich erneut übers Geländer. Da stand sie vor seinem Vater, mit gefalteten Händen und flehte: „Siegmund, gib doch deinem Sohn eine Chance. Besonders jetzt! Jetzt, wo man ihn reingelegt hat."

Bestürzt hielt Benjamin eine Hand an seinen Kopf. Verdammte Kopfschmerzen. Selbst Schuld, Benjamin. Sauf nicht so viel Bier. Wo bekomm ich Panzerschokolade her? Natürlich nirgendwo. Mutter hüstelte. Was will sie jetzt schon wieder sagen?

„Siegmund, dein Sohn hat groß…", sie stoppte und presste die Lippen zusammen.

„Groß was?", wollte der Vater in autoritärem Tonfall wissen.

„Große Sorgen", erwiderte Grete mit ihrer zaghaften Stimme.

„Welche Sorgen? Was meinst du?", drängte der Professor.

Besorgt ahnte Benjamin, dass seine Mutter es sagen würde und flehte ganz leise: „Bloß nicht! Mutter. Hör auf zu babbeln." Um das Gesicht seiner Mutter zu sehen, lehnte er sich noch etwas mehr seitlich übers Geländer. Vielleicht könnte er ihr ein Warnzeichen geben.

„Siegmund", sagte Grete Uhländer, „bitte dreh nicht gleich durch."

„Warum? Was meinst du?"

Benjamin machte zwei Fäuste und flehte innerlich: Mutter, enttäusch mich nicht! Es ist unser Geheimnis.

„Grete, bitte, sag mir, was los ist", bat Siegmund.

„Naja", begann Grete, „du erfährst es ja sowieso. Also: Unser Sohn hat Nachbars Tochter geschwängert."

Benjamin stützte sein Gesicht in seine Hände. So, jetzt ist es raus! Gleich explodiert er.

„Naja, das kommt vor", reagierte Siegmund Uhländer überraschend milde. „Dann muss er sie eben heiraten."

„Siegmund, er will sie aber nicht heiraten. Weil er sie nicht liebt und …"

„Was?!", wetterte Professor Siegmund Uhländer los. „Das ist ja unerhört!"

„Bitte, geh sachte mit ihm um", bat Grete und schnäuzte sich die Nase.

Siegmund Uhländer stürmte zur Treppe. „Benjamin! Benjamin, komm sofort runter! Sofort!", brüllte er jähzornig.

Das Gebrüll erinnerte Benjamin an einen Feldmarschall. „Ja! – Was gibt's denn?!", rief Benjamin in gleichem Tonfall zurück und ging gemächlich die Treppe runter. Lass dir nur Zeit, sagte er sich. Du bist schließlich erwachsen.

„Sohn, wenn man ein Mädel schwängert", fuhr sein Vater ihn an, „ist man verpflichtet, es zu heiraten! Ehe du in den Krieg gezogen bist, hast du doch einige Semester Medizin studiert."

„Ja, und nach der Kriegsgefangenschaft hab ich weiterstudiert. Und promoviert."

„Aber du hast natürlich von empfängnisverhütenden Maßnahmen noch nichts gehört?"

„Doch. Das versteht sich von selbst."

„Wie mir scheint, ist davon nichts hängengeblieben?!"

„Sie hat mich reingelegt."

„Ich bitte dich! – Ich hätte dir mehr Verstand zugetraut! Hast du dich überhaupt mal gefragt, was Ehre, Anstand und Gottesfurcht sind?"

„Gewiss, Vater", antwortete er und hätte ihm am liebsten ins Gesicht geschrien: Mit einer Abtreibung wäre das Problem gelöst. Stattdessen sagte er aber: „Vater, ich möchte mich noch nicht binden. Zunächst würde ich gerne ein Jahr in England arbei…"

„Kommt nicht infrage", fiel ihm sein Vater energisch ins Wort, „selbstverständlich wirst du Johanna heiraten!"

Eine lange Pause breitete sich zwischen ihnen aus. Benjamin hätte ihm am liebsten entgegengeschleudert, dass seine moralische Denkweise zu altmodisch sei. Außerdem gebe es schlimmere Dinge im Leben. Beispielsweise die Schicksale einiger Patienten.

Plötzlich ignorierte Benjamin die Autorität der „alten Zeit" und schnippte mit Daumen und Zeigefinger: „Vater, ich wünschte, du dürftest die Krankengeschichten unserer Patienten lesen. Besonders die von der Kriegswitwe Edith Laukert. – Seit der Explosion an der Tankstelle liegt die Frau in der Orthopädischen Klinik. In Schlierbach. Mehr als zwei Monate steckt die Hälfte ihres Körpers schon in Gipsverbänden. Vier Kinder hat sie. Die sind vorübergehend zerstreut woanders untergebracht. Der Junge im Kinderheim. Die achtjährige Annika lebt im Haus gegenüber."

Der Vater verzog keine Miene und bedeutete dem Sohn mit einer Handbewegung, ins Arbeitszimmer zu kommen.

Ihm gehorsam folgend, erinnerte sich Benjamin an seine Kindheit, denn in diesem Raum hatte ihn der Vater mit dem Stiel vom Teppich-klopfer verprügelt. Vergiss es, Benjamin, ermahnte er sich selbst und schaute zu dem ausgestopften Falken an der Wand. Seine Federn er-innerten ihn an die kleine Annika, die ihm unlängst eine Gänsefeder geschenkt hatte.

Seinem Vater am Schreibtisch gegenübersitzend, sagte Benjamin: „Manchmal steht die kleine Annika im Haus gegenüber an der Haus-wand und hält das Huhn deines Freundes im Arm. Gestern kam sie mit tränennassen Augen zu mir, und bat mich, ich solle doch ihre Mutter schnell gesund machen. Sie vermisse auch ihre Geschwister und ihre Schulklasse."

„Ich hab das Mädel noch nie gesehen", knurrte Siegmund Uhländer.

„Was? Kennst du denn nur deine Arbeit und deine Familie?", platzte es unvermittelt aus Benjamin heraus. „Weißt du, Vater, am liebsten brächte ich die vier Kinder mit Sack und Pack in unser Haus."

Siegmund Uhländer starrte seinen Sohn entsetzt an und schwieg.

Benjamin ärgerte sich darüber. „Vater, vor lauter Gram kann Frau Laukert nachts nicht schlafen", setzte er nach.

„Benjamin, hast du mal daran gedacht", fiel ihm der Professor ins Wort, „dass man in solchen Krisenfällen die Fürsorgehelferinnen kon-taktieren kann? – Sohn, da gibt es doch noch andere Auswege. Man muss sich nur bei den Behörden erkundigen."

„Wenn man Zeit hat, Vater. – Behörden. Polizei. Behörden! Wenn ich das schon höre!"

„Herrschaft nochmal! Weich mir nicht aus! Was das schwangere Mädel betrifft. Nein! Nein! Nein! Und nochmals nein! – Ich werde *es* nicht zulassen. – Die Johanna bringt mir kein uneheliches Kind zur Welt! So eine Schande lasse ich nicht zu! Vergiss nicht, es ist auch mein Blut. Und ihr Vater ist mein bester Freund! Ich weiß, als Christ lehnt er Schwangerschaftsunterbrechungen ab. Genauso wie ich auch. – Seine Tochter ist attraktiv, sportlich und hat studiert. Außerdem ist sie reich. Genau so eine Frau brauchst du doch."

Professor Uhländer drohte seinem Sohn mit dem Zeigefinger und herrschte ihn an: „Du wirst sie heiraten und glücklich machen! Und Vater und Chirurg werden. Ich befehle es dir! Basta!"

„Jawohl, Vater. Wie du wünschst! Chirurg werde ich. Aber unverheiratet! Ich bin kein Schuljunge und lasse mich nicht mehr von dir traktieren." Benjamin erhob sich vom Stuhl, verließ das Arbeitszimmer des Vaters und fauchte flüsternd im Flur: „Du spinnst doch."

Innerlich wütend, betrat er die Küche und fluchte vor sich hin: „Arrangierte Ehe. Das fehlte mir noch!" Kopfschüttelnd holte er sich aus der Vorratskammer eine Flasche selbst gebrautes Bier und setzte sich an den saubergeschrubbten Holztisch. Dann zog er eine Schublade heraus und entnahm ihr einen kleinen Schleifstein und ein altes Skalpell. Er spuckte auf den Stein und schärfte sein Souvenir aus dem Kriegslazarett. Als nächstes legte er ein altes Holzbrettchen auf den Tisch, riss zwei handgroße, getrocknete Tabakblätter von einer an der Küchendecke hängenden Schnur ab, roch daran und wickelte daraus eine Fingerdicke Tabaksrolle, von der er mit dem Skalpell kleine dünne Scheibchen abschnitt. Letztendlich rieb er den geschnittenen Tabak zwischen seinen Händen, bis er in winzig schmale Tabakstreifen auseinanderrollte, und streute ihn in ein Döschen. Zum Schluss drehte er sich aus Seidenpapier, Mehlkleister und Tabak eine Zigarette. Doch ehe er sein Feuerzeug bedienen konnte, hörte er seine Mutter schluchzen. Sofort ließ er die Zigarette liegen und suchte nach ihr.

Er fand sie in der Vorratskammer, zusammengekauert auf einem kniehohen Holzhocker. Sie sah zu ihrem Sohn empor und zuckte mit den Achseln. Verständnisvoll streichelte Benjamin über ihre grauen Haare. „Mutter", flüsterte er, „jetzt beruhige dich doch. Ich verspreche dir, ich heirate die Fabrikantentochter. Aber nicht ihr zuliebe. – Oder meinem Vater zuliebe, – sondern dir zuliebe! Nur dir zuliebe."

Seine Mutter tätschelte seine Hand. „Danke, mein Junge. Du wirst es nicht bereuen. Deine künftigen Schwiegereltern werden alles bestens organisieren."

„Davon bin ich überzeugt, Mutter."

„Glaube mir, Benjamin, es ist sehr wichtig im Leben, keine Geldschulden zu haben. Dein Vater macht sich Sorgen um dich. – Er liebt dich sehr."

„Na, da bin ich mir nicht so sicher", erwiderte Benjamin und reichte seiner Mutter die Hand. „Komm, steh auf. Du wirst sehen, alles wird gut. Ich gehe jetzt nach draußen. Werde im Schuppen rauchen."

Sie lächelte ihn an. „Ja, geh man. Genieße die Zigarette."

*

Ein paar Wochen später, nachdem Frau Laukert aus der Klinik entlassen worden war, hieß es, Annika und ihre zwei Jahre ältere Schwester Bernadette dürften bei der Hochzeit die Blumenmädchen sein.

Zur Feier des Tages kaufte die Braut für beide Mädchen Blumenkränze für die langen braunen Haare, die als Schillerlocken frisiert werden sollten. Zudem kaufte sie für Annika und Bernadette rosa Kleidchen aus Taft. Des Weiteren trugen Bernadette und Annika am Hochzeitstag je ein Blumenkörbchen.

Freude schöner Götterfunken! Nach der Trauung, im Nachklingen der Orgelpfeifen, streuten die beiden Blumenmädchen Blütenblätter auf den Weg vor der Kirche. Und dann hagelte es Konfetti über das Brautpaar und einige Fotoapparate klickten.

Später, als die Hochzeitsgesellschaft den Festsaal betrat, flüsterte Annika ihrer älteren Schwester zu: „So viel Essen hab ich noch nie gesehen."

„Ja, es ist eine Augenweide", redete diese geschwollen daher. Es war just in dem Moment, als sich der Bräutigam zu ihnen gesellte und sie dazu einlud, beim Hochzeitsschmaus tüchtig zuzulangen.

„Danke", erwiderten die Schwestern und aßen sich satt.

Zwei Tage später kehrten Annika und Bernadette nach Karlsruhe zurück, wo ihre Mutter, ihr Bruder Wolfgang und die Cousine Ursula von dem mitgebrachten Teller mit Hochzeitskuchen genüsslich probierten.

Noch tagelang schwärmte Annika von der Hochzeitsfeier mit Musik und Tanz und verriet Bernadette: „So eine schöne Hochzeit möchte ich auch mal haben."

Zwei Wochen nach der Hochzeit schickte Edith Laukert einen Dankesbrief an Annikas Pflegeeltern. Großherzig wie sie war, fügte sie für die jungverheiratete Frau Uhländer ein umhäkeltes Taschentuch mit Hohlsaum anbei, das sie tagelang in der orthopädischen Klinik gehandarbeitet hatte. Doch weil sich Frau Uhländer nie dafür bedankt hatte, sagte Edith Laukert zu Annika: „So macht man es mit uns verarmten Flüchtlingen. Die Hiesigen glauben nicht, dass wir auch mal reich waren."

KAPITEL 2

Drei Jahre nachdem der erste Sohn von Dr. Benjamin Uhländer geboren worden war, gesellte sich, zur Freude aller, ein zweiter Sohn hinzu. Doch dann schien sich der Altweiberspruch „das neue Leben kommt, das alte muss gehen" zu bewahrheiten. Prof. Dr. Siegmund Uhländer erlitt eines Morgens einen massiven Herzinfarkt, dem er noch am selben Tag erlag.

Zur gleichen Zeit führte sein Sohn Benjamin in einem Stuttgarter Krankenhaus eine Notfalloperation durch, bei der Schwester Doris schon wieder die Instrumentenschwester war. Und das, obwohl sie einen halben freien Tag hätte nehmen sollen. Dieser Umstand bestätigte nur das Gemunkel, das in der Stuttgarter Klinik seit einiger Zeit umging. Allerdings stand den hartnäckigen Gerüchten entgegen, dass Doris Müller in ihrer Freizeit öfter mit ihrem Tanzlehrer zum Turniertanzen fuhr.

Am Tag der Beerdigung seines Vaters stand Benjamin gerührt neben seiner Mutter vor dem ausgehobenen Grab und betrachtete die Schleifen der vielen Kränze und Blumengestecke. Die Schleifen, überlegte er vollkommen unvermittelt, sind bewusst so akkurat hingelegt, damit man die Beschriftung gut lesen kann. „Ruhe sanft, mein lieber Freund Siegmund", las er und strich seine schwarze Armtrauerbinde glatt, während der Pastor, ein Freund seines Vaters, unermüdlich redete und betete.

Benjamin schaltete ab und sprach in Gedanken zum Verstorbenen: Vater, ich werde dich vermissen. Aber ich finde, du hast uns Söhne etwas zu sehr traktiert. Nur aus Angst und Hochachtung beugten wir uns deinen Befehlen. Benjamins Blicke schweiften über die Trauergesellschaft. Erstaunt sah er, wie sein Bruder und seine Ehefrau sich ihre tränennassen Augen mit einem Taschentuch trockneten. Ihr seid Heuchler, folgerte er stumm und setzte sein inneres Gespräch mit dem Verstorbenen fort: Nein, Vater, ich weine nicht. Nach deinem Motto: Ein Junge weint nicht. Du kannst dich nicht beklagen … Gehorsam ergriffen wir die Berufe, die du für uns ausgesucht hattest. Gut gemacht.

Benjamin hörte seine Mutter schluchzen und bereute, dass er ihr vor der Beerdigung keine milde Beruhigungstablette gegeben hatte. Er drückte ihre Hand und unterhielt sich dann wieder in Gedanken mit dem Verstorbenen.

Na siehst du, Vater, deinem Wunsch entsprechend arbeite ich jetzt in der Chirurgie in Stuttgart. Ich liebe meinen Beruf, mein eigenes Haus und die Kinder. Aber nicht Johanna; ich respektiere sie lediglich. Das merke ich jetzt besonders stark. Jetzt, wo ich in die bildschöne Doris Müller verliebt bin. Sie hat pechschwarzes, glänzendes Haar, ist schlagfertig und geistreich. Das Mädel hat etwas Uriges an sich, das ich bändigen möchte. Wenn ich mit ihr zusammenarbeite, ist es, als lese sie meine Gedanken. Kurz gesagt: Wenn ich sie nur sehe, könnte ich mich vergessen.

Ja, ja Vater. Ich höre deine Mahnung: Sachte, Sachte! Mein Sohn. – Keine Sorge, Vater. Sie hat von mir noch keinen Kuss gekriegt. Also ruhe sanft. Ich gehorche. Schwester Doris gibt mir sowieso keine Chance. Bin ja zehn Jahre älter als sie. Und meine familiären Verpflichtungen verbieten es mir. Außerdem hat sie ohnehin schon zwei Verehrer! Ach, du liebe Zeit, Mutter schluchzt erbärmlich.

Tröstend legte Benjamin seinen Arm um seine Mutter, die ein schwarzes Sommerkostüm mit gleichfarbigem Hut und Schleier trug.

Nachdem er und seine Brüder dann gemeinsam mit Freunden den schweren Sarg aus Eichenholz in die Grube gesenkt hatten, traten sie vom Grab zurück. Benjamin stellte sich zwischen seine Mutter und Johanna. Von dort aus sah er drei Kollegen und zwei Krankenschwestern. Sie waren extra aus Stuttgart und Heidelberg zur Beerdigung gekommen.

Bei einer der Krankenschwestern handelte es sich um Doris Müller. Sie trug eine schmale, schwarze Schleife in ihrer Pferdeschwanzfrisur und sah besonders jung aus. Nach der Beerdigung sprach sie Dr. Benjamin ihr herzliches Beileid aus. Daraufhin verbeugte er sich etwas und drückte kurz ihre dargereichte schmale Hand. Damit wohl niemand etwas merken sollte, hatte er sich betont knapp und formell bedankt und sich schnell dem nächsten Trauergast zugewandt.

Aber fünf Wochen später, als Dr. Benjamin Uhländer und Schwester Doris berufsbedingt im OP-Vorraum waren, zog er sie plötzlich von hinten zu sich und versuchte sie zu küssen. Empört drehte sie sich um und schob dem Chirurgen ebenso überraschend und heftig ihr Knie in seine Leistengegend, sodass er sich schmerzgekrümmt von ihr abwenden musste. Entrüstet stemmte sie ihre Fäuste in die Taille und zischte ihm zu: „Sind Sie noch zu retten? Sie. – Nee, nee, danke. Ich möchte kein Verhältnis mit einem Verheirateten. Außerdem bin ich bereits liiert. Und einer genügt mir."

Dr. Uhländer wandte ihr stillschweigend den Rücken zu und verließ den Raum. Und von diesem Tag an wurde im Krankenhaus offensichtlich, dass Benjamin und Doris höchst selten miteinander arbeiteten und redeten.

KAPITEL 3

An einem heißen Sommertag saßen die dreizehnjährigen Cousinen Annika und Ursula nebeneinander auf der Schulbank und schwitzten, obwohl die Fenster geöffnet waren. Annika stieß ihre Cousine mit dem Knie an und wisperte: „Gehen wir da gleich hin?"

Ursula richtete den Blick fest auf ihr Schreibheft und flüsterte zurück: „Du meinst wohl, ob wir da überhaupt hingehen sollen."

„Ruhe!", ermahnte der Lehrer die beiden. Annika schreckte zusammen und war froh, als die Schulklingel gleich darauf den Unterrichtsschluss verkündete und alle Schüler die Holztreppe hinunterstürmten.

Draußen klingelten einige Mitschüler mit ihren Fahrradglocken und rasten an den Cousinen vorbei. Wehmütig schwenkte Ursula ihren Lederschulranzen hin und her und sagte: „Annika, das ist so ein schöner Tag. Ich würde viel lieber im Baggersee schwimmen."

Annika verzog das Gesicht: „Aber es war doch abgemacht. – Jetzt komm, sei kein Frosch."

„Also gut. Und wenn wir an der Ami-Villa sind, klopfe ich an! Aber du redest."

„Immer ich", erwiderte Annika grinsend und tippte mit dem linken Zeigefinger an ihre Schläfe.

Etwa zwanzig Minuten später erreichten sie die Villa, in der die amerikanische Besatzungsfamilie wohnte. Annika war es mulmig zumute, als Ursula zögernd auf den Klingelknopf drückte, der sich neben einer reich verzierten Holztür befand.

Mother! Mum! Mommy! – Come on!", hörte man eine ganze Schar von Kindern rufen, woraufhin, wie ein Echo, eine laute Frauenstimme erwiderte: _„Momma! Mum! Come on! – Hush up kids!"_

Kurz darauf stand eine dunkelhäutige Frau in der Türöffnung. Sie trug ein Sommerkleid mit orange-geblümtem Muster, an dem sich zwei Kinder im Vorschulalter festhielten. Ein älteres Mädchen stand etwas abseits.

„Good afternoon, Madam", begann Annika und deutete kurz auf ihre Cousine. „That is Ursula. I am Annika. – We like children. Do you need babysitters?"

„*Only one Babysitter*", blödelte Ursula spontan dazwischen und erntete dafür von Annika einen leichten Fausthieb auf den Oberarm.

„Ho, ho, ho!", platzte die schwarze Amerikanerin mit ihrer Bassstimme raus. „Ha, ha, ha!", lachte sie so sehr, dass man ihren hinteren, oberen Backengoldzahn sah. Vor lauter Lachen hielt sie die Arme über ihrem recht stattlichen Bauch verschränkt.

Mit einem Wink bedeutete sie Annika und Ursula in den langen Flur einzutreten, an dessen hoher Decke ein Kronleuchter hing. „Come on in! – I am Missouri", sagte sie, und schon kicherten die kleinen Kinder und rannten vorweg.

Die beiden Cousinen folgten der barfüßigen Frau Missouri, deren breites Gesäß sich bei jedem Schritt wie Wackelpeter-Pudding bewegte. Durch ihr energisches Auftreten vibrierten und knarrten die Holzdielen.

„Ich glaube, die sind reich", flüsterte Annika. „Guck mal ihr schickes Kleid an. Wie heißt die nochmal?"

„Missouri."

„Ist das ihr Vor- oder Nachname?", fragte Annika.

„Keine Ahnung", erwiderte Ursula, und als alle die Wohnküche betraten, fügte sie hinzu: „Riech mal: Popcorn. Gleich gibt's was." Beide kicherten überdreht.

Missouri ignorierte das herumliegende Spielzeug, setzte sich an den Küchentisch, schob mit einer weit ausladenden Bewegung ihres rechten Unterarms einigen Krempel zur Seite, langte in eine Schüssel mit Popcorn, versorgte ihre Kinder und sich selbst und sagte: „Kids, sit down. Have some Popcorn."

Ursula nahm sofort Carolyn auf ihren Schoß und aß etwas Popcorn. Annika hingegen setzte sich Missouri gegenüber, die ihr lächelnd die Schüssel hinschob und nötigte: „Have some."

Annika steckte sich ein Popcorn in den Mund und beobachtete, wie die Amerikanerin ihren linken Unterarm auf den rechten legte und ihren Oberkörper nach vorn lehnte: „Tell me Honey: Why do you want to earn money? Don't you get money from your parents?"

Annika spürte, wie ihr das Blut ins Gesicht schoss. Die Frau sprach sehr schnell, und Annika wusste nicht, ob sie alles richtig verstanden hatte. Außerdem hatte sie Angst, sich mit ihrem gebrochenen Schulenglisch zu blamieren. Annika bückte sich, hob ihren Schulranzen hoch und sagte: „Excuse me."

„Sure, Honey", entgegnete die Frau verständnisvoll und schob sich wieder etwas Popcorn in den Mund. Sofort wühlte Annika in ihrem Schulranzen, zog ein rotes Lilliput-Wörterbuch heraus, blätterte darin herum und machte sich daran, zu übersetzen: „Doch, ich hab eine Mutter", begann sie, „aber mein Vater ist tot." Annika berührte kurz Ursulas Schulter. „Wir sind Cousinen. Ihre Eltern und ihr Bruder sind tot. Von Bomben", schloss Annika erleichtert ab, auch wenn ihre Erklärungen wegen ihrer spärlichen Englischkenntnisse ziemlich lange gedauert hatten.

„Wow. You look like twins", bemerkte die Afroamerikanerin. Annika zuckte mit ihren Schultern. „I do not understand you."

Missouri grinste und antwortete in deutscher Sprache: „Seht ihr aus wie Zwilling."

Die Cousinen machten große Augen und Ursula sagte: „Sie sprechen ja Deutsch?"

„Ja. Aber nur eine bisschen. Ich sag wieder: „Seht ihr aus wie Zwilling."

Annika zog an einem ihrer langen Zöpfe und meinte: „Das ist nur heute. Weil wir beide Zöpfe haben. Und weil wir beide blaue Kleider tragen. Mutter hat sie genäht."

„Ah, – und warum wollt ihr Geld?"

Ursula zuckte mit den Schultern. „Wir haben auf dem Schrotthaufen ein Fahrradgestell gefunden. Wir wollen alte Ersatzteile kaufen. Und alles reparieren."

Missouri hob ihre Hand. Stopp. Nicht so schnell. Jetzt ich nicht verstehen", sagte sie. Alle lachten und bemühten sich, und letztendlich gelang ihnen die Kommunikation.

Verständnisvoll strich Missouri über Ursulas Hand. „It's okay, Honey. Ihr könnt dreimal wöchentlich Babysitten. Monday, Wednesday and Friday. Nach Schule."

Die Cousinen strahlten. „Thank you", reagierten sie beide.

Daraufhin neigte die Amerikanerin bedauernd ihren Kopf zur Seite. „Aber ich kann euch nur little money geben."

„Das ist okay", versicherte Ursula der Amerikanerin, „wir möchten ja auch Englisch lernen. Und wir haben bestimmt Spaß mit Ihren Kindern", ergänzte Ursula, und hob den kleinen Jungen an ihrer Seite auf den Arm, streichelte sein Haar und fragte: „What is your name?"

„Freddy!", antwortete er mit einem Jauchzer und strampelte mit den Beinen. Sie ließ ihn wieder runter. Er lief zu einem Schaukelpferd und versuchte hochzuklettern. Ursula half ihm dabei und schaukelte ihn eine Weile, während Annika mit den Mädchen und deren Puppen spielte. Als die Standuhr im Wohnzimmer vier Uhr nachmittags schlug, erklärte Annika der Amerikanerin, dass sie nach Hause gehen müssten. Sie hätten ihrer Mutter am Morgen nicht gesagt, dass sie nach der Schule nicht gleich heimkämen. „Unsere Mutter macht sich bestimmt Sorgen um uns", ergänzte Ursula. Dafür hatte Missouri Verständnis, und als die Cousinen sich dann verabschiedeten, flehte der kleine Freddy: „Please, stay here."

„Sorry. We must go", sagte Annika und streichelte wieder über seine kurzen, krausen Löckchen. Nur ein paar Minuten später durften die drei Kleinen die Babysitter bis zum Gartentor begleiten. „Bye, bye ...", hieß es mehrere Male, bis die Cousinen um die Straßenecke bogen und die Villa außer Sicht war.

„Ich glaube, die Kinder mögen dich", meinte Ursula auf dem Nachhauseweg.

„Ja. Aber dich auch. Ich finde, die sind total süß."

Ursula sprang in die Luft und rief ausgelassen: „Juch-hu! Bald verdienen wir Geld." Daraufhin puffte Annika sie leicht in die Rippen und befahl: „Wettlauf. Wer zuerst zu Hause ist."

*

Am kommenden Montagnachmittag stellten sich Annika und Ursula einem kreischenden und lärmenden Durcheinander. Gleich drei aufgeregte Kinder auf einmal zerrten ihre neuen Babysitter an den Händen in die Wohnküche.

Missouri schmunzelte zufrieden und setzte sich nun breitbeinig auf einen Stuhl. Dabei rutschte ihr dünnes Kleid hoch. Sie lächelte und winkte dann mit einem großen Kamm in der Hand das sechsjährige Töchterchen herbei. Beschwichtigend sagte sie: „Come on."

Lynn folgte dem Ruf ihrer Mutter und setzte sich auf einen kleinen Hocker zwischen die Beine ihrer Mutter. Missouri drückte die Tochter rechts und links mit ihren Oberschenkeln etwas in Position und begann die krausen Haare durchzukämmen. Lynn weinte. „Ouch! It hurts!"

„Keep still!", zischte Missouri sie an und begann mit ihren einge-ölten Händen kleine Zöpfchen zu flechten. Voller Mitleid kniete sich Ursula vor die wimmernde Lynn, zog das geblümte Taschentuch aus der Kleidertasche des Kindes heraus und putzte dem Mädchen das schnoddrige Näschen. „It's okay, Honey", tröstete Ursula das schluch-zende Kind und versprach ihr: „Soon, we play."

Lynn hörte auf zu schluchzen und Missouri flocht und flocht weiter, bis eine bezaubernde Frisur mit vielen straffen Zöpfchen entstanden war.

Dann schubste Missouri den Schemel mit einem Fuß weg und plat-zierte die bereits jammernde, knapp vierjährige Carolyn stehend zwi-schen ihren Beinen.

Im Verlauf des Flechtens rückte sie das bebende Kind öfter in Position und befahl ihr energisch: „Keep still, fatso!" Prompt zuckte Carolyns kleiner Körper zusammen und Tränen kullerten über ihre braunen Bäckchen. Missouri kämmte weiter, wobei sie, wenn Carolyn sich weh-ren wollte und einen Arm hochhob, immer diesen runterdrückte und schimpfte: „Fatso, keep still! Stop screaming, you little bitch."

Annika wunderte sich, dass eine Mutter ihr eigenes Kind einen Dick-wanst und eine Hündin nennen konnte, zumal Carolyn nicht sehr dick war. Mitleidig sann sie nach, wie sie das leise vor sich hin quengelnde Kind ablenken könne, damit es sich nicht wieder reflexartig bewegen und einen Anpfiff kassieren würde.

„Autsch!", schrie plötzlich Carolyn und der etwa dreijährige Freddy kicherte. Sofort warf ihm seine Mutter einen warnenden Blick zu und brauste auf: „Shut up! Or I'm gonna beat you up."

Eingeschüchtert verkroch sich der Kleine unter den Küchentisch und suchte hinter der lang herunterhängenden, geblümten Tischde-cke Schutz.

Alle schwiegen und Missouri kümmerte sich wieder um Carolyns Zöpfchen, als nach einer Weile ein unangenehmer Duft aus Freddys Versteck aufzog. Missouri rümpfte die Nase und schnupperte laut vernehmlich. „Freddy! Come here. Did you shit your underpants again?"

Sofort guckte der Kleine unter der Tischdecke hervor. „Yes", antwortete er schüchtern und versteckte sich schnell hinter Ursulas Rücken, die gerade Spielzeug wegräumte.

Unaufgefordert nahm Annika aus dem Wäschekorb ein sauberes Unterhöschen und ging mit Freddy ins Badezimmer. Ursula hingegen, begann die pastellfarbenen Kinderkleider zu bügeln, die die Mädchen zum Spaziergang tragen sollten und rief ihrer Cousine schelmisch nach: „Viel Spaß, Annika."

Missouri lächelte. Aber Annika war nicht sehr erbaut über die Bescherung. Dennoch, nach kürzester Zeit war Freddy gewaschen und umgezogen und rannte wieder vergnügt in seine Spielecke.

„Das nächste Mal machst du das", sagte Annika grinsend zu ihrer Cousine und befestigte die abgerissenen, herunterhängenden Rüschen mit Sicherheitsnadeln an den Kleiderröckchen.

Etwa zwanzig Minuten später hopsten die drei kleinen Modepüppchen zum Gartentor und drehten sich alle zu der mittlerweile schmunzelnden Missouri um und winkten ihr zu.

„Ich glaube, die ist k.o.", meinte Ursula und rief: „Bye – bye".

„Bye – bye", erwiderte Missouri.

„Bye – bye", riefen auch die Kinder ein paar Mal, ehe sie Hand in Hand mit den beiden Cousinen auf dem Gehsteig Richtung Dorf gingen.

Im Dorf angelangt, blieben manche Frauen neugierig auf dem Fußweg stehen, grüßten zurück und warteten, bis die Kinder vorbeizogen.

„Ich bin richtig stolz auf die Kleinen", sagte Annika außer Hörweite.

„Ja. Guck mal, da vorne glotzt eine über die Hecke", sagte Ursula.

„Ja, richtig primitiv."

Ursula drehte sich mit Carolyn einmal im Kreis rum und meinte dann: „Bin gespannt, ob uns jemand anquatscht."

Tatsächlich. Kurz danach kamen zwei bekannte Bäuerinnen auf sie zu. Die eine rückte ihr schwarzes Kopftuch zurecht und fragte neugierig: „Sag emol, Ursula, wohne die fremdländische Kinder hier im Ort?"

„Ha jo", erwiderte Ursula und spontan sagte die andere Bäuerin neben ihr: „Die schwarze Mädle sin aba arg schee aang'zooge! – Gell, net?"

„Ja, gell …", sprudelte es aus Ursula zurück, denn sie freute sich dermaßen über das Kompliment, als wären es ihre eigenen kleinen Geschwister. Plötzlich zog die Bäuerin eine nach unten spitz zulaufende Papiertüte aus ihrer Einkaufstasche und bot ihnen rote Himbeerbonbons an: „Möchte die Kinner eun Gudsle?"

„Oh ja, bestimmt", schoss es aus Annika heraus. Dann steckte sie jedem und sich selbst schmunzelnd einen Bonbon in den Mund, verabschiedete sich höflich und rannte mit den anderen zum Spielplatz.

Freudestrahlend rutschten die Kinder auf der Rutschbahn runter, kletterten am Kletterturm herum, buddelten im Sandkasten und wollten abwechselnd geschaukelt werden. Zwischendurch saßen sie immer wieder mal abwechselnd auf dem Schoß von Annika oder Ursula und lernten das deutsche: *Hoppe, hoppe Reiter.* Manchmal umarmten die Kinder ihre Babysitter.

„We have to go home", sagte dann Annika nach einer Stunde Spielzeit. Enttäuscht bettelten die Kinder immer wieder darum, wenigstens während des Rückwegs Huckepack getragen zu werden.

Etwa gegen siebzehn Uhr in die Villa zurückgekehrt (eine Armbanduhr besaßen die Babysitter nicht), rannten die Kinder überglücklich mit ausgebreiteten Armen zu ihrer Mutter, die sie nacheinander hochhob und umarmte. Erst dann erzählten sie fast alle gleichzeitig und durcheinander, dass sie auf dem Spielplatz gewesen waren. Daraufhin griff Missouri zufrieden lächelnd in ihre Kleidertasche und schenkte den Babysittern ein fünfzig Pfennig Stück. Die Cousinen strahlten vor Freude und verabschiedeten sich recht bald.

Auf dem Heimweg sagte Annika: „Glück muss man haben! – Mensch, bin ich froh. Endlich ist mit dem Schrottsammeln Schluss. Wir haben doch sowieso kaum noch was gefunden."

KAPITEL 4

Zwei Jahre nach ihrer unangenehmen Begegnung im OP-Vorraum, sah Doris Dr. Uhländer versöhnlich lächelnd auf sich zuschreiten. Es war an einem Spätnachmittag, drei Tage, bevor er für einige Wochen nach Afrika zu fliegen gedachte, um dort als Urlaubsvertretung eines Freundes zu arbeiten. „Na, Doris", begann Benjamin Uhländer, „nun könnten wir uns doch eigentlich wieder vertragen, oder?"

Etwas verlegen merkte sie, wie ihr Gesicht rot anlief und nickte. „Ja", räumte sie ein, reichte ihm die Hand und spürte einen herzlichen Händedruck. Sie wechselten ein paar freundliche Worte und dann sagte er abschließend. „Bis bald, Doris."

„A-Auf Wiedersehen", stotterte sie etwas verdutzt. Sie spürte, wie ihr Herz schneller schlug, als er zur Tür ging, sich noch einmal zu ihr umschaute und sich ihre Blicke trafen.

*

Im Krankenhaus gab es viel zu tun und die Tage und Wochen schienen schneller als gewohnt vergangen zu sein. An einem Spätvormittag im Juli 1956 fand Doris zu ihrem großen Erstaunen von Dr. Uhländer einen Luftpostbrief im Briefkasten, den sie gleich im Treppenhaus zu lesen begann: *Liebe Doris, obwohl ich bislang – wie versprochen – Abstand zu dir gehalten habe, wünschte ich, du säßest hier in Afrika neben mir auf einem geflochtenen Rohrstuhl. Bitte, wir wollen uns nichts vormachen; die letzte Zeit war für uns beide die Hölle. Du hast im OP nicht mehr so viel gelacht wie früher. Und drei Tage vor meinem Abflug, als ich dich mit deinem Tanzfreund sah, wäre ich am liebsten auf dich zugekommen und hätte dich ihm entführt. Liebe Doris, in drei Wochen bin ich zurück in Deutschland. Bitte, wenn ich dir irgendetwas bedeute, dann fahre mit mir am Samstag in drei Wochen mit zu meinem verheirateten Freund im Schwarzwald. Wenn möglich, rufe mich dann bitte zwei Tage vorher unter beigefügter Telefonnummer zwischen 17.00 und 17.30 Uhr an. Dein dich verehrender Benjamin.*

Und der Tag kam. Und als sie am verabredeten Morgen eilig in sein Auto stieg, bat sie: „Schnell, gib Gas. Da hinten kommt die Zweite OP-Schwester."

Benjamin trat aufs Gaspedal und flitzte Richtung Westen zur Autobahn. „Ich schlage vor", begann er nach einer halben Stunde Fahrt, „wir besuchen zuerst meinen Kriegsfreund in seinem Schwarzwaldrestaurant und machen mit seinem Schäferhund einen Waldspaziergang. Nachmittags fahren wir weiter und übernachten in Baden-Baden."

Sie sah ihn erstaunt an, denn von Übernachten war nie die Rede gewesen. „Kommt nicht infrage", begann sie zu meutern, aber zehn Stunden später lehnte sie sich allzu gewillt an ihn, ließ sich von ihm drücken, küssen und liebkosen. Und auch sie küsste seinen nackten Körper; mit einer Wildheit, die sie bei sich selbst nie vermutet hätte. Er streichelte sie dann zärtlich und gestand ihr: „Bis vorhin empfand ich deinen Wiederstand wie eine Folter." Doris strahlte. „Ich auch", hauchte sie über ihre Lippen, und bald zerschmolzen sie erneut, wie in einer explodierenden Einheit.

KAPITEL 5

Mittlerweile waren die Cousinen im Raum Karlsruhe voll in ihrer Rolle als Babysitter aufgegangen. Einmal, es war an einem Oktobernachmittag, spielten sie mit den drei amerikanischen Kindern Fußball auf einer Wiese. Der Höhepunkt war allerdings, als sie ihren, aus Packpapier selbstgebastelten, Drachen im Herbstwind steigen ließen. Aber leider verfing sich der Drachen in einen Kastanienbaum und Freddy weinte herzzerbrechend. Doch als Ursula ihn auf dem Heimweg auf ihrem Rücken wippte, hatte er sich bald beruhigt. „Freddy say: Huckepack", forderte Ursula ihn auf. Daraufhin umarmte er ihren Hals, jubelte: „Hupak" zurück und deutete zum Himmel, wo zwei fremde Drachen flogen.

Annika und die beiden Mädchen pflückten währenddessen für Missouri am Rand eines Getreidefeldes blaue Kornblumen, weiße Margeriten und rote Mohnblumen. „Carolyn, glaubst du, dass deine Mutter sich freuen wird?", fragte Annika in Englisch.

„Yes", antwortete sie und war kurz vor der Villa sehr stolz, dass sie den bunten Feldblumenstrauß in ihrem Arm tragen und dann der Mutter überreichen durfte. Missouri machte große Augen und drückte ihre Kinder. Sie fand aber keine Vase. Daher holte Ursula eine Kindergießkanne, die dann mit den Blumen auf einem Regal prangte. Spontan kommentierte Missouri mit ihrem herzhaften Lachen und schenkte den Cousinen zur Belohnung zwei Orangen.

Freudig heimgekehrt, teilten die Cousinen die kostbaren, exotischen Früchte mit der Mutter und ihren Geschwistern.

*

Ein paar Wochen später gaben die zwei Babysitter ihrer Mutter sechs kaputte Kinderkleider. „Mutti", begann Annika, „die Rüschen hängen runter, kannst du sie bitte mit der Nähmaschine annähen?"

Stirnrunzelnd begutachtete Edith Laukert die Kinderkleider und kommentierte: „Ja, *sagt* mal, Kinder, können die Amerikanerinnen nicht nähen? Oder sind sie zu faul?"

„Mutti, die Amis sind reich. Die haben es gar nicht nötig …", schwärmte Ursula. „Scheint so", murmelte Edith und begann, die zerrissenen Nähte auf ihrer ratternden Singer Trittnähmaschine nachzufahren. Ursula unterbrach sie: „Mutti, an den Kleidern sind auch ein paar Knöpfe locker. Manche hängen nur noch an einem Faden."

„Die könnt ihr beide selbst annähen", schlug die Mutter vor. Spontan wandte sich Annika grinsend an ihre zwei Jahre ältere Schwester: „Bernadette, willst du dir fünf Pfennig verdienen?"

„Ist das alles, du Geizhals?", erkundigte sich Bernadette beleidigt.

„Ja, ist doch besser als gar nichts. Und wenn das Fahrrad zusammengebastelt ist, dann darfst du auch mal auf dem Gepäckträger sitzen. Aber, wenn du nicht willst …", neckte Annika zurück.

„Doch, ich möchte", willigte Bernadette mit zugekniffenen Schlitzaugen ein und versuchte, den Preis nach oben zu treiben: „Zehn Pfennig!"

„Okay. – Hier, nimm ein Kaugummi! Ursula und ich gehen jetzt mit den Nachbarjungen Fußball spielen. Wolfgang, kommst du mit?"

„Ha jo", willigte er ein. Und im nächsten Moment eilten die Drei polternd die polierte Holztreppe hinunter und rannten zu den Nachbarkindern. „Ha, horch emol!", rief der Nachbarsjunge Fritz, „des wird aba Zeut, dass ihr kommet!"

„Halt die Gusch", erwiderte Wolfgang scherzend.

Fritz ignorierte seinen Kommentar, teilte Ursula als Stürmer und Annika als Torwart ein und befahl: „Wolfgang, du bischt der Verteudiger. In meunere Mannschaft."

Alle akzeptierten die Einteilung und hatten letztendlich viel Spaß; ohne, dass dieses Mal die Fensterscheibe eines Nachbarn zerschmetterte.

*

Zwei Tage später betrachtete Missouri die ausgebesserten Kleider, gab den Cousinen ein Glas Erdnussbutter und eine Stange Zigaretten und sagte: „Wow! Fantastic Job. Gebt das eure Mutter …"

Auf dem Nachhauseweg meinte Annika: „Die Missouri spürt, dass wir arm sind, und Mutti für so was kein Geld hat. Wenn die wüsste, dass wir noch nie im Kino waren."

Zu Hause angekommen, strahlte Edith Laukert über die kostbaren Mitbringsel und meinte: „So eine Überraschung! Sagt der Frau einen schönen Gruß von mir. Ich lasse herzlich danken."

„Wird gemacht", entgegnete Annika und berichtete dann, dass Missouri erwähnt habe, dass ihre Familie in zirka sechs Monaten nach Amerika zurückgehen würde.

„Das ist ja weniger erfreulich", meinte Bernadette und fragte: „Wie wollt ihr dann das Geld für ein zweites Fahrrad zusammensparen?"

Annika winkte ab. „Abwarten und Tee trinken. Vielleicht kommt ja eine amerikanische Nachschubfamilie."

„Deinen Optimismus möchte ich haben", erwiderte Bernadette und machte dann ihre Schulaufgaben weiter.

*

Fast ein ganzes Jahr später, es war an einem kühlen Samstagnachmittag, spielte im Radio das Adventslied *Macht hoch die Tür, die Tor macht weit …*

Bernadette summte die Melodie mit und legte die weiße Tischdecke mit grünbestickten Tannenzweigen auf den Tisch. Wolfgang platzierte einen Adventskranz mit vier fingerlangen, roten Wachskerzen darauf, ehe er Ursula half, den Kaffeetisch zu decken. Annika hingegen holte eine Kanne mit Muckefuck-Kaffee. Zuletzt stellte ihre Mutter einen Teller mit zehn Stücken Streuselblechkuchen auf den Tisch, zündete die erste Adventskerze an und sagte dann: „Langt bitte zu, Kinder …"

Etwas später legte Ursula zwei Briketts ins Ofenfeuer und meinte: „Ganz schön kalt heute …"

„Stimmt", hieß es und als die Geschwister dann vor dem warmen Ofen saßen und ein Radio-Hörspiel anhörten, stupste Ursula ihre gleichaltrige Cousine in die Rippen und platzte mit einer neuen Idee heraus: „Mensch, Annika, das ist doch *die* Masche! Endlich hat uns der Schrotthändler den Sattel und die Lenkstange billig verkauft. Bis der Frühling kommt, zischen wir mit Fahrrädern durch die Gegend. Schade, dass die Ami-Familie weggezogen ist."

„Stimmt", erwiderte Annika. „Aber eins behalten wir für immer."

„Was denn?"

„Unsere Englischkenntnisse", antwortete Annika. „Erinnerst du dich, wie oft wir am Anfang das Liliputwörterbuch benutzen mussten?"

„Ja."

„Ursula, gleich nach Weihnachten suche ich mir einen neuen Job bei den Amerikanern. Wenn ich nämlich erwachsen bin, werde ich in Amerika arbeiten."

Ursula prustete raus: „Kratz mal deine Birne! Du Giraffenhals. Wie willst du das machen? Man kann ja streben. Aber eine Überseereise kostet viel Geld …"

Annika hob ihre Schultern: „…Wirst schon sehen. Vielleicht werde ich Krankenschwester. Ich hab mit der alten Besucherin vom Nachbarn gesprochen. Ihre Tochter ist Krankenschwester. Sie arbeitet in Stuttgart. Und die alte Frau nebenan sagte, dass man mit so einem Beruf überall arbeiten kann. In allen Ländern der Welt."

Edith Laukert nahm ihren Fuß vom Nähmaschinenpedal und sofort stoppte das Rattern. Sie wandte sich ihrer Tochter zu: „Annika, ich kenne die Tochter der Besucherin. Sie heißt Doris. Ich habe sie in Heidelberg kennengelernt. Wo ich zwei Monate lang als Patientin gepflegt wurde. Schwester Doris arbeitete damals vertretungsweise auf der Krankenstation. Für etwa drei Wochen, wenn ich mich nicht irre. Sie ist bildschön. War bei uns Patienten sehr beliebt, weil sie immer einen zufriedenen Eindruck machte. Also, wenn das mit deiner Ausbildung klappt, dann würde ich mich für dich freuen."

„Danke, Mutti. Wenigstens eine, die mir Mut macht", erwiderte Annika.

Daraufhin rollte Ursula mit ihrem Finger eine Haarlocke auf und meinte: „Trotzdem braucht man Geld für ein Flugticket."

„Ja, aber man kann ja lernen. Und arbeiten und sparen! Oder im Fußballtoto gewinnen. Ich garantiere dir, ich werde nie wieder arm sein. – Beeile dich lieber mit den Schulaufgaben. Die Jungs bolzen schon mit dem Fußball."

Annika schüttete die Münzen in ihre offene Konservenbüchse, stellte sie zurück ins dunkelbraune Büfett und holte sich im Gegenzug das geliehene Buch aus der Leihbücherei heraus. Dann kuschelte sie sich auf dem abgesessenen, rotbraunen Plüschsofa, das von einer Flüchtlingsnothilfe herstammte, in eine Wolldecke und las über Lambarene in Afrika. Ursula gesellte sich zu ihr und flüsterte: „Kann ich die Rechenaufgaben von dir abschreiben?"

„Kommt nicht in die Tüte!"

„Bitte."

„Also gut. Für zwei Pfennig", flüsterte Annika zurück.

„Du bist habgierig."

Die Nähmaschine stoppte. „Kinder, hört auf zu streiten", mahnte die Mutter.

Ursula stupste Annika leicht mit dem Ellbogen an und flüsterte: „Komm, sei kein Frosch. Gib mir dein Rechenheft."

„Okay", entgegnete Annika und las über den Tropenarzt Albert Schweitzer weiter, der 1927 in Lambarene ein Leprakrankenhaus gegründet hatte.

Vom Inhalt fasziniert, las Annika zehn Minuten später ihrer Mutter und Bernadette drei Sätze vor und proklamierte: „Wenn ich erwachsen bin, möchte ich lieber in Afrika arbeiten. Vielleicht beim Albert Schweitzer."

Bernadette zeigte ihr einen Vogel und fragte ironisch grinsend: „Bei dem alten Knacker? Lebt der überhaupt noch?"

„Na klar! Der ist robust und schwer aktiv. Vor kurzem hat er den Friedensnobelpreis bekommen", erwiderte sie und deutete an, dass sie das Gestichel satt habe. „Bernadette, wenn du zeitlebens nur deutsche Wände anglotzen willst, dann tu es", sagte sie und teilte ihrer Mutter mit, dass sie in den Keller gehen würde. Sie wolle mit den Secondhand- Ersatzteilen an ihrem Fahrradgestell herumfummeln. „Ja, geh man Kind", ermutigte ihre Mutter sie, die vor dem Krieg auch ein Fahrrad besessen hatte. „Ich komme dir später helfen", sagte Ursula, deren Fahrrad dank Wolfgangs Hilfe schon fast funktionsfähig zusammengebastelt war.

*

Ein paar Wochen waren vergangen, seit die Hauswirtin von dem Basteln erfahren und Ursula und Annika zwei Töpfchen mit Lackfarbe geschenkt hatte. Große Freude! Als an einem Sonntagnachmittag die Frühlingssonne schien, war ein Fahrrad rot und das andere lindgrün angestrichen. Und selig darüber, unternahmen beide eine Radtour zum Baggersee. Vergessen war die Armut. „Hurra!", jubelte Annika, „wir sind auch reich. Guck: Ich kann freihändig fahren!"

„Ich auch!", rief Ursula zurück, die vor ihr fuhr. Aber bei ihr klappte es noch nicht so gut. Sie kippte mit dem Fahrrad um. Doch außer ein paar blauen Flecken am Oberschenkel war nichts weiter passiert.

Hungrig heimgekehrt, hob Annika den heißen Deckel vom dampfenden Kochtopf hoch und schnupperte. „Mmmm-, ich hab einen Mordshunger!"

„Das glaube ich!", antwortete ihre Mutter und schöpfte bald die Eintopfsuppe in die Teller.

„Mutti", begann Annika wieder, „Ursula und ich haben eine gute Nachricht."

Edith hob ihre Augenbrauen, lehnte sich etwas nach vorne und sagte: „Da bin ich aber gespannt."

„Wir haben entschieden, was wir werden möchten."

„Na, was denn?"

„Krankenschwester!"

Edith lächelte. „Herrlich. Eure Großmutter war eine Hebamme. Und euer Großvater war ein Landarzt."

„Ja, ich weiß", erwiderten Ursula und Annika gleichzeitig und verzehrten dann genüsslich den Eintopf.

KAPITEL 6

Eines kühlen Abends lag die Schneewittchen-schöne Doris im Bett und schaute melancholisch zum klaren Sternenhimmel. Innerlich schimpfte sie mit sich selbst, weil sie seit Jahren ihre Jugend an einen Verheirateten verschenkte. Obwohl sie sehr gerne Kinder haben würde. Nicht in der Lage einzuschlafen, ging sie in die Küche, schaltete Radiomusik ein und brühte sich einen Kamillentee. „Doris, du spinnst!", schimpfte sie leise vor sich hin, denn trotz häufiger Versuche, ihr Liebesverhältnis zu Benjamin zu beenden, zogen sich die beiden immer wieder erneut an. Sie tauschten gegenseitig Musikschallplatten und Bücher aus, liebten Langlaufski und Wandern. Überhaupt liebte Doris alles an ihm. Mit allen Konsequenzen, die die Geliebte eines anderweitig Verheirateten in Kauf nehmen muss. Besonders benachteiligt war ihr Verhältnis, weil seine Frau und die Kinder auch in Stuttgart wohnten, und weil viele Leute den Chirurgen Uhländer kannten.

Gedankenvoll umfasste Doris ihre warme Tasse und schlürfte von dem Tee mit Honig. Schon wieder erinnerte sie sich, dass Benjamin in wunderschönen Momenten zweimal behauptet hatte, er liebe sie mehr als sich selbst. „Wirklich?", murmelte sie vor sich hin und sprach dann in Gedanken zu ihm: Warum fand ich dann den anonymen Brief in meinem Briefkasten? Benjamin, das tut so weh. Von wegen Treue. Nee, nee, mein Lieber, bald werde ich endgültig einen Schlussstrich ziehen.

Während sie aufstand und ihre leere Tasse auf die Küchenanrichte stellte, erinnerte sie sich an ihren Entschluss. Einesteils war es eben doch günstig gewesen, ihn vorrübergehend im Ausland zu wissen. Zumindest bot ihr das die Gelegenheit und den mutigen Entschluss, ihre Bewerbungsunterlagen nach Afrika zu schicken. Zu dem Krankenhaus, wo er mal gearbeitet hatte. Wart nur ab, Benjamin. Bis du zurückkehrst, ist alles erledigt. Visum und Flugticket. Ich weiß, du wirst mich davon abhalten wollen. Spare dir die Mühe. Dafür ist es nun zu spät. Doris legte sich wieder ins Bett und schlief dank des Tees entspannt ein.

*

Als Benjamin aus Afrika zurückkehrte und mit Doris im Waldrestaurant Moselwein trank, sagte sie ohne Umschweife: „Benjamin, ich habe einen Arbeitsvertrag für Afrika unterschrieben."

Plötzlich war die Luft wie elektrisiert. „Das ist nicht wahr."

„Doch."

„Wo?"

Anstatt ihm zu antworten, tauchte sie ihren Zeigefinger in ihr Weinglas und lächelte ihn stumm an. Dann fuhr sie mit dem Finger am oberen Kristallglasrand entlang, bis ein melodisches Quietschen entstand.

Benjamin trank einen großen Schluck, wischte mit seinem Handrücken den Bierschaum ab und bat: „Bitte sag's mir."

Sie schwieg.

Benjamin presste seine Lippen zusammen, kreiste seinen Finger um den Bierkrug und wiederholte seine Frage: „Wo?"

„In Liberia", antwortete sie, „ich hab hier schon gekündigt."

„Aber mein Herzchen. – Warum denn?"

Ihre Augen füllten sich mit Tränen. „Warum, warum, warum? Du kennst die Antwort. Morgen ist mein letzter Arbeitstag. Ich verspreche dir, wenn es mir nicht gefällt, komme ich wieder zurück. Bitte versuche nicht, mich umzustimmen. Es fällt mir schwer genug."

Er streichelte ihre Wange. „Sehen wir uns noch mal, ehe du abfliegst?"

„Ja, ganz kurz. Bei meiner Freundin Olga. Sie wird mich übrigens zum Flugplatz fahren."

„Wie du wünschst", erwiderte er sehr ernst, und am Tag des Abschieds schloss er sie dann noch einmal ganz fest in seine Arme. „*Adios, Carissima mia*", hauchte er über seine Lippen.

„Was heißt das bitte?"

„Auf Wiedersehen, meine Liebste!"

„Süß."

„Du, Doris, ich hätte nie gedacht, dass du wirklich weggehen könntest. Vergiss bitte nicht: Egal mit wem und wo du bist. Ich liebe dich. Hab einen guten Flug." Dann überreichte er ihr einen Brief. „Vielleicht möchtest du ihn im Flugzeug lesen. Leb wohl, Doris", sagte er und rannte dann im Mietshaus sehr schnell die Treppe runter. Unfähig zu sprechen, schaute sie ihm traurig nach.

Mit Tränen in den Augen saß sie am folgenden Tag im Propellerflugzeug, und nahm sich vor, nicht an ihn zu denken, sondern ihren ersten Flug zu genießen.

Neben ihr las eine Frau in der Bibel und Doris hoffte, sie sei eine Missionarin, mit der sie sich eventuell über Liberia unterhalten könnte. Doch die Frau hatte die Augen geschlossen, noch ehe das Flugzeug über das Frankfurter Kreuz flog. Draußen herrschte eine klare Sicht. Fliegen ist herrlich. Ich, Doris, die Weltreisende! – Wie dumm von mir, ihm zu verbieten, drei Jahre lang nicht an mich zu schreiben. Naja. Andererseits kann er jetzt während meiner Abwesenheit entscheiden, ob er mit seiner Frau oder mit mir zusammenleben möchte. Doris zuckte zusammen, denn plötzlich befürchtete sie, er könne den einfacheren Weg wählen, indem er sich eine andere Geliebte suchte. Lieber Gott! Ich darf gar nicht dran denken, durchfuhr es sie. Wie in Trance öffnete sie seinen Brief und fuhr mit dem Zeigefinger über die schöne Handschrift.

Liebste Doris, (…) jetzt sage ich's noch mal: Du bist für mich richtig! Und wenn du mich wirklich nicht magst, liebe ich dein Wesen und deine Erscheinung in meiner Fantasie weiter. Denn du hast mir etwas gezeigt (das weißt du und ich nicht), was mir noch kein weibliches Wesen geben konnte. Das hängt mit dem Herzklopfen zusammen, – wenn wir uns sehen. Und genauso, wie du dich in mein Herz eingebrannt hast, wirst du immer spüren, dass ich an dich denke. Doris, sollte mal eine Zeit kommen, wo du Kummer hast, – dann möchte ich liebend gerne für dich da sein. Vergiss nicht, man kann auch in der Fantasie lieben … „Adios, Carissima mia!" Dein Benjamin

KAPITEL 7

Inzwischen wohnten Annika und Ursula bereits als examinierte Krankenschwestern im Schwabenland und arbeiteten gemeinsam in den Operationssälen eines großen Krankenhauses.

Eines Spätnachmittags, als Ursula in ihrem Zimmer vor dem großen Wandspiegel stand und ihre Augenbrauen zupfte, sagte sie zu ihrer Cousine: „Ich liebe das Großstadtleben."

„Ich auch", erwiderte Annika und ergänzte: „Besonders abends. Im Jazzlokal."

Ursula grinste. „Ich dachte, du willst nach Afrika."

„Will ich auch … Aber bis jetzt hatte ich noch kein Glück mit meinen Bewerbungen. Jedenfalls gebe ich die Hoffnung nicht auf."

Und so streckte Annika weiterhin – wie ein Durstiger nach Quellwasser suchend – ihre Fühler in alle möglichen Richtungen aus.

Einmal warf ein neuer Chirurg im Vorraum des Operationssaals seinen zusammengeknüllten, mit Blut bespritzten Operationskittel – wie einen Handball – aus etwa zwei Metern Entfernung in den Wäscheabwurf. Annika stutzte. Irgendwie kamen ihr seine Figur und seine Bewegungen bekannt vor. Neugierig beobachtete sie ihn, bis er seinen weißen Mundschutz abgenommen hatte. Er hat ja eine Narbe an seinem Kinn, stellte sie fest und guckte grüblerisch nach unten. Just in dem Augenblick näherten sich zwei Männerschuhe. Annika hob ihren Blick. „Schwester, ich hab' mich noch nicht vorgestellt: Benjamin Uhländer ist mein Name", sagte er und reichte ihr die Hand.

Annika erwiderte seinen Händedruck, erinnerte sich plötzlich und stammelte: „N-nett, Sie kennenzulernen, Dr. Uhländer. Aber ich kenn Sie schon aus Baden-Baden, als ich noch ein Kind war. Ich bin Annika Laukert."

Er schob sein Kinn nach vorne und sah ihre braunen Augen. „Annika?! – Annika, das Pflegekind unserer Nachbarn?"

„Ja."

„Du warst doch damals bei der Hochzeit eines unserer Blumenmädchen. Stimmt's?"

„H-hm", bestätigte sie mit einem kurzen Nicken.

„Deine Mutter lag zu der Zeit in der orthopädischen Klinik. Stimmt's?"

„Ja. Monatelang."

„Richtig. Zuweilen bist du mit dem Schäferhund spazieren gegangen. Auf der schneevereisten Straße. Ohne Mütze. Ich erinnere mich an deine weiß verschneiten Zöpfe. Und manchmal hast du ein Huhn im Arm gehalten."

Annika nickte und er fragte sie: „Ja, wie geht es dir denn überhaupt? – Äh, darf ich noch ,du' sagen?"

„Ja, gerne."

Er lächelte zurück. „Annika, ich muss schnell auf Station. Wir sprechen ein andermal."

„Ja, in einer Stunde", platzte es aus ihr heraus.

„Instrumentierst du bei der Magenoperation?"

„Ja."

„Prima", erwiderte er und Annika spürte, wie ihr Gesicht rot anlief, während er den Raum verließ.

Schmunzelnd gesellte sich ihre sechs Jahre ältere Kollegin zu ihr und sagte: „Der Uhländer gehört schon lange zum OP-Team. Er arbeitet manchmal für längere Zeit im Ausland. Als Gastchirurg. Ich instrumentiere sehr gerne für ihn. Dem gleitet alles spielend leicht von der Hand. Ich garantiere dir, wenn der nicht verheiratet wäre, dann …"

„Dann was?", fragte Annika zurück.

„Dann dürfte er gerne seine Schuhe unter mein Bett stellen. Schade. In ein paar Wochen haut er wieder ab."

„Wohin geht er denn?"

„Nach England. Ich glaube für drei Wochen."

Annika kicherte. „Hat er dich schon mal eingeladen?"

„Quatsch! Der geht nicht fremd. Er schwärmt gerne von seiner jüngsten Tochter."

„Das hört man gerne", erwiderte Annika. „Du, ich bin ein bisschen aufgeregt. Ich meine, weil ich noch nie für ihn instrumentiert habe."

„Ach was. Der wird dich nicht auffressen", meinte sie ermutigend.

Tatsächlich. Knappe drei Minuten Zusammenarbeit mit Dr. Benjamin Uhländer genügten, um Annika zu beruhigen. Und erstaunlicherweise arbeitete sie von diesem Tag an vier Wochen lang sehr häufig mit ihm zusammen. Man munkelte sogar, sie sei seine auserkorene OP-Schwester.

*

An einem sonnigen Freitagmorgen flüsterte Dr. Uhländer zu der jungen Schwester Annika, die ihm gerade bei einer größeren Operation instrumentiert hatte: „Ich muss was mit dir besprechen. Hast du heute gegen neunzehn Uhr Zeit?"

„Leider nein. Ich gehe mit zwei Freundinnen zum Tanzen."

„Aha! – Zum Dreimädel-Tanz?"

„Ja", gab sie kess zurück und summte dann das Kinderlied: *Ringel, Ringel, Rosen* … Daraufhin verließ der Chirurg kopfschüttelnd die Operationsabteilung. Annika atmete erleichtert auf.

Wenig später, als sie die Stahlschüssel mit den schmutzigen Instrumenten wegtrug, stutzte sie. Wo kommt der denn her? Uhländer steuert direkt in meine Richtung.

„Schwester Annika, in zehn Minuten wasche ich mich für die Galle", proklamierte er für jedermann laut vernehmlich, und flüsterte ihr schnell im Vorbeigehen zu: „Komm in den Waschraum und räume dort irgendetwas auf."

„Okay", erwiderte sie gespannt.

Während er dann seine eingeseiften Fingernägel mit einer Nagelbürste schrubbte, polierte Annika die Spiegel und füllte die Wandbehälter mit flüssiger, antiseptischer Seife auf. Niemand anderes war im Waschraum. Plötzlich wunderte sich Annika, warum er in alle Richtungen um sich schaute, dann seine Hände abtrocknete und wie ein Vater seinen Arm um sie legte. Wie versteinert hielt sie still und obwohl erschreckt, küsste er sie dermaßen feurig und gefühlvoll, dass sie sich nicht wehren wollte. So hat mich noch nie einer geküsst, stellte sie fest. Ich wünschte, er würde nie aufhören. Plötzlich hörte man eine Tür quietschen. Uhländer stoppte. Ein junger Assistenzarzt flitzte durch den Raum. Uhländer blinzelte Annika zu und drehte zum Waschen erneut den Wasserhahn auf.

„Treffen wir uns nächste Woche an deinem freien Tag?", erkundigte sich Uhländer.

„Kommt nicht in die Tüte", erwiderte Annika, obwohl sein meisterhafter Kuss sie ziemlich beeindruckt hatte.

„Annika, ich werde dich nicht einmal berühren, wenn du es nicht wünschst. Du vertraust mir doch."

„Ja, aber …"

Er unterbrach sie leise flüsternd: „Aber was?"

„Aber nur dieses eine Mal", erwiderte sie und nahm sich vor, ihm bei der Verabredung eine Moralpredigt zu halten.

KAPITEL 8

Frühmorgens, als sich die ersten Regentropfen auf dem Bürgersteig abzeichneten, eilte Annika auf ihren hohen, schwarz lackierten Stöckelschuhen nach draußen. Zögernd blieb sie stehen. Was würde passieren, wenn sie in Gesellschaft eines Verheirateten entdeckt werden würde. Auf einmal glühten ihre Wangen vor Scham und schlechtem Gewissen. Doch dann fasste sie Mut und ging weiter. Sie sah sein dunkelblaues Auto, das bereits, hundert Meter entfernt, an der vereinbarten Ecke parkte. Schmunzelnd nahm sie sich fest vor, gelassen dort hinzuschreiten. Nur geplant. Wegen der plötzlichen Regenschauer rannte sie nun doch. Uhländer kam ihr mit einem geöffneten Regenschirm entgegen, hielt ihn beschützend über sie und schaute kurz auf seine Armbanduhr. „Guten Morgen! – Sechs Uhr? – Aha, zehn Minuten nach sechs Uhr", rügte er schelmisch mit einem Unterton.

„Guten Morgen, Dr. Uhländer", japste sie etwas schüchtern und außer Puste. Sie reichte ihm die Hand zum Gruß, die er etwas länger hielt als gewöhnlich. Ihr fröstelte es in ihrem knielangen, etwas nass gewordenem Kleid. Sie zog die Schultern hoch und schüttelte sich. Er legte seinen Arm um sie und öffnete ihr die Autotür. „Komm, steig ein", sagte er, flitzte zum Fahrersitz, fuhr los und meinte: „Im Übrigen, meine junge Dame, ich bin für Sie nicht mehr Dr. Uhländer, sondern Benjamin. Wir haben uns geküsst. Erinnerst du dich?", fragte er und dabei fasste er ihr Knie an. Spontan schob Annika seine Hand weg und fragte: „Benjamin, wo fahren wir hin?"

„Nach Heidelberg. Zur Schlossbesichtigung. Und danach fahren wir zu einer Geburtstagsfeier. Mein Freund spielt dort mit seiner Tanzkapelle."

„Und da nimmst du mich mit? Was ist, wenn deine Frau etwas davon erfährt?"

Er zuckte gleichgültig seine Schultern. „Die kennt die Freunde nicht."

„Benjamin, wie viele Kinder hast du?"

„Drei."

„Wie bitte? Drei Kinder! Da müssten Sie doch – Entschuldigung, – ich kann mich noch nicht dran gewöhnen. Ich meine, – da müsstest du doch *genug* Abwechslung zu Hause finden. Weshalb willst du dann fremdgehen?"

„Weshalb, weshalb, weshalb?", wiederholte er und fügte zynisch hinzu: „Weil ich meine Frau über alles liebe und verehre."

Annika legte kurz eine kleine Schweigepause ein und beobachtete, wie er sich während der Fahrt eine Zigarette anzündete. „Mit anderen Worten, Sie geben zu: Sie betrügen ihre Frau."

„Du! Nicht Sie", erinnerte er sie schmunzelnd und erkundigte sich: „Annika, bist du schon einmal mit einem verheirateten Mann ausgegangen?"

„Nein! Und ich bin mit dir lediglich mitgefahren, damit wir in Ruhe sprechen können …"

„Na, was willst du denn mit mir besprechen?", amüsierte er sich.

„Ich verschwende nicht meine Jugendjahre an verheiratete Casanovas …", erwiderte sie.

Uhländer schwieg eine Weile. Plötzlich bog er von der Bundesstraße ab und parkte am Straßenrand. „Das erwarte ich auch nicht von dir", erwiderte er und legte vertraulich seinen Arm um sie. Sofort lehnte sie sich an die Autotür und wusste, sie befand sich in einer verzwickten Situation. Er ist eine Autorität. Ich muss diplomatisch sein. Plötzlich spürte sie seine Lippen. Sie strampelte und stieß ihn weg. „Bitte hör auf. Fahr mich sofort nach Hause."

Er ließ sie los. „Selbstverständlich, Annika. Hör mal, du brauchst mich nicht zu bitten. Ich akzeptiere deinen Wunsch", erwiderte er und fuhr in die Richtung, aus der sie gekommen waren. Doch noch ehe sie die Autobahnausfahrt erreicht hatten, meinte er: „Aber, es ist so schönes Wetter. – Könnten wir nicht wenigstens zum Schloss hochfahren …?"

„Also gut. Ich vertraue dir …", willigte sie schließlich doch ein und später, als sie auf einem Waldweg entlanggingen und die Schlossruinen passierten, fragte er: „Annika, kannst du dich noch an mein Elternhaus in Baden-Baden entsinnen?"

„Nein, nicht so richtig."

„Naja, das ist verständlich, du warst ja erst acht Jahre alt. Wenn ich mich recht entsinne."

„Stimmt", erwiderte sie knapp und beobachtete, wie er lausbubenhaft unter einem Baum hochsprang und ein Blatt abriss. „Gehen wir in ein Café?", erkundigte er sich.

„Ja, gerne", antwortete sie.

Sie saßen nebeneinander auf einer Eckbank; hinter einem Tisch, auf dem eine rot-weiß karierte Tischdecke lag. Sofort bestellte Benjamin bei der Bedienung Schwarzwälder Kirschtorte und Kaffee. Als Nächstes nahm er sein silbernes Zigarettenetui aus seiner Jackettasche, entnahm zwei Zigaretten, ließ sein Benzinfeuerzeug ein paar Mal auf- und zuschnappen und zündete für beide die Zigaretten an. Annika inhalierte und schaute nebenbei ab und zu durch die Spitzengardinen nach draußen zu den Passanten. Benjamin tat desgleichen und schwieg etwa drei Minuten lang. Dann schob er sich ein Stückchen Kuchen in den Mund, trank anschließend einen Schluck Kaffee und erkundigte sich: „Na, Annika, hab ich mich anständig benommen?"

„Ja, ich bin beeindruckt", erwiderte sie und hörte ihn fragen: „Du, ich möchte dich doch gerne meinen Freunden vorstellen? – Sie wohnen im nächsten Ort."

„Okay. Aber halte dich bitte an die neuen Regeln ..."

„Abgemacht", versprach er.

Später, am Ziel eingetroffen, freute sich Annika, dass es dort auch zwei junge Pärchen gab. Bald tanzte ein junger, akrobatischer Rock-'n'-Roll-Tänzer mit Annika, der sie fast ein wenig zu wild herumschleuderte. Dennoch ärgerte sich Annika, als Benjamin sie sanft auf die Seite zog und forderte: „Heute gehörst du zu mir. Ich kann auch tanzen." Und dann legten sie beide los.

„Benjamin, ich staune!", begann Annika das Gespräch hinterher bei einem Glas Wein. „Du bist ja ein flotter Tänzer! Das hätte ich dir nicht zugetraut. Ich meine, altersentsprechend."

„Wie meinst du das?"

„Naja, du könntest mein Vater sein."

Er starrte sie an. „Annika! Bist du dir im Klaren, was du eben gesagt hast?"

„Ach, sei doch nicht so empfindlich. Mir gefällt es, dass du zwanzig Jahre älter bist, als ich."

„Neunzehn Jahre", korrigierte er und fuhr im bissigen Tonfall fort: „War das nötig? Erst denken. Dann reden."

„Oh, verzeih ...", reagierte sie.

Er lächelte versöhnlich. „Komm mit", lockte er.

Sie folgte ihm in einen anderen Raum. Urplötzlich drückte er sie auf ein Bett und postwendend versetzte sie ihm erbost eine klatschende Ohrfeige: „Was fällt dir ein?! Ich bin kein Freudenmädchen! Du Schuft! Fahre mich sofort nach Hause. Ich will morgen früh nicht übermüdet zur Arbeit erscheinen. Und angepflaumt werden ..."

Benjamin legte seinen Arm um sie. „Entschuldigung, Annika. Ich werde dich nie wieder anrühren."

„Gut! Dann fang bitte gleich damit an. Nimm deinen Arm weg! Oder", sie grinste ihn an „du kriegst noch eine gescheuert. Eine ganz saftige!"

Er hielt ihr seine Wange hin: „Hier! Schlag zu, du Wildkatze!"

„Lach nicht! Ich meine es ernst."

„Okay", reagierte er und setzte sie dann tatsächlich kurz vor zwei Uhr nachts – ohne sie nochmals berührt zu haben – vor dem Schwesternwohnhaus ab. Annika schlief sofort ein.

*

Türklopfen.

„Annika?!", rief Ursula um sechs Uhr morgens.

Keine Antwort.

„Annika?!", rief sie erneut und vergeblich. Unaufgefordert betrat Ursula das Zimmer und rüttelte den Arm ihrer Cousine. „Annika, wach auf. Du hast verschlafen!"

Keine Reaktion. Ursula rüttelte sie erneut. „Wach auf. Was ist mit dir los? Wo warst du gestern?"

„Auf einer Saufparty. Hab mit Rotwein und Eierlikör getanzt", erwiderte Annika schlaftrunken.

„Das sieht man dir an. Mach schnell. In einer halben Stunde wird operiert."

„Was?!", murmelte sie und schoss aus dem Bett. Doch im Nu setzte sie sich wieder und berührte ihre Stirn. „Aua! Mein Kopf."

„Hascht du a Katerle?"

„Ja. Ah, du – mir ist kotzübel. Ich kann nicht zur Arbeit gehen."

„Klar kannst du's. Komm mit.", forderte Ursula.

Annika taumelte ihr gehorsam ins Badezimmer nach.

„Kopf runter", befahl Ursula und wusch ihr das Gesicht mit einem kalten Waschlappen.

„Bist du jetzt wach?"

„Ja."

„Dann zieh dich an. Dr. Uhländer operiert heute. Du weißt, der fackelt nicht lange. Bei dem muss alles schnell gehen."

„Ach, der Uhländer? – Der kann warten. Der hat mich gestern geküsst."

Ursula prustete geräuschvoll und fragte überrascht: „W-a-a-a-s? – Der alte Knacker?! Egal. Beeil dich."

„Okay, okay. Fahr du los … Ich bin bald drüben."

Ursula hielt ihr eine Kopfschmerztablette hin. „Mund auf. …Trink mehr Wasser. Gut." Als Nächstes reichte Ursula ihr eine Scheibe trockenes Brot. „Hier beiß ab … Ich muss abzischen."

„Danke Ursula", würgte Annika und tat, wie ihr befohlen. Ungefähr zwanzig Minuten später radelte sie mit ihrem grünen Fahrrad zum Krankenhaus. Ihr Gesicht war sehr bleich, als sie die Operationsabteilung betrat.

„Na-ah? – Gut ausg'schlofe Schweschta Annika?!", begrüßte sie eine alte, unverheiratete Schwester mit einem zynischen Unterton.

„Ja, danke. – Entschuldigen Sie bitte meine Verspätung. Ich hab verschlafen."

„Sisch recht. Gehet 's nur schnell neu. Und wasch-ed sich keimfrei die Händ. Dr. Uhländer wartet scho."

„In Ordnung", erwiderte Annika und schimpfte innerlich: Du alter Besen! Das hast du mit Absicht gemacht. Wie soll ich mich in meinem Zustand als Instrumentenschwester konzentrieren können?

„Guten Morgen, Schwester Annika", grüßte Dr. Uhländer, der sich bereits am etwa drei Meter langen Stahlwaschbecken stehend – zur chirurgischen Desinfektion – seine Hände wusch. „Lassen Sie sich ruhig Zeit", sagte er leise mit einem gütigen, beruhigenden Tonfall. „Ich habe gerade meine Hände absichtlich am Waschbecken angestoßen. Muss mich noch einmal waschen."

Annika sah ihn erlöst aus dem Augenwinkel an, als er sich dann am Waschbecken direkt neben sie stellte und mit seinem Ellbogen den Hebel der Seifenflasche so bediente, damit sich zweimal ihre Schultern berührten.

„Danke für die Verzögerung", flüsterte sie ihm zu und sah, wie er sehr eifrig und gründlich seine Hände und Unterarme erneut wusch.

„Wie geht's dir?", erkundigte er sich im Flüsterton.

„Schlecht. – Bist du nicht müde?"

„Nein."

„Wie machst du das?", fragte sie leise.

„Die Wunderpille macht's möglich."

„Welche?", wollte sie wissen.

„Stucka-Tabletten."

„Kenn ich nicht."

„Pervitin", flüsterte er zurück.

„Könnte ich jetzt auch gebrauchen. Bitte operiere nicht so schnell. Ich kann nicht denken. Mein Kopf platzt bald."

„Wird gemacht. Keine Sorge."

Von wegen! – Es gab kein Erbarmen. Im Laufe des Vormittags musste Annika bei drei größeren Operationen instrumentieren. Alle mit Dr. Uhländer, der als einer der schnellsten Chirurgen des Krankenhauses galt.

Ursula versuchte sie abzulösen, aber man durfte nicht gegen den Befehl der ersten Operationsschwester handeln. Stattdessen gab Ursula ihrer Cousine während der Operationen in geeigneten Momenten zwischendurch Traubenzuckerwürfel. Außerdem durfte Annika von einem hingehaltenen Strohhalm aus einem mit kaltem Wasser gefüllten Glas trinken. Ab und an erfrischte Ursula mit einem kühlen Tuch die Stirn ihrer Cousine.

Endlich näherte sich das Vormittagsprogramm dem Ende. Der letzte Hautfaden war abgeschnitten und die letzte Wunde war verbunden. Annika setzte sich erschöpft im Waschraum kurz auf einen Hocker und hörte Benjamin Uhländer neben sich flüstern: „Annika, geh zum Vorraum. In meiner rechten Kitteltasche ist ein Brief für dich. Kleiderhaken: Nummer zehn."

Sie lachte. Doch sobald sie sich unbeobachtet wusste, zog sie aus seinem weißen Arztkittel den Brief heraus und las ihn später:

Liebe Annika! Es ist vier Uhr morgens. Vor zwei Stunden habe ich dich abgesetzt und dir nachgeschaut, wie du zur Haustür stolziertest. Ich liebe deinen Gang. Du, recht herzlichen Dank für den wunderschönen Abend. Ich war so stolz auf dich, du sahst entzückend aus. Ich wollte es dir noch sagen, – nun habe ich es nachgeholt.

Obwohl ich eigentlich müde sein sollte, bin ich hellwach und schreibe bei Kerzenlicht und leiser Musik. Ich trage meine Jacke, die nach deinem Parfüm riecht. Annika, lach nicht, ich liebe diese Atmosphäre!

Oh, du! – In Gedanken an dich, könnte ich mich täglich aufs Neue in dich verlieben. Aber du wünschst es nicht. Und weil du mich nicht mehr treffen möchtest, werde ich deinen Wunsch akzeptieren. Ich schließe dich noch einmal in Gedanken in meine Arme und wünsche dir von ganzem Herzen alles Gute. Adios, Carissima mia!" (Auf Wiedersehen, meine Liebste!) *Immer noch verliebt, dein Benjamin*

*

Annika zerriss den Brief und ließ die kleinen Fetzen in die Spültoilette flattern. Ihr Kopf schwirrte. Man sollte nicht glauben, wie ein alter Mann so verknallt sein kann. Egal was. Er hat bei mir keine weitere Chance. Ich duze ihn nie wieder. Und zu seinem Carissima-mia-Brief werde ich weder mündlich oder schriftlich Stellung nehmen. Wie doof von mir, dass ich mit ihm mitfuhr.

KAPITEL 9

Monate später lag Annika an einem milden Herbstabend auf dem Balkonliegestuhl. Sie hatte sich in eine Wolldecke eingekuschelt und erinnerte sich an ihr letztes Rendezvous mit Paul Probst. Verträumt schloss sie ihre Augenlider und schlummerte ein. Wo kommt der denn her? Dieser nackte, muskelbepackte Afrikaner?, fragte sie sich im Traum. Sein bunter Kopfschmuck ist doppelt so groß wie seine Tierfelltrommel. Jetzt macht er rhythmische Bewegungen. Und trampelnde Schritte. Schnelle Schritte. – Wer ruft da? „Annika!", hörte sie ihren Namen und bemerkte, wie die Außenlampe auf dem Balkon aufleuchtete. Etwas geblendet streckte Annika ihre Arme in die Höhe, drehte sich Richtung Balkontür um, erkannte Ursula und fragte: „Ja … Was gibt's?"

„Du bist ja gar nicht angezogen? Hast du's vergessen? Die Jungens holen uns bald ab."

Annika warf die Wolldecke auf die Seite und erwiderte: „Ach du liebe Zeit. Ich war eingepennt. Übrigens, das sind keine Jungens mehr! Paul ist immerhin schon sechsundzwanzig Jahre alt. – Damit du Bescheid weißt. Nach dem Kino gehe ich mit ihm alleine weg. Er will mir seine Junggesellenbude zeigen."

Ursula reckte ihren Hals vor und fragte: „Ja?"

„Ja. – Sag das aber ja nicht der Mutti!"

„Natürlich nicht. Denkst du, ich bin ein Mauerblümchen!" Beide lachten. Annika beeilte sich dann und gerade in dem Zeitpunkt, als sie ihr toupiertes Haar mit Haarspray besprüht hatte, klingelte die Wohnungsglocke. Gut gelaunt rannten Annika und Ursula die Treppe runter und gingen dann mit ihren Freunden Händchenhaltend ins Kino.

Viel später, beim Betreten von Pauls Ein-Zimmer-Mietwohnung, staunte Annika über die Sauberkeit. Sie fühlte sich sofort wohl und als sie ihre dünne Übergangsjacke im Flur an den Garderobenhaken hing, spürte sie seinen heißen Atem auf ihrem Nacken. Er fragte: „Möchtest du ein Glas Wein?"

„Nein, danke. Noch nicht", erwiderte sie und kitzelte zärtlich seine frisch rasierte Wange. Daraufhin zog er sie mit sich aufs Sofa und küsste sie leidenschaftlich. Und als er über ihrem dünnen Kleid ihre Brust berührte und sie näher und näher an sich zog, sprach keiner ein einziges Wort. Berauscht von gegenseitigen Liebkosungen kamen dann für beide die ersehnten Momente, in denen sie einander ihre Liebe kundgaben.

Nach jenem wunderschönen Abend hätte Annika ihn am liebsten täglich getroffen. Aber das war wegen des Dienstplans der Operationsabteilung unmöglich. Oftmals wurden nämlich die OP-Schwestern neben dem Tagesdienst zusätzlich für den nächtlichen Bereitschaftsdienst und für den Wochenendnotdienst eingeteilt.

Wie an jenem Sonntag: Am Krankenhausgelände angekommen stieg Annika von ihrem Fahrrad ab. Eilig lehnte sie es an den dicken Baumstamm eines hohen Ahornbaums und eilte Richtung OP-Abteilung. In dem Moment sah sie wie Dr. Uhländer direkt auf sie zusteuerte, und ihre Gedanken lauteten: Ach du meine Güte! Jetzt kommt der schon wieder angekleckert. Willst wohl wieder anbändeln, was? Sei lieber höflich Annika. „Guten Morgen. Auch Bereitschaftsdienst?"

„Ja", erwiderte er lächelnd und rieb etwas unbeholfen seine Hände. Annika machte eine säuerliche Miene. Der kriegt den Mund nicht auf. Nun rede schon. – Na endlich bewegen sich seine Lippen.

„Äh... Schwester Annika?"

„Ja?"

„Mein Kollege erwähnte, Sie wollen gerne in Afrika arbeiten. Stimmt das?"

„Ja, aber das ist nicht so einfach. Wenn man keine Beziehungen hat."

„Vielleicht könnte ich Ihnen helfen?"

Annika schaute ihn skeptisch an und ihre Gedanken waren: Du willst mich nur erobern. Kommt nicht in die Tüte. Oder hast du Angst, ich könnte dich wegen deiner Belästigungen verpetzen? Genau, du willst, dass ich ins Ausland abzische. – Also gut, ich tu so, als ob ich dir vertraue. Annika rümpfte die Nase. „Ach ja?!", schnappte sie, „darf man erfahren, inwiefern Sie mir helfen könnten?"

Der Arzt rieb kurz mit dem Zeigefinger über seine Narbe am Kinn und schaute sie sehr ernst an. „Annika! Möchtest du hören, – was ich zu sagen habe? Oder soll ich gehen!"

Annika registrierte seine Vertrautheit und entschuldigte sich. Daraufhin schloss er siegesbewusst kurz seine Augen und nickte zweimal. „Ich kenne einen Tropenarzt", eiferte er sich lächelnd.

„Ehrlich?"

„H-hm."

Annika klatschte sanft ihre Hände zusammen. „Das hört sich interessant an. Aber ich habe jetzt leider keine Minute Zeit. Ich muss abzischen. Notfalloperation …", erwiderte sie, und vor lauter Eile wäre sie beinahe über einen Eimer gestolpert.

*

Als Annika in der Mittagspause den Speisesaal betrat, winkte Benjamin Uhländer sie zu einem kleinen, leeren Esstisch und sagte unter anderem: „Wie gesagt, ich kenne einen deutschen Tropenarzt in Afrika. Er heißt Dr. Wankelgut. Und bringt etliche Erfahrungen vom Kongo mit. Dort war er beruflich zwei Jahre für eine Mission engagiert. Bin mir aber nicht sicher, ob er jetzt im äquatorialen Liberia eine OP-Schwester benötigt. Ich weiß aber, er sucht eine diplomierte Krankenschwester. Die etwas Englisch spricht."

Annika strahlte ihn erwartungsvoll an. „Ehrlich?!"

„Ja, und zwar befindet sich die Krankenstation im Landkreis Grand Gedeh County. Ich hab dort mal als Gastchirurg gearbeitet. Beziehungsweise damals hieß es Ost-Provinz. Die Bezeichnung Grand Gedeh County existiert erst seit diesem Jahr.

Annika errötete. „Ich weiß gar nicht, wo Liberia liegt."

„In Westafrika", antwortete er und zog aus seiner weißen Kitteltasche eine Liberialandkarte heraus. Dann breitete er sie auf dem Esstisch aus und Annika verfolgte gespannt, wie er mit seinem zugeschraubten Füllfederhalter auf verschiedene Stellen deutete. „Schau, das Grand Gedeh County grenzt im Norden an die Elfenbeinküste. Und im Westen grenzt es an den Landkreis Nimba. Dort wird Eisenerz abgebaut. Und südöstlich grenzt es an das River Gee County."

Annika stutzte. „Ich sehe ja gar keine Zuglinien."

Uhländer winkte ab. „Doch. Es gibt eine von Buchanan nach Nimba. Der Zug ist allerdings nur für den Eisenerz-Transport gedacht.

Nun deutete er auf den Regierungsdistrikt Grand Gedeh. Das ist mehr oder weniger eine forstwirtschaftliche und landwirtschaftliche Region. Häufig werden Reis, Mais, Cassava und Zuckerrohr angebaut. Zum Eigenbedarf. Angeblich gibt's dort auch Gold, Diamanten und Eisenerz. Das Gebiet ist rar bevölkert. Auf einen Kilometer kommen etwa zwölf Bewohner. Viele Menschen gehören dort der Volksgruppe Krahn an. Zwedru ist die Hauptstadt. Früher hieß sie Tschien."

„Interessant", meinte Annika und erkundigte sich: „Haben Sie schon gegessen?"

„Nein", erwiderte er knapp und deutete auf der Karte auf den Cavalla Fluss. „Manche Einheimischen nennen ihn Youbou. Der Fluss ist über fünfhundert Kilometer lang und hat viele Stromschnellen. Er ist für die Schifffahrt völig ungeeignet. Beziehungsweise ab und zu sieht man auf dem Youbou kleine Boote und Einbäume."

Annika hielt ihren Kopf: „Oje, Sie werfen mit Namen rum, die der Mensch nie gehört hat."

Er lachte und fuhr fort: „Der Tropenarzt hat drei Kinder. Zwei von ihnen besuchten damals schon ein internationales Internat. Aber in der Schweiz."

„Okay", erwiderte Annika und erkundigte sich: „Und wie heißt das Krankenhaus?"

„Malika Zoomuh Hospital. Es befindet sich mehr oder weniger in der Wildnis. Richtung Tapeta." Uhländer machte eine Pause und strich über sein Haar, ehe er schmunzelnd fortfuhr: „Malika ist ein arabischer Name. Und bedeutet Engel oder Prinzessin."

„Oh, wie neckisch", kommentierte sie.

Er zwinkerte ihr zu. „Deshalb gebe ich auch nur dir die Adresse." Dann zog er einen hellbraunen Umschlag aus seiner weißen Kitteltasche, entnahm zwei Fotos und zeigte sie Annika. „Hier sieht man das Urwalddorf. Lauter Rundhütten aus Lehm. Alle mit Palmwedeln oder Grasbüscheln gedeckt." Er deutete auf den Hintergrund des Fotos. „Aber die barackenähnlichen Gebäude, die haben Wellblechdächer. Und in dem kleinen, weißen Bungalow, da wohnte ich."

Annika schmunzelte und zeigte mit dem kleinen Finger auf eines der länglichen Gebäude. „Wie neckisch. Ein Krankenhaus mit Fensterläden. Ist das wegen den Elefanten. Oder wegen den Leoparden?", fragte sie wissbegierig.

Sein Körper vibrierte vor lauter Lachen. „Nein", fuhr er grinsend fort, „manche Heiden fürchten sich vor dem Waldteufel. Und vor bösen Geistern. Besonders die Stammesmitglieder vom Volk der Bassa. Bin mir aber nicht ganz sicher. Egal. Jedenfalls vermuten sie, dass die Teufel durch die offenen Fenster reinschlüpfen."

Uhländer griff in seine Tasche und bot Annika eine Zigarette an. „Nein danke. Lieber nicht. Da hinten steht eine Nonne."

„Verstehe", erwiderte er, zündete eine für sich selbst an und sagte: „Das hintere Gebäude ist die Werkstatt. Und daneben sind die Ambulanz und das Sprechzimmer."

Ferner deutete Dr. Uhländer rechts auf dem Foto auf ein paar Leute, die unter Palmen standen. „Der Mann mit dem langen Gewand", begann Uhländer zu erklären, „das ist der Häuptling … Und der Mann im weißen Kittel ist mein Freund Harry Wankelgut. Eine Zeit lang gehörten wir beide derselben Studentenverbindung an. Guck, das ist seine Frau", erklärte er, warf einen Blick auf seine Armbanduhr und sprach weiter: „Früher war es eine Missions-Krankenstation. Jetzt ist das Gelände von einer ausländischen Industriefirma gepachtet. In der Umgebung wütete der Holzabbau. Hauptsächlich für den Export. Die jahrhundertealten Baumriesen holzten sie rigoros ab. Mahagoni- und Teakholz waren und sind die begehrtesten. Es gibt zirka hundert wertvolle Tropenhölzer. Asien, Deutschland und andere Länder reißen sich darum. Ich bin aber gegen den radikalen Kahlschlag. Das ist Urwaldvernichtung höchsten Grades. Zumal die Fauna darunter leidet." Er legte eine kurze Sprechpause ein und pustete schmunzelnd den Rauch zur Decke. „Angeblich will man jetzt mehr Zuckerrohr-, Kaffee- und Kakaoplantagen bauen."

Ein anderer Chirurg gesellte sich zu Annika und Uhländer. Er fragte: „Benjamin, hast du schon gegessen?"

Benjamin verneinte und schlug vor: „Geh du schon mal vor. Ich komme gleich nach."

Sowie er gegangen war, erkundigte sich Uhländer: „Annika, hast du noch eine Frage?"

„Ja."

„Wie groß ist das Dschungelkrankenhaus?"

„Krankenhaus ist übertrieben. Man sollte es Krankenstation nennen. Als ich dort arbeitete, gab es nur zehn Betten. Mit Moskitonetzen und dergleichen. Die Hauptbetreuung betraf ambulante Versorgungen und Geburten. Es gab nur individuelle Generator-Stromerzeuger. Mittlerweile ist dort aber einiges modernisiert worden. Aber trotzdem. Das luxuriöse Leben wie in Stuttgart, das kannst du dort vergessen."

Annika zuckte ihre Schultern. „Das macht mir nix aus. Und wie kommt man dorthin?"

Mit einem Privatauto. Die Zufahrtsstraße ist allerdings wetterbedingt manchmal unbefahrbar. Die Lokalen fahren mit Sammeltaxis und Kleinbussen. In letzteren sind nur scheibenlose Fenster drin. Und in der Trockenzeit wird den Passagieren der rote Staub um die Nase gewirbelt. In der Regenzeit hingegen, da klatscht ihnen das Wasser ins Gesicht. Wo keine Straßen existieren, geht man auf beschwerlichen, hügeligen Trampelwegen. Und das im tropischen Regenwaldklima."

„… Das macht mir nichts aus", erwiderte Annika und hörte sich dann an, was Uhländer in Bezug auf die Arbeitsmöglichkeiten für Paul wusste.

„Und?", fahndete er abschließend, „bist du an der Adresse interessiert?"

„Ja. Ja, gerne. Auf alle Fälle", sprudelte es aus ihr heraus. Und vor lauter Euphorie kullerte dann eine Träne über ihre linke Wange. Und gütig, wie ein Vater, berührte Uhländer ihre Schulter und versprach: „Ist gut. Ich gebe sie dir morgen."

KAPITEL 10

An einem kühlen Winterabend in Stuttgart, kuschelte sich Annika im Bett an Pauls warmen Körper und schmuste mit ihm. „Schau mich an", flüsterte er sanft nach einem besonderen Moment, „damit ich in deinen Augen lesen kann, ob du wirklich glücklich bist."

„Und ob! Mir war, als seien unsere Seelen zusammengeschmolzen."

Er hauchte einen Kuss über ihre rechte Hand und sagte: „Annika, ich liebe dich über alles. Was meinst du, wol–", er stockte.

„Was soll ich meinen?"

Da schaute er ihr in die Augen und wiederholte: „Was meinst du? – Wollen wir heiraten?"

Annika stutzte. „Ist das nicht ein bisschen früh?", erkundigte sie sich und fragte: „Was ist überhaupt mit deiner Brieffreundin? Die dich aus München angerufen hatte? Diese Dagmar, oder wie sie heißt."

„Ach die! – Die ist mit einem anderen liiert."

„Gut. Aber trotzdem. Ich möchte erst in Afrika arbeiten. Mindestens ein Jahr."

„Annika, warte doch, bis ich mit dem Studium fertig bin. Dann bewerben wir uns zusammen in Afrika."

„Ja, mal sehen ...", erwiderte sie und konnte dann bei sich zu Hause lange nicht einschlafen.

Erst am folgenden Sonntagnachmittag, als Annika Hand in Hand mit Paul im verschneiten Wald spazierenging, schwärmte sie ihm vom Malika Zoomuh Krankenhaus vor und fügte hinzu: „Dr. Uhländer meinte, du könntest in Liberia bestimmt auch einen Job finden. Bei einer europäischen Kontraktfirma oder so. Dort beginnt ein Wirtschaftsboom. Geologen haben festgestellt, dass es im Hinterland Eisenerz, Gold und Diamanten gibt. Die liberianische Regierung gibt ausländischen Firmen das Schürfrecht."

Paul rieb seine Stirn und erkundigte sich: „Und wie steht's dort mit der öffentlichen Infrastruktur?"

„Die muss dringend modernisiert werden. Es gibt fast nur Sand- oder

Schotterstraßen. In vielen Gegenden entstehen Baustellen. Es mangelt an Brücken und Überlandstraßen. Teilweise müssen die Naturstraßen mitten durch den Dschungel gebaut werden. Das bedeutet Bäume zu fällen. Und den Krokodilen aus dem Weg zu gehen. Und Schlangen zu töten. Uhländer sagte, die benötigen Vermessungstechniker und Vermessungsingenieure."

„Mach langsam, Annika. Du redest wie ein Wasserfall."

„Ja, ich weiß. Aber ich bin total begeistert. Dort gibt's auch Gummiplantagen: Und Landwirtschaft. Reisbauern. Und die Holzindustrie blüht. Angeblich arbeiten die Lokalen gerne für die Holzexportfirmen. Obwohl sie pro Tag nur einen amerikanischen Dollar verdienen. Dafür können sie ein Huhn kaufen. Manchmal bekommen sie zusätzlich noch eine Fischkonserve. Oder eine Tasse trockenen Reis. Angeblich können sie von dem Verdienst ihre Familie gut ernähren. Und davon noch etwas sparen. Viele Einheimische reden die Weißen mit ‚big Bossman' an."

„Annika, the big Boss-Lady", stichelte er und erntete dafür einen leichten Puff in die Rippen. Doch dann lehnte sie sich an ihn und sagte: „Du musst ja sowieso weiterstudieren. Und wenn du dein Abschlussexamen bestanden hast, dann kommst du nach."

Paul rieb erwägend sein Kinn. „Ich muss mir das gründlich überlegen …"

„Was gibt's da zu überlegen? Wir könnten dort viel Geld sparen. Ich hab dir gesagt, ich will und werde nie wieder arm sein. Wirst schon sehen."

„Und wo befindet sich das Dschungelhospital?", wollte er wissen.

„Im Hinterland. In der Urwaldzone … "

Paul rieb seine Handflächen zusammen. „Gut", sagte er, „ich bin interessiert. Aber nur unter einer Bedingung."

„Welche?"

Paul umschlang mit beiden Händen ihre Taille und guckte sie ernst an: „Annika, wenn das so sein muss, – dann möchte ich gerne, dass du bald meine Frau wirst. Die mir aber in der afrikanischen Ferne treu bleibt. So wie eine Nonne. Könntest du das ein halbes Jahr lang aushalten?"

„Ja. Die Frage ist, ob du solange als Abstinenzler leben könntest."

„Ich schon", beteuerte Paul und fragte: „Also, wie ist es? Heiraten wir?"

Sie umarmte ihn stürmisch. „Ja. Ja, natürlich", schoss es aus ihr heraus: „Aber ich lasse mich nicht vorher schwängern …"

Er lachte. „Nein, ganz und gar nicht. Dazu haben wir noch zwanzig Jahre Zeit … Außerdem kann es keine Blitzhochzeit geben. Wir müssen unsere Namen erst ausschreiben lassen … Bis zur Trauung vergehen noch mehrere Wochen. Also lass uns die Zeit genießen."

KAPITEL 11

Niemand hätte es für möglich gehalten. Bereits drei Wochen nach ihrer standesamtlichen Trauung fuhren Paul und Annika mit dem Auto Richtung Frankfurter Flugplatz. Die Sonne strahlte auf die grüne Landschaft und vom Autoradio ertönte der Schlager: „Wenn ich ein Cowboy wär …" Paul pfiff die Melodie in falschen Tönen mit, aber Annika war es nicht zum Pfeifen oder Singen zumute.

Stillschweigend, wie eine Taubstumme, stieg sie am Frankfurter Flugplatz aus dem Auto. Zögernd ergriff sie ihre Reisetasche und war versucht, mit dem Afrikajob einen Rückzieher zumachen. Aber das ging ja nicht. Sie guckte nach unten und befahl sich stumm: Bloß nicht heulen. Plötzlich berührte Paul ihr Kinn und drehte vorsichtig ihren Kopf zu sich. „Du hast ja Tränen in den Augen."

Schwups umarmte sie ihn ganz fest und hauchte mit einer zittrigen Stimme über die Lippen: „Oh, Paul, ich wünschte mein Bruder hätte mich hierher gefahren."

„Ich nicht, Annika. Jede Minute mit dir zu verbringen, ist wie ein Geschenk vom Himmel. Krieg ich jetzt einen Abschiedskuss?"

Sie nickte, küsste ihn leidenschaftlich und hörte ihn sagen: „Annika, niemand zwingt dich, nach Afrika zu fliegen. Aber vielleicht wirst du sogar eines Tages bereuen, dass du verheiratet bist."

„Niemals. Ich vermisse dich ja jetzt schon. Obwohl du zum Greifen nahe bist", erwiderte sie schluchzend und folgte ihm mit ihrer Reisetasche Richtung Eincheck-Schalter.

Knapp eineinhalb Stunden später riet er ihr: „Genieße den Flug. Und denke an unsere Liebe …" Sie versprach es und schrieb später während des Fluges einen Brief an ihn:

Mein lieber Paul, die rotierenden Propellerblätter summen und die Motoren brummen. Vorhin, als die Konstellation über Frankfurt flog, guckte ich durch mein Fenster und hoffte sehnsüchtig, ich könne noch einmal unser vertrautes Auto auf der Autobahn sehen. Ich wünschte sogar, du hättest mir mit einem durchs Autofenster ausgestreckten (riesenlangen) Arm nach oben zugewinkt, oder mich auf die Erde zurückgeholt … Bitte studiere extra viel und bestehe dein Staatsexamen, damit du so schnell wie möglich zu mir nach Afrika nachkommen kannst.

Weißt du Schatz, in mir ist eine ganz traurige Stimmung. Du sagtest mir gestern bei einer schönen Gelegenheit: „Ich hab dich lieb und gebe dich nicht mehr her. Aber bitte genieße den Flug …" Oh Paul. Du täuschst dich gewaltig. Wie soll ich den Flug genießen, wenn du nicht bei mir bist. Gerade muss ich wieder mein Taschentuch benutzen, das mit deinem Herrenparfüm beträufelt ist. Ich sentimentale Kuh. Naja. Immerhin bringt mich der Duft in Gedanken ganz nahe zu dir. – Sorry, ich kann nicht mehr schreiben. Das Flugzeug wackelt ziemlich. Zudem rauchen viele Passagiere und die Luft ist dadurch verpestet … In ewiger Liebe deine Annika

*

Viele Stunden später, als es bereits draußen dunkelte, sehnte sich Annika nach sauerstoffreicher Luft. Endlich! – Endlich die Landung auf dem liberianischen Airport in Robertsfield. Jedoch meldeten sich bei Annika beim Verlassen der Flugzeugtür beängstigende Gefühle. Irgendwie glaubte sie, jemand schnüre ihr die Luft ab und sie stünde in einer gigantischen, heiß dampfenden Holzsauna. In einer Sauna, in der sich Millionen zirpende Singzikaden im vermoderten Holz versteckt hielten.

Geschockt von der feuchtwarmen Luft blieb sie auf der von außen herangeschobenen Metalltreppe einfach stehen. Wie benebelt hielt sie sich am wackeligen Geländer fest, und im Begriff umzukehren, spürte sie eine behutsame Hand auf ihrer Schulter.

„Sie gewöhnen sich an die Außentemperatur", ermutigte sie ein breitschultriger Europäer in akzentfreiem Deutsch. „Das ist nur im ersten Moment so. Zehn Minuten, und Sie fühlen sich wie zu Hause."

Verblüfft schaute Annika ihn an. Der junge Herr mit den aufgekrempelten Oberhemdärmeln trug eine Aktentasche und lächelte ihr ermutigend zu. „Kommen Sie."

Sie blieb aber stehen und wie benommen sah sie unten im schwachen Lampenstrahl etwa zehn Leute. Sie standen in der Nähe einer großen, lehmigen Wasserpfütze. „Kommen Sie", wiederholte der Herr und so folgte sie ihm doch zögernd die Stufen herab.

Plötzlich, in der Erinnerung an das Foto, das ihr Benjamin Uhländer gezeigt hatte, erkannte sie ihren neuen Chef Dr. Wankelgut. Neben ihm stand seine Ehefrau, die ihr Haar in einer vornehmen, lockeren Hochsteckfrisur mit einem großen Knoten trug. Beide winkten ihr lächelnd entgegen und bald sagte der Tropenarzt: „Grüß Gott, Schwester Annika. Herzlich Willkommen in Liberia. Schön, dass Sie hier sind …"

„Danke", antwortete sie kleinlaut und erwog, ob sie Liberia doch den Rücken kehren sollte. „Ich wusste nicht, dass es hier dermaßen schwül ist", platzte es leise aus ihr heraus. „Wie lange dauert denn die Regenzeit?", erkundigte sie sich.

„Etwa von Mai bis Ende Oktober", erwiderte der Tropenarzt und forderte: „Also gehen wir. Wir übernachten erst mal hier im Flugplatzhotel. Morgen nach dem Frühstück fliegen wir mit der DC 3 nach Buchanan."

Annika steckte ihren Reisepass in ihre weiße Schultertasche und fragte: „Dr. Wankelgut, wie lange dauert denn morgen der Flug?"

„Weniger als eine Stunde …", erwiderte er und fragte, ob sie Hunger habe.

„Nein danke. Ich bin müde. Ich möchte gerne gleich schlafen gehen."

„Selbstverständlich", antwortete er und als Annika das klimatisierte Hotelzimmer betrat, staunte sie, wie kalt es war und wie laut die Aircondition ratterte. Dennoch schlief sie sofort ein.

*

Als am Vormittag alle Passagiere in dem kleinen Flugzeug saßen, erläuterte Dr. Wankelgut. „Schwester Annika, gleich nach der Landung muss ich in Buchanan einiges erledigen. Meine Frau kümmert sich dann um Sie … Wahrscheinlich kann uns der Chauffeur erst nachmittags zum Malika Zoomuh Krankenhaus fahren. Das wird eine anstrengende, lange Fahrt. Hoffentlich regnet es nicht zu stark. Sonst schlittern wir auf dem roten Straßenmatsch, wie auf Glatteis."

„Ich bin gespannt", erwiderte Annika und strahlte, als sie nach einem ruhigen Flug in Buchanan ankamen.

Dr. Wankelgut winkte seinen jungen Chauffeur herbei, der Annika entgegenlächelte. Der Afrikaner trug eine kurze Khakihose und ein weißes, makellos gebügeltes, kurzärmeliges Oberhemd. Er machte eine kleine Verbeugung, begrüßte Annika mit einem zaghaften Handschlag und verstaute ihr Gepäck im Kofferraum. Dann öffnete er für sie die hintere Autotür.

Annika freute sich und sagte dann während der Autofahrt: „Toll ist es hier. Die Palmen und die Hütten. Und überhaupt. Alles gefällt mir schon. Darf man hier im Ort spazieren gehen?"

„Ja, natürlich. Aber jetzt um die Mittagshitze ist es zu heiß und schwül", gab Frau Wankelgut zu bedenken. „Ich schlage vor, wir besichtigen ein kleines Krankenhaus. Dort kenne ich eine deutsche Ordensschwester …"

„Oh ja. Gerne …", reagierte Annika und sah dann, wie der Chauffeur vor einem niedrigen Gebäude parkte. Auf einmal schlenderten fünf barfüßige junge, schlanke Frauen an Annika vorbei. Drei von ihnen hatten nackte Oberkörper. Sie gingen sehr selbstbewusst und graziös. Je nachdem balancierten sie einen großen Sack, einen Korb oder eine Schüssel auf dem Kopf.

Im Krankenhaus angelangt, durften die beiden Besucherinnen zuerst im Speisesaal zu Mittag essen. Es gab eine sehr scharf gewürzte Tomatensuppe und trockenes Brot dazu.

Später, als Frau Wankelgut und Annika durch die Krankenstation geführt wurden, redete die Ordensschwester wie eine Professorin im Hörsaal. Beispielgebend erwähnte sie: „Die Kindersterblichkeit ist sehr hoch. Man sagt, die Dorffrauen werden mindestens ein Dutzend Mal im Leben geschwängert. Davon überlebt aber höchstens nur die Hälfte. Hauptsächlich deshalb, weil es keine pränatale Betreuung gibt."

„Woran sterben denn die Kinder?", wollte Annika wissen.

„Häufig an Malaria und an Lungenentzündung. Oder an Wurmkrankheiten und Durchfallerkrankungen. Wissen Sie, in der Trockenzeit, wenn vor Ort keine saubere Trinkwasserquelle vorhanden ist, holen die Einheimischen ihr Wasser aus dem nächstbesten Bach. Obwohl ihn so manch einer mal als Toilette benutzt hatte. In so einem

Wasser wimmelt es natürlich von Bakterien. Vor ein paar Monaten starb ein Neugeborenes an Tetanus. Weil man für die Abnabelungen Grasfäden benutzte."

Annika hörte interessiert zu und hätte gerne noch mehr erfahren, doch früher als erwartet, erschien Dr. Wankelgut und verkündete: „Da hinten ist der Himmel ganz grau. Wir müssen schnellstens aufbrechen. Solange es noch hell ist. Und nicht regnet."

Während der Chauffeur sie dann fuhr, überschüttete Dr. Wankelgut Annika mit vielen Auskünften über das Malika Zoomuh Krankenhaus. Zudem stellte er einige Fragen, sodass Annika nur sehr wenig von der fruchtbaren, landschaftlichen Schönheit bei Tageslicht in sich aufsaugen konnte. Um achtzehn Uhr, als die Nacht anbrach, spritzte schmutziges Pfützen-Wasser an die Seitenfenster und man konnte von der Landschaft kaum etwas sehen. Zudem ruckte es häufig wegen der ausgewaschenen, mit Schlammwasser gefüllten Straßenlöcher. Dennoch: Die Baum- und Palmenkronen, die Silhouetten der runden und viereckigen Lehmhütten und die Hügel- und Bergspitzen, die sich später gegen den sternenreichen Nachthimmel abzeichneten, waren kein Traum. Annika lächelte beglückt vor sich hin: Toll, ich kann jetzt unbeschwert atmen. Am liebsten würde ich laut rausjubeln: Hurra! Ich bin in Afrika. Doch sie wandte ihr Gesicht Frau Wankelgut zu und sprach: „Genauso hatte ich mir Afrika vorgestellt. – Oh, in der Ferne flackert Licht. Gibt es in den Dörfern Elektrizität?"

„Nein, das sind Petroleumlampen oder lodernde Lagerfeuer. Die Landbewohner sind gegen das feuchte Urwaldklima sehr empfindlich. Nachts wärmt das Feuer. Und gleichzeitig vertreibt der qualmende Rauch die Moskitos. Tagsüber dienen die Feuerstellen zum Kochen. Manche Essensgerichte werden acht Stunden lang gekocht. Häufig glimmt die Glut Tag und Nacht."

„Waren Sie schon mal in so einem Dorf?"

„Aber sicher doch …", erwiderte sie gähnend, erzählte von einem Buschtrip und beantwortete weitere Fragen von Annika. Doch als Frau Wankelgut erneut gähnte und ihr Mann leise schnarchte, stellte Annika keine weiteren Fragen mehr, sondern versuchte auch ein Nickerchen zu machen.

KAPITEL 12

Mit den Worten „Bossman, wir sind hier" weckte der Fahrer den Tropenarzt vor einem beleuchteten Bungalow und eine Frau (Anfang dreißig) öffnete bald die Haustür. Sie drückte ihren bodenlangen Morgenrock aus Nylon mit ihrem linken Ellbogen an ihre enge Taille. Annika grinste in sich hinein, denn durch den hauchdünnen Stoff leuchteten ihr kurzes, geblümtes Nachthemd und ihre schönen Beine hindurch. Zudem hielt sie ganz leger in ihrer linken Hand eine handlange, schwarze Zigarettenspitze mit einer angezündeten Zigarette.

„Da steht Schwester Doris", erklärte Frau Wankelgut noch im Auto. Dann stiegen alle aus und schritten zum Bungalow.

„Schwester Doris! Sie sind noch auf?", nörgelte Frau Wankelgut.

„Ja. In Erwartung meiner neuen Hausgenossin war ich zu aufgeregt, um schlafen zu können", erklärte Schwester Doris und reichte Annika ihre Hand. „Nett, Sie kennenzulernen. Bitte treten Sie ein."

„Danke", sagte Annika und überblickte dann blitzschnell das Wohnzimmer. In der Sitzecke – gleich rechts neben der Eingangstür – standen auf einem Rauchtisch ein gefülltes Glas Bier und eine leere und eine volle Flasche Bier. Zudem stand da ein halbvoller Aschenbecher mit langen Zigarettenkippen, von einer darüberhängenden elektrischen Lampe mit einem Strohschirm gemütlich beleuchtet. Ein großer Deckenventilator drehte sich summend auf vollen Touren, aber es war trotzdem etwas warm und schwül im Wohnzimmer. An den weißen Wänden hingen Holzmasken und auf dem polierten Holzfußboden lagen lose Teppichbrücken.

Annika strahlte das Ehepaar an. „Mit so einer modernen Unterkunft hatte ich nicht gerechnet. Ich bin begeistert."

Dr. Wankelgut nickte einmal. „Das ist wichtig …", meinte er lächelnd. Kurz darauf verabschiedete sich das Ehepaar mit der Erklärung, sie müssten aus beruflichen Gründen schon um sechs Uhr aufstehen.

Das Ehepaar verließ den Bungalow und Annikas neue Kollegin schüttelte verärgert ihren Kopf. „Frau Wankelgut ist als vorübergehende Wirtschafterin eingesetzt worden", erklärte sie mit einem ironischen Unterton. „Dabei kenne ich die Krankenstation viel besser als die. Auch das Arbeitsklima und das Personal. Außer mir gibt's noch zwei ausgebildete Schwestern. Eine von ihnen ist eine Liberianerin. Sie ist mit einem politischen Bonzen verwandt. Und durch ihr ruhiges, hilfsbereites Wesen sehr beliebt. Ansonsten gibt's nur Hilfspersonal. Annika, sagen Sie ehrlich: Wie gefiel Ihnen der anmaßende Ton von Frau Wankelgut?"

„Naja", antwortete sie ausweichend.

Schwester Doris inhalierte den Rauch ihrer Zigarette und meinte: „Sein Vorgänger war viel netter. Naja, er geht ja noch! Aber die Frau! Angeblich stammt sie vom Kaiser Wilhelm ab und trägt deshalb eine aristokratische Haltung zur Schau. Die spielt sich so richtig auf. Als wenn sie ein Putzdiplom hätte. Nicht nur dem Hilfspersonal gegenüber." Schwester Doris stupste sich selbst ein paar Mal mit dem rechten gekrümmten Zeigefinger auf ihre Herzgegend und fauchte: „Mir, – mir gegenüber auch! Stellen Sie sich *das* mal vor! Mir, – *mir*, einer diplomierten Krankenschwester! Hat man dafür gebüffelt? Di – di – die selbst ernannte Ordnungshüterin! *Die* bildet sich vielleicht was ein! – Na sagen Sie mal ehrlich?! – *Die* hat doch keinen Doktortitel. Oder? Wir leben doch nicht in Österreich! Oder? – Soll ich die jetzt anhimmeln? Nur weil sie mit einem verheiratet ist." Doris lehnte sich im Sessel zurück und blähte ihre Wangen, wie beim Luftballon-Aufpusten.

Annika ergriff herzhaft auflachend ihre weiße Schulterhandtasche, nahm ihre Zigarettenschachtel raus und schlenderte in Richtung der roten, niedrigen Couch. „Kann man sich hier hinsetzen?", fragte sie.

„Ja-ja. Natürlich. Verzeihen Sie." Doris deutete auf den kleinen Tisch. „Da steht schon ein sauberes Glas für Sie. Trinken Sie lokales oder importiertes Bier?"

Annika wischte mit ihren Fingerspitzen ihre Lachtränen weg und winkte ab. „Spielt keine Rolle. Ich trinke selten. Ich könnte garantiert keinen Unterschied feststellen", antwortete sie und zog an ihrer Zigarette. Erst dann füllte sie ihr Glas mit dem Bier aus der bereits geöffneten Flasche.

„Prost, auf Liberia", sagten beide, nickten einander zu und tranken einen Schluck. Plötzlich huschte Doris zum Plattenspielerschrank und legte eine Schallplatte mit Rock-'n'-Roll-Hits auf. Dann kehrte sie tänzelnd zu der Sitzecke zurück, ließ sich grinsend draufplumpsen, zog ihre Augenbrauen hoch und erkundigte sich: „Wo waren wir stehengeblieben? – Ich meine, was sagte ich zuletzt?"

„Putzdiplom", erinnerte Annika und bewegte ihren Oberkörper im Rhythmus der Musik.

„Ach ja. – Die Putzlehrerin! – Ja, die tut so richtig. Die tut, als wenn sie auch *mein* Boss wäre. Nee, nee, danke! Einer genügt mir."

Insgeheim gab Annika diesem merkwürdigen Geschöpf den Spitznamen *Meck*, weil sie wie eine Ziege meckerte und ihr ewiges Kopfnicken zu dem Nicknamen goldrichtig gepasst hätte.

Annika bemerkte, wie ihr Gegenüber sie stillschweigend so musterte, als habe sie ihre schlechten Gedanken erraten. Plötzlich tat ihr Doris leid und sie sagte zu ihr: „Doris, warum wehren Sie sich nicht? – Ich an ihrer Stelle würde höflich sagen, was mir nicht passt. Mit denen kann man bestimmt reden. Also, ich persönlich finde die beiden nett."

Schwester Doris zog ihre Brauen zusammen und bewegte energisch ihren hochgestreckten, fast knochendürren Zeigefinger von links nach rechts und holte tief Luft. „Nein. Sie täuschen sich. Wissen Sie: Früher! *Da* hat mir die Arbeit hier *Spaß* gemacht! Aber seitdem *die*", sie machte eine flinke Kopfbewegung Richtung Haustür, „jetzt am Ruder sind. – No. Impossible! Ich sag Ihnen: Am besten, man lässt sich Ochsenhörner anschrauben. Als Abschreckmittel." Plötzlich hielt sie ihre schmale Hand vor den Mund. „Nein. Ich sage *nichts* mehr!"

Annika biss sich etwas auf die Lippe, um nicht laut herauszuplatzen. Zur Ablenkung beobachtete sie auf der Tischplatte eine zappelnde, surrende Fliege, die auf dem Rücken lag und sich drehte. Schwester Doris verscheuchte sie mit einer wedelnden Handbewegung und ergriff ihr Glas. „Prost! Trinken wir lieber." Sie setzte das Glas an und zwinkerte mit einem Auge. „Ich glaube, wir zwei klicken! Wie wär's, wenn wir *du* zueinander sagen?"

Annika, die wesentlich Jüngere, nickte eifrig: „Einverstanden. Prost!" Die Gläser klirrten. Annika stellte schmunzelnd ihr leeres Glas auf den Tisch und forschte nach: „Doris, du hattest da was angefangen. – Jetzt komm, – stell dich nicht so an. Erzähl weiter."

Doris hauchte Rauchkringel Richtung Fenster und dann lehnte sie sich etwas nach vorne. „Okay", begann sie, „aber erst sagst du mir, wo du zuletzt in Deutschland gearbeitet hast."

„In Stuttgart …", erwiderte Annika.

„Sag bloß! Dort hab ich auch gearbeitet. Ehe ich hier herkam."

„Ehrlich?", erwiderte Annika und beobachtete nebenbei die Körpersprache ihrer erregten Kollegin, die, während sie sprach, – häufig ihre Hände seitwärts, rückwärts, hoch und runter bewegte.

Doris streckte einen Zeigefinger hoch in die Luft „Zurückkommend auf deine Frage: Also, in letzter Zeit renn ich mir hier die Füße wund! Früher gab es auch viel zu tun, aber trotzdem machte mir die Arbeit Spaß. Weil man spürte, man wurde gebraucht. Aber jetzt?! – Jetzt könnte ich vor lauter Ärger täglich zehnmal kotzen. Pardon. Gift und Galle spucken. Und überhaupt! Ich hab mich noch gar nicht von meiner Malaria erholt. Und schon wird man rumgejagt!" Ihre Augen füllten sich mit Tränen. „Es wurde höchste Zeit, dass ich entlastet werde", schluchzte sie leise vor sich hin.

Gerührt sah Annika auf das dünne, verzweifelte Nervenbündel. „Was? Malaria hast du gehabt? Hast du denn nicht regelmäßig deine Malaria-Prophylaxe eingenommen?"

Hoffnungsloses Schulterzucken. „Ich meine schon! Aber vielleicht habe ich es ja doch mal vergessen. Vor lauter Arbeitsüberlastung. Annika. Ich rate dir: Lass dich bloß nicht ausnutzen! Die werden es versuchen. Du machst dich sonst kaputt! Schau mich an. Ich kann dir Fotos zeigen, wie ich aussah, als ich hier ankam. Da hatte ich kein einziges graues Haar." Sie strich ein paar dunkle Haare über dem Ohr hoch und zeigte den grauen Haaransatz. Dann ergriff sie ihr halb gefülltes Bierglas und trank es in einem Zug aus. „Naja, gerechtigkeitshalber will ich aber nicht alles auf die Arbeit hier schieben. Es gibt außerdem private Gründe. Aber ich möchte nicht darüber sprechen."

„Akzeptiert. Aber solltest du mal eine Schulter brauchen, – ich kann schweigen. Wie ein Grab."

„Danke, Annika. Ich bin so froh, dass du gekommen bist. Ich hatte schon Bedenken, was für eine alte Schachtel da kommen könnte. Wir werden schon miteinander auskommen."

„Das glaube ich bestimmt", entgegnete Annika und beobachtete, wie von draußen der tropische Regen an die Fensterscheiben klatschte.

Zudem hörte sie, wie es unaufhörlich und sehr laut auf das Blechdach prasselte. Sie sagte: „Hört sich an, als würden lauter Kieselsteinchen da oben draufballern ..." Doris nickte, putzte geräuschvoll ihre Nase, stand auf und öffnete die Haustür. „Muss mal ein bisschen lüften!", erklärte sie und stellte sich auf die kleine Plattform unter der Haustür-Überdachung.

Annika gesellte sich zu ihr und streckte ihre Hand aus. Dann ließ sie die lauwarmen Regentropfen draufplatzen, während Doris grinsend erklärte: „Die Dämonen des Urwalds weinen."

Annika stutzte. „Bist du abergläubisch?"

„Nee. Das war ein Scherz. Tatsache ist aber, dass es nachts am stärksten regnet. Stundenlang. Oft platscht es wie aus Eimern. Man sagt, ein nächtlicher Regen ist ungefähr ein Zwanzigstel vom gesamten Jahresregen in Norddeutschland. – In den kommenden Wochen wirst du noch viele Regenfluten erleben."

Erstaunt deutete Annika auf eine fingerlange Eidechse, die an der Außenwand klebte. „Kriechen die Dinger auch ins Haus?"

„Ja. Aber nur manchmal", erklärte Doris mit todernster Miene und putzte ihre beschlagene Brille während sie fortfuhr: „Die Geckos tun einem aber nichts. Komm, wir gehen wieder rein." Doris schloss die Haustür und bald betraten sie den mit hellem Linoleum ausgelegten Küchenboden. Annika staunte: „Oh, eine weiße Kachelwand. Und ein Gasherd und ein Kühlschrank. Und weiße Möbel. Alles blitzblank geputzt. Hat man so viel Zeit dazu?"

„Nee. Die Küche putzt der Houseboy. Er heißt Moses", erklärte Doris, während sie ihre Hände am Wasserhahn abspülte und dann die Kühlschranktüre öffnete. „Morgen früh wirst du ihn kennen lernen. Er ist verheiratet und lebt in einem kleinen Nachbardorf. In einer Lehmhütte. Plötzlich krochen fünf zirka vier Zentimeter lange Tierchen hervor. Sie waren braun, breit und flach. „Igitt! – Kakerlaken!", sagte Annika entsetzt.

Doris ganzer Körper vibrierte vor lauter Lachen. „Daran muss man sich gewöhnen", eiferte sie sich. „Die kommen gerne nachts raus. Tun einem aber nichts. Man muss allerdings vorsichtig sein, ehe man ein Ei in die Bratpfanne haut. – Naja, wenn sie gebraten sind, – sind sie ja steril. Aber sonst – ", endete Doris mit einem mysteriösen Lächeln.

„Das sind doch gefährliche Bazillenüberträger!"

„Und ob! Unter dem Kühlschrank wimmelt es oft von den Viechern! Ich muss mal dem Moses sagen. Er soll den Kühlschrank öfter vorziehen."

„Kriechen die Kakerlaken auch in unsere Schlafzimmer?", wollte Annika wissen.

„Garantiert! Überall, wo dunkle Ecken sind. In die Kleiderschränke und so. Und mitunter sogar ins Bett", antwortete Doris mit ernstem Gesichtsausdruck.

Annika schüttelte sich kurz und fragte: „Ehrlich?"

„Aber ja doch", beteuerte Doris, woraufhin Annika entsetzt ihre Augen weit aufriss.

In Sekundenschnelle kicherte Doris und sagte dann: „Nein, nein. Das war nur ein Scherz. Ich versichere dir, – die Viecher halten sich hauptsächlich in der Küche auf. Und im Badezimmer. Ich werde sie jetzt ein bisschen ausräuchern."

Doris zündete sich mit einem schelmischen Gesichtsausdruck erneut eine Zigarette an und legte sich auf den Fußboden. Dann inhalierte sie von der Zigarettenspitze und pustete übertrieben geräuschvoll den Zigarettenrauch unter den unten etwas verrosteten, weißen Kühlschrank. Prompt krochen zwei Kakerlaken hervor.

„Außer diesem Kühlschrank", begann Doris zu erklären, „gehören mir alle elektrischen Küchengeräte. Aber du kannst sie gerne benutzen. Gardinen und Bettwäsche sind Eigentum des Krankenhauses. Sie werden von unserem persönlichen Houseboy nach Bedarf gewaschen."

Als Nächstes gingen sie zum angrenzenden Abstellraum, zugleich Wasch- und Bügelraum, und Doris erklärte: „Unser Houseboy putzt wochentags das Haus, wäscht, bügelt, kocht, macht die Betten, versorgt den kleinen Hausgarten und kauft auf dem Wochenmarkt ein."

Annika grinste. „Also ich gestehe: Das Vorhandensein eines Hausdieners imponiert mir sehr."

Doris schnalzte mit der Zunge. „Er will nur zwanzig Dollar dafür. Zehn von dir, zehn von mir. Für einen ganzen Monat! Naja, ab und zu gebe ich ihm zusätzlich eine Tasse trockenen Reis oder eine Schachtel Zigaretten. Da ist er dann selig."

Bald betraten sie den polierten Holzfußboden in Annikas Zimmer. Am offenen Fenster wehten helle Gardinen und die weißen Möbel und Wände erinnerten etwas an ein Krankenzimmer.

„Der Moses", begann Doris, „hat heute mit gebügelter Bettwäsche dein Bett frisch bezogen. Und den Fußboden hat er auch neu eingewachst."

„Das Bohnerwachs riecht man", entgegnete Annika.

Doris führte ihren Handrücken zum gähnenden Mund. „Du, ich muss jetzt ins Bett. In vier Stunden ruft die Pflicht. Morgen Abend klönen wir weiter. Leider ist bei dir noch keine Klimaanlage eingebaut …"

„Kein Problem. Doris, weißt du zufällig, ob meine kleine Überseekiste schon eingetroffen ist?"

„Nein. Meine Holzkiste war damals zwei Monate unterwegs", erwiderte Doris und huschte sogleich ins Badezimmer.

Annika hingegen begann, in ihrem Zimmer die Sachen aus ihrem Koffer und aus der Reisetasche in den Schrank einzuräumen. Dabei sah sie das Briefpäckchen von Dr. Benjamin Uhländer, das sie erst Weihnachten überreichen sollte. Noch einmal las sie die getippte Adresse:

Persönlich! An die Oberschwester Doris Müller

Annika schmunzelte, denn ihre gedankliche Schlussfolgerung lautete: Doris, ich kann zwei und zwei zusammenzählen. Du bist zwar dünn wie eine Bohnenstange, aber dennoch sehr attraktiv. Warst du, oder bist du noch seine Geliebte? – Soll ich oder soll ich dir nicht von dem Geburtstagstanz verraten? Lieber nicht. – Keine Sorge Benjamin. Klar halte ich mich an mein Versprechen, überlegte sie sich und steckte das Briefpäckchen von Dr. Uhländer in ihren bereits ausgeräumten Koffer.

Als Nächstes suchte sie alle Zimmerecken und Möbel nach Ungeziefer ab. Um ganz sicher zu sein, legte sie sich auf den Fußboden und schaute unter ihr Bett und unter den Tisch.

Gut, sprach sie in Gedanken. Nichts gefunden. Keine Kakerlaken. Keine Spinnen oder Schlangen. – Donnerwetter, alles ist pikobello sauber.

„Das Bad ist frei", unterbrach Doris' Stimme ihre Gedankenwelt.

„Danke", rief Annika zurück, nahm ihre Kosmetiktasche und ging ins Badezimmer.

Erfrischt zurückgekehrt, merkte sie, dass ihr Zimmer durch den Regen kühler geworden war. Sie schloss das Fenster, legte sich in das nach frischer Seife duftende Bett und durchdachte, ob sie Doris nicht doch verraten sollte, dass der Knacker bei ihr anzubändeln versucht hatte? Doch im Nu entschied sie sich dagegen. Schließlich verdanke ich ja ihm den Posten in Afrika, überlegte sie, bereits halb im Schlaf.

KAPITEL 13

Nach einer heißen Dusche am frühen Morgen öffnete Annika das Fenster. Die Außentemperatur war recht angenehm und sie hörte Doris' Stimme. Neugierig gesellte sich Annika zu ihrer neuen Kollegin auf die Terrasse, wo ihr ein kleiner, schlanker Afrikaner mit einem kurz geschnittenen Krauskopf entgegenlächelte. Er trug Khakishorts, ein kurzärmliges helles Sporthemd und selbstgemachte Zehenstegsandalen aus Autoreifen. Annika schätzte ihn auf Mitte dreißig.

Wie ein vollendeter Gentleman, der im Begriff war einer Dame die Hand zu küssen, verbeugte sich Moses vor ihr mit einem sehr tiefen Diener und grüßte: *„Plenty good morning Missy."* Annika reichte ihm die Hand, *„Good morning Moses"*, antwortete sie und spürte seinen festen Griff. Als Nächstes rückte er für sie den etwas knarrenden Rohrstuhl zurecht, entfaltete eine gebügelte, weiße Stoffserviette und legte sie auf Annikas Schoß. Kurz danach goss er aromatisch duftenden Bohnenkaffee in Annikas geblümte Porzellantasse und schlich lautlos zurück ins Haus.

Doris schaute ihm kurz nach und sagte zu Annika: „Früher war Moses der Hausdiener einer deutschen Missionarsfamilie, obgleich er der *Mano-Society* angehört."

„Was ist das denn?"

„Das ist eine Volksgruppe. Es gibt einen Mano-Geheimbund. Im Ganta Urwaldgebiet. Auf einer alten, offiziellen Landkarte ist die Gegend mit ‚Cannibal' (Menschenfresser) bezeichnet. Der Ausdruck stammt angeblich von den ersten amerikanischen Pionier-Forschern. Die Mano-Leute wählten nämlich ihre Menschenopfer unter den Fremden. Also unter den Unbefugten, die ihr Territorium betraten."

„W-a-a-s?!"

„Keine Sorge, das war einmal. Außerdem aßen sie nicht weiße Menschen. Weil sie ihnen wohl nicht schmeckten."

„Gut ...", reagierte Annika

Leise pfeifend kehrte Moses wieder zurück und servierte ein Spiegelei mit Speck, dazu warme, knusprige Brötchen und ein Glas frisch ausgepressten Orangensaft.

„Toller Service ...", sagte Annika und schaute dann während des Frühstückens zu einem schmalen Pfad, auf dem überwiegend liberianische Frauen barfüßig oder mit Flip Flops an den Füßen hintereinander gingen. Manche trugen aus farbenfrohem Stoff eine turmartig gebundene Kopfbedeckung. Neben oder vor den Frauen gingen leicht bekleidete oder halbnackte Kinder.

„Die Leute kommen zur ambulanten Behandlung", erläuterte Doris. Unser Hilfspfleger *Simon*, der fängt etwas früher an. Er entfernt ein paar Verbände. Und richtet schon mal Arm- oder Fußbäder. Außerdem macht er Vordiagnosen."

„Wozu?"

„Er stellt fest, wen wir zuerst behandeln sollen. Simon spricht mehrere Volkssprachen. Und ist unser bester Dolmetscher."

Doris deutete mit dem Finger in eine bestimmte Richtung und sagte: „Die leicht bekleidete Frau. Ich meine die mit der grün gemusterten Bandana."

„Was ist eine Bandana?"

„Ein gebundenes Kopftuch."

„Ach-so."

„Ich wollt noch sagen. Die hübsche Tussi, die ist nicht krank? Die kommt nur, um uns guten Tag zu sagen. Hauptsächlich dem Dr. Wankelgut."

„Ah", erwiderte Annika, erhob sich gut gesättigt von ihrem Stuhl, schüttelte ein paar Brötchenkrümel von ihrem hellen Sommerkleid ab und sagte: „Doris, ich soll zwar erst morgen anfangen, aber ich komme mit dir mit. Ich kann's nicht abwarten. Warte, ich zieh mir nur schnell die Uniform an."

„Prima", reagierte Doris und ging etwas später gemeinsam mit Annika zur Ambulanz.

Dort saßen bereits ein paar erwachsene Patienten auf einer Baumstammbank und ihre Kinder hockten oder standen auf dem harten Lehmboden.

Eine zirka vierzigjährige Liberianerin zeigte Annika ein zahnloses Lächeln und deutete mit ihrem linken, dürren Unterarmstumpf auf ihr dünnes Bein. Annika betrachtete es näher und stutzte. Drei brummende Fliegen labten sich an einem Geschwür.

Neben der Patientin saß eine Frau mit entblößten Brüsten und wiegte liebevoll in ihrem Arm ein wimmerndes Baby. Sie hatte sehr geschwollene Beine und flehte in Pidgin Englisch: *„I go beg you, Missy. Help de baby. Dis baby very sicko. You see Missy, pain never go away yet. Baby big, big trouble. Plenty, plenty cry–o-h-h-h. No eat nothing. I beg of you Missy.* (Ich bitte dich, Missy. Hilf dem Baby. Dieses Baby sehr krank. Verstehst du Missy? Schmerzen nie weggegangen bis jetzt. Baby hat große Probleme. Viel, viel Weinen – O-h-h-h. Nein, trinken nichts. Ich bitte dich, Missy)", jammerte sie mit gesenktem Kopf und streichelte mit dem Zeigefinger die Wange des Babys.

Doris nahm einen Gazetupfer und verscheuchte zunächst die summenden Fliegen von den eitrig verklebten Augen und von dem verkrusteten und verschleimten Näschen des Babys. Dann zeigte sie der Liberianerin, wie sie beim Baby das Fieberthermometer festhalten müsse und sagte: *„Mama. Wait. I go. Me come back small, small.* (Warte. Ich gehe. Mich kommt zurück klein, klein)", was bedeuten sollte, sie kehre gleich zurück.

Zwischenzeitlich führte Doris ihre neue Kollegin zu verschiedenen Liberianerinnen, und sagte jedes Mal: *„Mama, de new Missy is here!"*

Sie nickten und erwiderten das Lächeln der beiden weißen Frauen. Annika freute sich, wenn eine Verständigung durch Zeichensprache zustande gekommen war. Begeistert half sie dann ihrer Kollegin im Behandlungsraum, hauptsächlich mit dem Verabreichen von Salben, Verbänden, Medikamenten und Injektionen. Schwerere Fälle warteten vor dem Sprechstundenzimmer des Arztes.

Bei einigen Kindern fielen Annika die Körperbemalungen an den Armen, Gesichtern und an den Oberkörpern auf. Neugierig befragte sie Doris nach der Bedeutung und erfuhr folgendes: „Manchmal handelt es sich um eine selbstgemachte Salbe, die heilen oder als schmerzstillendes Mittel dient oder dienen sollte. Zumeist handelt es sich aber um zeremonielle Markierungen. Aus Lehm oder Kalk. Die Bemalungen dürfen nicht abgewaschen werden. Sie sollen nämlich die bösen Geister abschrecken."

„Interessant …", reagierte Annika und klebte zuweilen dem einen oder anderen Kind im Behandlungszimmer ein Pflaster aufs Ärmchen. Darüber waren die Kleinen sehr glücklich und etwas stolz.

Nach der Versorgung des letzten ambulanten Patienten gingen Annika und Doris nach Hause, wo der Houseboy das Mittagessen für sie beide servierte. Anschließend führte er Annika durch das kleine Dorf und machte sie mit einigen Dorfbewohnern und mit seiner Schwester bekannt.

Spätabends, als Annika in ihrem Zimmer unter der leichten Bettdecke lag, schwärmte sie im Stillen: Was für ein Tag! Alles! Restlos alles, übertrifft meine Vorstellungen. Ich fühle mich im Land meiner Träume angekommen.

Auch in den Tagen und Wochen danach liebte Annika ihren neuen Job, zumal sie sich dank Doris' Hilfe und Hinweisen schnell eingearbeitet hatte.

Außerdem wurde eine siebzehnjährige OP-Hilfskraft namens Julia eingestellt. Sie gehörte der Volksgruppe Bassa an und hatte sieben Geschwister. Julia stammte von einem Kleinbauernbetrieb für Cassava-Anbau (Maniok) ab. Bevor sie im Malika Zoomuh Hospital anfing, arbeitete sie bei einer amerikanisch-liberianischen Herrschaftsfamilie als Hausangestellte und sprach gut Englisch. Anfangs war sie ziemlich aufgeregt; hauptsächlich, wenn sie bei kleinen Operationen instrumentieren musste. Oftmals zitterten ihre Hände, obwohl Annika ihr alles beigebracht hatte. Doch allmählich wurde sie ruhiger und lächelte sehr häufig. Man merkte, dass sie auch Doris sehr gerne mochte, denn es war offensichtlich, dass sich Doris mit Herz und Seele für das Wohl anderer einsetzte. Zwar wirkte sie manchmal etwas arrogant, aber sie war hilfsbereit und großzügig. Und sie sparte nicht mit gütigen Worten. Ihr Idealismus führte sogar soweit, dass sie tagsüber ab und zu auf ihre Freizeit verzichtete. Doris war in der Tat ein Vorbild für alle. Alle, außer Frau Wankelgut, mochten diese bewundernswerte Frau.

Manchmal bedauerte Annika ihre Kollegin, die so ein aufopferndes Berufsleben führte. Oder war es möglich, dass Doris' Position vertragsgebunden so einen tatkräftigen Einsatz verlangte? Naja, überlegte sich Annika, wahrscheinlich verdient sie einen Haufen Geld. Ist mir egal, ich trage die Verantwortung für den OP. Und das genügt mir. Annika schüttelte ihren Kopf. Niemals würde sie mit Doris tauschen wollen, denn ein Leben ohne Liebesglück, das wäre kein Leben. Zufrieden nahm sie Pauls Brief aus der Nachttischschublade, las ihn nochmals durch, beantwortete ihn und steckte ihn auf der gegenüberliegenden Straßenseite in den etwa dreißig Zentimeter langen Briefkasten aus Rotholz.

*

Etwa sechs Wochen später sagte Doris zu Annika: „Demnächst fährt Dr. Wankelgut für drei Tage weg. Ich werde dann auch zwei Tage frei nehmen und nach Monrovia fliegen. Während meiner Abwesenheit wirst du mich vertreten."

Annika stutzte über die Entscheidung, zumal sie die jüngste ausgebildete Krankenschwester war. „Aber, es gibt doch andere", reagierte sie, „die schon länger hier sind als ich. Und die sich besser auskennen."

Daraufhin fuchtelte Doris kurz mit der Hand in der Luft herum. „Nee, nee. Ich hab meine Gründe."

„Okay, wenn du meinst", erwiderte Annika und war dann froh, dass der erste Vormittag nach Doris' Abreise ziemlich ruhig verlief. Doch die Freude hielt nicht lange an.

Während der Nachmittagsarbeit donnerte, blitzte und krachte es dermaßen laut, dass Annika und ihre OP-Helferin Julia ein paar Mal zusammenzuckten. Regen trommelte auf die Wellblechdächer und peitschte gegen die Fenster. Palmwedel und Kokosnüsse fielen mit Wucht auf die Erde. Eine Zeit lang glaubte man, durch das lange wütende Gewitter sei der Weltuntergang nahe. Aber so schnell es gekommen war, hörte es auch plötzlich wieder auf. Annika dankte Gott und eilte im Dunkeln zurück zu ihrem Bungalow. Dort öffnete sie das Fenster, um die kühle Luft einzulassen. Dann zog sie sich trockene Kleider an und schaltete Musik ein, um zu relaxen.

Nur gedacht! Urplötzlich goss es erneut. Wie aus Eimern. Und vor lauter Donnergetöse kapierte Annika zuerst nicht, dass jemand an die Haustür bullerte und schrie: „Missy help! – Please come quick!" Sie öffnete die Tür. Vor ihr stand der triefendnasse Nachtwächter und sagte ganz aufgeregt in Englisch: „Holzfäller hat gequetschtes Bein. Platt wie Brett."

Rasend schnell zog sich Annika die Uniform und den Regenmantel an und wollte losrennen. Aber draußen schlugen ihr der Regen und der tobende Wind dermaßen heftig entgegen, dass es ihr nicht gelang, aufrecht zu gehen. Der Nachtwächter reichte ihr seine Hand und zog sie mit sich. In der anderen Hand hielt er eine große Taschenlampe und rief: „Don't be scared, Missy (hab keine Angst, Missy)." Dann leuchtete er abwechselnd auf den schuhtiefen, glitschigen Matsch und zu dem abgefallenen dicken Baumgeäst (einschließlich Strauchwerk), das die enge Landstraße stellenweise blockierte.

Halb erschöpft erreichten sie dennoch beide die Erste-Hilfe-Abteilung. Sofort zog Annika ihre von der Schlammstraße schmutzig gewordenen Gummistiefel aus und betrat mit weißen Stoffüberschuhen den Unfallraum.

Eine Nachtschwester, ein Arzt und ein Helfer versorgten bereits die ersten Verletzten. Fensterläden und Türen klapperten unglaublich stark. Plötzlich Stromausfall. Völlige Dunkelheit. Doch innerhalb von ein paar Minuten brachte der Helfer Simon den Notfall-Generator in Betrieb.

Während dieser Zeit verkündeten laute Trommelschläge und ein Läufer, dass ein entwurzelter Baumriese zwei Buschhütten platt gedrückt habe und man zwei Schwerverletzte einliefern würde. Große Panik, denn mittlerweile mangelte es an sterilen Operationstüchern. Doch glücklicherweise benötigten die Verletzten des eingestürzten Hauses nur Wundversorgungen und Gipsverbände. Dennoch, bis endlich der letzte Patient versorgt war und Annika nach Hause ging, stand bereits die steile Mittagssonne direkt über der Krankenstation. Aus vielen Richtungen hörte man Axthiebe, Sägen und laut krachende Geräusche. Ganz deutlich roch es nach frischgesägtem Holz. Müde und schlapp begegnete Annika einigen Arbeitern, die mit der Zuhilfenahme eines Krans und eines Lastwagens Straßenaufräumungsarbeiten ausführten.

Wie in Trance ließ sich dann Annika zu Hause erschöpft in den weich gepolsterten Sessel plumpsen und schlummerte sofort ein.

„Missy!", hörte sie – wie aus der Ferne eine zaghafte Männerstimme: „Orange Juice? Ja bitte, Missy?", fragte der Houseboy.

„Ja, gerne, Moses", antwortete Annika und nahm das Getränk mit schwimmenden Eiswürfeln entgegen.

Kurz danach aß sie am Esstisch goldbraune, knusprig gebratene Kartoffelpuffer mit Apfelmus und begab sich anschließend zurück ins Krankenhaus.

Sie stutzte. Neben einem leicht verletzten Liberianer stand ein breitschultriger Weißer, der ihr bekannt vorkam. Er strich über sein Haar und fragte sie: „Na? Was macht die Atmung? Haben Sie sich an dies Klima gewöhnt?"

Annika guckte ihn mit weit aufgerissenen Augen an, erinnerte sich und fragte: „Flugzeugtreppe?"

Er nickte. „Ja."

Negativ abschätzend fiel Annikas Blick auf sein hellblaues, an zwei Stellen durchlöchertes Turnhemd. Zudem trug er dreckige, zerknitterte Shorts und abgetretene Sandalen. Er strich sich einmal übers Haupt und sagte: „Moritz Jankowski ist mein Name."

Sie reichte ihm die Hand. „Annika Probst", erwiderte sie und sah seinen ausgeprägten Nasenrücken und seine natürlich geröteten Lippen. Er lächelte sie an und rieb seine schlanken Hände aneinander. Sofort blickte Annika auf seine länglichen, gepflegten Fingernägel, die ihr verrieten, dass er ein kluger Gefühlsmensch sein müsse. Und auf einmal fand sie ihn doch vertrauenswürdig. Er guckte sie mit seinen tiefblauen Augen an und fragte: „Fräulein Annika, in zwei Wochen steigt eine lockere Junggesellenparty. Es gibt nur Sandwich und Fingerfood. Aber es wird bestimmt gemütlich werden. Möchten Sie auch kommen?"

„Ja. Ja gerne", erwiderte sie, „aber höchstens für eine Stunde."

„Abgemacht. – Darf ich Sie dann mit meinem Motorrad abholen?"

„Okay … Sagen wir – um neunzehn Uhr?", sprudelte es aus ihr heraus.

„Einverstanden", erwiderte er und sie ging wieder ihrer Arbeit nach.

Am Abend erfuhr sie von Doris, dass Moritz ein erfolgreicher Architekt und privat sehr beliebt sei und man ihm vertrauen könne.

*

Acht Tage später brachte die pralle Sonne eine besonders unangenehme, schwüle Hitze mit sich, und Annika wünschte, sie säße in einer Badewanne mit kaltem Wasser und nicht am Schreibtisch. Aber es gab keine Badewanne. Und außerdem war sie seit langer Zeit mit ihren Antwortbriefen in Rückstand geraten. Nun las sie schon zum siebten Mal den letzten Luftpostbrief ihres Mannes durch.

Meine liebe Annika, danke für deine liebe Post. Endlich stehe ich kurz vor dem Staatsexamen und somit ist wohl die längste Zeit unserer Trennung überstanden. Dank deiner Erkundigungen zwecks Arbeitsmöglichkeiten, habe ich mich bei der ausländischen Exportfirma (Holzindustrie) um einen Job beworben und habe eine positive Antwort erhalten …

Sag mal, bist du mir auch treu geblieben? Glaube mir, der Gedanke, dich in meine Arme zu nehmen und deine Haut zu spüren, macht mich fast wahnsinnig. Mit der geschwollenen Rede meine ich einfach, dass ich meine ganze Energie und Liebe für dich aufbewahrt habe und weiterhin aufbewahren werde. Gesundheitlich fühle ich mich zurzeit nicht so toll; ich weiß nicht, es mag ein Anflug von Grippe sein. Auf jeden Fall schlucke ich Aspirin und trinke viel Wasser, was mir bisher immer geholfen hat. Sag mal, habt ihr eigentlich sauberes Trinkwasser? Bis auf bald, Sweety! Afrika olè. Alles Liebe und tausend Küsse dein Paul

*

Annika schrieb an Paul:

Hallo Schatz, als ich deinen letzten Brief soeben nochmals durchlas, war mir zumute, als wären tausend nette Ameisen durch meinen Blutstrom gekrabbelt, die mich überall angenehm kitzelten. Ach, wärest du doch schon bei mir …

Nun teile ich dir mit, was mir ein europäischer Patient über Liberia erzählt hat: In der Holzindustrie und bei anderen ausländischen Firmen verdienen die angeheuerten Außenmonteure ihr Geld knochenhart. Neben der schweren körperlichen Arbeit müssen sie nämlich ständig auf der Hut sein, wegen vielen Reptilienarten. Hauptsächlich wegen der Krokodile und den giftigen Schlangen. Zudem gibt es hier Skorpione und giftige Spinnen. Hinzu kommen die herumschwirrenden, surrenden Mücken und Fliegen, die sich im feuchtheißen Klima und in Sumpfgebieten besonders wohlzufühlen scheinen. In moderig riechenden Dächern aus halb verfaulten Palmwedeln fühlt sich das Ungeziefer besonders wohl. Überall lauern Krankheitserreger. Beziehungsweise, mir geht es ja in der Hinsicht ganz gut, weil meistens im OP eine Klimaanlage funktioniert, und weil bei uns alle hygienischen Vorrausetzungen geboten sind. Des Weiteren wird die Tätigkeit für uns Ausländer erschwert, weil wir mit der harten Aufgabe konfrontiert sind, mit Analphabeten (zirka siebzig Prozent) zusammenzuarbeiten. Beziehungsweise die hiesigen Arbeitnehmer sind überwiegend beruflich unausgebildet und müssen erst angeleitet werden. Und wenn das geklappt hat und man sich auf sie verlassen kann, hauen sie manchmal ab. Sie kündigen von einem auf den anderen Tag. Oft arbeiten sie dann für die Konkurrenz. Oder sie gehen zurück in ihr Buschdorf, wo sie sich vielleicht eine Frau kaufen. Manchmal allerdings kommen sie nach einem halben Jahr zu uns zurück.

Andererseits gibt es Ausländer, die die triste Freizeit zum Biertrinken nutzen, um den stressvollen Arbeitseinsatz und ihren Frust zu bekämpfen. Meine Kollegin meinte: Ausländer, die in unterentwickelten Ländern arbeiten möchten, sollten das erforderliche Einfühlungsvermögen und eine pädagogische Veranlagung besitzen. Beziehungsweise instinktiv wissen, wie man den ungelernten Mitarbeitern Anleitungen erteilt. Manchmal finde ich ihre altkluge Redensart etwas aufgebläht, aber sie weiß wirklich, wovon sie redet.

Nein. Große wilde Tiere (außer Schimpansen) hab ich hier noch keine in freier Natur gesehen …

Ja, bei uns gibt es sauberes Trinkwasser, was in vielen anderen Gegenden leider nicht der Fall ist. Vorsichtshalber koche ich trotzdem unser Wasser ab.

Lieber Paul, mach dir bitte keine Sorgen. Ich habe mit keinem anderen Mann geschlafen. Wenn du hier bist, wirst du privat und aus beruflichen Gründen kaum zum Schlafen kommen (du weißt warum). – Unterbrechung. – Hallihallo, hier bin ich wieder. Vorhin holte mich ein Boy zu einer Geburtshilfe. Alles gut verlaufen. Der neue Erdenbürger ist ein strammer Junge.

Ja, die Arbeit ist hier ziemlich umfangreich und manchmal sehr anstrengend. Beispiel: Was die Pünktlichkeit einiger Hilfskräfte betrifft, so muss man Abstriche machen. Als ich mich einmal bei Doris über einen liberianischen Helfer beklagte, weil er regelmäßig zu spät zur Arbeit erschien, erklärte sie mir Folgendes: „Wir Europäer sollten die Sitten und Bräuche der Hiesigen respektieren. Manche Jünglinge haben im elterlichen Haus noch andere Verpflichtungen. Zudem besitzen viele Liberianer keine Uhr."

Fast täglich gibt es hier auch heitere Momente. Beispielgebend erhielt ich heute ein Bewerbungsschreiben eines Liberianers der sich als Pförtner bewarb, *obwohl wir gar keinen benötigen und so ein Posten nie existieren wird. Vom Englischen ins Deutsche übersetzt schrieb er:*

„Sehr geehrte Schwesterndirektion!

Erlauben Sie mir bitte, dass ich mich vorstelle. Ich bin Thomas K …, Angehöriger des Gio-Stammes. Eine zuverlässige Quelle sagte mir, Sie suchen einen Pförtner. Um diesen Posten möchte ich mich bewerben. Zu Ihrer Information: Ich bin neunzehn Jahre alt, mit Abschluss der neunten Schulklasse und bin fähig, körperliche und geistige Arbeiten zu verrichten. Informationen über mein Können und meinen Charakter kann man von folgenden Personen erfahren: Erstens von Dr. Bobby T …, einer Ihrer talentierten Assistenzärzte, und zweitens von Dr. Robert … ebenfalls ein Assistenzarzt … Danke.

Hochachtungsvoll! Thomas K …"

Lieber Paul, bei den sogenannten Assistenzärzten handelte es sich um meinen unqualifizierten OP-Helfer Bobby und um Robert, der eine Putzkraft ist. Begründung für die Lügerei: Manche Liberianer werden im Hinterland unterdrückt. Hauptsächlich wegen ihrer Stammesangehörigkeit. Es gibt nämlich viele unterschiedliche Stämme, von denen sich manche einbilden, bessere oder höherstehende Menschen zu sein. Folglich hungern manche Leute nach Geltungsbedürfnis und Ansehen.

So, mein Schatz, vielleicht hast du durch meine Zeilen einen kleinen Einblick in dieses Land bekommen. Ich drücke dich. Knutsch, knutsch. Deine Annika

*

Am Abend der Verabredung wartete Annika auf der Terrasse und beobachtete verträumt die durch die Luft fliegenden Leuchtkäfer und Feuerfliegen. Auf einmal unterbrach ein geräuschvolles Motorradbrummen die Abendstille und bald bremste Moritz neben ihr. Sofort nahm er seinen Sturzhelm ab und reichte ihn ihr. „Guten Abend, Annika. Bitte setzen Sie den auf."

Sie schüttelte den Kopf und schäkerte: „Kommt nicht in die Tüte. Ich brauch keinen."

Daraufhin stülpte er sich den Helm wieder über und befahl in singendem Ton: „Bitte aufsteigen."

Sie tat, wie ihr befohlen und genauso, wie sie es bei ihrem Bruder

Wolfgang in Deutschland zu tun pflegte, schlang sie ihre Arme um seine Taille.

Nach einer ruhigen, etwa fünfminütigen Fahrt stellte Moritz sie dann den anderen Partyleuten vor. Überwiegend handelte es sich um weiße Männer mit einheimischen Mädchen, die sich bei Bier, Smalltalk, Gesang und Tanz amüsierten. Annika feierte ungefähr eine halbe Stunde mit, doch dann saß sie mit Moritz etwa dreißig Meter abseits auf einer Bank und stellte ihre halbvolle Flasche Bier auf den Lehmboden. Plötzlich hüpfte ein Schimpanse herbei, entwendete Annikas Bier, setzte sich vor sie hin und trank davon. Annika lachte. „Ist der zahm?"

„Ja", erwiderte Moritz, hob den Schimpansen hoch, setzte ihn zwischen sich und Annika auf die Bank und befahl ihm: „Rudi, schüttle die Hand." Sofort hob er zur Begrüßung seine schwarze, runzlige Hand. Annika drückte sie kurz und streichelte dann sein Fell.

„Annika", begann Moritz, „könnten wir du zueinander sagen?"

„Ja. Gerne."

„Prima. Ich möchte dir nämlich etwas verraten."

„Was denn?"

„Ich habe an dir einen Narren gefressen", sagte er schnurstracks.

„Du hast was? Ist hier Frauenmangel?"

„Nein. Aber du bist meine Auserlesene. Eines Tages möchte ich mit dir nach Alaska oder Kanada fliegen."

Annika schaute kurz zum Sternenhimmel. „Wie stellst du dir *das* denn vor? Ich bin verheiratet."

„Oh. Verzeihung. Das wusste ich nicht."

„Schon gut", antwortete sie und erzählte nun Moritz, warum ihr Ehemann noch in Deutschland war. Abschließend fügte sie hinzu: „Und betreffs Norden, dort wäre es mir viel zu kalt."

„Annika, du täuschst dich. Vor einem Jahr war ich im Yukon-Territorium. Dort fließt glasklares Wasser in den Flüssen. Und es gibt viele Seen. Und Wälder, Berge und Schluchten, wie in einem Traumland. Und in den Wildnis-Gebieten gibt's viel mehr Tiere als hier in Liberia. Zweimal so viele Elche wie Menschen. Und wesentlich mehr Karibus. Moritz griff in seine Hosentasche und trocknete sich seine Stirn mit einem gebügelten, hellblauen Taschentuch ab und redete weiter: „Einmal fing ich vom Ufer aus einen gigantischen Rot-Lachs. Der wog fast dreißig Kilogramm."

„Du übertreibst", stichelte Annika.

„Nein, das stimmt wirklich. – Ich liebe Alaska und Kanada. Dort ist es nicht so heiß und schwül wie hier im Dschungel. Moritz drückte den kleinen Schimpansen von sich, der ihn küssen wollte und fragte: „Annika, weißt du schon das Neueste?"

„Nein."

Moritz beugte sich nach unten, hob den Schimpansen wieder hoch, setzte ihn auf Annikas Schoß und fuhr fort: „Ich bin schon jetzt auf deinen Mann eifersüchtig. Obgleich er noch gar nicht hier gelandet ist. – Ich meine, wenn so eine junge Lady, – wie du, so lange vom Ehemann getrennt ist. – Dann, dann stimmt doch irgendetwas nicht. – Liebst du ihn überhaupt? – Ich meine mit Herz und Seele?"

Annika schob den Affen zur Seite, stemmte ihre Hände in ihre Taille und erwiderte: „Na klar liebe ich ihn!"

„Macht nichts. Ich begehre dich trotzdem."

„Zieh bitte die Notbremse. Wir können nur platonische Freunde sein. – Fährst du mich bitte nach Hause?"

„Ja", entgegnete er und drückte später – nachdem er sie zu Hause abgesetzt hatte – ihre Hand. „Gute Nacht, Moritz", sagte sie, winkte ihm kurz zurück und schrieb dann noch an ihren Mann:

Lieber Paul, jetzt um Mitternacht sitze ich auf unserer Terrasse und lausche den Urwaldgeräuschen um mich herum. Ich wünschte, wir könnten jetzt miteinander unter dem Sternenhimmel spazieren gehen. Denkst du daran, dass wir abends am Himmel nach den Sternen sehen wollten, um uns zu grüßen? Vergiss das bitte nicht. Ich liebe und vermisse dich sehr …

Danke für das Weihnachtspäckchen, das ich aber erst am Heiligen Abend öffnen werde. Bin gespannt, ob mein Weihnachtspäckchen bei dir eingetroffen ist …

Doris und ich genießen, dass unser Houseboy Moses den Haushalt versorgt. Gestern Nachmittag servierte er für uns ofenfrische, duftende Weihnachtsplätzchen. Er ist überhaupt sehr ideenreich. Da er keinen Tannenbaum fand, stellte er einen mit Lametta geschmückten Palmwedel in einen Wassereimer. Anbei ein Foto, wo er vor unserem Bungalow steht.

So, nun werde ich den neuen Briefumschlag öffnen und etwas von den exotischen Düften der Pfefferküste reinlassen. Ich wünsche dir einen guten Rutsch ins neue Jahr. Einen lieben Kuss und dankbare Grüße von deiner dich unendlich liebenden Annika

KAPITEL 14

Am Heiligen Abend saßen Annika und Doris alleine beim Christmas Dinner. Es gab Entenbraten, Knödel, Rotkohl mit Rotwein und anschließend Christmas-Pudding mit Vanillesoße. Dazu tranken sie Sekt, hörten weihnachtliche Tonbandmusik, packten gespannt ihre Geschenke aus und freuten sich darüber.

Erst ganz zum Schluss überreichte Annika ihrer Kollegin das geheimgehaltene Geschenk von Dr. Benjamin Uhländer. Neugierig betastete und beschnupperte Doris das Briefpäckchen, und als ihr sonst so sehr blasses Gesicht plötzlich rötlich glühte, spürte Annika instinktiv, es sei angebracht, sie alleine zu lassen.

„Du, ich muss noch mal zum OP gehen", log Annika. „Nur für eine halbe Stunde. Lass mir bitte noch ein bisschen Sekt übrig …"

Doris strahlte sie an. „Das verspreche ich dir."

„Bis gleich", entgegnete Annika, schloss dann die Tür hinter sich, rauchte draußen im Dunkeln auf der Gartenbank eine Zigarette und wunderte sich, was wohl Paul am Heiligen Abend tun würde. Plötzlich hörte sie Motorradgeräusche. Nicht zu fassen. Im nächsten Moment parkte Moritz seine Zweizylinder Adler direkt neben der Terrasse, schritt auf sie zu und gab ihr einen Wangenkuss. „Grüß dich Annika! – Frohe Weihnachten."

„Gleichfalls. Frohe Weihnachten", erwiderte sie.

Er griff in seine Windjacke und überreichte ihr dann ein winzig kleines, rotes Päckchen mit einer schmalen, goldenen Schleife.

„Danke, Moritz. Ich hab für dich auch ein Geschenk. Warte, ich hole es schnell."

Zurückgekehrt setzte sie sich zu ihm auf die Bank und reichte ihm auch ein kleines Päckchen. Es war ein aus Rotholz geschnitzter, kleiner Affe, der auf einer Schaukel saß. Entzückt stupste Moritz ihn mit dem Finger an und sagte: „Niedlich. So einen hab ich noch nie gesehen."

„Das soll ein Glücksbringer sein. Für deinen offenen Geländewagen. Vielleicht möchtest du ihn an den Rückspiegel hängen."

„… gute Idee."

Nun öffnete Annika ihr Päckchen und fand einen Halskettenanhänger mit einer echt rotgoldenen Öse. Es war ein weißer, geschnitzter Elefant. Annika strahlte im Lampenlicht. „Oh, ist der süß! Ist das Elfenbein?"

Er nickte und spontan umarmte sie ihn. „Danke, Moritz. Ich werde ihn in Ehren halten", beteuerte sie mit stockendem Atem. Und als hätten betäubende Mächte ihr den Kopf verdreht, spürte sie, wie er ihr Haar aus dem Gesicht strich und sie spitzbübisch anschaute. „Zeig mal dein neckisches Näschen", forderte er und rieb dann ganz leicht seine Nasenspitze gegen die ihre. Dermaßen zärtlich, dass sie ihn sehr begehrte.

Er stoppte und erklärte: „Das tun die Eskimos. Wenn sie jemanden gerne mögen."

Annika war wie verzaubert, und wie durch ein überirdisches Kommando verschmolzen sogleich vier Lippen zu einem leidenschaftlichen Kuss. Doch schuldbewusst löste sie sich abrupt aus seiner Umarmung. „Moritz, ich liebe deine Nähe." Spontan fuhr er mit dem rechten Zeigefinger über ihren Nasenrücken und unterbrach sie: „Ich auch", flüsterte er und fügte hinzu: „Jedes Mal empfinde ich eine nie gekannte, überströmende Harmonie." Sie nickte und gestand ihm: „Und wenn ich nicht verheiratet wäre, dann … – Naja, du weißt schon. Aber wir dürfen und können uns nicht mehr treffen. Sonst kann ich meinem Mann nicht in die Augen sehen. Wenn er hier eintrifft."

Er ließ von ihr ab. „Akzeptiert. Aber solltest du jemals einen brüderlichen Freund brauchen, so wende dich bitte an mich …"

„Danke. Das merke ich mir …"

Sie plauderten eine Weile und dann erhob sich Annika. „Moritz, kommst du mit rein?"

„Nein, Annika. Ich werde mich besaufen."

Sie reichte ihm eine Hand. „Komm, das kannst du bei uns tun."

„Lieber nicht …", erwiderte er und setzte seinen Helm auf. Dann klappte er mit dem rechten Fuß den Kickstarter raus und gab Gas. Tat den Gang rein, zog die Kupplung, gab übermäßig Gas und flitze mit laut aufheulendem Motorgeräusch davon. Annika schmunzelte und betrat bald leicht beschwingt das Wohnzimmer.

Sie stutzte. Doris schluchzte und heulte wie ein kleines Kind! Sofort legte Annika tröstend ihren Arm um sie. „Was ist denn los? Warum weinst du?"

Doris schnaubte ihre Nase und sagte: „Ich bin unsterblich verliebt in ihn. Und doch sehr unglücklich. Deshalb interessieren mich keine anderen Männer. Die Junggesellen denken bestimmt, ich sei lesbisch. Oder eine Eis-Mumie. – Niemand kann meine Sehnsucht nach ihm ermessen. Es gab schon Momente, in denen mir alle Konsequenzen völlig egal waren. Ich wollte einfach zu ihm zurückfliegen."

Annika nickte verständnisvoll und gleichzeitig überrascht, denn nun lernte sie ihre Freundin von der ganz weichen Seite kennen. Sie war ja ein Gefühlsmensch. Überrascht sah sie, wie Doris ihr sogar den handgeschriebenen Brief von Dr. Uhländer reichte. Annika las:

My Darling Doris, der jahrelange Kommunikationsabbruch zu dir treibt mich noch zur Verzweiflung. Verzeih bitte, wenn ich gegen deinen Willen jetzt doch mit dir Kontakt aufnehme, denn trotz deiner gegenteiligen Meinung hab ich dich weiterhin sehr, sehr lieb.

Es vergeht kein Tag, an dem ich nicht nach der Arbeit sinnlos und planlos durch die Gegend fahre, denn was soll ich zu Hause? Dich suchen? Leider bist du nicht da und kannst mir nicht helfen.

Weißt du, seitdem du damals abgeflogen warst, denke ich an viele Möglichkeiten, wie ich dich für mich zurückgewinnen kann. Und vor allem, wie und wo wir ein neues Leben anfangen könnten. Du wirst lachen, ich suchte und fand Adressen von Freunden in Brasilien und Argentinien. In den nächsten Tagen schreibe ich sie an, ob sie einen Chirurg benötigen, damit ich mit dir dort zusammenleben kann. Und du? – Du machtest dir beim Abschied Sorgen, ob ich dich wirklich liebe. Ach du, – könnte ich doch deinen schwarzen Haarschopf anfassen und dir einen lieben, tiefen Kuss geben. Seit du weg bist, bin ich häufig sehr nahe am Wasser gebaut. Einfach furchtbar, dieses Heimweh nach dir. Es ist hier alles so sinnlos geworden …

Zu meiner eigenen Erleichterung kann ich dir nun folgendes mitteilen: Seit achtzehn Monaten schlafen die Lady und ich in getrennten Zimmern und ich habe beim Rechtsanwalt die Scheidung eingereicht. Obwohl ich mir nicht sicher bin, ob du mich noch möchtest. Oh, du. Niemand kann dich ersetzen. Und alle Wünsche bringen dich nicht zu mir …

Abschließend wünsche ich dir von ganzem Herzen Frohe Weihnachten.

Hoffentlich freust du dich etwas über das Päckchen. Die Halskette und das Parfüm sind aus Dänemark, und weil ich wenigstens symbolisch dir gehören möchte, füge ich einen Aquamarinring anbei.

So! – Jetzt, nachdem ich endlich mit dir Kontakt aufgenommen habe, fühle ich mich wesentlich besser und freue mich auf eine Antwort von dir. Ich spüre, du wirst es tun. Falls nicht, leg diesen Brief zu den Akten. Es war so schön! Trotz allem, was gewesen ist, – du bist – und wenn es so sein muss, warst du meine große Liebe. Adios, Carissima mia! Immer noch in Liebe, dein Benjamin

Insgeheim beschimpfte Annika den Briefschreiber: Du bist ein Schuft. Adios, Carissima mia! So hast du an mich damals ebenfalls geschrieben. Soll ich es Doris erzählen? – Ach, lieber nicht. Sonst kriegt sie einen Nervenzusammenbruch.

Annika reichte ihr den Brief zurück und sagte: „Ich bin platt! – Wie wirst du reagieren?" Doris zuckte mit den Schultern. „Wenn es nach meinem Herz ginge, flöge ich sofort zu ihm. Aber–", sie unterbrach sich selbst und reichte Annika einen Briefentwurf. „Hier, lies mal, was ich während deiner Abwesenheit schnell niedergekritzelt habe:"

Lieber Benjamin, vorhin, als mir Annika nach dem Weihnachtsschmaus ein Briefpäckchen überreichte, wusste ich wegen der Schreibmaschinenanschrift nicht, von wem es stammte. Typisch du! Weißt du, in den letzten Jahren habe ich oft zu mir selbst gesagt: Doris, sei dankbar, weil du jahrelang mit ihm eine vollkommene Liebe erleben durftest. Aber jetzt Benjamin, – ist Schluss. – Nein, Benjamin, es ist gar nicht Schluss. Ich liebe dich nach wie vor. Ganz lieben Dank für das Geschenk. Die Goldkette trage ich bereits, obgleich sie nicht gerade dazu beitragen wird, dich zu vergessen. Zum Glück hilft mir meine Arbeit über vieles hinweg. Ein weiterer Pluspunkt ist, dass Annika hier arbeitet. Wir verstehen uns blendend. Doch hoffentlich ändert sich das nicht, wenn ihr Mann hier eintrifft.

Wie du dich gewiss erinnerst, ist der Tagesablauf hier nie stumpfsinnig. Trotzdem wünschte ich, du säßest jetzt neben mir. Doch mein Verstand rät mir ab. Bitte akzeptiere, dass zwischen uns beiden ein Schlussstrich gezogen ist. In zu vergessender Liebe sei gegrüßt von Doris

*

Annika schaute ihre Kollegin erwägend an. Soll ich, oder soll ich ihr nicht verraten, dass er vielleicht ein sexhungriger Playboy ist? Schließlich hatte er versucht auch bei mir und Ursula anzubändeln. Einen Kommentar herauszögernd, holte sich Annika eine Limonadenflasche aus dem Kühlschrank und begann nach reiflicher Überlegung: „Doris, vielleicht liebt er dich ja wirklich."

„Nee, nee. Annika, ich sage dir jetzt, weshalb ich damals endgültig einen Schlussstrich gezogen hatte und nach Afrika abhaute."

„Warum?"

„Nach unserer jahrelangen, heimlichen Liierung gelang es Benjamin, seine Frau erneut zu schwängern. Das fand und finde ich schäbig. Zumal er mir wiederholt ins Ohr gesäuselt hatte, dass sein Herz nur mir gehöre. Ha! – Wieso kroch er dann mit ihr ins Bett?! Nee, nee danke! Das hab ich nicht nötig!"

Annika hob ihre Augenbrauen. „Ach so ist das! – Aber trotzdem. Ich glaube, du liebst ihn mehr, als du dir eingestehst."

Ihre Kollegin schmunzelte. „Wo du recht hast, hast du recht", erwiderte sie und zerriss die letzte Seite ihres Briefentwurfs in lauter kleine Fetzen. „Ich werde erst mal schlafen. Morgen ist ein Feiertag. Ausgeschlafen kann ich besser denken."

„Genau ... Gute Nacht Doris. Ich schreibe noch an meine Mutter und Geschwister. Wird bestimmt ein Briefroman werden. Über mehrere Tage."

„Tu das. Gute Nacht Annika", erwiderte Doris und verließ den Raum.

*

Meine Lieben in Deutschland, heute am Heiligen Abend beginne ich einen ausführlichen Brief an euch. Zunächst recht herzlichen Dank euch allen, für die liebevoll verpackten Weihnachtsgeschenke. Die roten, ledernen Hausschuhe passen prima. Das mit Schokolade bezogene Gebäck war zwar etwas zerschmolzen, schmeckte aber trotzdem nach Heimat.

Gestern fand auf Station eine kleine Weihnachtsfeier statt. Ich trank etwas Sekt, der mir aber wegen der Tropenhitze gleich in den Kopf stieg. Dank dessen fühlte ich mich heute Vormittag wie ein Zombie und musste nachmittags ein

Nickerchen machen. Gerade wetteifern draußen im Dunkeln zirpende Zikaden mit den laut quakenden Fröschen.

Die Monate meines Hierseins waren bislang randgefüllt mit privaten Erlebnissen, aber auch mit beruflich bereichernden Begegnungen und Erfahrungen. Man muss hier etwas umdenken. Beispielgebend befinden sich unter unserem Hilfspersonal junge, wissbegierige und hilfsbereite Liberianer aus dem Busch, deren Eltern zu Hause, in den Strohhütten, weder Elektrizität noch fließendes Wasser haben. Dementsprechend mussten die jungen Helfer erst mal lernen, was Bakterien und Sporen sind, warum man sauber arbeiten muss und auch Desinfektionsmittel benötigt. Besonders gerne arbeite ich mit den Afrikanerinnen zusammen, denn egal wie schwer sie arbeiten müssen, sie lächeln.

Doch, nicht alle Liberianer leben in einfachen Verhältnissen. Nein, es gibt auch steinreiche Häuptlinge, Geschäftsleute und studierte Liberianer, die in vornehmen Gegenden wohnen. Ein Bekannter, namens Moritz, der war mal in so einem Privathaus. Es befindet sich in der Hauptstadt Monrovia. Er erzählte, dass dort mehrere Bedienstete herumschwirrten und er sah Marmorböden, Spitzengardinen, Gemälde, vergoldete Türklinken und Wasserhähne, sowie geschnitzte Möbel aus Rosenholz. Leute, ich muss gähnen. Meine Augenlieder fallen ständig runter. Schreibe morgen weiter.

Fortsetzung: Kürzlich kamen der Krankenwagenfahrer, der Hilfssanitäter und ein Fremder zu mir. Letzterer sagte ganz aufgeregt in Pidgin Englisch: „Missy you come. Me go village. Man sicko. Hernio. You lookim. You make him better. (Missy du komm. Ich gehe Dorf. Mann krank. Hernio. Du guck ihn. Du mach ihn besser)." Also gab Dr. Wankelgut sein Okay, ich solle mit dem Krankenwagen mitfahren und dem Patienten vor dem Transport eine Spritze gegen die Schmerzen geben. Ich war gespannt, was mich erwartete.

Zunächst überquerten wir mit dem klapprigen, ziemlich verrosteten Krankenwagen ein dunkelrotes, leeres Flussbett, dessen nasser Uferschlamm in der Sonne glitzerte. Ich hielt mich fest und war auf alles gefasst. Gut. Wir blieben nicht stecken. Als Nächstes bogen wir in eine steinige, rote Waschbrettstraße und je weiter wir an dichtem Urwald vorbeifuhren, desto unheimlicher wurde mir. Schließlich führte die Fahrt über staubige Straßen aus Laterit, die an Bauernfeldwege mit Löchern und tiefen Traktorfurchen erinnerten.

Wir erreichten ein Buschdorf, wo der Fahrer in der Nähe eines weiß getünchten Hauses parkte. Sofort umringten uns fünf Frauen und etwa zwei Dutzend Kinder und ich vermutete, es sei das Haus des Patienten. Doch zwei Dorfmänner wiesen uns den geschotterten Weg zu einer ärmlichen Lehmhütte. „De man inside", hieß es.

Vor dem Hütteneingang spielten drei kleine Kinder mit einem Mungo. Außerdem standen da zwei junge Frauen. Eine von ihnen deutete zum Hauseingang, wo anstatt eines Vorhangs, ein aufgetrennter Kartoffelsack hing.

Ich sag euch: Ich war ganz schön schockiert, als ich die ärmlich ausgestattete, nach Insektenpulver riechende Hütte betrat. Der Patient (mittleren Alters) war allein in einer dunklen, stickig warmen Kammer. Er lag schmerzgekrümmt auf einer Bettpritsche ohne Matratze. In seiner reichbaren Nähe befand sich eine Holzkiste, auf der eine Kerosinlampe und ein Glas mit Wasser standen. Außerdem war da noch ein kleines Bücherregal mit fünf alten Büchern.

Er sah mich mit seinen geröteten Augen an und stöhnte kaum vernehmbar: „Plenty good hello. Plenty pain (viele gute Hallos. Viel Schmerzen)." Nach Verabreichung der schmerzstillenden Spritze trugen ihn die Männer vorsichtig auf der Bahre zum Krankenwagen. „Tank you. Tank you, Missy", hauchte der Patient bald müde über seine Lippen.

Die Fahrt begann, und als er endlich schlief, erfuhr ich vom Sanitäter, dass die fünf Frauen und die vielen Kinder vor dem vornehmen Haus dem Town Chief gehörten. Er habe mehrere Ehefrauen und zirka fünfzig Kinder. Mehr-Ehen seien hierzulande nichts Außergewöhnliches. Meistens seien die Ehefrauen untereinander befreundet und würden sich auch um die Kinder der Mitfrauen kümmern. Abschließend sagte der Sanitäter grinsend: „Plenty fine women, – Missy".

Im Malika Zoomuh Hospital zurückgekehrt, wurde der Patient an einer kindskopfgroßen Hodensackhernie operiert und gesund gepflegt. Nett war, wenn jener Patient in den Tagen danach vom Krankenhausbett aus häufig und zu jedem sagte: „Tank you. Tank you …"

Abschließend eine Bitte: Im Falle, dass euch Paul besucht, dann lasst ihn bitte diesen Brief lesen. Hallo Liebling, ich hoffe, du hast mein Weihnachtspäckchen erhalten.

Überraschung: Mein Chef lässt dir ausrichten, wenn du in Liberia eintriffst, erhalte ich für die vielen extra abgearbeiteten Stunden drei freie Wochentage. Nett, findest du nicht? Ende meines Mammutbriefes. Lieber Paul, ich kann es kaum erwarten, bis du hier eintriffst. Alles Liebe und dankbare Grüße an euch alle. Eure Annika

*

Februar 1966

Der heutige, nicht allzu schwüle Februarabend ist ideal, um in mein Tagebuch zu schreiben. Wichtigste Neuigkeit: Moritz ist mit einem Buschpiloten befreundet, der eine Viersitzer-Propellermaschine besitzt. Fazit: Wir durften beide an meinem freien Wochenende mit nach Monrovia fliegen. Natürlich hatten wir zwei Einzelzimmer im Ducor Palace Hotel (auf dem Mamba Point Hügel) gebucht.

Schon am Samstagabend, am Tag unserer Ankunft, gingen wir beide im Dunkeln Richtung Kino.

„Hey, Mister", sprach eine aufgetakelte Schwarze Moritz an, „willst du mit mir eine Nacht verbringen?"

„Nein danke", erwiderte er bissig, „ich kann nicht! Meine Frau ist bei mir!"

„Macht nichts, Mister. Sie kann mitkommen!"

„Forget it", erwiderte Moritz und wir lachten beide.

Etwas später, als wir das brechend volle Kino betraten, staunte ich. Im Zuschauerraum durfte man rauchen. Befürchtend, ein Feuer könne ausbrechen, saßen wir beide in der letzten Sitzreihe. Gleich in der Nähe der durchgehend geöffneten Ausgangstür. Die Vorschau lief bereits. Plötzlich blitzte und donnerte es draußen. Aber wegen der Schwüle im Kino, schloss niemand die Tür. Ganz deutlich hörten und sahen wir, wie der strömende Regen auf den betonierten Gehweg raufplätscherte. Er spritzte sogar nach innen rein. Wir blieben aber trotz der Nebengeräusche sitzen. Nach dem Ende des Kinofilms fuhren wir per Taxi ins Hotel zurück und schliefen brav in getrennten Zimmern. Genug geschrieben. Bin jetzt auch müde.

(Vier Tage später): Am nächsten Tag mieteten wir ein Auto. Moritz fuhr zunächst auf der asphaltierten Hauptverkehrsstraße entlang und wir unterhielten uns fast ununterbrochen. Schließlich parkte er direkt gegenüber des imposanten Executive Mansion (Präsidentenpalast). Malerisch anmutend, prangt dieser moderne Bau zwischen großzügig paradiesisch angelegten Blumenbeeten und rot blühenden Hibiskus Büschen. Nicht weit entfernt war eine mit Palmen geschmückte Parkanlage. Wie eine Paradoxie wirkte das im Vergleich zu der allgemeinen Armut der liberianischen Bevölkerung. Dieser traumhaft schöne Palast wurde von bewaffneten Militärbeamten bewacht, der Unbefugten den Zutritt verwehrte. Plötzlich steuerte ein Wachtposten

mit finsterer Miene auf uns zu. Da wir nicht wussten, ob das Fotografieren und Filmen gestattet war, fuhren wir schnellstens zur Innenstadt Monrovias und holten die entwickelten Schwarz-Weiß- Fotos bei einem deutschen Fotografen ab.

Am Nachmittag waren wir auf der Party eines Italieners, der von Beruf Koch war und uns mit allerlei unbekannten, scharf gewürzten liberianischen Spezialgerichten verwöhnte. Unter anderem servierte er eine Pfeffersuppe mit grünem Kraut, Karotten, Paprika, Sellerie, Tomaten, Fischeinlage, in der rote liberianische Pfefferschoten im ganzen Stück herumschwammen. Ein Bissen auf so eine kleine Schote, und ich glaubte, mein Mund hätte sich in Brandblasen verwandelt. Es gab auch ‚Fufu‘, der von einem schelmischen, barfüßigen Liberianer serviert und angepriesen wurde: „Missy eat. Eat plenty! Sehr gut! Viel gut für dich. Macht Dich stark. Macht viele schöne Babys." Er schmunzelte und servierte dann für die anderen Gäste. Fufu ist eine weiße, klebrige Masse, die nach gar nichts schmeckt. Ich aß davon, weil die Liberianer ihn allgemein als Delikatesse bezeichnen, aber besonders gut schmeckte er mir nicht. Zu der Party waren überwiegend Europäer unseres Alters eingeladen.

*

Drei Wochen später fuhren Moritz, Annika und der Junggeselle Fiffi durch ein abgeholztes Gebiet und parkten den Geländewagen, um zu Fuß bis zum Regenwald zu gelangen. Annika erfuhr, dass dort keine Edelholzbäume mehr gerodet werden durften und schaute dann zum angrenzenden Regenwald. Gigantische Baumriesen bildeten ein grünes Dach über Farne und niedrigere Bäume. Letztere wiederum wuchsen wie ein Dach über Urwaldgestrüpp, Blumen und Pilzen. Es roch nach morschem Holz und abwechselnd mal nach Jasmin oder Honig.

Annika hielt einen krummen Stock in der Hand und tupfte ihn auf moosbewachsene Steine, die aussahen, als seien sie mit grünen Samttüchern überzogen. In dem Moment legte Moritz seinen Arm um sie und versuchte, sie an sich zu ziehen. Aber Annika schob ihn sanft weg und sagte: „Kommt nicht in die Tüte. Paul kommt bald nach Afrika. Bitte Abstand halten."

Er gehorchte. Wenn allerdings etwas raschelte oder jemand auf einen knackenden Ast trat, den man unter dem laubbedeckten Boden nicht vermutet hatte, dann war Annika froh, in Moritz' Nähe zu sein. Zumindest trug er ein Gewehr (Kaliber 3006) mit sich, zum Schutz gegen eventuell angreifende Waldbüffel und Leoparden.

Außerdem steckte in seinem Gurt eine Pistole; die er wegen der giftigen Mamba-Schlangen mit sich führte.

Kurz bevor sie heimwärts gingen, fragte Moritz: „Annika, wusstest du, dass zunehmend westliche Firmen in Liberia investieren?"

„Nein."

„Es kommen immer mehr Expatriates von Übersee."

„Was sind das für Leute?", wollte sie wissen.

„Führungs- und Fachkräfte."

„Und warum erwähnst du das?"

„Naja, es könnte ja sein, dass deine Cousine Ursula auch mal hier arbeiten will."

„Vielleicht", antwortete Annika. Aber insgeheim sehnte sie zunächst Paul herbei.

KAPITEL 15

Endlich traf Paul in Liberia ein und schloss Annika in seine Arme. Und als sie in Buchanan im Hotel waren, überschütteten sie sich gegenseitig mit Zärtlichkeit und Liebe. Allerdings hielt die Glückseligkeit nur eine Woche an, denn Pauls neuer Jobvertrag schloss häufige Geschäftsreisen innerhalb des Landes mit ein.

Und obwohl beiden die häufige Trennung schwerfiel, mochte Paul seinen Job von Anfang an. Ihm gefiel es, dass er in entfernte Gegenden geflogen wurde. Mal übernachtete er in Savannen oder im gebirgigen Norden. Mal im Westen oder im Osten. Mal in Küsten- oder in Regenwaldgebieten.

Oft gelangte er in Ortschaften, deren Bewohner einer völlig anderen indigenen Volksgruppe angehörten, als denen des vorhergehenden Ortes. Paul staunte, denn die verschiedenen Volksgruppen pflegten sogar unterschiedliche Kulturen und Sprachen.

Mal übernachtete Paul in privaten Kolonialstilhäusern, die mit Wellblechdächern gedeckt waren, ein andermal in einem muffig riechenden Holzhütten-Hotel. Im Glücksfall sorgte dort ein Kleingenerator für elektrisches Licht, gelegentlich auch ein altmodisches, klobiges, kastenförmiges Klimagerät, das außen herum oftmals vereist war. Typischerweise befand sich stets ein Wassereimer unter so einer Aircondition, der die geschmolzenen Wassertropfen des Gerätes auffing. Dann wiederum stand Paul nur ein Zelt mit einem unbequemen Klappbett zur Verfügung oder ein alter Wohnwagen. Einmal schlief Paul sogar in einer zwischen zwei Bäume gebundenen, handgeknüpften Hängematte. Aber jedes Mal unter einem Moskitonetz.

Doch am allerliebsten übernachtete er – wenn es machbar war – bei Annika. Allerdings konnten beide wegen Annikas häufigem Bereitschaftsdienst nur ungefähr alle zwei Monate das Krankenhausgelände verlassen. Wie an einem freien Wochenende.

Bei strahlendem Sonnenschein fuhren sie mit einem Zweisitzer-Geländewagen auf einer schmalen, rostroten Sandstraße Richtung Nimba.

Stellenweise schaukelte das Fahrzeug über Huckel und Schlaglöcher, so, als würde es über ein gigantisches Waschbrett mit längsverlaufenden, großen Beulen fahren. Ratata, ratata.

Ängstlich hielt sich Annika am Armaturenbrett fest. „Hey! Fahr langsam! Da wird man ja seekrank", meuterte sie.

Paul lachte. „Willst du fahren?"

„Quatsch."

Als Nächstes passierten sie Bananenplantagen, große und kleine Waldgebiete, hohes Elefantengras, staubig verdorrte Äcker und gelegentlich strohgedeckte Lehmhäuser.

Einmal stoppten sie in einem Ort, wo viele Dorfbewohner und drei weiße Männer herumstanden. Neugierig parkte Paul das Auto zwischen einer großen Königspalme und einem Schirmbaum, wo er Fiffi erkannte. „Mensch, was für eine Bullenhitze. Bestimmt fünfunddreißig Grad", klagte Paul.

Fiffi nickte ein paar Mal und zeigte dann auf eine eingetrocknete Blutlache mitten auf der Schotterstraße: „... Wia sin och grad e'm erscht gegomm'n", begann er, „Isch vermude, da hat's ne Stescherei gegäb'n (Wir sind auch gerade eben erst gekommen. Ich vermute, da hat es eine Stecherei gegeben)."

Ein junger Ortsansässiger gesellte sich zu ihnen und erläuterte: „Young woman lay on de street. De own man kill her. With de knife!" (Junge Frau lag auf der Straße. Der eigene Mann hat sie getötet. Mit dem Messer!)

Dann deutete er auf das mit Palmenblättern bedeckte Palaverhaus (ohne Seitenwände), wo die erstochene Frau in einer weißen Papiertüte aufgebahrt lag. Vor dem Eingang saßen fünf Afrikanerinnen. Eine von ihnen sang eine ergreifende Melodie. „Das ist die Totenklage", flüsterte Paul.

Annika schwieg und bemerkte, dass mehr Dorfbewohner aus ihren Lehmhäusern kamen. Ihr Blick fiel auf eine ältere Liberianerin, die unter einer hohen Dorfpalme saß. Ihr Oberkörper war nackt. Neben ihr lag ein großes, rundes, handgeknüpftes Fischernetz. Sie saß mit ausgestreckten Beinen auf einem sehr niedrigen Holzschemel und auf ihren Knien bewegte sich ein nacktes Baby.

Wie magisch angezogen, schlenderte Annika auf der gestampften

Erde quer über den kleinen Dorfplatz zu der ihr entgegenlächelnden Dorffrau. Annika senkte kurz ihren Blick auf das Baby und hörte die Frau in ihrer Stammessprache zum Baby reden. Zögernd streichelte Annika ein Babyärmchen und bedeutete der Alten anhand einer Armbewegung, ob sie das Baby im Arm wiegen dürfe. Die Einheimische nickte und ohne zu zögern reichte sie Annika den lächelnden Nackedei. Und während dann das Baby sein warmes, nach Heu duftendes Krausköpfchen an Annikas Hals schmiegte, murmelte die Frau irgendetwas in ihrer Stammessprache. Dann deutete sie wiederholt mit dem Finger mal auf das Baby und mal auf Annika. Doch Annika zuckte verständnislos ihre Schultern. Auf einmal erschien eine junge Frau. Auf ihrem Rücken trug sie in einem Tragetuch ein schlummerndes Baby, dessen Köpfchen zu einer Seite hing.

Ohne ein Wort zu sagen, entwendete die junge Frau das Baby aus Annikas Armen. Doch im nächsten Augenblick reichte sie es ihr wieder zurück und behauptete in Englisch: „Du gute Frau von Hospital. Wir kennen dich. *You take de baby for free* (Du nimm das Baby für gratis).“

Überrascht und verlockt strahlte Annika Paul an, der mittlerweile neben ihr stand.

„Bloß nicht!“, warnte er in strengem Ton. „Du darfst es nicht annehmen!“

„Warum nicht? Wir können es doch offiziell adoptieren.“

Paul stupste sie mit seinem Ellenbogen an und flüsterte: „Nix da! Was glaubst du, – was das für ein Palaver gibt!“ Mittlerweile standen dreißig Ortsbewohner um sie herum und begannen auf Annika und Paul einzureden: „Ihr könnt das Baby sofort und bedingungslos mitnehmen“, hieß es. Doch gegen Annikas Willen lehnte es Paul demonstrativ ab. Er zog sie vorsichtig zur Seite und erklärte ihr: „Sei vernünftig. Mir hat mal eine Missionarin gesagt–“

Annika riss sich von ihm los. „Was hat sie gesagt?“, fiel sie ihm wütend ins Wort.

„Die liberianischen Ammen sträuben sich, das Baby einer Verstorbenen zu stillen. Selbst wenn es mit ihnen blutsverwandt ist.“

„Wieso?“

„Das ist mit der Magie verbunden. Sie befürchten, die bösen Geister bemächtigen sich ihrer“, erklärte Paul.

Auf einmal parkte ein mit Menschen vollgestopftes Taxi am Straßenrand. Sechs Männer und eine junge Frau kletterten heraus.

„Das ist die Schwester der Verstorbenen", hieß es und plötzlich weinte und schrie die junge Frau aus Leibeskräften. Sie warf sich auf die steinige Staubstraße, grabschte nach den dunkelroten, verschmierten Steinchen und kasteite damit ihr Gesicht, bis es blutig war.

Gerührt war Annika geneigt, die Frau zu trösten. Doch dann sah sie, wie sich auch drei Männer mit den Steinchen blutige Schürfwunden ins Gesicht rieben.

Neben Annika stand Fiffi, der schnell seine Zigarette mit dem Schuh ausdrückte und seinen deutschen Landsleuten zuflüsterte: „Gomm! Mia hauen ab. Die verkloppen uns noch."

Annika blies ihre Wangen auf. „Ach was, wir bleiben."

Daraufhin legte sich Fiffi beide Hände flach auf sein Haupt und protestierte: „Du bist wohl nisch ganz sauba, wa?"

Annika winkte ab. „Quatsch. Uns Ausländern gegenüber verläuft das garantiert harmlos. Bei unserer Krankenstation hab' ich schon mal eine ähnliche Reaktionen erlebt. Manche Heiden fügen sich bewusst Verletzungen zu. Um mit der Verstorbenen das Leid zu teilen. Und um die Gnade der gutgesinnten Naturgeister zu gewinnen", beendete sie ihre Erklärung und bemerkte, wie Fiffi seine Nase rümpfte.

„Ich wees nisch. Ich will den Geisterglauben der Nadurvölka nisch erkunden", entgegnete er und verharrte aber trotzdem noch.

Plötzlich sang die junge Frau für ihre ermordete Schwester ein Sopran-Solo in ihrer Stammessprache. Sie sang die wohlklingenden Klagelieder mit solch einer magischen Kraft, dass sich auf Annikas Unterarmen Gänsehaut bildete. Zwischendurch sangen Frauen und Kinder den Refrain dazu.

Als das Lied beendet war, legte die Solo-Sängerin eine etwa fünfminütige Pause ein und lehnte sich an eine Lehmhüttenwand. Schweigend stierte sie vor sich hin. Die Hinterbliebenen, so erfuhren die Weißen, wollten durch den Wechselgesang die Geister der Verstorbenen besänftigen und die Ermordete lobpreisen. Begründung: Damit sie in Zukunft nicht selbst von den bösen Geistern belästigt werden würden.

Annika stand neben einer Frau, die ein Kleinkind an der Hand hielt, und erkundigte sich: „Mama, wann ist die Beerdigung?"

Die Liberianerin machte mit ihrer Handfläche zu Annika gerichtet eine stoppende Bewegung: „*Wait. I go. Come back small, small.*"

Bald schritt ein Einheimischer auf sie zu, der das Ende eines zirka zehn Zentimeter langen, streichholzdünnen Stöckchens kaute und in einem ziemlich unverständlichen Deutsch drauflosredete: „Guten Tag. De Totenfest is in vier Tage. Mit traditionelle Ritual."

Zur selben Zeit gesellte sich ein fremder Weißer zu Annika. Er hatte hohe Geheimratsecken und sprach in einwandfreiem Deutsch: „Die Ermordete wird hinter dem Haus der Verwandten begraben."

„So spät?", staunte Annika. „Ich dachte, die Verstorbenen werden schon nach zwei Tagen beerdigt. Wegen des heißen Klimas."

Sie erhielt keine Antwort. Und was dann folgte, versetzte Annika in ein noch größeres Staunen, zumal es absolut nicht zu der traurigen Situation passte. Im Nu sah man eine Zelebration mit tanzähnlichen Bewegungen und ein Liberianer erzählte, dass das Fest, bis zur Beerdigung dauern würde.

Die Schwester der Ermordeten sang weiterhin Klagelieder, und die Dorfbewohner – mitunter machten sie Fratzen und abwehrende Bewegungen – sangen dazu den Refrain.

Der fremde Deutsche erklärte Annika: „Die Gebärden sind symbolisch. Im Binnenland existiert noch der Ahnenkult. Beobachten Sie bitte die starrenden Grimassen. Sie wirken drohend. Sie sollen die Dämonen abschrecken. Und die bösen Ahnengeister wegscheuchen. Jetzt sehen Sie eine schöne Tanzzeremonie; dadurch versucht man eine Verbindung zu den Seelen der Urahnen herbeizuzaubern. Man bemüht sich, die Geister wohlgesinnt zu stimmen."

„Sie kennen sich gut aus", lobte Annika.

„Nicht genug. Mich fasziniert es, dass die Inlandbewohner ihre alte Kultur so pflegen. Trotz des großen amerikanischen Einflusses. Man kann auf unserer Welt von allen Naturvölkern viel lernen. Bedauerlicherweise geraten die herkömmlichen Lebensweisen allzu schnell in Vergessenheit. Besonders bei den Stadtkindern. – Sie wissen, dass wir Europäer am Samstag wieder hierher kommen sollten."

„Warum?"

„Dann findet das richtige Trauerfest statt. Wegen der Geisterbeschwörung. Mit Festessen, Dorfmusik und Maskentänzen. Da lohnt es, die Filmkamera und ein Tonbandgerät mitzubringen. Ein paar Gastgeschenke wären auch angebracht. – Süßigkeiten, Zigaretten und Bier sind immer willkommen", sagte der Herr. Dann machte er einen Diener und drückte Annikas Hand. Gnädiges Fräulein, – ich darf mich verabschieden. – Mir ist es peinlich, hier wie ein Äffchen zuzuschauen."

„Stimmt", entgegnete sie und erwiderte seinen Händedruck. Als er gegangen war, nahm Annika sich vor, am Samstag auch Windeln, Spielzeug, Jäckchen und Hemdchen für das verwaiste Baby mitzubringen.

KAPITEL 16

Liebe Ursula, … morgen fliegt Paul nach Monrovia und nimmt diesen Brief zum Postamt mit. Bezüglich meiner Arbeit gibt es eine sensationelle Nachricht. Der neue Chirurg Dr. Protzlach traf schon heute bei uns ein, obwohl wir ihn erst in drei Wochen erwarteten. Bin gespannt, was für ein Typ der ist. Ich schreibe dir bald, ob wir dich in Afrika brauchen. Mir gefällt es hier supergut.

Momentan behandeln wir einen Patienten, der am Bein ein Geschwür hat. Und zwar befindet sich im Körper des Patienten ein etwa ein Millimeter dünner Madinawurm. So ein Wurm drängt sich bei der Berührung mit Wasser ganz langsam aus der Haut heraus. Also von innen nach außen. Ein Madinawurm ist etwa einen Meter lang. Im Urwald beseitigen die Einheimischen über Wochen so einen Wurm selbst. Und zwar befestigen sie am Bein ein Stöckchen und rollen täglich langsam ein Stück des Wurmes auf. Reißt jedoch der Wurm ab, dann entstehen große entzündliche Komplikationen, so, wie es bei diesem stationär aufgenommenen Patienten der Fall ist. Soweit meine Nachrichten. Halt die Ohren steif. Tschüss. Grüße an dich und alle, deine Annika

*

Im Dorf des Trauerfestes eingetroffen, roch es nach Holzrauch, Bratrost, Palmöl und exotischen Kräutern. Zögernd schlenderten einige Dorfbewohner auf die fünf Weißen zu; so auch die Schwarzafrikanerin mit dem Baby der Ermordeten. Neben ihr ging der Town Chief. Er trug ein langes, blau-weiß gestreiftes Gewand aus handgewebtem Kente-Stoff (country-cloth). Passend dazu eine gewebte Kopfbedeckung. „My name Mulba", stellte er sich bei den Besuchern vor und fragte jeden: „Your name?"

Alle nannten ihre Namen und schließlich unterhielt sich der Chief ausschließlich mit Paul über den Straßenbau. In dem Moment legte die Dorffrau stillschweigend und ohne Umschweife das Baby in Annikas Arm. Spontan überkamen Annika Gefühle der Nächstenliebe, der Verlockung und der Verantwortung. Annika spielte mit dem Händchen des Babys und erwiderte sein Lächeln. Was soll ich bloß machen, überlegte sie. Die Frau will mir unbedingt das Baby schenken. Es ist total süß. Ich würde es so gerne adoptieren.

In dem Augenblick stand Paul neben ihr und, als habe er ihre Gedanken gelesen, fuchtelte er abwehrend mit seiner rechten Hand. „Bloß nicht!", fauchte er und wandte sich abrupt an die Liberianerin: „Nein. Nicht möglich."

Annika schwieg und dachte: Träume weiter Annika. Dann küsste sie die Wange des Babys und sagte: „Sorry, Darling."

Paul berührte Annikas Schulter: „Sei vernünftig. Ohne Gerichtsbeschluss darfst du es nicht annehmen."

„Das weiß ich. Ich bin nicht bescheuert", brummte sie.

„Annika, lass uns nach Hause fahren. Die Trommelmusik können wir vergessen …"

Abrupt deutete Annika mit einer Kopfbewegung zu einem jungen Liberianer. „Warte mal. Da kommt einer", sagte sie und sah, wie der Fremde sich eine stimulierende, rötliche Kolanuss in den Mund schob, und sie dann wie ein Kaugummi kaute. Erstaunlicherweise begrüßte er sie beide in deutscher Sprache und Annika wunderte sich über seinen ungewöhnlich kräftigen Handdruck. Zudem berührte er auf eigenartige Weise die Spitze ihres rechten Mittelfingers, sodass es in ihrer Hand kitzelte und knackte. So, als wenn früher Annikas Lehrer mit dem Daumen und Ringfinger zu einem Schüler geschnippt und gesagt hatte – „Schnell, schnell, denk nach. Beeil dich!"

Annika lächelte den Dorfbewohner an und begehrte zu erfahren: „Wie macht man das …?"

Er schmunzelte und zeigte ihr, wie er zwischen seinem eigenen Daumen und Ringfinger, ihren Mittelfinger packte und schnell losließ, so dass es dadurch tatsächlich schnalzend klang. „Das ist unser traditioneller Snapshake", erklärte er und wechselte das Thema: „Missy. Der Baby-Boy, er ist okay. Er ist Günstling von Göttern und Geistern. Er verdient das beste Zuhause. Missy, wir wollen, dass du die glückliche Mutter wirst." Paul blies seine Wangen auf und ging.

Annika schüttelte ihren Kopf. „Sorry, ich darf das Baby nicht behalten …", erwiderte sie und gesellte sich dann bald zu ihrem Mann, der sich gerade beim Town Chief erkundigte, wann das Begräbnis stattfände.

Der Town Chief hob erstaunt seine Augenbrauen. „Die Frau?", begann er in Englisch zu erklären, „die unter Erde. – Der Mörder, – er hängt morgen. Baby, er okay. Du nimm das Baby umsonst. Willst du das Baby?"

„Geht leider nicht", bedauerte Paul, „wir sind beide berufstätig."

„Ah …!", meinte der Town Chief und dann stellte sich heraus, bei dem Trauerfest handelte es sich um ein Missverständnis. Man hatte vermutet, Annika wolle das Baby abholen.

Annika freute sich, dass die Dorfbewohner trotzdem gewillt waren, Musik zu machen. Allerdings, so hieß es, besäßen sie keine Dorftrommeln. Die müsse man gegen eine Leihgebühr erst aus dem Nachbardorf beschaffen. Und das sei sehr teuer.

„Dafür bezahlen wir gerne", erklärte sich Fiffi einverstanden, woraufhin ein junger Dorfbewohner strahlend antwortete: „Okay, my friend. We go in de car?"

„Yes, jump in", erwiderte Fiffi und fuhr mit ihnen los.

Annika setzte sich mit dem Baby auf einen herbeigebrachten niedrigen Hocker und war im Nu von vielen, kleinen, geschwätzigen Mädchen umringt. Die meisten trugen eng geflochtene, ölig, glänzenden Haarzöpfchen. Zwei kleine nackte Jungens (mit geblähten Reisbäuchen und stark hervorstehenden Bauchnabeln) gesellten sich ebenfalls zu ihnen und schauten ernst zu, wie zwei ältere Mädchen Annikas langes Haar mit ihren Fingern kämmten. Zudem drehten sie Korkenzieher und kraulten Annikas Kopfhaut. Um die ernsten Kinder zum Lachen zu bringen, blies Annika ein paar Mal ihre Wangen auf, drückte mit einer Faust laut prustend die Luft raus. Heiteres Gelächter. Manche Kinder taten dann desgleichen.

Plötzlich stand eine schwarze korpulente Frau vor Annika. Sie berührte ihren eigenen runzeligen Hals und goss dann in Annikas Hand eine Menge (etwa einen Teelöffel voll) von ihrem wahrscheinlich selbst gemachten, süßlich riechendem Parfüm. Dann bedeutete sie Annika, sie solle ihren Hals, ihr Haar, ihre Arme und ihre Kleider damit betupfen. Annika gehorchte lächelnd, obgleich der Geruch nicht gerade ihre Nase beglückte. Daraufhin schenkte ihr die Frau ein breites Lachen, das die Sicht auf ihren fast total zahnlosen Oberkiefer freigab. Sie sagte etwas in ihrer Stammessprache, woraufhin Annika schulterzuckend zu verstehen gab, dass sie sie nicht verstünde.

Gegenüber von Annika saß eine Liberianerin mit ausgestreckten Beinen auf dem festgetretenen Erdboden. Lächelnd stillte sie ein Baby. Auf einmal huschte ein etwa zweijähriges Kind zu der Frau, zog mit beiden Händchen die zweite entblößte, etwas hängende Brust zu sich und trank auch von der Muttermilch. Kurz darauf eilten zwei etwa fünf und sechsjährige Kinder herbei und hingen wie Kletten an der Mutter.

Annika wiegte dann den Säugling der Ermordeten auf ihrem Schoß, zog eine bunte Babyklapper aus ihrer Handtasche und gab sie ihm ins rechte Händchen. Spontan klapperte das Baby damit und lächelte Annika an. Und wieder war Annika geneigt, es zu adoptieren. Sehnsüchtig schaute sie zu Paul, der wegen eines Sonnenbrandes unter einem Mangobaum auf einer Holzkiste saß und nach unten sah. Gedankenverloren beschnupperte Annika das Krausköpfchen. Was soll's. – Was bedeuten schon meine eigenen Wünsche? Paul ist dagegen …

Gerade in dem Moment kreuzten Fiffi und die Männer mit einer großen, handgebastelten, runden Trommel und drei anderen Trommeln auf. Zwei waren sanduhrförmig. An der vierten, länglichen Tierfelltrommel befand sich am oberen Rand eine Leiste mit einem befestigten Blechschild, an dem wiederum viele kleine Metallscheiben (Konservendeckel und Flaschenverschlüsse) hingen.

Zögernd begann ein leises, monotones Trommeln, das sich allmählich verstärkte, sodass die metallenen Anhängsel ständig mitklimperten. Eine Menge glücklich strahlender Dorfleute strömte herbei und je nach Bedarf tranken die Männer Ingwerbier, normales Bier, Zuckerrohrschnaps oder selbst gebrauten, milchigen Palmwein. Was das Alkoholtanken anbetraf, schienen die Liberianer wahre Rekordler zu sein. Bis auf einen Teenager. Bei ihm hatte der Palmwein offensichtlich zu schnell gewirkt. Beschwipst taumelte er zu Annika, stützte sich an ihrer Schulter ab und wollte unbedingt mit ihr tanzen. Sofort eilten aber zwei Dorfbewohner herbei und beförderten den Betrunkenen lachend in eine Hängematte.

Wieder ertönte die Solostimme der Schwester der Ermordeten, und plötzlich setzten die Trommeln, mitsamt dem scheppernden Metallgeklirr richtig laut ein.

Zwei aufgescheuchte Hühner flogen in eine hüfthohe Grasstaude. Ein magerer, brauner Hund flüchtete mit seinem nach unten hängenden Schwanz hinter eine Lehmhütte.

Eine Liberianerin verteilte glockenförmige, faustgroße Rasseln, die außenherum mit Büscheln aus Bast umwickelt waren. Sie beinhalteten, wie man Annika sagte, winzige Steinchen. Jede Rassel hatte oben kleine Henkel und eine unterarmlange Schnur aus Raphia hielt jeweils zwei Rasseln zusammen. Begeistert schüttelten die Besucher und Dorffrauen sie im Takt.

Die Trommler – jeweils mit Shorts und nass geschwitzten Unterhemden bekleidet – trampelten und stampften rhythmisch auf den festen Lehmboden. Und allmählich (nachdem die berauschende Trommelmusik beständig lauter und schneller erschallte) antworteten die Erwachsenen und die hellen Kinderstimmen im Chorgesang. Manche Dorfbewohner klopften zusätzlich mit Stöcken auf Holzsitzklötze, Mörser, Kokosschalen, leere Glasflaschen, Kartons oder Eimer.

Ein grauhaarigerer Liberianer, der Zigarette rauchend vor seiner Hütte in einer Hängematte lag, ließ sich von einem blutjungen Teenagermädchen (mit nacktem Oberkörper) schaukeln, das ab und zu eine Sassa-Rassel schüttelte.

An derselben Hütte lehnte eine etwa vierzigjährige Frau mit dem Rücken gegen einen Pfahl. Sie hatte tränenglänzende Augen und sang plötzlich ganz laut eine traurige Melodie. Die Trommelmusik stoppte. Aber urplötzlich wurde die Solostimme mit einer fröhlich klingenden, flotten Chor-Melodie übertönt und die Trommeln setzten wieder ein. Die Frau ging langsam zur Dorfplatzmitte und tanzte mindestens zehn Minuten lang, wie hypnotisiert.

Junge Mütter, die ihre Babys auf dem Rücken – in einem Tragetuch – mitschleppten, lächelten und wippten im Takt. Sogar lächelnde Vorschulkinder wiegten, schaukelten oder tanzten im Rhythmus.

Schön klang das Klingeln von Messingglöckchen, die einzeln um die Fußgelenke von drei Teenagermädchen befestigt waren. Fast alle Dorfbewohner boten eine wahre Show, besonders, wenn sie westafrikanisch Highlife tanzten.

Überwältigt setzte sich Annika neben eine Frau, probierte von dem ihr dargereichten, alkoholreichhaltigen Zuckerrohrschnaps und glaubte, ihre inneren Organe würden in Flammen aufgehen. Da dann das berauschende Getränk bei Annika schnell wirkte, tanzte auch sie angeheitert im sonnigen Dorf-Hof mit. Solange, bis sich ihre Körpertemperatur ständig steigerte und sich bei ihr Schweißperlen auf der Stirn bildeten.

Ein etwa acht jähriges Mädchen ergriff Annikas Hand und forderte sie mit ihrer hellen Stimme auf: *„Come. I learn you."* Annika folgte ihr begeistert, um die lässigen Bewegungen und Tanzschritte richtig zu erlernen.

Die alte Frau, mit dem Parfüm, schien sich über das Mittanzen der Weißen sehr zu freuen, doch plötzlich sah man sie nicht mehr. Das fand Annika sehr eigenartig, und da sie mutmaßte, es sei Zeit aufzubrechen, verteilte sie – genauso wie die anderen Europäer auch – tänzelnd ihre Mitbringsel. Auf einmal kam die Parfümfrau zurück und hielt ein weißes, dickes Huhn auf dem Arm. Schnurstracks steuerte sie auf Annika zu und reichte ihr das warme Huhn. Annika staunte, wie leicht es war und bat den Dorfdolmetscher neben sich: „Bitte übersetze für die Frau, dass es ein schönes Huhn ist. Und ich froh bin, dass es mich nicht kratzt."

Er übersetzte es und die alte Frau lächelte daraufhin. Verträumt streichelte Annika die weißen Federn, die sie an das Huhn in Baden-Baden erinnerte, als sie als Kind bei den Pflegeeltern war. Annika reichte dann der Dorffrau das Huhn zurück, die aber verneinend den Kopf schüttelte. Sogleich stellte sich der Dolmetscher Annika gegenüber. Und begann die Funktion eines Aberglaubens auf Englisch zu erklären. Übersetzt: „Missy, weißes Huhn ist Gastgeschenk. Es symbolisiert Freundschaft. Nur außergewöhnlichen Gästen wird so eine Ehre zuteil. Du darfst das Huhn nicht töten. Du musst es gut füttern. Es ist, als sei die alte Frau ständig bei dir. Zum Beschützen. Es wird Eier legen. Es wird gut sein, wenn Huhn andauernd bei dir wohnt. Ist gut für Beruf. Und Familiensegen. Wenn es tut nicht wohnen bei dir. Dann Segen ist kaputt."

Nachdem dann Annika den anwesenden Europäern die Hintergründe des afrikanischen Dämonenglaubens erklärt hatte, jubelten zwei weiße Männer mit übertriebenen Gesten. Doch Paul, der seine Sonnenbrille verloren hatte und von brennenden Augen und dem Sonnenbrand gepeinigt war, reagierte völlig anders. Er saß noch immer unter dem Mangobaum und trank desinteressiert von seiner Wasserflasche. Als Annika ihm freudestrahlend das Huhn zeigte, schubste er sie weg. So, als sei sie an der Pest erkrankt. „Pfui! Geh weg", grollte er. „Du stinkst nach dem billigen Parfüm. Und nach dem Huhn. Das Huhn bleibt hier …"

Spontan – weil Annika seine taktlose Reaktion wie einen Faustschlag ins Gesicht empfand – wich sie etwa drei Meter von ihm zurück. Er hat mich weggeschubst, schimpfte sie lautlos. Wie demütigend! Werde ich das je vergessen? Ja, Friedrich Schiller hatte Recht: … Drum prüfe, wer sich ewig bindet …

Annika schaute ihren Mann entrüstet an: „Paul, das war unhöflich! Mir ist das garantiert sehr peinlich! Der Frau gegenüber."

Er winkte ab. „Forget it!"

Stinksauer und nach einem Ausweg suchend, schenkte Annika dann der Alten ihren Halskettenmodeschmuck und ließ übersetzen: „Ich fühle mich sehr geehrt. Aber heute kann ich das Huhn leider nicht mitnehmen. Ich muss erst einen Hühnerstall besorgen. Ich komme es gerne ein anderes Mal abholen …"

Die Alte nickte verständnisvoll.

Zwischendurch filmten und fotografierten die Weißen die Tanzdarbietungen und nahmen außerdem die Gesänge auf Tonband auf. Doch als die Sonne am Himmel unterging, war das Tonband voll bespielt, und die Negativ-Filmspulen waren belichtet. Allmählich brachte das Zwielicht herumschwirrende Moskitos, Fliegen, Käfer und Nachtfalter mit sich. Es roch nach Rauch und man sah Dorffrauen, die im Koch-Haus und im Freien kleine Feuer schürten. Andere zündeten mit Kokosnussfasern ein neues Feuer an. Jeder wusste, der aufsteigende Rauch der Feuerstellen vertreibt gleichzeitig die Insekten, Flöhe, Kakerlaken und sogar die Mäuse.

Bei den Europäern klebte die feucht verschwitzte – und durch den aufgewirbelten Dorfstaub beschmutzte – Bekleidung auf der Haut. Annika sehnte sich nach einer Dusche. Geistesabwesend beobachtete sie fünf gackernde Hühner, die nach Futterkörnern kratzten. Plötzlich spürte sie eine Hand auf ihrer Schulter. „Annika, komm bitte. Es ist Zeit, nach Hause zu fahren …", sagte Paul in nettem Tonfall.

Und als Annika später in ihrer Küche stand, erkundigte sie sich: „Paul, was möchtest du zum Abendessen?"

„… Haben wir Eier?", fragte er. „Nein! – Aber wenn das Huhn hier wäre, könntest du jetzt nachschauen, ob es eins für dich gelegt hat." Daraufhin lachte Paul lauthals und meinte: „Von dem schmutzigen Huhn würde ich kein Ei essen."

„Hühner sind nicht schmutzig", korrigierte sie ihn. „Die sind hygienisch. Die baden sich täglich im Sand. Und putzen mit dem Schnabel ihre Federn. Ich bin sicher, dass ich das Huhn in Moritz' Obhut geben kann. Ich werde es Frieda nennen …"

Paul prustete belustigt los und stotterte dann: „Di-die w-weiße Huhn-Frieda! Hört sich neckisch an! Jedenfalls, ich hole die Glucke nicht ab."

Annika schwieg und ihre Gedanken waren: Seitdem ich verheiratet bin, fühle ich mich irgendwie eingeengt. Kann nicht mehr alleine Entscheidungen treffen. Komme mir vor, wie ein Befehlsempfänger. Ja, ich liebe ihn. Aber momentan nicht. Muss mal sehen, wie er reagiert, wenn ich mich durchsetze.

„Paul, wenn du nicht das Huhn abholst, fahre ich mit dem Chauffeur vom Krankenhaus hin."

„… Wie willst du überhaupt das Huhn transportieren?"

„Auf dem Schoß! Oder ich hole vorher einen abgedichteten Korb. Vom Wochenmarkt oder so. Wirst schon sehen. Meine Frieda kommt hierher."

„Annika, ich weiß nicht, was du dir davon versprichst."

„Frische Eier! Sei nicht so mürrisch."

*

Am nächsten Tag erkundigte sich Annika bei Doris: „Du, gestern hat einer bei mir einen „Snapshake" gemacht. Was bedeutet das?"

„Übersetzt: Schnippender Händedruck", antwortete Doris.

„Ja … und? Will der mit mir ins Bett? Oder was?"

Schallendes Gelächter. „Nein, der Snapshake ist harmlos", antwortete Doris amüsiert und erklärte weiter: „Die Afroamerikaner haben ihn damals in Liberia eingeführt. Das hat was mit der Sklavenzeit in

Amerika zu tun. Dort hatten nämlich etliche weiße Sklavenbesitzer ihren schwarzen Sklaven einen Finger gebrochen."

„Warum das denn?", wollte Annika wissen.

„Der krumme Finger sollte die Sklaven damals in Amerika daran erinnern, – dass sie den weißen Boss-Leuten Respekt zu erweisen hatten", begann Doris und erklärte dann noch folgendes: „Und später, als die befreiten Sklaven nach Liberia kamen, benutzten sie selbst den Snapshake als Zeichen ihrer Freiheit und Macht."

KAPITEL 17

Nachmittags mit dem Chauffeur im Dorf angelangt, saß die Dorffrau, die ihr das Huhn schenken wollte, auf der niedrigen Terrassenmauer ihres Lehmhauses und freute sich über Annikas Mitbringsel (Kernseife, Konservenbüchsen und Pralinen). Und bald danach überreichte sie Annika das weiße Huhn, ohne dass sie den wahren Mythos erfuhr. Als nächstes erklärte der Dolmetscher der Dorffrau, dass Annika zurückfahren müsse, ehe die Dunkelheit einbrach. Die Dorffrau nickte verständnisvoll und reichte Annika ihre Hand.

Just in diesem Augenblick erschien ein dicker Buschteufel, der zur Unkenntlichkeit eine Maske und ein Raphiakostüm trug. Alles in allem erinnerte es an einen beweglichen, knapp zwei Meter hohen Heu- oder Strohhaufen. Wie sich aber bald herausstellte, konnte er seine anfänglich plumpe Form durch akrobatische Kunststücke vielseitig verändern. Beispielsweise zu einer etwa drei Meter hohen, schlanken Gestalt, die einen besenstiellangen Hals hatte. Jener künstliche Hals war mit einer dichten, strohhellen Mähne beklebt, die wohl aus Palmfasern bestand. Zudem trommelten zwei Männer auf einer der noch immer ausgeliehenen Trommeln. Zwei Dorffrauen tanzten, als würden sie in Ekstase geraten und animierten dadurch die paar Zuschauer zum lange anhaltenden Händeklatschen.

Auf einmal wirbelte der lange Teufel durch die Luft und machte einen Purzelbaum. Die Zuschauer jubelten und allzu gerne wäre Annika länger geblieben. Aber sie verabschiedete sich, setzte das Huhn in einen Korb und fuhr dann mit dem Fahrer wieder heimwärts.

*

Kurz vor Sonnenuntergang zum Krankenhausgelände zurückgekehrt, tranken Annika und der Chauffeur zuerst einen kühlen Saft. Als Nächstes wogen sie das knapp zwei Kilogramm schwere Huhn und fuhren zu den zwei entfernten Junggesellenhütten. Paul und drei junge

Europäer prosteten ihnen im Garten mit erhoben Bierflaschen zu. Ihre entblößten Oberkörper glänzten im Lampenlicht und Annikas Augen suchten Moritz. „Guten Abend allerseits", grüßte sie und entdeckte dann aber doch Moritz, der etwas abseits stand. Vernünftigerweise hatte er wegen der allabendlichen Mückenplage ein kurzärmeliges Sporthemd an und zündete gerade eine große Spezialfackel mit Pestiziden an. Annika ging schnurstracks auf ihn zu und verkündete ganz aufgekratzt: „Moritz, ich hab die Frieda hier."

„Na, dann gib sie mir mal", sagte er und begutachtete die Henne mit einer Kennermiene von allen Seiten. „Frieda ist kerngesund", beteuerte er mit lauter Stimme, während sie auf dem knirschenden Schotterweg zum Hühnerstall nebeneinander gingen. „Sie wird dich garantiert mit Eiern versorgen. Die Kleine duftet angenehm nach einem süßlichen Parfüm." Und als sie dann von den anderen außer der Hörweite waren, redete Moritz in normaler Lautstärke: „Annika, seit dem Weihnachtskuss hast du mein Herz völlig umgekrempelt. Naja, vielleicht ist es eine Utopie, die ich mir vorgaukle. Aber eines Tages wirst du mir gehören. Ein Buschteufel prophezeite mir, ich werde mal steinreich sein."

„Und du glaubst an den Zauber?"

„Annika, unterschätze nicht die Medizinmänner und Zauberer", erwiderte er und deutete eine Richtung an. Bei Gelegenheit fliege ich mit dir zu einer Savanne. Dort wächst ein uralter Baobab- Baum, dessen Baumkrone an Baumwurzeln erinnert. Der Durchmesser eines solchen Baumstammes kann über acht Meter werden. Man nennt ihn auch *Affenbrotbaum* oder *Baum des Lebens*."

„Warum das denn?", begehrte sie zu erfahren und guckte verstohlen zu den anderen Europäern, die mit dem Schimpansen spielten. Wie aus der Ferne hörte sie Moritz antworten: „Weil man fast alles vom Baobab verwerten kann. Entweder als Medizin oder zum Essen oder Basteln."

„Und wie hoch wächst der?"

„Etwa fünfzehn Meter. Solche Bäume können über tausend Jahre alt werden."

„Wie die tausendjährige Eiche in Ostpreußen", flocht Annika mit ein.

„Die kenne ich nicht. Aber ich kenne einen Baobab, der innen drin hohl ist. Früher soll er als Gefängnis gedient haben. Manche Leute behaupten, in den Affenbrotbäumen würden Götter und Geister wohnen." Er fegte mit der Hand durch die Luft und sagte: „Das nur nebenbei. Jedenfalls meinte der Buschteufel, ich würde in Kanada besonders glücklich werden."

„Du willst nach Kanada?"

„Ja. Meine Freunde besitzen außerhalb von Vancouver ein Log-House. Und einen riesengroßen Obstgarten. Ich hatte dort mal Urlaub gemacht. Es war Anfang September. Einmal lag ein schwarzer Bär unter einem Apfelbaum. Er hatte einen ganz dicken Bauch. Wie beim Rotkäppchen-Wolf."

„War der schwanger?", wollte Annika grinsend wissen.

„Weiß ich nicht. Aber er hatte viele Äpfel vom Baum abgerupft. Und gefressen."

„Lustig." Annika versetzte ihm einen kleinen Boxhieb auf die Schulter. „Veräppelst du mich?"

„Nein. Es entspricht den Tatsachen", beteuerte Moritz und schlenderte zum Hühnerstall, in dem die anderen Hühner in alle Richtungen auseinanderstoben. Amüsiert griff er in seine Hosentasche, warf ihnen eine Handvoll Futterkörner zu und verließ wieder den Stall.

Als sich dann Annika und Moritz zu den anderen Männern gesellten, die gerade über die Sitten und Gebräuche der Einheimischen diskutierten, wusste ein Rothaariger Folgendes zu erzählen: „Manche Liberianer trauen sich nicht alleine in bestimmte Gegenden."

„Warum?", erkundigte sich Annika.

„Wegen den Geheimbünden. Weil sie Angst haben. Vor einem Ritualmord. Es gibt den sogenannten Alligator-Geheimbund. Präsident King gehörte dem an."

„Lebt der noch?"

„Nein, der ist längst tot", erwiderte Paul.

„Wurde der ermordet?", wollte Annika wissen.

„Nein", mischte sich der Rothaarige ein. „Gott segne seine Seele."

„Was für Menschen wurden denn geopfert? Und warum?", forschte Annika.

Der Rothaarige: „Das waren völlig gesunde Menschen. Die Mitglieder vom Alligator-Bund mordeten aus rituellen Gründen. Aber seit vierzig Jahren opfern sie nur Tiere. So, Leute. Und jetzt muss ich meine Kehle ölen …"

Die Zeit verging mit Trinken, Rauchen und Plaudern. Ein leichtbekleidetes Liebespaar gesellte sich mit Bierflaschen in der Hand zu ihnen, und als Moritz seine Gitarre holte, wusste jeder: Bald wird es noch gemütlicher im Dschungel, doch Annika drängte Paul zum Aufbruch.

*

„Man munkelt", begann Annika während der Heimfahrt, „dass der neue Chirurg illegal ins Land gekommen ist."

„Wieso?"

„Er hat am Flugplatz kein Einreisevisum vorweisen können. Als man ihn am Flugplatz abholte. Angeblich gab es mit der Botschaft einige Schwierigkeiten. In Monrovia. Und mit den liberianischen Behörden. Aber irgendwie ist es ihm gelungen, den Zoll zu bezirzen. Ich glaube, der macht seinem Namen Ehre."

Paul hüstelte. „Du, sei mal ruhig. Ich muss mich konzentrieren. Eine Autolampe funktioniert nicht. Wir reden zu Hause weiter."

„Okay."

Die Fahrt verlief verhältnismäßig gut und als sie zu Hause am Esstisch saßen, erkundigte sich Paul: „Wieso macht der neue Arzt seinem Namen Ehre. Erklär mal."

„Er heißt Protzlach. Erinnert mich an protzen! Außerdem ist er ein aufgeblasener Wichtigtuer."

„Wieso?"

„Wenn er spricht, stützt er großspurig beide Hände in seine Taille. Und reibt öfter seine knollige Sattelnase und seine buschigen Augenbrauen."

„Hm", machte Paul. „Man sagt zwar, Menschen mit solchen Merkmalen sind unbeherrscht. Aber gib ihm doch erst mal eine Chance. Vielleicht hat er Hemmungen. Und versucht sie durch seine Körpersprache zu verschleiern."

„Der und Hemmungen haben? Niemals! Der machte sich schon an seinem zweiten Arbeitstag bei mir unbeliebt."

„Was war denn los?", wollte Paul wissen.

„Wegen dem Hilfspfleger James. Der hatte mich mal angefleht, ob er Überstunden machen dürfe. Sein Vater sei im Gefängnis. Wegen

Geldschulden. Er wolle ihn gerne freikaufen. Daraufhin ließ ich ihn achtzehn Überstunden machen. Jede Woche. Die ja doppelt bezahlt werden. Aus Dankbarkeit arbeitete er sehr fleißig und spornte sogar die anderen an."

„Das ist gut."

„Ja. Lustig war, wenn er keine Arbeit fand. Dann fragte er mich grinsend: ‚Missy, I finish. What other shit job you want me to do?' Und egal, welche Arbeit er ausführen sollte, er machte alles prima. Und brachte mich täglich zum Lachen. Besonders am Zahltag. Wenn er seine Lohntüte küsste."

Paul schmunzelte. „Und was hat das mit dem Dr. Protzlach zu tun?"

„Viel. Eines Tages forderte James, noch mehr Stunden arbeiten zu dürfen. Also zweiundsiebzig Stunden pro Woche. Da erklärte ich ihm, er könne unmöglich die gewünschte Arbeitsleistung bringen. Außerdem ließe das die Gewerkschaft nicht zu."

Daraufhin beschwerte er sich bei dem neuen Doktor. Und der hochnäsige Kerl, der erlaubte ihm, täglich jeweils zwölf Stunden arbeiten zu dürfen. Von morgens um halb sechs bis abends um halb sechs."

„Das ist ja unerhört!"

„Ja. Und wenn James keine Arbeit fand, dann werkelte er irgendwo herum. Oder er vertrieb die Zeit mit Schwätzchen. Mit Patienten oder Besuchern. Paul, das muss man sich mal vorstellen! Ich soll für die Diensteinteilung verantwortlich sein – und Protzlach funkt mir dazwischen. Das nenne ich Stress. Nicht die Arbeitsbelastung selbst. Ich bin so sauer auf den Kerl. – Sag mal, wie war überhaupt dein Vormittag?"

„Mach dir wegen mir keine Sorgen. Ich kann mich auf die Vormänner verlassen."

*

Einige Wochen später. An einem Freitag lag ein verhältnismäßig großes Operationsprogramm an. Ausgerechnet an jenem Morgen erschien der OP-Helfer Bobby mit fast zwei Stunden Verspätung zum Dienst. Annika rügte ihn am Nachmittag und sagte: „Dafür arbeitest du heute bis neunzehn Uhr."

„No problem, Missy", erwiderte er lächelnd und arbeitete nach dem OP-Programm weiter. Annika und Julia hingegen gingen nach Hause.

Später, gegen achtzehn Uhr, als Annika den Krankenwagen suchte, berichtete man ihr, Dr. Protzlach habe Bobby schon früher nach Hause geschickt. Zudem sei der Krankenwagenfahrer von Dr. Protzlach beauftragt worden, Bobby zu seiner Dorfhütte zurückzufahren.

„Und?", fragte Annika entrüstet, „wo ist der Schlüssel von der Operationsabteilung?"

Niemand wusste es. Innerlich wütend suchte Annika sehr lange den Türschlüssel. Vergeblich. Zufällig kam Paul mit seiner unterarmlangen Taschenlampe zu ihr und half beim Suchen. Wieder vergeblich.

Endlich! Endlich nach zwei Stunden Suchen – es war kurz vor einundzwanzig Uhr – überreichte der Krankenwagenfahrer fröhlich pfeifend Annika den Schlüssel und sagte: „Bobby say: ‚Bring de key to de Missy' (Bobby sagt: ‚Bring den Schlüssel zur Missy')."

„Thanks ...", erwiderte Annika und sah ihm nach.

„Der Fahrer kann nichts dafür", meinte Paul. „Aber der Protzlach – dieser Doktor-Herrgott! Dem könnte ich in den Arsch treten. Der scheint mir ein richtiger Psychoterror zu sein. – Annika, wenn du dich nicht bald energisch wehrst, wird er dir auf der Nase rumtanzen. Er umfasste ihre Taille. „Komm, wir gehen nach Hause. Ich hab einen Mordshunger."

„Ja, mir knurrt auch der Magen! Schade, dass der Houseboy krank ist", antwortete sie.

Zu Hause stellte Annika einen Topf mit Wasser und geschälten Kartoffeln auf den Herd und dann duschten beide. Plötzlich zog Paul sie ins Schlafzimmer. Annika lachte, aber später roch es nach Angebranntem. Schwups schoss sie aus dem Bett. „Die Kartoffeln!", rief sie und schaltete schnell die Kochplatte aus. Paul eilte zum Wasserhahn und goss kaltes Wasser in den Kochtopf. Und als es zischte und dampfte lachten beide herzhaft und begnügten sich mit belegten Broten.

Am frühen Morgen musste Paul für eine Woche wegfliegen. Davor graute ihm, denn im Inland gab es überwiegend nur kleine private Flugplätze mit unbefestigten, häufig gefährlichen Landebahnen. Einmal – auf einer Piste mit ausgewaschenen Erdlöchern und überwucherten Tropenpflanzen – war der Landungsaufprall dermaßen stark gewesen, dass Paul glaubte, sein Lebensende sei nahe.

Ein andermal waren Paul und der Autofahrer auf einer Matschstraße mit tiefen Erdausbuchtungen steckengeblieben und mussten in der schwülen Hitze stundenlang warten. Ohne Getränke. Seit jener Panne zog Paul vor, während der Regenzeit überwiegend in Buchanan zu arbeiten. Annika war froh darüber, ihn in nicht allzu weiter Ferne zu wissen.

An einem Wochentag, als Paul unterwegs war, erhielt Doris einen Brief von Dr. Benjamin Uhländer, den Annika am Abend durchlesen durfte.

*

My Darling Doris, I'm feeling bad – very bad. Ich verspüre hier gar keine Lust, im OP zu arbeiten. Warum auch? Solange du fehlst, sind Krankenhäuser für mich gegenstandslos. Privat sind unglaubliche Dinge passiert: In vier Wochen ziehe ich ohne meine Kinder nach München und werde dort in einem Krankenhaus als Oberarzt arbeiten. Bitte komm zu mir nach München. Meine neue Adresse steht auf dem beigefügten, leeren Briefumschlag. Adios, Carissima mia! In ewiger Liebe, dein Benjamin

*

Annika reichte ihr den Brief zurück und riet ihr: „Doris, höre auf dein Herz. Ich glaube, der Mann liebt dich wirklich."

„Ja. Mein Entschluss steht bereits fest. Ich werde vor dem Ablauf meines Arbeitsvertrags kündigen. Bin schon zu viele Jahre in den Tropen. Und genug ist genug."

„Mach mir keine Angst", sagte Annika besorgt. „Paul und ich gedenken, drei bis vier Jahre hierzubleiben."

„Zu zweit ist das auch absolut durchziehbar. Annika, solange ich noch hier bin, solltest du mal wieder mit deinem Mann nach Monrovia fliegen. Im November ist Thanksgiving Day. Hättest du Lust?"

Annika strahlte. „Oh, ja. Sehr gerne …", reagierte sie.

„Abgemacht."

KAPITEL 18

Gleich nach der Flugzeuglandung mieteten sie sich einen PKW und waren bester Laune. Doch beim Herannahen an die große Kreuzung in der Carrey Street herrschte ein Verkehrschaos, obwohl zusätzlich ein Polizist im Zentrum den Verkehr regelte. Die Ampel zeigte für Paul rot an und demgemäß bremste er bis zum Stillstand. Unverständlicherweise winkte der Polizist sehr heftig und gab Paul ein Vorfahrtszeichen, er solle die Kreuzung überqueren.

„Spinnt der?", knurrte Paul vor sich hin.

„Ja, der spinnt. Bleib lieber stehen", riet Annika. „Der will dich nur irreführen."

Sofort schaute der Polizist mit einem wütenden Gesichtsausdruck in Pauls Richtung, und wedelte ihn wiederholt mit seinem Arm herbei. Zögernd fuhr Paul mitten in die Kreuzung. Plötzlich pfiff der Polizist laut und schrill mit einer Trillerpfeife. Paul stoppte sofort. Im Nu beugte sich der Polizist zum geöffneten Autofenster und erkundigte sich in Englisch: „My Friend, hast du nicht die rote Ampel gesehen?"

„Yes, die hab ich gesehen. – Aber du hast mir Vorfahrt gegeben!"

Der Beamte schüttelte langsam seinen Kopf und tuschelte: „Die liberianische Polizei lügt nicht! – Fahr mich zum Polizei-Hauptquartier."

Schleunigst stieg Paul aus dem gemieteten Volkswagen Beatle, klappte seine Lehne vom Sitz nach vorne und bat Annika, auf dem hinteren Autositz Platz zu nehmen. „Schnell. Der will Geld!", flüsterte er mit Nachdruck. Als Nächstes bedeutete er dem arrogant wirkenden Polizisten, sich auf den Beifahrersitz zu setzen, denn auf offener Straße durfte man nicht verhandeln. Bestechung wurde bestraft. Der Polizist rührte sich nicht.

„Nehmen Sie bitte Platz", bat Paul. Sogleich setzte sich der Beamte machtbewusst auf den Beifahrersitz und bald fuhr Paul um die Straßenecke. Dann holte er flink aus seiner linken Hosentasche einen Zehn-Dollarschein heraus.

Tu es nicht, flehte Annika stumm und glaubte, ihr Herzschlag habe sich in Sekundenschnelle verdoppelt, als sie sah, wie er mit der rechten Hand das Steuerrad festhielt und mit der linken Hand den Geldschein offensichtlich zusammenballte.

Der Polizist grinste. „Hast du heute Zahltag gehabt?", erkundigte er sich.

„Yes, Sir", lautete die Antwort und schon hielt Paul ihm das Geld hin: „Hier, ist das okay?"

Der Polizist nahm das ihm gereichte Geld entgegen und ohne eine Miene zu verziehen antwortete er: „Yes."

Paul stoppte das Auto vor einer Häuserreihe, lehnte sich quer vor den Polizisten, öffnete für ihn die Beifahrertür und sagte im freundlichen Tonfall: „Okay, that's it." Der Beamte stieg lächelnd aus und schritt erhobenen Hauptes Richtung Straßenecke.

„So, die kleine Schikane ist überstanden", schnaufte Paul erlöst und fuhr dann in Richtung Broad Street. Ziel war ein neues Steinhaus mit einem großen Balkon. Dort wohnte ein deutscher Geschäftsmann, bei dem beide zu einer Party eingeladen waren. Außerdem durften sie nach der Feier im selben Haus übernachten.

*

Liberia, 3. Februar 1967

Liebe Ursula, nun arbeite ich schon fast zwei Jahre hierzulande und werde noch einen Einjahresvertrag unterschreiben, obwohl Paul und ich uns leider höchst selten sehen. Das kommt daher, weil er öfter im Hinterland berufstätig ist. Anderenteils sagen wir uns: Soldaten und Matrosen sehen ihre Frauen ja noch seltener.

Momentan ist hier noch Trockenzeit und es herrscht ein angenehmes Wetter- und Arbeitsklima. Zwar ist mir der neue Chirurg Protzlach ziemlich unsympathisch, aber ansonsten liebe ich die Krankenhausarbeit; zumal in Kürze noch eine qualifizierte, liberianische Krankenschwester eingestellt werden soll.

Thema Huhn: Wenn unser Freund Moritz geschäftlich unterwegs ist, dann füttert unser Freund Felix die Hühner. Felix sorgt auch dafür, dass uns sein Fahrer ab und zu frische Eier von Frieda liefert. – Zum Piepsen! Als ich jenen Fahrer das erste Mal sah, trug er an einem besonders heißen Tag einen fast total ausgeblichenen Zylinder. Plus einen abgetragenen Frack.

Themenwechsel: In Liberia gibt es viele Außenmonteure von Übersee. Und da ihre Ehefrauen nicht hier im Land sind, trinken die Männer viel Bier. Unlängst versuchte ein Maschinenschlosser seinen Kummer wegen Einsamkeit und Langeweile in der Kneipe mit Bier zu bekämpfen. Aus Übermut, kletterte er auf einen Tisch, über dem sich ein großer Deckenventilator drehte. Mutig johlend stellte er sich aufrecht hin. Peng! Der lange Ventilator-Flügel hatte ihm mit voller Wucht eine lange Schnittwunde in die Stirn geschlitzt. Sofortige Behandlung in unserem OP, und als ich ihn am kommenden Tag auf der Krankenstation besuchte, war sein Auge schwarz unterlaufen. Er konnte weder kauen noch sprechen und musste wegen starken Blutverlustes mit Dauertropfinfusionen aufgepäppelt werden. Mittlerweile kann er aber schluckweise Wasser aus einer hingereichten Schnabeltasse trinken.

Hier ist es mir nie langweilig. Einmal unternahmen eine Freundin, zwei Junggesellen, zwei nette Liberianer, Paul und ich einen Buschtrip zum Flussufer. Beziehungsweise die längste Strecke fuhren wir mit zwei Autos auf einer einspurigen Staubpiste. Stellenweise fühlte es sich an, als wären wir schaukelnd wie beim Wellengang ratternd wie auf einem Waschbrett vorangekommen. Ständig ging es hoch und runter, mal befuhren wir Staubpisten, mal spitzsteinige Pisten, dann trockene oder wassergefüllte Schlaglöcher, Rinnsale und Bachläufe. Ich war froh, als unsere Autos am Straßenrand parkten, und unser Trupp losmarschierte. Auf einmal musste Paul dringend austreten und huschte zu einer Wildnis-Toilette. Beziehungsweise hinter einen Baumstamm. Plötzlich schrie er: „Schlange!" Wir nichts wie hin. Schnell, die hat mich ins Bein gebissen."

Ich sag dir! In panischer Eile fixierten wir eine Staubinde, machten einen Kreuzschnitt, saugten die Wunde aus, schienten das Bein und beförderten ihn im Laufschritt zum Auto. Jede Sekunde zählte, denn ich hatte kein Schlangenserum dabei und hoffend, dass ihn keine giftige Schlange gebissen hatte und keine Lähmungserscheinung seines Herzmuskels entstehen oder das Atemzentrum bei ihm aussetzen würde, erreichten wir dann doch rechtzeitig das Krankenhaus. Ende gut. Alles gut. Außer einer eingeschnittenen, etwas eiternden Kreuzschnittwunde ist bei ihm jetzt alles okay. Er liegt hier auf dem Sofa, liest einen Krimi und lässt dich auch herzlich grüßen. Deine Annika

KAPITEL 19

Wenige Wochen danach, es war an einem späten Donnerstagnach-mittag, fuhr Paul zum Krankenhaus, um Annika abzuholen. Sie hatte siebzehn Stunden durchgehend gearbeitet. Paul sah ihr rotes Gesicht, berührte ihre Stirn und fragte bestürzt. „Was ist denn mit dir los? Du bist ja glühend heiß! Hast du nicht gemerkt, dass du krank bist?"

„Nein, dazu war keine Zeit", schnappte sie mit einer zitternden Stimme und schleppte sich – von Paul unterstützt – zum Auto. „Mir ist so kalt. Ich hab' Bauchschmerzen", jammerte sie während der kurzen Fahrt.

„Du hast Schüttelfrost", sagte Paul zu Hause, half ihr ins Bett, deckte sie warm zu und maß bei ihr eine Körpertemperatur von vierzig Fie-ber. „Bleib bitte liegen", riet er ihr. Ich alarmiere die Ärztin." Schneller als erwartet war Dr. Schneider-Kalke zur Stelle. Wie zu erwarten war, veranlasste sie neben anderem einige Laboruntersuchungen und er-teilte Paul und dem Houseboy Anordnungen, wie sie sich vor einer eventuellen Ansteckung schützen und der Patientin helfen könnten. „Vorerst keine weiteren Besucher", ordnete sie an.

Sechs Tage lang lag Annika dann mit hohem Fieber isoliert in ihrem Bett. Vier Tage lang sah sie nur die Ärztin (die sie mehrere Male besu-chen kam) und natürlich Paul und Moses. Ansonsten erhielt sie nur einmal einen heimlichen Besucher. Nämlich Moritz.

Am siebten Tag gab es noch immer keine Diagnose, aber zumindest war das Fieber ziemlich gefallen. Prompt musste Paul für einen Tag dienstlich verreisen. Darüber etwas beleidigt, drehte sich Annika auf die Seite und schwieg.

Außerdem ärgerte sie sich über Dr. Wankelgut, der sie nur ein einzi-ges Mal besuchen kam. Und da sich die Ärztin auch nicht mehr blicken ließ, war Annikas Schlussfolgerung: Typisch! Ist man arm oder krank, verkrümeln sich die Freunde.

In dem Moment klopfte Moses zaghaft an ihre Zimmertür und sagte in Englisch: „Missy, ich hab einen Brief. Von Mister Moritz." Annika bat ihn einzutreten und bemerkte, wie er geheimnisvoll mit einem Auge zwinkerte, als sie den Brief entgegennahm. Voller Freude öffnete Annika sofort den versiegelten Briefumschlag und las dann:

Liebe Annika, es ist bereits Mitternacht. Doch bislang hab ich keinen Schlaf gefunden, weil ich dich in dieser elenden Bude weiß. Seitdem ich dich vorgestern am Krankenbett besucht habe, gehst du mir nicht aus dem Kopf. Einerseits weiß ich, du bist gut aufgehoben, andererseits tust du mir unendlich leid, dich so isoliert eingesperrt zu wissen. Und als ich dir das in einem günstigen Moment ehrlich gestand, hattest du es mit einem „Pah …" abgetan. Das könnte ich nie! Ich komme zu dir, tue oberflächlich, trage eine Maske, und innerlich könnte ich losheulen. Später musste ich einige Minuten allein sein, damit ich mich vor niemand schämen musste.

Ich weiß nicht, warum ich nicht aufhören kann, um dich zu kämpfen. Zumal es Paul gegenüber ein sehr schmutziger Schachzug wäre.

Damit ich keinen Unfrieden stiften kann, habe ich für Arabien ein Jobangebot akzeptiert.

Anbei ein – aus lauter weißen Hühnerfedern – gebasteltes Buchzeichen. Frieda lässt dir ausrichten, du möchtest es pflegen, wie ein rohes Ei. In Liebe, dein Freund Moritz

Nachdenklich betrachtete Annika die aufgeklebten bunt bemalten Federn und las den Brief ein zweites Mal durch. Dann legte sie das Buchzeichen in ihr Tagebuch, zerriss den Brief, klingelte den Houseboy herbei und bat ihn, die Papierfetzen zu entsorgen.

Erst am neunten Tag nach ihrer mysteriösen Krankheit raffte sich Annika wieder zur Arbeit auf. Zu ihrer großen Verblüffung erzählte ihr Julia, die Ärztin habe vor einigen Tagen schlagartig auf Nimmerwiedersehen das Krankenhaus verlassen.

„Hm", machte Annika und überlegte, was die Beweggründe der Ärztin gewesen sein mochten, weil sie sich nicht bei ihr verabschiedet hatte? – Sicherlich hing es mit dem Chirurg Protzlach zusammen, war ihre Schlussfolgerung.

*

Tage später, als Annika längst wieder voll im Arbeitseinsatz war, erkundigte sie sich bei Dr. Wankelgut: „Ist Dr. Protzlach ein Orthopäde?"

„Warum fragen Sie, Annika?"

Sie zuckte lässig ihre Achseln. „Weil er bei Knochenoperationen flinker operiert als bei Bauchoperationen."

„Sie täuschen sich", konterte Dr. Wankelgut. „Protzlach ist ein Genie für allgemeine Chirurgie. Glauben Sie mir, der Mann kann was! Ich habe seine Unterlagen gesehen. Der Mann hat Erfahrung in der Bauchchirurgie! Sie werden das noch erkennen! Sie werden staunen!"

Annika runzelte ihre Stirn und fragte: „Dr. Wankelgut, weshalb hat eigentlich die Ärztin bei uns aufgehört? Oder ist sie gegangen worden?"

Er winkte ab. „Das ist eine höhere Instanz", erwiderte er ausweichend.

Annika fand seine Reaktion sehr erniedrigend, zumal er ihr früher viele seiner Sorgen anvertraut hatte. „Ah, – ich verstehe", barst es aus Annika zynisch heraus, ehe sie ihrer Arbeit nachging und dann nach Hause radelte. Um sich nach dem Abendessen abzureagieren, schrieb sie an ihre Cousine:

*

Liebe Ursula, zunächst einige Mitteilungen von hier: Meine Freundin Doris lebt und arbeitet seit einiger Zeit mit ihrem Freund Dr. Benjamin Uhländer in München. Große Liebe! Doris fehlt uns sehr, zumal man bislang keinen Ersatz für sie eingestellt hat.

Des Weiteren ist Moritz abgeflogen … Überhaupt scheint hier momentan alles schiefzulaufen. Seit einer Woche mangelt es sogar an Hilfspersonal. Es ist zwar nicht außergewöhnlich, wenn ein Liberianer von einem zum anderen Tag nicht mehr zur Arbeit erscheint. Aber gleich drei Arbeitnehmer. Ohne Vorwarnung und ohne Kündigungszeit. Das ist schlichtweg untragbar!

Neugierig befragte ich vorgestern einen netten liberianischen Hilfspfleger, wo denn sein Freund sei. „Missy", begann er (vom Englischen ins Deutsche übersetzt): „Er sehr müde. Abgeschafft. Er zurück zu Familie in Busch. In ein Jahr er kommt wieder."

Zum Glück ist unsere OP-Hilfskraft Julia noch hier. Sie hat sich recht gut eingearbeitet. Aber manchmal zittert sie, wenn sie für den neuen Chirurgen Dr. Protzlach instrumentieren soll. Vielleicht war es meine Schuld, weil ich ihr eingetrichtert hatte: „Eine gut eingearbeitete Instrumentenschwester muss Gedanken lesen können. Sie muss im Voraus erahnen, welches chirurgische

Instrument der Chirurg oder der Assistenzarzt als Nächstes benötigen wird. Ohne danach fragen zu müssen. Von da an gab sie sich große Mühe und machte ihre Sache sehr gut.

Unlängst operierte Dr. Protzlach einen einfachen Leistenbruch. Ich selbst überwachte bei der Patientin die Narkose. Julia reichte ihm die sterilen Instrumente. Vermutlich bemerkte Julia, wie unschlüssig Dr. Protzlach operierte, denn sie war die Ruhe selbst. Sie gähnte sogar zweimal.

Ursula, ich sag dir: Ich hab noch nie so ein lahmarschiges Fummeln beobachtet. Schon gar nicht von einem Spezialisten. Außer, wenn er bei Unfallverletzten an Extremitäten meißelt, hämmert, schraubt oder näht, dann geht es ihm etwas schneller von der Hand. Trotzdem, ich glaube wir beide könnten besser operieren als der. Liebe Ursula, du schriebst, du benötigst Tapetenwechsel, weil du mit deinem Freund Schluss gemacht hast. An sich wäre es kein Problem, dir bei uns im OP einen Job zu verschaffen. Zumal ich jetzt notgedrungen zusätzlich zu meinem OP vorübergehend die Arbeiten von Doris übernehmen muss.

Allerdings möchte ich dir nicht zumuten mit Protzlach zusammen zu arbeiten. Er ist nämlich ein Wichtigtuer sondersgleichen. Du glaubst nicht, wie oft ich ihn schon insgeheim mit Schimpfwörtern betitelt habe. Und jedes Mal, wenn der Großprotz von mir im Geheimen einen Anschiss bekam, dann ging's mir hinterher etwas besser. Aber auf die Dauer? Kurzum, Ursula, – wir bräuchten dich dringend! Aber ich rate dir, dich vorerst etwas zu gedulden …

Thema unterhaltsame Abwechslungen in Afrika: Also die bekommt man hier nicht durch die Freizeit, sondern eher durch die Arbeit. Beispiel: Zu manchen entlegenen Dörfern führt keine Straße, sondern nur ein Trampel-Weg aus ockerfarbenem Lehmboden. Wenn nun ein Patient zu unserem Hospital befördert werden muss, so erledigen das zwei oder vier Träger (Männer, die ihn tragen). So eine Transportierung bezeichnet man als ‚Knöchelexpress'. Dasselbe Prinzip gilt, wenn ein Patient zu einem lokalen Medizinmann gebracht werden möchte.

Andersrum kann eine Hebamme oder eine Krankenschwester aber auch mal mit einem Knöchelexpress befördert werden. Wenn nämlich ihre Geburtshilfe in einem entfernten Dschungeldorf benötigt wird. Wie neulich bei mir. Mir war es zwar etwas peinlich auf einer Art Sänfte zu einer schwierigen Geburt getragen zu werden; aber ich musste ja fit ankommen.

Der Grund, warum die Schwangere nicht zu uns kam: Ihr Ehemann verbot die Entbindung im Krankenhaus, weil er befürchtete, er dürfe bei der Geburt nicht anwesend sein. Es existiert nämlich in seiner Gegend folgende Behauptung: Wenn die Gebärende von den Presswehen geplagt wird und Angst hat, ihr Bauch zerplatzt, dann würde sie den Namen des Mannes rausschreien, der das Baby in der Tat gezeugt hat. Wenn es nicht der Name des Ehemannes ist, dann gelten harte Strafen. Schluss für heute. Mit guten Wünschen und herzlichen Grüßen von uns. Deine Annika

*

Liebe Annika, welch eine Freude, von dir so einen interessanten Brief zu erhalten. Besonders die Schilderung mit dem Knöchelexpress. Was jedoch die Arbeit anbetrifft, dazu sage ich: Nein danke! Unter solchen Voraussetzungen komme ich nicht nach Afrika. Zudem ist mit meinem Freund wieder alles in Butter. Wir hatten uns schon nach zwei Tagen versöhnt. Lach nicht, du Blüte. Streit kann doch mal vorkommen. Gruß und Kuss deine Ursula

KAPITEL 20

An einem Operationstag war Julia ziemlich aufgeregt. Grund: Sie sollte für den Chirurgen Dr. Protzlach und für zwei Assistenten instrumentieren. Während sie dann den Instrumententisch für die bevorstehende, große Bauchoperation richtete, gab Annika einige gutgemeinte Hinweise. Doch Julia war trotzdem aufgeregt.

„Julia, wenn du unschlüssig bist", begann Annika, sie zu beruhigen, dann hebe vorher das Instrument hoch, was du für richtig hältst. Wenn es das richtige ist, werde ich nicken …"

„Thank you, Missy", erwiderte sie.

Kurz vor acht Uhr lag dann die Anfang dreißig-jährige, verheiratete Patientin auf dem Operationstisch. Puls, Blutdruck und Atmung waren normal. Die Patientin lächelte zuversichtlich. Annika sprach mit ihr, streichelte zur Beruhigung ihre Hand, leitete mit einer Evipan-Injektion die Narkose ein, legte eine Tropfinfusion an und gab Sauerstoff und Lachgas.

Der schwarze und der weiße Assist, sowie der vielversprechende Chirurg Dr. Protzlach waren mit sterilen Kitteln und Gummihandschuhen bekleidet und warteten. Als die Patientin fest schlief, setzte Dr. Protzlach das Einmalgebrauchsskalpell an und begann den operativen Eingriff mit einem langen abdominalen Hautschnitt.

Während Annika dann die Narkose überwachte, gehörte zu ihren Aufgaben, zwischendurch Julia und den OP-Springer Bobby zu beobachten, gegebenenfalls Anweisungen zu erteilen. Beispielgebend verständigte sie Julia – durch eine vorher abgesprochene Fingersprache – welches Instrument oder Nahtgut vermutlich demnächst benötigt werden würde.

Plötzlich verlangte der Chirurg von Julia ein bestimmtes Instrument und Annika bedauerte, dass sie selbst nicht für ihn instrumentierte. Sie hätte ihm – unaufgefordert – etwas anderes in die Hand gelegt. Aber Julia fehlte leider die Erfahrung.

Annika fasste Mut und flüsterte in deutscher Sprache: „Herr Dr. Protzlach, möchten Sie eine …"

Blitzartig zog er zornig seine buschigen Augenbrauen zusammen. „Nein!", fiel er ihr sofort ins Wort und wühlte dann mit seinen blutig verschmierten, gummibehandschuhten Händen im Abdomen weiter. Für etwa fünf Sekunden stoppte er plötzlich und ohne seinen Kopf vom blutigen Operationsfeld abzuwenden, fauchte er Annika in gehässigem Tonfall an: „Überlassen Sie das mir. Ich bin der Operateur! Ich weiß, was ich tue."

Annika schwieg und dachte verbittert: Du Mistkerl! Kapierst du's nicht?! Ich will verhindern, dass du einen großen Fehler begehst. Still winkte sie den Springer herbei und beauftragte ihn damit, eine neue Infusionsflasche zu holen. Dann maß sie bei der Patientin den Blutdruck und den Puls. Gut, beide Werte waren in Ordnung. – Aber wie das blutet. Los, sag's ihm jetzt noch mal!

Und so fasste Annika – verantwortungsbewusst wie sie war – erneut Mut und begann, ihre Bedenken zu äußern: „Dr. Protzlach, entschuldigen Sie bitte, aber könnte es sein …"

„Seien Sie ruhig!", herrschte er sie in giftigem Ton an und warf ungehalten eine Arterienklemme auf die Bodenfliesen. „Ich habe schon einmal gesagt: Ich bin der Chirurg!"

Das war sehr deutlich. Annika registrierte seine Nervosität und schwieg, zumal die Operation sich bereits schon viel zu lange hinzog. Sie wusste, es gab Chirurgen, die sehr flink und zugleich sehr gut operieren konnten. Wiederum gab es welche, die zwar etwas langsamer, aber ansonsten auch gut operierten. Aber das unschlüssige, lahme Herumfummeln von Protzlach, das erschien ihr unmöglich.

Sie war sich längst sicher, was für einen chirurgischen Eingriff jeder andere Chirurg bei der Patientin gemacht hätte. Sie betete im Geheimen: „Gott, steh uns bitte bei, dass die Frau den großen Eingriff übersteht. Schenke den beiden schmächtigen Assistenten Kraft, dass sie die großen Bauchhaken auseinanderziehen können."

Annika beobachtete, dass sich durch die warmen Glühbirnen der OP-Lampe laufend Schweißperlen auf den Stirnen der Assistenten bildeten. Häufig musste der Springer die Stirnen des Chirurgen und der Assistenten trocken tupfen.

Weil der Puls der Patientin nun beschleunigt und unregelmäßig war und Annikas Magen sich mulmig anfühlte, wusste sie, dass es ihre

Pflicht war, den Operateur doch noch mal aufmerksam zu machen. Sie passte den günstigen Moment ab, als der Operateur gerade Knoten knüpfte und sagte: „Herr Dr. Protzlach, haben Sie in Erwägung gezogen, dass ..."

„Nein!", keifte er sie blitzschnell an und warnte: „Und halten Sie endlich den Mund! Ich bin der Operateur!" Annika spürte, wie ihr Herz wild pochte. Am liebsten hätte sie zurückgefeuert: In Ordnung, du Idiot. Ich halte meinen Mund. Aber konzentriere dich. Los. Beeil dich. Bevor die Patientin stirbt. Besorgt fühlte sie den beschleunigten Puls der Patientin. Annika konnte sich nicht erinnern, bei einer Operation jemals so viel Blut gesehen zu haben. Sie war froh, dass Julia so ruhig und konzentriert arbeitete. Ständig reichte sie den Assistenten frische Mulltücher, Tupfer, Instrumente oder den Sauger. Häufig warf sie die blutig durchsaugten Mulltücher und Tupfer in eine große Stahlschüssel. Aber das Blut quoll weiter hervor. Das grüne OP-Tuch war dunkelrot durchnässt. Das Blut spritzte hoch wie eine Fontäne.

Plötzlich sackte der Blutdruck ab. Der Puls raste und die von Annika befürchteten Kreislaufkomplikationen waren eingetroffen. Wegen zu starken Blutverlustes. Sofort Haemaccel, Solu-Decortin ...

Endlich! – Endlich, nach langer Zeit plumpste der umfangreiche Abwurf in die Auffangschüssel, die zum Abstellraum getragen wurde.

Dank der Medikamente hatte sich bei der Patientin der Kreislaufzustand etwas gebessert. Julia reichte dem Arzt das in Halbrund-Nadeln gefädelte, chirurgische Nahtmaterial.

Etwas später, als der zweite Assistent endlich an der Hautnaht den letzten schwarzen Seidenfaden abgeschnitten hatte, war Annika mit ihrer Narkose zufrieden, weil die Pupillen der Operierten vorschriftsmäßig auf das Licht reagieren. Bald streichelte Annika die feuchten Haare der jungen Frau, lächelte ihr ermutigend zu und winkte Bobby zum Dolmetschen herbei. „Sag bitte der Patientin: Die Operation ist fertig. Wenn sie im Bett liegt, darf sie nicht die Sauerstoffnasensonde und die Tropfinfusion rausziehen ..."

„Okay Missy ...", flüsterte Bobby.

Überraschend kam der nette, talentierte Assistenzarzt hinzu und begann, sich um die weitere Medikamentenverabreichung zu kümmern. „Brauchen Sie mich noch?", erkundigte sich Annika.

„Nein, danke ….", erwiderte er. Daraufhin nutzte Annika die Chance, als Erste den Abwurf in der Schüssel näher zu betrachten; auch wenn es gegen das Gesetz war. Denn ihres Erachtens stimmte der drastische operative Eingriff mit der präoperativen Diagnose absolut nicht überein.

Annika schoss zum Nebenraum und wusste bald ihre Befürchtung bestätigt. Dem Chirurg war in der Tat ein gravierender Fehler unterlaufen. Annika hob die schwere Schüssel hoch, hastete damit Richtung Sprechzimmer und klopfte an die Tür. Dr. Wankelgut trat raus in den Gang und schloss die Tür hinter sich. „Grüß Gott, Annika. Was ist los? Ich kann jetzt nicht. Die Patienten warten." Aber Annika ließ sich nicht abwimmeln, sondern informierte ihn schnell im Flüsterton über den Vorfall.

Verblüfft starrte er in die Schüssel. „Ach, das gibt es doch nicht …", reagierte er ebenfalls flüsternd. Mit den Tränen kämpfend sagte sie: „Herr Dr. Wankelgut, ich hatte dreimal versucht, Dr. Protzlach zu stoppen. Aber er bellte mich jedes Mal an. Ich hab Ihnen ja schon mal gesagt, irgendwas stimmt nicht mit dem Arzt."

Eine Tür knallte. Annika zuckte zusammen und sagte: „Dr. Wankelgut, ich muss zurück zum OP. Wenn Dr. Protzlach mich hier mit der Schüssel findet, macht er mich zur Schnecke!"

„Annika, behalten Sie ihre Nerven", entgegnete Dr. Wankelgut im Flüsterton. Dann nahm er ihr die mit einem grünen OP-Tuch zugedeckte Schüssel mit dem Abwurf ab, stellte sie in eine kleine, fensterlose Kammer, schloss die Tür mit seinem Schlüsselbund ab und befahl ihr: „Gehen Sie zurück zum OP. Wir halten nach der Mittagspause eine Besprechung ab."

„Dr. Wankelgut, kommen Sie jetzt nicht mit zum OP?", wollte Annika wissen.

„Nein! Ausgeschlossen! Ich kann jetzt nicht. Das Wartezimmer ist voll …"

Enttäuscht fuhr Annika nach den Aufräumarbeiten eine Stunde später mit dem Fahrrad nach Hause.

Sie freute sich, dass Paul am Esstisch saß und der Houseboy sein Lieblingsgericht (Wiener Schnitzel und hausgemachte Spätzle) servierte. Außerdem überreichte er Annika einen Brief von Doris.

*

Liebe Annika, lieber Paul, mittlerweile habe ich mich als vermählte Frau Uhländer in München sehr gut akklimatisiert. Zumal wir seit zwei Wochen glückliche Besitzer einer Eigentumswohnung sind. Trotz einiger Umzugshektik habe ich zwei Kilogramm zugenommen und fühle mich in Leib und Seele pudelwohl. (…)

Liebe Annika, deine Verschwiegenheit beeindruckt. Benjamin erzählte mir, dass er dich bereits als Kind kannte, und du ihm als Erwachsene mal eine Ohrfeige versetzt hast. Typisch du. Tja, meine Liebe, vergeblich fahnde ich hier nach einer Freundin wie dir. Sollten eure Wege mal nach Deutschland führen, so kommt uns doch gerne mal besuchen. Ein Zimmer für Besucher steht zur Verfügung. Herzliche Grüße von deinem platonischen Freund Benjamin und deiner Doris

Annika freute sich mit ihrer Freundin, reichte Paul die Karte und stocherte appetitlos im Essen herum.

„Stimmt was nicht?", forschte Paul. Doch noch ehe sie ihm antworten konnte, hupte draußen völlig unverhofft der Krankenhausfahrer. Paul schüttelte seinen Kopf und sagte: „Will der die Weltmeisterschaft im Hupen gewinnen?"

„Haha." Annika eilte zur Haustür, hielt den Zeigefinger vor ihre Lippen und fragte leise auf Englisch: „Was ist denn los?!"

„Missy, Dr. Wankelgut sagt, du komm schnell."

„Okay", erwiderte sie und stand dann bald ihrem Chef gegenüber. „Annika, der Krankenwagen hat einen Verletzten gebracht. Unfall beim Baumfällen. Schlimme Weichteilverletzung am Unterarm. Sie müssen die Narkose machen …"

„Operieren Sie?", erkundigte sie sich stirnrunzelnd.

Er lächelte. „Ja."

„Gut", antwortete sie und war dann froh, dass während und nach der gut gelungenen Operation niemand den Vorfall mit Protzlach erwähnte.

KAPITEL 21

Nachdem die weißen Ärzte nachmittags im Sprechzimmer etwa eine Stunde lang konferiert hatten, forderte man Annika auf, einzutreten. Annika traute ihren Augen nicht. Die Ärzte saßen – wie eine Jury – hinter dem großen Schreibtisch und Dr. Wankelgut steuerte ohne Umschweife auf Annika zu. „Schwester Annika, sind Sie nicht ein wenig zu weit gegangen", fragte er in anmaßendem Ton.

Wie redet der mit mir (?), durchfuhr es Annika. Jetzt tust du deinem Namen Ehre. Du bist wirklich *wankelmütig*. Annika fühlte sich wie vor den Kopf gestoßen, zumal der Chef vorher mit ihr übereingestimmt hatte, dass falsch operiert worden war. Wieso spielte er sich jetzt wie ein Scharfrichter auf. Warum war für sie kein Sitzplatz da? Wieso war der nette, liberianische Assistent nicht anwesend? Hier stinkt es nach Klassendünkel und Diskriminierung, schimpfte sie lautlos.

„Schwester Annika", hörte sie die laute Stimme von Dr. Protzlach und schaute erschrocken in seine Richtung. „Mit ihrem ewigen Genörgel", schimpfte er, „und wegen Ihrer Rücksichtslosigkeit – schwebte die Patientin in Lebensgefahr!"

„Ich war sehr höflich zu Ihnen", fiel Annika ihm ins Wort und fuhr fort: „Wissen Sie, Herr Dr. Protzlach, ich habe mal einen ähnlichen Fall erlebt. Der Chirurg war sogar ein Professor. Aber der gab zu, dass ihm beinahe ein folgenschwerer Fehler unterlaufen wäre. Und alles wurde gut. Wohl bemerkt, das war einer der höflichsten Chirurgen, dem ich je begegnet bin."

Man hörte Hüsteln, Flüstern und scharrende Schuhe. „Was soll das?!", schaltete sich Dr. Wankelgut plötzlich ein.

Annika stemmte einen gebeugten Arm in ihre Taille und legte los: „Was ist hier überhaupt los? Wieso debattieren Sie über mein Benehmen? Sollten wir nicht etwas anderes klären? Oder soll der eigentliche Vorfall ausgeklammert werden?"

Dr. Protzlach fletschte seine Zähne und sagte in scharfem Ton: „Sie reden einen Mist! – Schämen Sie sich nicht?!"

„Nein. – Im Gegenteil", begann sich Annika zu wehren. „Sie sollten froh sein, dass mir kein Telefon zur Verfügung stand. Sonst hätte ich …"

„Sie hatten nicht das Recht", fuhr ihr ein anderer Arzt ins Wort, „die Qualifikationen eines Spezialisten infrage zu stellen. Schon gar nicht während einer heiklen Operation."

Annika fuchtelte abwehrend mit einer Hand durch die Luft. „Ich hatte kein Recht dazu? Denken Sie, ich bin bescheuert? Sie waren doch gar nicht anwesend bei der OP. Und überhaupt. Es wäre nicht heikel geworden, wenn Dr. Protzlach hingehört hätte. Für mich steht immer der Patient im Vordergrund. Und nicht das Geltungsbedürfnis eines Chirurgen." Der Angesprochene schwieg und schaute schulterzuckend zu Protzlach.

Dennoch schien Protzlachs Selbstbewusstsein durch die Verteidigung seines Kollegen gestärkt zu sein, denn erneut versuchte er, sich zu rechtfertigen: „Ihr Benehmen war kriminell. Ich habe nie erlebt, dass mich eine Krankenschwester so kritisiert."

Daraufhin hätte Annika ihm am liebsten mit: Dann wurde es Zeit, geantwortet. Aber sie lächelte nur und beobachtete durchs Fenster einen bunten Vogel. Sie wünschte, sie könne zu einem liberianischen Rechtsanwalt fliegen; aber das ging ja nicht. Ihr war zumute, als seien ihre Hände zusammengebunden.

Empört erhob sich Dr. Protzlach vom Stuhl, stemmte seine Fäuste in die Hüften, glotzte Annika wie ein provozierter Stier an und schrie: „Ich habe studiert."

Annika fuhr zusammen. „Ja?", forschte sie in ruhigem Ton, „aber es kommt darauf an, wie lange. Herr Protzlach, auf mich können Sie keinen Druck ausüben. Ich bin kein Lehrling. In meinen Augen sind Sie kein Arzt. Ich rede Sie nicht mehr mit einem Doktortitel an. Ich weigere mich auch, mit Ihnen zusammenzuarbeiten. Entweder Sie gehen, – oder ich."

Plötzlich war das Gesicht von Dr. Wankelgut von Zornesröte gezeichnet. Erbost forderte er: „Annika, entschuldigen Sie sich bei meinem Kollegen! Sofort!"

„Nein. Wer so etwas tut, ist in meinen Augen kein Arzt", zischte sie zurück.

Wütend stemmte Dr. Wankelgut seine Fäuste in die Hüften und

herrschte sie an: „Was erlauben Sie sich?! Das ist eine Unverfroren-heit!"

Sie schwieg wie eine Statue. Er machte einen Schritt auf sie zu. Drohte mit dem Zeigefinger. „Entschuldigen Sie sich!", brüllte er in Kommandoton. Sie schüttelte stillschweigend ihren Kopf, obwohl sein Gesicht noch viel roter angelaufen war. Dermaßen rot, dass man be-fürchten musste, er könne einen Herzinfarkt erleiden. „Das ist ja die Höhe!", schleuderte er ihr entgegen. „Entschuldigen Sie sich bei Herrn DOKTOR Protzlach! – Sofort!"

In dem Moment kam sich Annika wie eine Angeklagte vor. Verär-gert verschränkte sie ihre Arme vor ihrer Brust, presste ihre Lippen zusammen und tadelte insgeheim ihren Chef: Wankelgut, du bist ein Feigling! Du hattest doch den Abwurf begutachtet.

Annika wusste von dem ungeschriebenen Gesetz, dass verpfuschte Operationen häufig von Ärzten vertuscht werden. Dennoch streckte sie ihre Arme – die Handinnenflächen nach oben gedreht – in die Richtung ihres Vorgesetzten aus und begann: *Dr. Wankelgut, bin ich hier im Verhör?"*

Er winkte beschwichtigend ab: „Nein, nein! Natürlich sind wir nicht in einer Inquisitionsverhandlung! Aber ..."

Annika stand aufrecht und reagierte stur: „Ich ändere meine Mei-nung nicht! Ich hätte es mir denken können. Die Ärzte halten zusam-men!"

Stillschweigend wandte Protzlach sein Gesicht in Annikas Richtung. Seine Augen bildeten nur zwei Schlitze.

Annikas Gedanken waren: Ich hab dich ohne Doktortitel angere-det? Warum wehrst du dich nicht? Komisch. Bezüglich der Opera-tion, hast du noch nichts Konkretes gesagt. Ich werde dich mal ein bisschen provozieren: „Herr Protzlach", begann sie, „warum sind Sie so ruhig?"

Der Angesprochene lehnte sich im Bürostuhl zurück, legte beide Hände in seinen Nacken und machte eine saure Miene, so, als habe er in einen unreifen, sauren Apfel gebissen. Erst dann stierte er sie mit aufgerissenen Augen an. Aber Annika hielt seinem Blick stand und bemerkte ein nervöses Zucken um seinen Mund. Ihre Gedanken wa-ren: Ich kann warten. Meine Arbeit und mein Mann laufen mir nicht davon. Daraufhin ließ er seine Schultern hängen, neigte seinen Kopf zur Seite und schaute sie flehend an.

Doch Annika verzog keine Miene. Verlegen rieb Protzlach seine Knollennase, kreuzte seine Arme vor seinem Brustkorb und mied schweigend den Blickkontakt mit seiner Feindin. Annika grinste in sich hinein, denn Protzlach hatte plötzlich einen Buckel. Er erinnerte sie an einen Neunzigjährigen, der an einer ausgeprägten Osteoporose litt. Es war offensichtlich, dass er Angst hatte. Plötzlich hob er seinen Kopf und warf Dr. Wankelgut einen flehenden Blick zu. Wankelgut wiederum wandte sich Annika zu und setzte zum Schreien an: „Schwester Annika, Ihr Benehmen ist eine nie dagewesene Impertinenz! Entschuldigen Sie sich! – Jetzt! – Sofort!"

„Nie!", barst es aus ihr im scharfen Ton heraus, ehe sie etwas ruhiger fortfuhr: „Herr Dr. Wankelgut, entweder er geht oder ich!" Dann verließ sie protestierend den Raum und ging wütend in ihren OP zurück.

Knapp eine Stunde später überreichte ihr der Krankenhausfahrer einen Brief von der Chefsekretärin mit dem Bescheid, sie solle am nächsten Tag zum Manager kommen.

Zu Hause angelangt, traf sie weder den Houseboy noch Paul an. Verbittert legte sie sich auf die Couch.

„Wach auf", vernahm sie eine Stimme wie im Traum und spürte bald Pauls warme Lippen auf ihrem Mund. Sie rieb ihre Augen, schaute dann zum Fenster, setzte sich aufrecht hin und sagte erstaunt: „Da draußen ist es ja schon dunkel."

Paul kraulte ihren Haarschopf: „Na, wie war *dein* Tag?"

Annika winkte ab. „Schlecht. Ich hatte Krach mit dem Protzlach. Er hat Mist gebaut. Und Wankelgut, der Schlappschwanz! Der hat ihn verteidigt. Nach dem Motto: Annika, du hast Schweigepflicht. Wir Ärzte sind unanfechtbare Halbgötter. Wir können Fehler vertuschen. Paul, ich hab mich gewehrt. Und ein Ultimatum gestellt. Ich hab gefordert: Entweder bleibt Herr Protzlach hier oder ich. Morgen Vormittag bin ich alleine beim Manager eingeladen …"

„Na, dann *viel Glück*, Annika", erwiderte Paul.

KAPITEL 22

Auf einem Sessel dem Manager gegenübersitzend, akzeptierte Annika ein Fruchtgetränk und hörte ihn fragen: „... Erzählen Sie mir bitte konkret, was im OP vorgefallen ist."

Annika begann und endete: „Mehr darf ich Ihnen nicht erzählen."

„Warum denn nicht?", wollte er wissen.

„Krankenschwestern haben Schweigepflicht."

„Aber mir dürfen Sie es doch sagen."

„Nein, leider nicht. Höchstens in einem Gerichtssaal. Dr. Wankelgut kann es Ihnen ja sagen, oder ..."

Er unterbrach sie: „Schwester Annika, ich möchte es gerne von Ihnen hören."

„Bedaure. – Aber darf ich Sie etwas fragen?"

„Gerne."

„Die längste Zeit bis zu meinem jetzigen Vertragsende ist ohnehin bald abgelaufen. Wäre es bitte möglich, dass ich bis zum Ende meines Vertrags nur Doris' Position übernehme?"

Er zog eine Braue hoch und nickte erwägend. „Vorerst wäre das in Ordnung", begann er. „Ich kann Ihnen allerdings momentan keine definitive Antwort geben. Aber ich denke, wir werden bestimmt zu einem Kompromiss gelangen. Machen Sie sich keine Gedanken, Schwester Annika", beendete er freundlich lächelnd das Gespräch und mit dem Gefühl, er sei verständnisvoll, verabschiedete sie sich. Doch bereits auf dem Nachhauseweg änderte sie ihre Meinung. Ich traue dem nicht. Der kündigt dem Protzlach niemals. Weil ein Chirurg dringend benötigt wird. Dr. Wankelgut ist ja jetzt schon überlastet. Man wird nicht riskieren wollen, dass Dr. Wankelgut womöglich kündigt. Ich vermute, ich werde den Kürzeren ziehen.

*

132

Ihre Überlegungen waren richtig; die Hoffnung auf Gerechtigkeit erwies sich als eine Illusion.

Paul nahm Annikas Hände in die seinen. „Annika, verstehe doch: Wenn der Manager kein Beweismaterial hat, dann kannst du nicht erwarten, dass er den neuen Chirurgen fristlos entlässt."

Sie nickte und kommentierte hämisch: „Naja, zumindest kann der Protzlach jetzt heroisch schalten und walten."

Paul winkte ab. „Und nach Herzenslust beim Hilfspersonal bluffen. Aber keine Sorge! Im Endeffekt kommt die Wahrheit ans Licht. Wirst schon sehen!"

Annika wiederholte etwas spöttelnd seine Worte: „Wirst schon sehen! – Paul, du benutzt meinen Wortschatz. Schön, wie etwas abfärbt. – Das passiert nur, wenn zwei sich wirklich lieben."

Er schmunzelte. „… Ich spüre, du wirst in deiner neuen Position glänzen."

Annika verdrehte ihre Augen und lächelte matt.

Am nächsten Tag, als Annika (in ihrer vorübergehenden Position als Oberschwester) im Behandlungszimmer Papiere sortierte, kam Julia zu ihr geschlichen und flüsterte: „Missy, der Chirurg hat mir strengstens verboten, mit dir zu reden. Ich vermisse dich so."

Annika legte den Arm um ihre Schulter. „Ich vermisse dich auch … Geh lieber zurück in den OP."

Zudem erfuhr man, Protzlach habe dem restlichen chirurgischen Team jegliche Kommunikation mit Annika verboten. Annika war dann auch nicht minder erstaunt, dass im Krankenbericht der Patientin – nach vierzehn Tagen – noch immer der Operationsbericht fehlte. Einen postoperativen Befund durch einen Pathologen fand sie ebenfalls nicht.

*

Einmal, ehe Annika in der Apotheke die Morphium- Ampullen nachzuzählen gedachte, ging ihr Protzlach im großen Bogen aus dem Wege. Sie starrte ihn an und dachte: Du Hornochse! Sei froh, dass du nicht im Verbannungsgefängnis hockst. Die Kerle in ‚Belle Yella' würden dich lynchen. Kapierst du nicht? Ich wollte dich im OP beschützen?

Von wegen entschuldigen! Du schuldest mir Dank und Abbitte! Annika wünschte, sie könne einem Rechtsanwalt den wahren Sachverhalt schildern, aber es gab keinen in der Nähe. –

Nachdenklich schloss sie die Tür zur Apotheke auf. Noch immer wusste man nicht, wer vor zwei Wochen die zwanzig Morphium-Ampullen entwendet und auf dem Schwarzmarkt verkauft hatte. Konzentriert zählte sie nun die Ampullen und freute sich, weil diesmal keine fehlten. Flink verstaute sie die Schachteln im Giftschränkchen und schloss es ab.

Ein paar Stunden später, als sie mit dem Fahrrad heimfuhr, liefen Protzlachs Äußerungen wie ein Tonband ab. Verärgert trat sie fester in die Pedale und schließlich siegte ihre positive Einstellung: Naja, zumindest habe ich ab jetzt früher Feierabend.

Abends bei Bienenwachskerzenlicht sagte Annika zu Paul: „Ich glaube Protzlach und Wankelgut kennen sich schon lange!"

„Wieso?"

Annika stocherte in ihren Bratkartoffeln herum und erwiderte: „Als der Protzlach in Liberia ankam, haben die beiden sich sofort geduzt."

Paul hob seine Augenbrauen. „Ach *so* ist das! Dann wundert's mich nicht, dass Wankelgut dem Protzlach die Stange hält."

Annika lehnte sich im Stuhl zurück. „Genau."

Paul legte ihr die Hand auf den Arm. „Annika, ich mache mir Sorgen um dich. Du isst zu wenig."

„Mir ist der Appetit vergangen …"

„Soll ich mit Wankelgut reden?", fragte Paul.

„Quatsch. Ich krieg das schon hin. Ich gebe seinem Gewissen keine Ruhe. Eines Tages wird er sich bei mir entschuldigen."

Paul schmunzelte. „Also dein Feind möchte ich nicht sein. Übrigens, morgen fliege ich für eine Woche nach Nimba."

„Schade", erwiderte sie.

Am folgenden Abend dachte sie an Moritz, der nur einmal von den Ölfeldern geschrieben hatte. Annika war dankbar, dass er arrangiert hatte, dass Felix die Obhut ihres Huhnes übernahm. Seither waren Felix und seine Lebenspartnerin Carmen gute Freunde, mit denen Annika ab und zu Tennis spielte.

*

An einem Samstagabend, nachdem Paul beim Tennis im Doppel mitge-
spielt hatte, verkündete Annika: „Du, die Ärztin hat aus Deutschland
geschrieben. Sie fragt an, wann wir nach Deutschland zurückkehren.
Und zwar spielt sie mit dem Gedanken, einen Prozess zu führen. Aber sie
schreibt nicht gegen wen. Sie fragt an, ob ich als Zeugin aussagen würde."

Paul legte kurz seine Handflächen vors Gesicht und erkundigte sich:
„Und? – Willst du's machen?"

„Ja, natürlich. Ja!", erwiderte sie mit Nachdruck.

„Annika, willst du dich wirklich damit belasten? Das ist eine zeit-
raubende Nervensache. Vergiss es! Es bringt doch nichts. Genieß das
Leben …"

„Ja, du hast recht …", erwiderte sie und schrieb der Ärztin, sie wolle
vorerst in Liberia bleiben.

In den Wochen danach gab sich Annika Mühe, den Konflikt mit
Protzlach zu verdrängen. Doch weil es ihr nicht gelang, sagte sie eines
Vormittags zum Manager: „… Die Arbeit an sich macht mir Spaß. Aber
manche Leute gucken mich skeptisch an und ich muss schweigen. Und
das zermürbt einen."

Er nickte verständnisvoll und meinte, die Leute würden vergessen.
Doch Annika ließ sich nicht erweichen. Sie lehnte sich etwas nach
vorne und rückte mit ihrer Bitte heraus: „Wäre es bitte möglich, dass
ich ab sofort mein Arbeitsverhältnis löse?"

Wieder gab er einiges zu bedenken, aber letztendlich gab er doch
sein Einverständnis.

Glücklich darüber, berichtete Annika dann ihrem Mann: „… Stell
dir vor! Die würden mich bis zum Vertragsende ausbezahlen. Außerdem kriege ich noch das Urlaubsgeld. Und sie bezahlen die Kosten für
meine Schiffsrückreise. Den Transport der Überseekisten übernehmen
sie auch. Einschließlich aller Speditionskosten. Was meinst du, Paul?
– Soll ich die Einverständniserklärung unterschreiben?"

Paul rieb nachdenklich seine Stirn. „Tja", begann er, „das beweist mir,
dass du im Recht bist. – Annika, man bezahlt dich nicht aus Mitleid.
Man hat Angst. Ich rate dir, den Wisch zu unterschreiben. Es gibt allerdings einen Haken!"

„Welchen?"

„Ich kann unmöglich von heute auf morgen meinen Job auflösen. Ich muss kündigen und dann wird es unter Umständen drei bis vier Monate dauern, bis für mich Ersatz kommt." Annika hob ihre Schultern. „Was sein muss, muss sein", erwiderte sie und schrieb dann vier Wochen später an ihre Schwester in Deutschland:

Liebe Bernadette, lieber Schwager, draußen und in diesem Zimmer herrscht eine Bullenhitze. Die Aircondition rattert zwar, es zirkuliert aber nur warme Luft. Mir quillt der Schweiß dermaßen aus den Poren, als säße ich in einer heißen Sauna. Damit ihr euch ein Bild macht: Ich sitze im feuchten Bikini am Schreibtisch und grinse. Ich kann mir nämlich bildlich eure verblüfften Gesichter vorstellen, wenn ihr den nachfolgenden Lagebericht lesen werdet. Sensation: Ich arbeite nicht mehr. Verdiene aber trotzdem genauso viel Geld wie vorher. Da kann man neidisch werden, was? In meiner Freizeit begleite ich ab und zu Paul auf seinen Dienstreisen.

Mal fährt uns ein Chauffeur mit seinem Viersitzer-Geländewagen (Jeep ohne Türen). Ein andermal fliegen wir mit einem einmotorigen Flugzeug (Typ Cessna). Der Pilot ist ein Weißer und mit einer Liberianerin verheiratet. Die beiden haben fünf Kinder. Er ist sehr nett und hat nichts dagegen, wenn ich ab und zu mitfliege. Dank ihm sah ich zwei große Flüsse mit ungeheuren Stromschnellen und lernte einige liberianische Städte, Dörfer und Kulturen kennen. Unter anderem war ich in Zwedru,Tapita, Harper und in der Hafenstadt Greenville. Des Weiteren sah ich Bergbaugebiete, Plantagen, Savannen und große primäre Regenwaldgebiete.

Vor ein paar Tagen schenkten Paul und ich jener Dorffrau, die mir das weiße Huhn Frieda geschenkt hatte, eine Holzkiste mit gebrauchten Hausratsgegenständen und zusätzlich zwei Fotos. Letztere hat sie lange gründlich betrachtet und, als wenn wohl gute Zaubermächte im Spiel gewesen wären, erkannte sie das Huhn Frieda und sich selbst auf den Fotos. Sie lachte lauthals raus und eine junge Dolmetscherin erklärte: „Die Frau hat noch nie ein Foto von sich selbst gesehen."

Und nun freue ich mich auf ein baldiges Wiedersehen mit euch. Ganz liebe, herzliche Grüße von eurer Annika mit Paul

*

Einen Tag vor ihrer Schiffsreise öffnete Annika die Maschendrahttür zum Hühnerstall und verstreute Futterkörner. Schwups pickten die Hühner danach. Alle, außer Frieda, die ganz ruhig auf ihrem sandigen Platz verharrte. Mitleidig umfasste Annika das Huhn mit beiden Händen, hob es auf den Arm und setzte sich dann mit ihm vor dem Stall auf eine Gartenbank. Gedankenverloren streichelte Annika die sauberen, weißen Federn und fragte Frieda in Gedanken: Wieso bliebst du sitzen? Spürst du meinen Abschiedskummer? Tja, Frieda. So schnell kann sich alles ändern. Hm. – Fast drei Jahre ist es her, seitdem ich voller Elan in Afrika ankam. Und jetzt? Jetzt ist alles vorbei. Wegen Protzlach. Es ist absurd! Andere Leute machen Fehler. Und ich bin die Gelackmeierte. Das wurmt. Ja, ich wollte nie wieder arm sein. Und jetzt bin ich auch nicht mehr arm. Aber ich spüre, Geld macht nicht unbedingt glücklich. Hervorragend ist, wenn man viele Freunde zählt. Letztere hatte ich hier. Aber jetzt ist alles vorbei. In zwei Tagen verlasse ich Liberia …

Plötzlich raschelte etwas und jemand hüstelte. Annika drehte sich um. „Ach, du bist es Felix", sagte sie und wischte sich etwas verschämt ihre Tränen ab.

„Ha jo", erwiderte er und legte kameradschaftlich seine Hand auf ihre Schulter. „Mach keu Visemadende (Theater) mit der Glucke. Wenn der Protzlach weg isch, kommschd z'rück."

„H-hm", reagierte sie mit den Tränen erneut kämpfend und spürte, wie Felix ihr vorsichtig das Huhn entwendete. Wie in Trance sah sie, wie er es zum Hühnerstall trug. „Komm mit, i fahr di heum", sagte er und während sie sich ins Auto setzte, dachte sie wehmütig: Nach Hause? – Nach Hause. – Das war einmal …"

KAPITEL 23

Am Tag ihrer Abreise bestaunten Paul und Annika die Hafenanlagen von Buchanan. Sie sah mehrere sehr lange, haushohe Eisenerzhalden, sowie eine riesengroße Verladestation mit Kränen und ein riesenlanges Förderband. Was Annika aber am meisten faszinierte war, dass dort mehrere Erzfrachter waren. Auf einmal deutete Paul auf ihre weißen Schuhe. „Guck mal, die sind vom schwarzen Eisenruß total eingepudert", sagte er.

„Ach du meine Güte", brach es aus ihr heraus. Er ergriff ihre Hand: „Annika, wenn du weg bist, miete ich mir in Monrovia ein Zimmer. Aber jeweils immer nur für vier Wochen." Sie nickte. „Gute Idee", erwiderte sie und schaute sich alles an.

Am Frachter angelangt, erfuhren die beiden, zu ihrem großen Erstaunen, dass Annika die einzige Frau an Bord sei. Es gäbe keine anderen Passagiere und sie dürfe die Eigentümer-Kabine bewohnen. „Hast du ein Glück", flüsterte Paul, während sie einem Matrosen auf der Gangway folgten. Und als sie dann beide die Räumlichkeiten ihrer gemütlich möblierten Schiffswohnung betrachteten, schwärmte Paul abermals: „Annika, was glaubst du, was andere Passagiere für so eine Luxuskabine bezahlen müssten?"

„Viel Geld", erwiderte sie grinsend und schaute sich alles an. Vorhanden waren: Ein kleines Wohnzimmer einschließlich einer Musiktruhe mit Schallplatten. Ein Schreibtisch und ein gefüllter kleiner Bücherschrank. Zudem war ein Badezimmer mit einer Badewanne für Seewasser vorhanden. Und ein Schlafzimmer mit einem großen Bett.

Paul setzte sich auf das kleine Plüschsofa und begann zu schwärmen: „Bis auf die beiden Fensterluken ist das hier wie eine Hotelsuite." Er ging etwas in die Knie und schaute kurz durch ein rundes Kabinen-Bullauge. Dann betastete er den massiven Messingring mit den dicken Metallklammern und den Schraubenverschlüssen und warnte: „Annika, versuche nicht, das Fenster zu öffnen. Schon gar nicht abends! Sonst schlagen dir die Wellen rein. Überlasse das Lüften dem Stewart."

„Okay", versprach sie und lachte, als er der Kabinentür einen energischen Fußtritt versetzte, so dass sie krachend ins Schloss fiel. Im Nu umarmte er sie dermaßen fest, dass seine wohlige Wärme durch ihren ganzen Körper flutete. „Ich wünschte …", hauchte er ihr ins Ohr, „ich könnte die Seefahrt mitmachen. Du! Vergiss nicht, dass dir mein Herz gehört."

„Das weiß ich doch", antwortete sie schelmisch und hörte Türklopfen. Erstaunt standen sie sobald einem schneidigen, jungen Offizier gegenüber, der eine makellos gebügelte Uniform trug. Er verbeugte sich und fragte ehrerbietig: „Darf ich Ihnen das Schiff zeigen?"

„Ja, gerne …", antworteten beide gleichzeitig und passierten dann mit ihm zunächst den mittleren Schiffsteil, dessen Oberfläche an ein bodenebenes, riesengroßes, eisernes Flachdach erinnerte.

„Das ist der Laderaum für Edelholz oder Eisenerz …", erklärte der Offizier und ergänzte: „Er ist durch große Metallschiebeklappen fest abgedichtet …"

Als Nächstes zeigte er das Führerhaus, den Maschinenraum, die Küche und den Crew-Aufenthaltsraum. Des Weiteren passierten sie die Kabinentüren der Besatzungsquartiere und letztendlich führte sie der Offizier zu der Kapitänswohnung und ging.

Dem etwas untersetzten Kapitän gegenübersitzend, wurden Annika sogleich folgende Verhaltensvorschriften erteilt: „Passagiere dürfen nicht mit den Matrosen sprechen. Und Sie dürfen auf dem Schiff weder nach unten noch nach hinten gehen. Frau Probst, bei Dunkelheit dürfen Sie nie das Zimmer verlassen. Außer wenn ich Sie zu einer Schachpartie einlade. Oder wenn Sie zum Essen gehen. Das Speisezimmer befindet sich in meiner Kapitänswohnung", endete er, ehe er Paul zum Abschied die Hand reichte.

Bald begleitete Annika schweren Herzens ihren Mann zur Gangway und klagte: „Oje, schlechte Zeiten stehen bevor. Der Kapitän ist mir so unsympathisch wie nur was! Hast du gemerkt, wie der aus dem Mund riecht? Igitt! Der kann lange warten, bis ich mit ihm Schach spiele." Sie strich über sein Grübchen am Kinn. „ Du, wenn du zurückkehrst, dann guck unter deine Matratze. Da liegt ein Briefchen von mir."

„Danke, wird gemacht …"

„Ach, Paul, ich hab überhaupt keine Lust, alleine zu reisen", presste sie mit einer leicht bebenden Stimme heraus. Daraufhin schmiegte Paul seine Wange an die ihre und ermutigte sie: „Keine Sorge, Annika. Denke dran: Türen schließen sich und neue Türen öffnen sich. Genieße die Schifffahrt. Und schreibe mir viele Briefe. Schreibe mir alles was dich bedrückt."

Annika erzwang ein Lächeln und spürte dann seine heißen Lippen auf ihrem Mund, ehe er abbrach: „Ich muss runter vom Schiff. Auf ein baldiges Wiedersehen, Annika", sagte er und entfernte sich rückwärtsgehend von ihr. „Denk dran: Man muss dem Leben stets das Beste abgewinnen …"

Sie nickte stumm und fühlte sich wie ausgehöhlt, als dann das Schiff durch die in Gang gesetzten Schiffsmotoren leicht vibrierte und brummte. Einsam und verlassen lehnte sie sich etwas über die Reling und sah zu Paul, der mittlerweile unten am Kai stand. Sie winkte und winkte, pustete ihm eine Kusshand zu, schnaubte ein paar Mal ihre Nase, drehte ihren Ehering und winkte erneut. Und als die Schiffsirene hupte, schob Annika ihren rechten Daumen und Zeigefinger in den Mund und ließ einen langen schrillen Pfiff los.

Im Nu hielt Paul seine Hände an seine Ohren und winkte dann fortlaufend, während sich das Schiff vom Kai entfernte und in See stach. Ihr erhobenes Taschentuch flatterte wie eine kleine weiße Fahne im Seewind und Pauls Silhouette verkleinerte sich zusehends. Die große Seereise entlang der westafrikanischen Küste begann. – Afrika, Afrika! Ich werde dich so vermissen.

Wehmütig räumte Annika dann aus ihrem Koffer die Kleidersachen in den Schlafzimmerschrank. Türklopfen. Shit. Auch das noch! Und ich mit meinen verheulten Augen. Schnell. Wisch die Tränen ab. „Ja! – Wer ist da bitte?", fragte sie und schnaubte geschwind ihre Nase.

„Ist alles in Ordnung?", hörte sie die Kapitänsstimme.

„Ja", erwiderte sie klar und deutlich. Erst dann öffnete sie etwas verärgert die Tür. Sofort machte der Kapitän vor seiner Solo-Passagierin einen tiefen Bückling, glättete mit seiner rechten Hand seine ohnehin schon makellos gekämmten, graumelierten Haare und umschmeichelte sie: „Ja, wie geht es Ihnen? – Kommen Sie mit allem klar?"

„Ja, danke", entgegnete sie knapp und bemerkte, wie sich sein Gesicht zu einem süßlichen Grinsen verzog, während er sagte: „In Kürze gibt es Mittagessen. – Ich hole sie ab."

Das ist doch nicht nötig! Bemühen Sie sich bitte nicht. Ich weiß ja, wo der Speisesaal ist", begründete sie künstlich lächelnd und insgeheim befahl sie ihm: Lass mich in Ruhe! – You old sea dog.

Prompt neigte er seinen Kopf zur Seite, glättete wieder sein Haar und bestand darauf: „Nein, nein! Kommt nicht infrage! Ich werde Sie abholen."

Und er holte sie ab. – Und gebot ihr, sich am Esstisch neben ihn zu setzen. Erst dann stellte er die bereits um den ovalen Tisch herumstehenden Offiziere vor. Alle schenkten ihr nur ein knappes Willkommenslächeln und begrüßten sie mit Handschlag. Wie auf Kommando senkte dann einer nach dem anderen den Blick auf die weiß gedeckte Mittagstafel, so als würde ein gemeinsames Tischgebet gesprochen werden.

Bald stellte ein Stewart vorsichtig eine Suppenterrine aus weißem Porzellan auf den Tisch und grinste den Kapitän an. Erst dann hob er den Deckel von der dampfenden, nach Kohl und Kümmel duftenden Suppe ab und lächelte wieder den Kapitän an. Der Kapitän nickte und erst dann schöpfte der Stewart mit einer versilberten Suppenkelle die heiße Suppe in vorgewärmte, tiefe Teller. Gleich nachdem alle Suppenteller halb gefüllt waren, ergriff der Kapitän seinen Löffel und sagte: „Mahlzeit", probierte die Suppe, sagte „köstlich!" und letztendlich nahmen alle anderen gleichzeig ihren eigenen Löffel in die Hand und aßen auch.

Annika schmeckte die Suppe hervorragend. So auch später die frisch gebratenen Flundern und der Vanillepudding mit einer Erdbeersoße. Allerdings wunderte sie sich, wieso die anwesenden Offiziere während der Mahlzeit schwiegen und sie so ziemlich ignorierten. Der Kapitän hingegen war ihr gegenüber sehr gesprächig.

Ähnlich wie das Mittagessen verlief später auch das Abendessen.

Und als Annika abends in ihre Schiffswohnung zurückkehrte, versuchte sie eine Musikschallplatte aufzulegen. Aber es klappte nicht. Enttäuscht setzte sie sich auf den drehbaren, ledernen Bürostuhl, der am Fußboden befestigt war und las zur Aufmunterung den Brief, den ihr Paul zum Abschied gegeben hatte:

Meine heiß geliebte Annika, ich schreibe in meinem Büro. Vor mir steht unser kleines gerahmtes Hochzeitsbild und der Gedanke, dass auf dem Frachter viele Männer um dich herumschwirren werden, zermürbt mich. Jetzt schon. Erinnerst du dich, was wir alles in der Nacht von Samstag auf Sonntag besprachen? Du sagtest so nett, ich soll an dich denken. Das tu ich doch den ganzen Tag! Spürst du's denn nicht? Wo ist mein Zuhause? Wo sind meine Freunde? Du bist alles in einem. Was Protzlach und unsere kleinen Meinungsverschiedenheiten anbetrifft, verscheuch die Schatten aus deiner Seele. Jetzt beginnt ein neuer, wunderschöner Lebensabschnitt.

Ich vermute, dass die kommenden Wochen wie im Schneckentempo vergehen werden. Bitte schreibe mir, sowie du in Deutschland angekommen bist. So, nun schlaf gut meine liebe, liebe Annika. Viele liebe Küsse. Dein Paul

*

Annika faltete verträumt den Brief zusammen und ließ sich bald im Bett durch das etwas schaukelnde Schiff in den Schlaf wiegen.

Mit Widerwillen spürte sie in den ersten zwei Tagen, wie die Kapitänsaugen sie häufig begleiteten. Besonders, wenn er auf dem Deck mit verschränkten Händen auf dem Rücken herumstolzierte und gleichzeitig seinen Brustkorb vorschob; so, als sollten seine Goldknöpfe mehr zur Geltung kommen. Dummerweise folgte Annika einmal seiner Einladung, mit ihm herumzuspazieren. Sie traute ihren Augen und ihrem Verstand nicht. Zwölf Schritte vor! – Zwölf Schritte zurück … Zwölf Schritte vor! – Wie stumpfsinnig! Jetzt gehen wir im Kreis herum. Wie im Kindergarten! Ringel, Ringel, Rosen, Kapitän in langen, blauen Hosen. Igitt, du kotzt mich an. Hör auf, meine Schulter zu berühren. Am liebsten möchte ich deine Hand wegklatschen. Pah! Glaubst du wirklich, dass du mit solchen Spaziergängen mit mir auf einer Wellenlänge bist?

Um ihm für Intimitäten keinen Spielraum einzuräumen, redete sie zwischendurch über das Wetter, das Essen, das Schiff und die Sterne. Außerdem versuchte sie, mit Abstand hinter oder vor ihm zu gehen, aber er schaffte es trotzdem, immer wieder neben ihr zu gehen. „Darf ich Sie heute Abend zu einem Schachspiel einladen?"

Annika starrte ihn stillschweigend an. Spinnt der? Jetzt blinzelt er.

Auch das noch! – Ohne jeglichen Charme! Richtig plump! Das ist doch nur ein Vorwand. Pah! Du willst mich doch nur in deine *Kajüte* locken? Stinkmaul.

„Sagen wir mal um zwanzig Uhr …", hörte sie ihn sagen und beobachtete seine veränderte Haltung. Eine Hand steckte vor seinem Brustkorb; halb versteckt in der etwas geöffneten Knopflochreihe seines Jacketts. Der andere Arm ruhte gebeugt auf dem Rücken; so wie Napoleon Bonaparte es zu tun pflegte.

Annika schaute ihn stirnrunzelnd an, und obwohl sie sehr gerne Schach spielte, bedauerte sie: „Nein danke, ich möchte lieber mein Buch lesen."

Sofort vergrub der Kapitän seine Hände in den Hosentaschen, schob kurz seine Unterlippe vor und nickte. „Ich verstehe", reagierte er süßsauer. Und von jenem Moment an – außer während der Mahlzeiten – mieden sie einander.

Das war dann aber für Annika schwer zu verkraften. Natürlich musste sie in der Offiziersmesse weiterhin neben dem Kapitän sitzen, damit die Offiziere wohl glauben sollten, alles sei in bester Ordnung.

Am dritten Tag, kurz vor dem Abendessen stand Annika auf dem Deck. Berauscht umfasste sie den hölzernen Geländehandlauf und schaute zum Horizont. Der leuchtende Sonnenuntergang erinnerte an eine Wüstenlandschaft mit dunklen grau-blauen Bergen und kleinen und großen skulpturenähnlichen Gebilden. Annika wünschte, sie könnte diesen überwältigenden Moment mit Paul teilen. Sie sehnte sich nach ihm. Aber auch nach Julia, Felix, Carmen, Fiffi und wie sie alle hießen. Kurzum, sie sehnte sich nach dem geliebten Afrika. Besonders beim Abendessen. Daher ging sie gleich nach dem Dessert wieder nach draußen.

Verträumt stand sie dann an der Reling und schaute steil nach unten ins dunkle, bewegte Wasser. Ein eisiger Schauer überlief sie. Was würde passieren, wenn dieser Frachter sinken würde? Nicht dran denken, sagte sie sich dann und ging bald zurück in ihre Schiffskabine. Dort holte sie sich aus dem Bücherschrank ein Buch und las im Bett.

Auf einmal wurden dunkle Erinnerungen in ihr wach, die sich allmählich in einen gruseligen Traum verwandelten: Neben ihrem Gesicht lag ein fußballgroßer Hühnerkopf, der sie mit seinen winzigen, braunen Kugelaugen anstarrte und wie ein Kater schnurrte. Rosaklare Tränen tropften aus ihnen. Direkt auf Annikas weißes Kissen. Und in der Deckenspiegellampe über ihr beobachtete sie, wie ein Mann eine Bauchdecke aufschnitt. Mit einem Brotmesser. Vom Bauchnabel bis runter zur Vulva. Viel Blut spritzte steil hoch und besudelte die Spiegellampe! Im Nu flog eine weiße Hühnerfeder empor und bepinselte die OP-Lampe, bis sie rot verschmiert war. „Hilfe!", schrie sie und merkte dann, dass ihr eigener Hilfeschrei sie geweckt hatte. Bebend und schweißgebadet riss sie die Augen auf und fand sich aufgerichtet in ihrem Bett. Angsterfüllt betastete sie ihren Bauch. Er war ja trocken! Flach und ohne Narbe! Gott sei Dank. Sie drehte sich auf die andere Seite. Neben ihr lag das Buch. Sie lächelte.

Aber etwas später, während sie sich ankleidete, war es ihr plötzlich ziemlich schwindelig. Ängstlich hielt sie sich an den Möbeln fest und guckte neugierig durchs Luken-Fenster. Schreck lass nach! Auf dem Atlantik wetteiferten riesengroße Wellen, deren weiße Schaumkronen bis hin zum Horizont reichten. Annika zog ihre Jacke an und verließ ihre Kabine. Hoffend, es würde kein Unwetter aufkommen, begab sie sich ans Deck und spürte und sah, wie das Schiff von rechts nach links, und von links nach rechts schaukelte. Hohe Wellen peitschten gegen die Seitenwände und zeitweise wurde das niedrige Mittelschiff sogar völlig überflutet. Vorsichtshalber hielt sie sich an den Handgriffen fest und hoffte, dass kein Wasser durch die abgedeckten Luken lecken würde.

Urplötzlich, als der Frachter bedrohlich von Backbord nach Steuerbord, und umgekehrt, schwankte, flüsterte Annika vor sich hin: „Hoffentlich saufen wir nicht ab." Für einen Moment war sie versucht, ihre Rettungsweste anzuziehen, aber sie entschloss sich dagegen, weil sie befürchtete, sich zu blamieren.

Blitzartig drehte sich der Wind. Durch den verschlimmerten Wellengang erinnerten der Bug und das Heck des Frachters an zwei treibende Inseln. Sofort spürte Annika ein unbehagliches Gefühl in der Magengrube und da sie keine Spucktüte fand, befahl sie sich leise: „Mensch! Reiß dich zusammen!" Annika erkannte sich selbst nicht wieder, weshalb sie an jenem Tag auf das Mittagessen in der Offiziersmesse verzichtete. Zumal der Stewart dort meist sehr delikate, abwechslungsreiche Menüs servierte. Stattdessen lag sie auf einem Deckstuhl in einer windgeschützten Ecke des Hauptdecks. Mit der Sicht zur menschenleeren Laufbrücke fühlte sie sich total verlassen! Verlassen, deshalb, weil der stürmische, sehr hohe Wellengang mit ständig größer werdenden, kräuselnden Schaumkronen sehr bedrohlich wirkte. Annikas Hände ruhten auf ihrem Bauch und sie schärfte sich ein: Bloß nicht seekrank werden. Sie bedauerte sich selbst. Was habe ich alles überbrücken müssen, um meinen Afrikatraum zu verwirklichen. Wie oft haben sich die Schranken zum Traumland Afrika geschlossen? Wie oft habe ich Afrika im Traum herbeigesehnt? Wie oft habe ich mich gefreut, endlich dort zu sein? Ich war euphorisch! Und jetzt? Jetzt ist alles Vergangenheit. Aus der Traum.

Völlig vereinsamt hoffte Annika, jemand spräche mit ihr. Von wegen! Die beiden Crewmitglieder, die vorbeigingen, lachten nur schadenfroh vor sich hin. Sie trugen Lappen und Pinsel und je ein Eimerchen mit schwarzer Lackfarbe. Annika traute ihren Augen nicht: Obwohl das Schiff ziemlich schaukelte, pinselten sie die etwas verrosteten, metallenen Teile an der Reling neu an. Trotz ihrer Schadenfreude fühlte sich Annika durch ihre Gegenwart etwas beschützt und schlummerte ein.

Erst am Nachmittag, nachdem die Matrosen weg waren, wachte sie durch die Stimme des jungen, schneidigen Offiziers auf: „Frau Probst, wir haben Sie im Speisesaal vermisst", sagte er ernst.

„Das wundert mich."

„Wieso?", fragte er mit seiner netten Stimme.

„Na, während der Mahlzeiten spricht fast niemand mit mir."

Daraufhin strich sich der Offizier mit gespreizten Fingern durch seine strohblonden Haare. „Ich habe Nachtwache", wechselte er das Gesprächsthema", und ich stehe die ganze Nacht am Steuerrad. Manchmal ist das sehr langweilig."

„Das glaube ich Ihnen. Ich wünschte, ich könnte da mal hin", antwortete Annika.

Der Offizier schaute zum Meer und flüsterte so ganz nebenbei: „Das kann ich arrangieren. Um Mitternacht schlafen alle. Außer dem Maschineningenieur bin ich der einzige der wach ist. Stellen sie doch einfach ihren Wecker. Und kommen Sie mich um Mitternacht besuchen."

„Darf ich dann das Steuerrad halten?"

„Ja-a."

„Okay. Ich komme", erwiderte sie und sah, wie er davonhuschte. Annika dämmerte es: Ich glaube, ich hab's kapiert: Wer einsam ist, wird unglücklich, wer unglücklich ist, wird ängstlich, wer ängstlich ist, wird krank. Seekrank!

Und von Stunde an erholte sie sich rapide. Sie konnte wieder essen und freute sich, dass die Wartestunden bis Mitternacht überraschend schnell vergingen. Neugierig schlich sie außen um ihre Kabine herum, zum Steuermann auf der Brücke. Er lächelte ihr im Mondlicht entgegen und sagte: „Ich konnte heute Nachmittag leider nicht länger mit Ihnen reden. Wissen Sie, Frau Probst, die anderen Offiziere haben alle nichts gegen Sie. Die sind nur alle sehr vorsichtig! Wegen des neuen Kapitäns. Obwohl er nur vertretungsweise an Bord ist. Nur für sechs Wochen."

„Ach so", antwortete sie erleichtert und ließ sich dann einige technische Anlagen und ein paar Sternbilder erklären. Er deutete mit dem Zeigefinger eine Himmelsrichtung an und lehnte sich so an sie, dass sich ihre Wangen etwas berührten. „Schauen Sie. Folgen sie meinem Finger. Das ist Neptun ..."

Annika stockte fast der Atem, als sie neben ihm das Steuerrad hielt. Zudem philosophierte er von Neptun und erläuterte, warum tatsächlich einige Seemänner früher an den römischen Meeresgott glaubten. Sie blieb dann aber nur für knapp eine Stunde auf der Brücke, weil sie befürchtete, der Kapitän könne sie erwischen.

Sehr spannend fand Annika am nächsten Abend, als der Offizier sie auf fliegende Fische und Delphine aufmerksam machte. Und als er im Schein des Vollmondes am Steuerrad so dastand, hatte sie Feuer gefangen. Zumal sie seine warme Hand auf ihrem Rücken spürte. Sie zuckte zusammen, als sich sein Gesicht dem ihren näherte und überwältigt von der berauschenden Atmosphäre waren ihre moralischen Prinzipien augenblicklich verschwunden. Magnetisch angezogen trafen sich ihre Lippen. Annika spürte eine glühende Woge im Innern ihres Brustkorbs. Doch bald meldete sich ihr Gewissen, und sie beichtete ihm: „Ich bin verheiratet."

„Ich auch", gestand er. „Sogar sehr glücklich ..."

„Ich auch ...", beteuerte sie und wandte kurz ihren Kopf ab. Schuldbewusst schaute sie verträumt aufs dunkle Meer und sah auf einmal in Gedanken Pauls Gesicht vor sich. Annika schloss reumütig ihre Augen, hielt ihre Hand kurz vor den Mund und sagte nach einer Weile: „Ich gehe jetzt in meine Kabine zurück …"

„Schlaf schön, Annika", quetschte er heraus und blieb am Steuerrad stehen. Beseelt in ihre Luxuskabine zurückgekehrt, schlief sie den Rest der Nacht durch.

Im Laufe des folgenden Tages spürte sie, wie ihr seelisches Gleichgewicht wieder funktionierte. Selbst bei hohem Seegang lag sie tagsüber entspannt – und glücklich vor sich hinlächelnd – auf dem Deckstuhl und atmete genüsslich die Seeluft ein. Und wenn sich kurz vor der Mittagsmahlzeit an Deck die appetitanregenden Essendüfte verbreiteten, knurrte ihr Magen. Mal roch es nach gebratenen Flundern oder Schnitzeln, mal nach Sauerkraut, Speck oder nach frisch gebackenen Brötchen.

Ah, ist das Leben schön, dachte sie ein paar Mal und streckte ihre Arme über ihren Kopf; hoffend, ihr Neptun statte ihr draußen einen kurzen Besuch ab.

Und nachmittags, wenn sie die himmlischen Düfte nach frischem Gebäck, Hefe- oder Mohnkuchen schnupperte, sehnte sie erneut den Moment herbei, wenn sie mit den Offizieren (einschließlich ihres *Neptuns*) bei einer Tasse Kaffee in der Offiziersmesse sitzen würde.

Was jedoch den Kapitän anbetraf, so sprach er während der Mahlzeiten kaum mit Annika. Dafür schenkte Neptun ihr schon mal ein heimliches Lächeln. Oder er toastete verstohlen mit einem erhobenen Weinglas in ihre Richtung. Sie amüsierte sich, weil er bei allen Mahlzeiten einen Nachschlag nahm.

„Meine Güte, wo packen Sie das alles hin?", fragte Annika schelmisch. „Sie essen ja wie ein Scheunendrescher."

„Ich kann essen so viel ich will, ich nehme nie zu", erklärte er mit einem ernsten Gesichtsausdruck, aber seine geröteten Wangen verrieten Annika seine inneren Gefühle. Sie kicherte. Plötzlich trat er ihr unter dem Tisch auf den Fuß, woraufhin sie sofort rot anlief und beschämt nach unten schaute. Der Kapitän erhob sich, sagte Mahlzeit, und wie auf Kommando verließen alle den Speiseraum.

In jener Nacht erwachte Annika durch seltsame Geräusche. Angsterfüllt schaltete sie sogleich die Nachttischlampe ein und schaute in alle Richtungen. Sie erschauerte. Hinter dem Bullaugenfenster sah sie die

Silhouette eines Männerkopfes. Eine Menschenhand klopfte ans Fenster. Oh Schreck! Der Riegel war nicht zugeschraubt. Was sollte sie bloß tun? Sie konnte doch nicht zum Kapitän rennen! Und ihn um Schutz bitten! Plötzlich griff, wie im Spuk, ein schlanker Arm durch den Fensterspalt. Und im Nu fummelte eine Hand innen am Riegel herum. Annikas Herz begann stärker zu klopfen. Im Begriff, doch den Kapitän um Hilfe zu bitten, sprang sie aus dem Bett. Blitzschnell erreichte sie die Tür und gerade, als sie den Türgriff berührte, hörte sie eine gespenstische Stimme: „Pscht! Sch…" Vorsichtig drehte sie sich um und sah noch immer die Hand am Riegel. „Sch-sch", wiederholte die Stimme von draußen. In panischer Angst blieb Annika wie angewurzelt stehen. Sie schaute nochmals zu dem runden Gruselfenster. O Schreck! Urplötzlich begann sich, wie ein Wiesel, ein schlanker Mann durch das Fensterloch zu schlängeln. Angsterfüllt hoffte Annika, er würde steckenbleiben. Aber nein. Er schaffte es! Unfassbar, es war „Neptun". Annika stützte sich zitternd am Stuhl ab und stöhnte erleichtert. „Ah, hast *du* mich erschreckt!"

Er blieb vor ihr stehen, strich seine Haare glatt und sagte leise: „Tut mir leid. Ich wollte dich nicht erschrecken."

„Wieso bist du hier? Du musst doch arbeiten", entgegnete sie und zitterte noch immer am ganzen Körper.

„Nein, ich sagte dir doch vorgestern, dass ich heute frei habe."

„Von einem Besuch hattest du aber nichts gesagt."

Er berührte sie nicht. Er stand aber ganz dicht vor ihr und hauchte über die Lippen: „Soll ich wieder gehen?"

Wie berauscht roch sie sein geheimnisvolles, nach Weihrauch und Edelhölzern wohlduftendes Herrenparfüm, das etwas Beruhigendes ausströmte. „Nein, bleib hier", flüsterte sie und lehnte sich an ihn.

Daraufhin schloss er sie in seine Arme, und als sie seine Lippen und seine Wärme spürte, kribbelte ihr ganzer Körper. Und obwohl sie es nicht für möglich gehalten hatte, triumphierte dann doch das Fleisch über den Verstand. Wie benebelt erwiderte sie seine stürmische Leidenschaft. Und nach etwa einer Stunde wäre sie am liebsten in seinen Armen eingeschlafen. Aber das ging ja nicht. Stattdessen sah sie, wie er sich vor Morgengrauen wieder durchs Fenster schlängelte und ihr von außen einen Handkuss zuwarf.

In den nächsten Nächten, wenn sie um Mitternacht glücklich nebeneinander am Steuerrad standen, träumten und philosophierten sie beide. Aber dennoch wussten sie, wer ihre eigentlichen Lebenspartner waren und sie sprachen auch darüber.

Zwei Tage, ehe der Frachter in Rotterdam einlief – überreichte ein anderer Offizier Annika ein Radiogramm. Es stammte von ihrem Schwager aus Deutschland. Annika wunderte sich über den mit kleinen Buchstaben geschriebenen Text und las: „*bernadette und ich wollen dich in rotterdam mit dem auto abholen. rückdrahte sofort ankunftstermin. Telefonnummer …*"

KAPITEL 24

Der Frachter erreichte den Hafen von Rotterdam bei nasskaltem, windigem Märzwetter. Annika stand auf dem Deck an der Reling und erkannte unten am Kai ihren Schwager und Bernadette, die ihr beide zuwinkten.

Später, nach der Begrüßungsumarmung, jammerten die beiden über kalte Füße und, und. Und Annika dachte: Ihr seid ja nicht bester Laune. Naja, ihr habt ja auch keine romantische Kreuzfahrt hinter euch.

Gerade in dem Moment blieb Neptun mit seinem Seesack auf dem Rücken direkt neben Annika stehen und flüsterte über ihre Schulter hinweg: „Na, hat alles geklappt?" Sie nickte strahlend und machte ihn mit ihren beiden Verwandten bekannt. Neptun ergriff deren dargereichte Hände, erhob seine Augenbrauen und wandte sich wieder Annika zu: „Die Ähnlichkeit zu ihrer Schwester ist verblüffend, Frau Probst?"

„Danke, wir sind aber grundverschieden", sprudelte Annika zurück und drückte ihm zum Abschied noch einmal seine kräftige und angenehm warme Hand.

Sowie er dann weg war, schnappte Annikas Schwager ihren schweren Koffer und bedeutete: „Na. Gott sei Dank bist du da. Dieses Rotterdam hat uns einige Nerven gekostet. Und dann noch dieses scheußliche Wetter! Hier ging alles schief."

„Wieso denn?", erkundigte sich Annika, während sie aus ihrem Augenwinkel Neptun beobachtete, der vorsichtig einen Schneematschhaufen umging, bald zwei kleine Kinder emporhob, sich mit ihnen im Kreis drehte und dann eine schlanke Frau umarmte.

Wie aus der Ferne hörte Annika Bernadettes Stimme: „Wir waren schon vor vier Tagen nach Rotterdam gekommen. Um dich abzuholen. Das war doch so ausgemacht. Aber nachdem wir hier am Hafen ankamen, suchten wir vergeblich nach deinem Schiff. Schließlich sagte man uns, dein Schiff würde mit vier Tagen Verspätung einlaufen.

Annika hielt sofort ihre Hand vor den Mund und guckte ihre Verwandten erschrocken an. „Ach du liebe Zeit!", reagierte sie. Das tut mir leid. Wir hatten hohen Seegang …"

„Ja!", betonte Bernadette und schaute ihre Schwester so böse an, als würde sie ihr das nie verzeihen. „Es war nass und saukalt. Schlimmer als heute. Zudem war da noch viel mehr Schneematsch als jetzt. Wir wären gerne in ein warmes Hotel gefahren. Aber für Hotelübernachtungen fehlten uns die Urlaubstage. Und das nötige Geld. Deshalb konnten wir letzte Woche nicht hier bleiben. Notgedrungen fuhren wir nach Süddeutschland zurück. Das ist eine weite Strecke. Und heute mussten wir wieder herkommen. Wir fuhren im Dunkeln los."

„Oh, das ist mir peinlich. Da habt ihr meinetwegen zweimal die lange Autofahrt machen müssen. Das tut mir wirklich leid …" Annika umarmte Bernadette wieder und versprach: „Ich werde es wiedergutmachen."

„Ach was!", wehrte Bernadette mit ihrer behandschuhten Hand ab. „Schon gut, – du brauchst dich nicht zu revanchieren. Wir sind Geschwister …"

Annika freute sich dann, dass die Rückfahrt äußerst unterhaltsam verlief, ihre Mutter sie zu Hause herzlich begrüßte und ihr einen Brief von Paul überreichte.

Liebe Annika, es vergeht kein Tag, an dem ich nicht an den Abschied am Kai denke … Viele Leute spekulieren bei mir umsonst, wegen deines vorzeitigen Weggangs und suchen nach Gründen aller Art.

Ach, Annika, mir kommt es vor, als seiest du schon seit einem Monat auf Reisen. Nun ja, ich habe keinen Tiefpunkt, nur habe ich Heimweh nach dir und weiß nichts mit mir anzufangen. Deine Impulse fehlen. Niemand streitet sich mit mir. Mir fehlt die Annika, mit der ich mich wieder versöhnen könnte. Mein Herz, mein Körper und meine Seele schreien nach dir. Da trinke ich gleich zwei Bier, um einschlafen zu können. Gestern konnte ich es von morgens an nicht aushalten und stürzte mich in die Arbeit. Ansonsten bin ich aber prima in Form, nur fehlt mir etwas! Du weißt es. Ja?

Kürzlich musste ich zum Zahnarzt! Der nahm mich ziemlich ran! War eine mörderische Prozedur. Sage und schreibe benutzte er einen altmodischen Bohrer mit Fußpedalbedienung. Und weil ich mir abends selbst leidtat, habe ich gemeinsam mit Felix gesoffen und mir einen Schwips geholt.

Zu allem Übel habe ich keinen Houseboy mehr und muss endlich mal Wä-
sche waschen. Und bügeln. Na, gute Nacht! Glaube mir, jeder Tag ruft in mir
eine Erinnerung an Plätze, Zeiten und Worte mit dir wach. Nächste Woche
ziehe ich nach Monrovia. Meine neue Adresse ist auf dem beigefügten, hell-
blauen Zettel aufgeschrieben ... Es gibt dir einen lieben Kuss, dein Paul

*

Annika an ihren Mann in Liberia:

Lieber Paul, ... es tut mir so leid, dass du die Zahnbehandlung nicht bis
zu deiner Rückkehr nach Deutschland hinauszögern konntest. Gestern, als
Mutti zum Arzt fuhr, begann ich – hoffend, es sei Balsam für meine Seele –
ein Aquarell zu malen. Aber ich musste aufhören, weil ich zu traurige Farben
auftrug. Momentan bin ich lustlos und faul, wie ein schläfriges Faultier. Habe
kein Verlangen, auszugehen, Fernsehen zu gucken oder irgendein Buch zu
lesen. Mir ginge es aber bestimmt bedeutend besser, wenn du bei mir wärest
... Weißt du Paul, auch wenn ich manchmal unberechenbar frech zu dir war
und mit Liebeserklärungen knauserte, – nun gebe ich es dir schriftlich: Ich
liebe dich unendlich. Deine Annika

*

Unverzüglich steckte sie den Brief unten an der Straße in den Briefkasten und ging schon um achtzehn Uhr ins Bett. Aber trotz des dicken
Federbettes und einer Wärmflasche fröstelte ihr. Was ist nur los mit
mir? Ich fühle mich so geschwächt. Ich bin ja eine richtige Heulsuse.
Logisch. Mein schlechtes Gewissen. Wegen des Fremdgehens. Muss
lächeln. Julia hätte es mit einem One-Night-Stand abgetan. Aber egal,
ob einmal oder zweimal. Fakt ist: Ich habe einen fiesen Charakter. Ich
liebe doch Paul! Meine Nase läuft wie ein Wasserfall. Annika drehte
sich auf die Seite, nahm sich aus der Nachttischschublade ein zusam-
mengefaltetes Taschentuch und trocknete ihre Tränen. Dann putzte
sie laut schnaubend ihre Nase, während im Radio der Song von Elvis
Presley spielte: Maybe I didn't treat you, quite as good, as I should have.
„Oh je", sagte Annika laut vor sich hin und hielt ihren schmerzenden
Kopf. Sie fühlte sich schwach, war sehr müde!

*

Die Zeit, gefüllt mit Sehnsucht nach Paul und nach Afrika, lag zwei Wochen zurück. Annika hatte die ganze Zeit mit einer nicht diagnostizierten Tropenkrankheit kraftlos das Bett hüten müssen. Erst als sie erneut einen Brief von Paul in Händen hielt, ließ sie sich von ihrer Mutter zwei dicke Federkissen hinter den Rücken stopfen und las:

Heißgeliebte Annika, ich habe lange keine Post von dir erhalten. Stimmt was nicht? Was treibst du so mit deiner vielen Freizeit ohne mich? Während ich hier schufte. Die einzige Abwechslung war, als man mich in einer savannenartigen Region zum Jagen mitnahm. Noch gibt es keinen Nachfolger für mich. Glaube mir, ein lieber Brief von dir würde mich bestimmt aufmuntern, denn wie ich lebe und was ich tue, alles spielt sich nur noch in Gedanken an dich ab. Und weil das so ist, wollen und sollten wir zusammenhalten und uns gegenseitig unterstützen. Bitte schreibe … Dein dich liebender Paul

*

Annika an ihren Mann in Liberia:

Lieber Paul, entschuldige bitte, weil ich so wenig an dich schrieb. Ich war nämlich ziemlich krank und wiege nun noch weniger als in Afrika. Bekam täglich vom Hausarzt Spritzen … Ich werde mich aber in den kommenden Wochen anstrengen – bis zu deinem Kommen –, um eine greifbare Figur zu erlangen. Ja, der Gedanke, eines Tages wieder deine Wärme zu spüren, macht mir etwas Mut. Im Radio spielt gerade ein Walzer und ich bin total verliebt in dich.

Und um dir alles recht schmackhaft zu machen: Sobald wir wissen, wann du eintriffst, arrangiert Mutti, in Urlaub zu fahren. Sie möchte uns nämlich ihre Wohnung zur Verfügung stellen bis wir für uns eine Mietwohnung gefunden haben. Nett, gell?

Meine Geschwister freuen sich ebenfalls auf dein Kommen. Bruder Wolfgang und ich werden dich dann am Frankfurter Flugplatz mit dem Auto abholen. I love you. Annika

*

Freude über Freude! Endlich kam der langersehnte Ankunftstag ihres Mannes. Ungeduldig warteten Annika und ihr Bruder zwei Stunden zu früh in der Ankunftshalle des Frankfurter Flugplatzes.

Doch schließlich war dann doch der Moment gekommen, als Paul sie fest umarmte und sie leidenschaftlich küsste. Als Nächstes begrüßte er seinen Schwager Wolfgang, der sie mit seinem grünen Volkswagenkäfer nach Karlsruhe fuhr.

Große Wiedersehensfreude mit Geschwistern und Verwandten, besonders mit Annikas Mutter, die dann in Urlaub reiste.

Während ihrer Abwesenheit genossen Annika und Paul vier Wochen lang die Zweisamkeit in ihrer Wohnung und kauften sich ein Auto.

Als die Mutter heimkehrte, begannen Paul und Annika mit dem Studium und mietete sich eine vollmöblierte Wohnung.

Und vor lauter Glückseligkeit gelang es Annika im Laufe der Monate, die Gedanken an Protzlach zu verdrängen. Mit einigen Ausnahmen! Beispielsweise wenn Post aus Afrika eintraf. Einmal schrieb Felix, dass die Frieda drei Wochen lang emsig zehn Eier gebrütet habe, aus denen acht piepsende Küken ausgeschlüpft seien. Zudem habe Moritz geschrieben, er sei verlobt.

KAPITEL 25

An einem Herbsttag packte Paul seinen Rechenschieber und seine Lehrbücher geräuschvoll in die Aktentasche und sagte so ganz nebenbei: „Am Wochenende fahre ich zum Fußballspiel. Nach München."

„Okay, ich bleibe hier", antwortete Annika, wie schon so oft zuvor. Sie deutete auf ihr begonnenes abstraktes Ölgemälde, in dem Blau und Gelb vorherrschten. „Ich möchte ohnehin noch das Bild fertig malen."

Er rümpfte seine Nase. „Ist es nicht ein bisschen zu bunt?"

„Nein. Es ist farbenfroh. – Sag mal, warum fährst du eigentlich so häufig zu den Fußballspielen? Verspürst du Nachholbedarf?"

„Ja", erwiderte er und wandte sich zur Tür. „Ich bin in einer Stunde zurück. Muss nur von einem Studienfreund ein paar Unterlagen abholen. Wenn du möchtest, kannst du gerne mitkommen."

„Nein danke. Draußen weht ein kühler Wind. Und es ist schon dunkel. Wie heißt denn dein Freund."

„Emanuel. – Tschüss", sagte er, schloss die Tür hinter sich zu, stülpte seinen Kragen hoch und eilte im Gegenwind nach vorne gebeugt zur benachbarten Kneipe.

„Grüß dich Paul", empfing ihn Emanuel an einem kleinen runden Tisch. – Willst du auch ein Bier? Oder nur den Brief."

„Beides", erwiderte Paul, nahm den versiegelten Brief mit Dagmars Absender entgegen und begann ihn sofort zu lesen:

*

Liebster, deine zwei Briefe haben mich wirklich sehr erfreut. Schön, dass du endlich in Deutschland bist. Das Foto von dir habe ich einrahmen lassen und es steht auf meinem Nachttisch im Krankenhaus. Ja, du liest richtig. Ich liege im Krankenhaus. Muss einige Untersuchungen über mich ergehen lassen. Aber ich hoffe, dass ich bald entlassen werde, denn ich freue mich so sehr auf unser Wiedersehen. Anbei die Telefonnummer meines Vaters.

Ich spreche oft zu meinem Schutzengel: Bitte lasse Paul zu mir so sein, wie er damals im Kleinwalsertal war. Liebster, es ist so lange her, ich weiß schon gar nicht, wie du riechst und wie du dich anfühlst. Bitte drücke mir die Daumen, damit ich schnell und ganz gesund werde. Und wir beide vielleicht mal wieder gemeinsam ein Skiwochenende verbringen können. Weißt du noch, als wir mit dem Bus nach Hirschegg fuhren? Und bei Sonnenschein die Cafés abgeklappert haben? Heute ist so fabelhaftes Wetter und ich komme zwangsläufig nicht raus und nicht fort. – Mit wem auch, warum und wohin? Ich vermisse dich. Bussel! Deine dich auf ewig liebende Dagmar.

*

Gleich nach dem Lesen beschrieb Paul eine bereits frankierte Postkarte, die er aus seiner Brusttasche zog:

Liebe Dagmar, im Moment ist mir egal, was um mich herum passiert, nur wäre es viel schöner, bei dir zu sein und dich in meinen Armen zu halten. Der trübe Abendhimmel würde sofort weichen.

Ich wünsche dir eine baldige Genesung, hoffentlich musst du nicht operiert werden. Ich werde auf alle Fälle deinen Vater telefonisch kontaktieren, wann ich dich besuchen kann. Es gibt dir einen lieben Kuss, dein Freund Paul

*

An einem Donnerstag, saß Annika vor der Abfahrt nach Freiburg am Steuerrad und ihre Mutter saß auf dem Beifahrersitz. Paul küsste Annika zum Abschied durch das heruntergekurbelte Autofenster und wünschte ihr und seiner Schwiegermutter eine gute Reise. „Paul, meine Mutti und ich kommen erst in fünf Tagen zurück. Tut mir leid, dass du jetzt kein Auto hast. Fährst du am Samstag mit dem Bus oder mit dem Zug zum Fußball?", erkundigte sie sich mit einem schelmischen Unterton.

„Ich bleibe zu Hause. Will noch mit Emanuel was lernen. Tschüss", entgegnete er. Annika gab Gas und die Autofahrt zur Beerdigung ihrer Tante begann.

*

Bereits eine Stunde nach Annikas Abfahrt rief Paul von einer Post-amt-Telefonzelle Dagmars Vater in München an. Überraschenderweise erfuhr Paul, dass Dagmar schon am nächsten Tag aus dem Kranken-haus entlassen werden würde. Aber laut ärztlicher Anordnung müsse sie zu Hause überwiegend auf dem Sofa oder im Bett ruhen.

Paul freute sich und versprach, dass er sie in zwei Tagen besuchen käme.

*

Nach der planmäßig verlaufenden Zug- und Straßenbahnfahrt traf Paul im Elternhaus seiner Brieffreundin ein. Dagmar saß freudestrah-lend im Wohnzimmer auf dem Sofa und Paul fand sie noch hübscher als auf dem letzten Foto, das sie ihm damals über Felix' Adresse nach Afrika geschickt hatte.

Dagmar breitete ihre Arme aus und unverzüglich ging Paul zu ihr und küsste sie flüchtig auf ihre etwas bläulichen Lippen. Erst dann überreichte er ihr einen Strauß mit gelben und weißen Rosen plus eine Schachtel Pralinen. „Danke, Paul", reagierte sie und fragte: „Möchtest du nicht erst deinen Mantel ausziehen?"

„Doch", erwiderte er und hängte den Mantel an einen Haken des Garderobenständers.

„Komm, setz dich einen Moment zu mir", bat sie dann. Und als er neben ihr saß und ihren Arm um ihre schlanke Taille schlang, unter-hielten sie sich über Afrika und über ihren Beruf. Plötzlich schnup-perte Paul: „Mmh, es duftet verlockend nach gebratenen Zwiebeln. Was gibt's denn Schönes zum Mittagessen?"

Sie lächelte ihn an und antwortete mit einer singenden Stimme: „Hirschbraten mit Rotweinsoße, Knödeln und Rotkraut."

„Mmh, Bratenduft! Ich hab noch nie Wildbraten probiert", äußerte er und bemerkte, wie sie aufzustehen versuchte. Spontan legte er seine Arme um ihren Oberkörper und half ihr auf die Beine. Und als sie sich beide strahlend gegenüberstanden, verglich er sie im Geheimen mit einer aufgeblühten Mohnblume, deren langer, dünner Stängel bei der geringsten Windböe zu zerbrechen drohte. Er umarmte sie zärtlich und trug sie zum Esszimmertisch.

„Vater sitzt gerne am Tischende", erklärte Dagmar. „Wir setzen uns rechts und links neben ihn."

Paul war einverstanden und bemerkte während des Essens, dass Dagmar ihn unentwegt ansah. Und später, als beide wieder auf dem Sofa saßen, war Paul sehr versucht, diesen Engel zu küssen. Aber er wartete, bis ihr Vater seinen benachbarten Freund besuchen ging. Sofort führte Paul ihre Hand an seine Lippen. „Tut mir leid, dass damals deine Verlobung in die Brüche ging. Wenn ich es früher gewusst hätte ..."

Sie legte einen Finger auf seine Lippen, lehnte sich dann an ihn und sagte: „Schicksal. Ich danke dir, dass du gekommen bist. Ich spüre jetzt schon eine Besserung ..."

Paul strich über ihre Locken, küsste sie zärtlich auf die Lippen und stoppte abrupt. „Entschuldigung. Es steht mir nicht zu", sagte er und stand auf.

Sofort streckte sie ihre Hand nach ihm aus. „Komm, setz dich wieder zu mir", bat sie und dann unterhielten sie sich und schmusten miteinander.

Und kurz bevor ihr Vater heimkehrte, wischte Paul ihre Abschiedstränen weg und sagte: „Nicht traurig sein. Ich werde dich recht bald wieder besuchen."

Während der Zugreise war Paul ziemlich im Zwiespalt. Einesteils wäre er gerne bei Dagmar geblieben, anderenteils freute er sich auf das Wiedersehen mit Annika und mit seinem Auto.

Zurück in Karlsruhe ließ er sich detailliert Annikas Erlebnisse schildern und alles schien in bester Ordnung zu sein. Zumal Annika in den kommenden Wochen selten quengelte, wenn ihr Mann an Wochenenden in andere Städte zum Fußball fuhr. Das beruhte darauf, weil er ja wochentags abends stets zu Hause war.

Sie sorgte sich auch nicht allzu sehr darüber, wenn er manchmal an ihr herumnörgelte. Einmal meinte er, sie sei zu dünn; Frauen mit Rundungen seien gemütlicher. Ein anderes Mal bemängelte er, sie sei zu energiegeladen. Sie verwende zu viel Zeit für das Lernen und für Renovierungsarbeiten ihrer antiken Möbel. Zudem stänke die Wohnung nach Ölfarbe und Terpentin. Und, und, und.

Und viele Monate später – es war an einem sonnigen Samstagnachmittag – rief er ihr ins Gewissen, dass das ersparte Geld rapide zur Neige gehen würde. „Annika", begann er, „sei doch vernünftig. Warum willst du Jura studieren? Ist es wegen dem Protzlach? Wäre es nicht sinnvoller, wenn du wieder vollberuflich als OP-Schwester arbeiten gingest?"

„Ja", grinste sie. „Ich habe schon einen Teilzeitjob akzeptiert. Ich arbeite aber vorerst nur an Wochenenden."

Paul strahlte und der Hausfrieden war wieder hergestellt. Doch eines Tages nörgelte er erneut an ihr rum: „Du rauchst zu viel. Relax doch mal. Guck dir doch mal einen Fernsehfilm an."

Daraufhin sah Annika ihn nur stirnrunzelnd an, schluckte und schwieg. Doch als er einmal kritisierte, die Wohnung sei nicht sauber genug und die Wäsche müsse gewaschen werden, stieg ihr die Zornesröte ins Gesicht. „Hör auf zu meckern! Der Kanal ist voll", donnerte sie los. „Weißt du Paul, – mir fällt es sehr schwer, neben dem Lernen noch Nachtwachen zu schieben. Jedes Wochenende verbringe ich im Krankenhaus. Ich muss mich mit Zigaretten und Kaffee wachhalten, damit ich beim Lernen nicht einschlafe. Und du? Du hast Zeit zum Fußball zu gehen. Und Tennis zu spielen. – In welchem Gesetzbuch steht geschrieben, dass nur die Frauen den ganzen Haushalt versorgen müssen? Wir sollen kochen, nähen und die Wohnung putzen! Das Geschirr spülen. Wäsche waschen und bügeln! Die Hausordnung machen? Betten beziehen, den Abfall rausbringen! Nebenbei studieren, im Krankenhaus arbeiten, und, und, und! Weißt du was ich bin?"

Er schmunzelte. „Na was bist du denn?"

„Ich bin ein Trottel! – Ein Vollidiot! – Ich fühle mich wie eine Sklavin. – Denk mal nach! – Hier haben wir kein Hauspersonal. Du hast doch gelernt, wie man bügelt und putzt. Und ein Bett macht. Ich möchte keinen Nervenzusammenbruch. – Weshalb hilfst du mir nicht?"

Paul schaute sie mit großen Augen an. „Hör bitte auf! – Ich hab dich verstanden. Warum hast du nicht früher etwas gesagt?"

„Um dir mehr Zeit zum Lernen zu lassen. Damit du dein Studium abschließt. Und dir ebenso einen Teilzeitjob suchst."

Er legte versöhnlich seinen Arm um ihre Schultern. „Okay. Ab jetzt spüle ich Geschirr. Und wische Staub. Und bringe den Abfall zur Mülltonne. Und staubsaugen kann ich ebenfalls. Aber kochen tue ich nicht."

„Gut", erwiderte sie. Und von diesem Tag an spülte er überwiegend das schmutzige Geschirr und half auch etwas mehr mit den anderen Haushaltsarbeiten. Und er studierte auch häufiger am Schreibtisch.

KAPITEL 26

Annika", unterbrach er wenige Wochen später die Abendstille, „ich geh mal eben zu meinem Freund. Wir wollen ein Projekt durchsprechen. Willst du mitkommen?"

„Nein, geh mal alleine. Was soll ich da? Däumchen drehen? Wenn ihr fachsimpelt?"

„Okay, wie du meinst", entgegnete er und verließ wie ein Wirbelwind die Wohnung.

Mit klopfendem Herzen rannte Paul zur Kneipe und fragte sich, weshalb er dringend seinen Freund treffen sollte. War was mit Dagmar passiert? Sie hatte ihm ja erzählt, sie müsse vielleicht am Herzen operiert werden. Aber so schnell? – Da stimmt was nicht. – Schnell, renn weiter! Ah. Gut! Da ist ja schon die Kneipe. Gut. Er steht am Eingang. „Hallo Kumpel, wie geht's?"

„Gut …", erwiderte Paul und empfing einen Brief von Dagmar, den er sofort las:

*

Hallo, lieber Paul, meine Schreibfreudigkeit kennst du ja und daher bekommst du gleich heute einen Brief. Erst nochmals ein Dankeschön für deinen lieben Anruf. Ich glaube, ich war in meinem ganzen Leben noch nie so schnell aus dem Bett, wie in dem Moment als mir die Krankenschwester deinen Anruf mitteilte, den ich im Stationszimmer entgegennehmen sollte.

Paul, du hättest mich sehen sollen! Ich schoss wie ein geölter Blitz durch die Krankenhausgänge, wobei ich doch glatt den Oberarzt halb umgeworfen habe. Als ich dann im Stationszimmer telefonierte, hatten es just in dem Augenblick die Schwestern und Ärzte sooo wichtig. Sie drängten, ich solle mich beeilen. Sie bräuchten das Telefon. Verzeih, deshalb benahm ich mich am Telefon wie der erste Mensch!

Weißt du Paul, wovor mir am meisten graut? – Na vor dem Stillliegen. Mensch, davor ist mir angst und bange. Gerade war die Visite; nun es bleibt wohl bei Mittwoch. In die Chirurgie komme ich erst am Mittwoch früh, nicht wie geplant heute Abend. Was ich mir alles mitgenommen habe! Als Wichtigstes mein Radio, etwas zum Sticken, dann eine Unmenge Bücher. Sogar ein Geschichtsbuch: Die Völker des Vorderen Orients und vieles andere.

Da wird mir die Zeit sicher nicht zu lange. Vor der Operation gehe ich ja jetzt nachmittags immer spazieren – mache München unsicher! Du kennst doch meine Vorliebe für kleine stille Cafés und solche gibt es hier massig.

Auf deinen Besuch freue ich mich ja ganz toll. Richte es dir nur so ein, wie es am besten geht. Dieses Wochenende ist es vielleicht doch noch etwas zu früh, wenn man so ganz hilflos daliegt, da geniert man sich doch etwas. Aber du könntest ja vorher anrufen, wie es mir geht. Nun beschreibe ich dir, wie du die Klinik findest …

Kurze Unterbrechung – Fiebermessen – man hat doch keine Ruhe. Fürchterlich! Stell dir nur vor: Fünf Uhr früh wecken, – wie beim Barras! Ich werde dir für deine Prüfung am Mittwoch die Daumen halten – bitte, bitte tue es auch für mich. Ich halte daran fest, dass du mich noch liebhast, denn auch ich habe dich so, so lieb! – Lieber Paul für heute sei ganz lieb gegrüßt mit einem Bussel, deine Dagmar

*

Weitere Tage waren vergangen. Gedankenversunken stand Annika am Fenster und sah, wie im gegenüberliegenden Mietshaus die Sonne auf eine berankte Wand aus rotem Wilden Wein schien. Plötzlich spürte sie, wie Paul von hinten ihre Taille umfasste und leise in ihr Ohr zu singen begann: „Rote Blätter fallen, graue Nebel wallen, kühler weht der Wind." Dann stoppte er und sagte: „Annika, der Goldene Herbst beginnt."

Sie drehte sich schmunzelnd um. „Seit wann bist du so poetisch?"

Paul schloss kurz seine Augenlider, zog hinter dem Rücken eine gelbe Rose hervor und überreichte sie ihr.

Dankbar strahlend führte sie die Blume an ihre Nase und atmete den intensiven Duft.

„Annika, ich muss dir was sagen", begann er.

„Schieß los. Ich höre", sagte sie bester Laune.

„Also, der …"

„Ja, erzähl", drängte sie.

„Naja, der Vater meiner Ex-Freundin, der hat mit mir Kontakt aufgenommen."

Annikas Augen funkelten. Meinst du Dagmar?"

„Ja", antwortete er und unwillkürlich spürte Annika Stiche von Eifersucht. „Wie bitte? Wieso das denn?", fragte sie verdutzt. Doch weil er nicht sofort antwortete, warf sie ihm – wie einen Pfeil – die Rose zu. „Fang auf! Gib sie ihr! – Gelb ist die Farbe der Eifersucht." Er verzog den Mund. „Ich wollte dich erfreuen. Ich dachte, gelb sei deine Lieblingsfarbe."

„Ist sie auch! – Aber im Moment nicht!", feuerte sie zurück.

„Bei Dagmar werden Vorbereitungen für eine Herzoperation getroffen …", sagte er schnell, so als wollte er sich alles im Tempo von der Leber reden. Versöhnlich ergriff er ihre Hand, die sie ihm aber entzog. „Paul, vor unserer Hochzeit hieß es, du hättest mit Dagmar längst Schluss gemacht!"

„Das stimmte ja auch! Sie war schließlich verlobt. Entsinnst du dich?", reagierte er in mildem Ton.

„Ja?", schnaubte sie und forschte weiter: „Wie hat der Vater dich überhaupt gefunden?"

„Durch meinen Freund. Der Vater bat mich, seine schwerkranke Tochter zu besuchen. Vor und nach ihrer Herzoperation."

„Und? Warst du dort?"

„Ja."

„War das der Fußballausflug?", fragte sie ironisch.

„Ja."

„Und warum hast du mich nicht vorher gefragt?"

„Weil du explodiert wärst. Ich kenn dich doch."

„Quatsch. Ich bin doch kein Unmensch", muckte sie auf, nahm sich vor, keine Eifersucht zu zeigen und fragte: „Wie sieht sie denn aus? Hast du ein Foto von ihr?"

„Ja. Zufällig." Er öffnete seinen Geldbeutel, zog ein Passfoto raus und reichte es ihr. Innerlich empört betrachtete sie das Foto von dieser Dagmar und forschte so ganz nebenbei: „Und? Hast du mich *auch* im Geldbeutel?"

„Ja, natürlich", entgegnete er mit verzerrtem Mund und zog auch ihr Passbild aus dem Geldbeutel heraus.

„Du hast wohl nicht alle Tassen im Schrank!", murrte sie und betrachtete das Foto gründlicher und kommentierte: „Sie ist hübsch. Bisschen breites Gesicht. Aber sonst. – Nicht schlecht. Und wenn du hin musst, dann fahr doch hin! – Fahr so oft du willst!", endete Annika zynisch.

*

Und Paul fuhr. – Und aus jenem Besuch wurden viele Besuche. Und Annika fragte sich, ob sie überhaupt noch bei ihm bleiben sollte.

Um sich abzulenken, machte Annika Hausarbeit und weichte die schmutzige Wäsche ein. Um sicherzugehen, dass kein buntes Bonbonpapier oder ein mit Tinte beschriebener Notizzettel in den Stofftaschen der weißen Tennisshorts oder Oberhemden steckte, griff Annika hinein. Tatsächlich. In einer Oberhemdtasche befand sich ein zusammengefalteter, handgeschriebener Papierbogen. Ohne Datum. Es war ein Briefentwurf mit Pauls Handschrift. Annika las:

Liebe Dagmar, du liegst im Bett und ich bin im Trott. Und du wirfst mir am Telefon vor, ich sei ein Feigling. Ich hätte Angst vor meiner Frau, weil ich dich letzte Woche nicht besuchen kam. Danke sehr! Oh du! Versuch doch bitte ein bisschen Verständnis aufzubringen.

Jeden Tag warte ich ungeduldig auf Post von dir. Oder auf einen Anruf. Renne tagtäglich zu meinem Freund Emanuel und frage, ob er einen Brief für mich hat.

Hast du denn meine zwei Briefe nicht erhalten? Ich kann doch nicht mehr als schreiben! Emanuel sagte kürzlich zu mir: „Dich hat's ja ziemlich erwischt. Ich glaube, demnächst rast du frühmorgens heimlich nach München, sagst ‚Guten Tag' zu Dagmar und später bist du wieder zurück und sagst: ‚Guten Abend Annika'."

Mein Sweety, vielleicht wird dir durch seine Bemerkung meine Verfassung geschildert. Gestern Abend fuhr ich langsam nach Hause und fragte mich, was mein Leben überhaupt für einen Sinn hat. Selbst der Tagesrhythmus ist mir schon zuwider. Morgens um sechs Uhr aufstehen, länger kann ich nicht schlafen. Dann lernen und zur Universität. Am Spätnachmittag herrscht zu Hause Schweigen. Entweder wegen Konzentration oder zu lauter Musik. Es mangelt sogar an Zeit zum Streiten. Jeder geht seinem

Studium und seinen Interessen nach. Ich vermisse dich, meine liebe, liebe Dagmar. Dein Paul

*

Nachdem Annika mit Horrorgefühlen den Brief gelesen hatte, versteckte sie das Beweismaterial unter dem Teppich und fragte sich: Wie kann er *dein Paul* schreiben? Er hat an sie ähnlich geschrieben, – wie damals an mich. Wie in Trance schaltete sie dann die Waschmaschine ein und lauschte. Das Plätschern und Rauschen des Wassers erinnerte sie an eine Quelle im Schwarzwald, aber es beruhigte sie nicht. Sie fühlte sich belogen und war eifersüchtig. Zudem kam sie sich vor, wie eine ergebene Fliege im klebrigen Spinnennetz. Machtlos gefangen. –

Annika ging zum Wohnzimmerschrank und schenkte sich ein Gläschen Portwein ein. Dann ließ sie sich auf die Couch plumpsen und wünschte, sie könnte sich mit Moritz unterhalten. Sie lächelte vor sich hin. Wenn er von Kanada und Alaska erzählte, dann leuchteten seine Augen. Oftmals hatte sie ihn mit der Alaska-Flagge verglichen, dessen molliger Bär Stärke und Kraft symbolisiert. Sie entsann sich auch, wie Moritz einmal von einem Besuch bei seinen Freunden in Kanada geschwärmt hatte. Es sei im September gewesen, als die Freunde zum Ernten der Äpfel – drei früchtetragende Bäume ersteigert hatten und Moritz mitfahren durfte. Die staatliche Plantage befand sich in einem zweihundert Kilometer entfernten Tal.

Nach der Heimkehr hatten Moritz und sein Freund die Kisten mit den selbst gepflückten, rotbackigen Äpfeln vorerst auf die Terrasse gestellt. Und spätabends, als sie alle Fernsehen guckten, hörten sie von draußen her einen polternden Lärm. Und als sie nachschauten, trugen zwei schwarze Bären eine ganz volle Kiste weg. Dermaßen ungeschickt, dass viele Äpfel herunterkullerten.

Annika tippte die Asche von ihrer Zigarette und sprach lautlos zu ihrem Freund: Oh Moritz, du hattest mir versprochen, immer ein Freund zu sein. Und wo bist du jetzt? Jetzt, wo ich dich wirklich bräuchte. Bitte komm, bat sie in Gedanken, während sie an ihrer Zigarette zog. Doch plötzlich war ihr, als spräche eine mahnende innere Stimme: Charakter hin, Charakter her. Annika! Kratze mal an deiner eigenen

Nase! – Hast du einen guten Charakter? – Natürlich nicht, gestand sie sich ein und gedachte, so lange zu warten, bis sich Dagmar nach der Operation erholt hatte. Zwischenzeitlich würde sie sich ein Reisevisum für Amerika besorgen, denn die Cousine ihrer Mutter hatte Annika schon öfter nach Milwaukee eingeladen. Sie kämpfte mit den Tränen stand auf und ging in den Garten. Die frische Luft würde ihr guttun.

*

Und so vergingen die Wochen im gewohnten Trott und eines Abends, als Annika von der Krankenhausarbeit heimkehrte, sagte sie: „Weißt du Paul, leicht fällt mir das nicht, wenn du ständig zu einer anderen Frau fährst. Aber besser so, als wenn ich belogen werde ..."

„Ich verstehe dich", begann er ganz ruhig und entschuldigte sich im Laufe des Gesprächs. Zudem versprach er, den Kontakt zu Dagmar abzubrechen, worüber Annika sich freute. Und weil sie ihm glaubte und einem optimalen Neuanfang nichts im Weg stehen sollte, gestand sie ihm (innerlich mit einer kleinen Genugtuung) von ihrem One Night Stand mit dem Offizier. „We are even", endete sie schmunzelnd.

Entrüstet ballte er seine Fäuste, musterte sie kurz mit zusammengekniffenen Augen und verließ wortlos die Etagenwohnung. Bald knallte die Haustür ins Schloss und Annika schreckte kurz zusammen.

Schnell schaltete sie die Stehlampe aus, lehnte sich im Sessel zurück und lauschte den Abendgeräuschen auf der Straße. Gedankenverloren drehte und dehnte sie mit ihren Fingern ein rundes, millimeterdünnes Gummibändchen. Dabei erinnerte sie sich ganz deutlich an ein liberianisches, zirka elfjähriges Mädchen auf einer amerikanischen Kautschukplantage in Afrika. Es stand damals vor einem Gummibaum und kratzte mit dem Zeigefinger an der Baumrinde eines Gummibaumes herum. Nun erinnerte sich Annika ganz deutlich an den süßlich herben Geruch der ausgekerbten Baumrillen. An jedem Baum hing ein tassengroßes Auffangtöpfchen, in das der weiße Latexsaft tropfte. Das liberianische Mädchen erklärte, dass ihr Vater täglich die Auffangtöpfchen in einen Eimer ausleert. Nie würde Annika vergessen, wie das Mädel vor der laufenden Filmkamera ein etwa fingernagelgroßes, getrocknetes Latexgummistückchen charmant lächelnd zwischen beiden

Zeigefingern und Daumen auf und zugezogen hatte. In Gedanken an Liberia und besonders an das Hospital schüttelte Annika den Kopf und sagte im Stillen: Oh, du mein geliebtes Afrika. Ich vermisse dich so. In dem Moment knarrte die Kuckucksuhr, das winzige Türchen klappte auf und im Nu rief der kleine Holzvogel mehrere Male: „Kuckuck! Kuckuck …"

Paul war nun schon seit einer Stunde weg und Annika bezweifelte, ob er jemals zurückkommen würde. Wie dumm von mir, ihm mein Geheimnis zu verraten. – Quatsch! Ich bereue es nicht! Ehrlichkeit währt am längsten!

Auf einmal hörte sie Schritte und lächelte ein wenig. Ein Schlüssel klapperte. Die Wohnungstürklinke bewegte sich. Annika nahm sich vor, nett zu sein. Sowie er dann das Wohnzimmer betrat, empfing sie ihn im gedämpften Ton: „Paul, ich habe mir Sorgen gemacht. Wo warst du so lange?"

Er sah sie ernst an. „Ich bin spazieren gegangen und hab nachgedacht", knurrte er knapp. „Annika, ich gebe zu, du hast mich vorhin ziemlich vor den Kopf gestoßen. Wegen deines Seitensprungs. Wiederum bin ich auch kein Unschuldsengel. Aber trotzdem. Ich benötige Zeit zum Überlegen."

Annika nickte verständnisvoll, füllte eine kleine Gießkanne voll Wasser und goss nebenbei die Topfpflanzen.

In den nachfolgenden Tagen sah Paul ziemlich geknickt aus und sprach sehr wenig mit Annika. Doch am späten Dienstagabend, als sie in der Küche das Geschirr abtrocknete, verkündete Paul etwas Unfassbares: „Annika, morgen fahre ich zu Dagmar. – Voraussichtlich bleibe ich fünf bis sechs Tage dort."

Annika starrte ihn an. „Wie bitte?!", donnerte sie dann los. „Du, jetzt ist Schluss! Jetzt reicht es! Ich bin nicht chancenlos. Ich hab die Schnauze voll", zischte sie.

Sein Gesicht verfinsterte sich. „Musst du immer solche Kraftwörter rauskatapultieren?", erwiderte er zähneknirschend.

„Ja. Ich bin stinksauer. Kapierst du das?"

„Nein", spöttelte er und hob beschwichtigend eine Hand.

Annika ignorierte sein Grinsen, lief zunächst in ihrem weißen Bademantel ziellos und unschlüssig in der Wohnung umher und fauchte:

„Ich lasse mich nicht aushalten. Ich möchte frei sein. Ich schlage vor, wir lassen uns mit beiderseitigem Einverständnis scheiden."

Er schwieg. Annika machte Anstalten, den Raum zu verlassen. Doch plötzlich ergriff er ihren Oberarm. Schaute sie dermaßen starr an, als wollte er ihre Seele zur Vernunft bringen. „Jetzt hörst du mir erst mal zu", befahl er ihr sehr gereizt.

Annikas Hände fühlten sich klamm an. Versteinert stand sie mit aufgerissenen Augen vor ihm und befürchtete, er könne handgreiflich werden. Doch dann bemerkte sie seine wässrigen Augen und hörte ihn in mildem Tonfall herauswürgen: „Ihr Vater ist verwitwet. Dagmar ist sein einziges Kind. Und sie liegt im Krankenhaus. Sie hatte eine zweite Herzoperation. Und jetzt ist sie sterbenskrank! Sie möchte mich noch einmal sehen. Ihr Vater und die Dagmar tun mir so leid", wisperte er mit leichtem Zittern in seiner Stimme. Seine Stimme war dermaßen leise, als wenn ein Kloß in seinem Hals steckte.

Gerührt, kamen Annika die Tränen. „Sorry, Paul. Du hättest mir das früher sagen sollen. Ich bin sehr eifersüchtig. Weißt du das überhaupt?"

Er nickte und wischte ihr die Tränen ab. „Annika, glaube mir doch", sagte er sanft, „meinerseits ist es mit Dagmar eine rein platonische Freundschaft."

„Na, da bin ich mir nicht so sicher!", entgegnete Annika und erinnerte sich an seinen Briefentwurf an Dagmar. Pauls Lippen bewegten sich. „Ich gebe zu, dass ich sie früher sehr liebte. Aber dann wurde sie von einem anderen geschwängert. Und verlobte sich mit ihm. Mein Herz war gebrochen. Und als du und ich dann verheiratet waren und du bereits in Afrika lebtest, ging vieles schief. Dagmar hatte eine Fehlgeburt und entlobte sich. Und dann—"

Annika stoppte ihn wütend: „Und dann warst du in deinem Heimaturlaub ihr Seelentröster. Und hattest wenig Zeit, meine vielen Briefe aus Afrika zu beantworten …"

Ja. Zugegeben. Und jetzt liebt sie mich noch immer. Und ihr Vater hofft, dass seine Tochter durch meine Gegenwart zu Kräften gelangt."

Annika schaute ihren Mann skeptisch an und ehe sie antworten konnte, drückte Paul mit seinem Daumen und Zeigefinger zärtlich ihre Lippen zusammen und sagte leise: „Ich bin nicht blind. Ich weiß genau, dass du Moritz sehr magst …"

„Paul, seitdem ich in Deutschland bin, hat Moritz nie an mich persönlich geschrieben ..."

KAPITEL 27

An jenem kühlen Frühlingsmorgen lag Annika noch im Bett und fragte sich, ob Paul zu Dagmar losgefahren sei. Just in dem Moment betrat er im legeren Outfit das Schlafzimmer. Er beugte sich zu ihr und rieb flüchtig seine nach Rasierseife wohlriechende Wange an die ihre. „Tschüss, Annika, ich muss losfahren", sagte er und verließ die Wohnung.

Um sich aufzumuntern, legte Annika eine Schallplatte mit Schlagermusik auf, trank Kaffee und einen Likör. Doch nichts konnte sie tagsüber erheitern. Erst abends, nachdem sie einen romantischen Fernsehfilm gesehen und sich im Bett mit ihrer mollig warmen Daunendecke zugedeckt hatte, schlief sie ein.

Sapperlot! – Was ist das denn? Paul beugt sich über eine junge Frau? Warum bewegt die sich nicht? Ein weißes Huhn flattert über mir.

Schweißgebadet erwachte Annika und schaute auf den Wecker. Vier Uhr morgens. Sie stand auf, holte sich aus dem Schrank ein nach Lavendel duftendes Nachthemd und zog es an. Auf einmal fröstelte sie dermaßen, als befände sie sich in einer ungeheizten Alaska-Blockhütte. Geschwind füllte sie eine Wärmflasche mit heißem Wasser und legte sich wieder ins Bett. Unfähig zu schlafen, erinnerte sie sich an die Fotos von Alaska, die Moritz ihr an einem heißfeuchten Tag in Liberia gezeigt hatte. Damals hatte er öfter von der atemberaubenden Wildnis geschwärmt. Von Kojoten, Wölfen und Flugwild, und, und, und. Er sagte, dass Alaska ein Paradies für Angler sei. Im Handumdrehen sei es möglich, vom Ufer des Yukon Rivers große Hechte und Lachse zu angeln. Und man könne sie anschließend am Lagerfeuer brutzeln.

Etwas verliebt in Moritz, lächelte sie vor sich hin. Plötzlich wünschte Annika, sie könne auch mal nach Alaska reisen und eine Hundeschlittenfahrt unternehmen. Warum eigentlich nicht? Zwei Wochen Urlaub würden mir genügen. Ja, gute Idee, sagte sie sich, zumal sie mittlerweile im Besitz eines Reisevisums war. Ohne zu zögern, fuhr sie noch am selben Tag mit der Straßenbahn zur Hauptpost-Haltestelle, stieg aus und ging zu Fuß weiter.

Im ersten Reisebüro angelangt, lautete die ironische Auskunft einer Büroangestellten: „Alaska? – Da habe ich keinen einzigen Prospekt. Da fahren nur Jäger hin! Ich bin drei Jahre hier tätig. Sie sind die Erste, die nach Alaska fragt!"

Endlich im dritten Reisebüro angelangt, hieß es: „... Sie haben dreitausend Deutsche Mark zur Verfügung?! – Das reicht dicke fürs Reisegeld! Sie nehmen einen Flug mit Amerika-Condor. Bis Los Angeles und zurück zahlen Sie nur tausendfünfzig Mark. Und in Los Angeles kaufen sie sich ein Standby-Flugticket. Damit können Sie einundzwanzig Tage lang in ganz USA herumgondeln. Das Ticket gilt für alle amerikanischen Fluggesellschaften ..."

Ohne zu zögern, überreichte Annika für den Überseeflug einen ausgefüllten Scheck, packte zu Hause wohlüberlegt nur das Nötigste ins Handgepäck, und am Abend vor ihrer Abreise schrieb sie Folgendes:

Lieber Paul, der Grund, warum du diesen Brief auf deinem Kopfkissen vorfindest, ist Folgender:

Es tat mir sehr weh, als ich gestern durch meine Mutter erfuhr, dass du parallel noch eine Affäre mit einer gewissen Elfie hast und sie die Frechheit besaß, an dich, beziehungsweise an Muttis Adresse zu schreiben. Oh, Paul, nur ein Mensch mit Herz kann ermessen, wie ich mich fühle. Zum Glück schaltete meine Mutti und gab den Liebesbrief mit dem Foto nicht dir, sondern mir. Ja, ich weiß, das war schäbig von Mutti und mir. Aber du kannst dir jetzt sicherlich ausrechnen, wie es in mir aussieht. Mein Mann hat zwei Affären. Und ab und zu schläft er mit mir? – Igitt!

Kurz und bündig: Ich bin erneut enttäuscht und benötige zum Überlegen Abstand. Morgen fliege ich für zwei Wochen nach Alaska in Urlaub. Anschließend mache ich bei meinem Onkel und meiner Tante einen Abstecher in Milwaukee; im US-Bundesstaat Wisconsin.

Keine Sorge, auf dem Konto ist genügend Geld zurückgelassen. Für Besichtigungstouren, Verpflegung und Unterkunft nehme ich insgesamt nur für fünfhundert US Dollar Reiseschecks und Bargeld mit. Angeblich ist Alaska neben Hawaii der zweitteuerste Staat. Also viel Geld steht mir nicht zur Verfügung.

Mein Flugzeug fliegt zwar erst abends um 22:30 Uhr ab, aber ich fahre schon in aller Frühe mit dem Zug nach Frankfurt. Der Grund ist folgender:

Tagsüber werde ich Doris und ihren Mann Dr. Benjamin Uhländer treffen, die sich dort besuchsweise bei einer Tante aufhalten.

An Reisegepäck nehme ich nur die rote Stofftasche mit und packe alles da rein. Begründung: Damit ich in den USA nirgends Gepäck aufgeben (und abholen) muss und dadurch mit dem Standby-Ticket schneller die Flugzeuganschlüsse ergattern kann. Neben den wichtigsten Bekleidungsstücken nehme ich mein Schwesterndiplom, ein paar Arbeitszeugnisse, den Internationalen Führerschein und den Fotoapparat mit. Also keine Sorge. Im Falle eines Falles suche ich mir in USA einen Arbeitsplatz.

Okay, ich bin fertig mit dem Grollen und gehe mal davon aus, dass du mir nicht allzu böse sein wirst ... Deshalb sage ich schon mal danke dafür. Ich verbleibe mit einem Gruß und Wangenkuss, Annika

*

Freitag, den 15. Mai

Liebe Mutti, ich beginne diesen Brief während des Fluges nach Amerika. Das Treffen mit Doris und Benjamin klappte wunderbar. Unter anderem zeigte ich den beiden das Gruppenfoto vom Krankenhauspersonal aus Afrika, auf dem der Protzlach zusehen ist.

Stell dir vor! Benjamin war eine Zeit lang mit ihm in derselben Kriegseinheit gewesen. Protzlach war damals als Hilfssanitäter eingesetzt. Benjamin hingegen war wegen Ärztemangels an der Kriegsfront als Feldarzt eingesetzt. Und das, obwohl Benjamin damals seinem jungen Alter entsprechend nur wenige Semester Medizin studiert hatte. Eines Tages wurde Protzlach zu einer entfernten Kriegseinheit versetzt. Und Benjamin gelangte in Kriegsgefangenschaft. Nach dem Kriegsende studierte Benjamin weiter und erfuhr später, dass Protzlach in irgendeinem Kuhdorf als Landarzt fungierte."

Ja, da staunst du Mutti, was? Benjamin wird nun nachforschen, ob Protzlach bei der Ärztekammer registriert ist.

Thema Alaska: Als ich am Frankfurter Flughafen eincheckte, hatte das Flugzeug drei Stunden Verspätung. Glücklicherweise sprachen mich zwei schätzungsweise siebzigjährige, stark geschminkte Amerikanerinnen an, mit denen ich mich bis zum Boarding (um ein Uhr nachts) unterhielt. Die eine hätte mich am liebsten mit ihrem (angeblich sehr reichen Sohn verkuppelt), der momentan in der Frontierstadt Anchorage wohnt. Zum Piepsen! Ist bestimmt ein alter, vertrockneter Knacker.

Die beiden Damen überschütteten mich mit bilderreichen Erzählungen über Amerika. Sie sagten, Alaska sei rar bevölkert und biete für Neueinwanderer viele Möglichkeiten.

Meinen braunen Wildledermantel trug ich beim Einchecken auf dem Arm. Und weil in der vollgestopften Reisetasche kein Platz war, hatte ich die Manteltaschen mit Handschuhen, Zigaretten, einer Mütze und einem Schal vollgestopft. Aber niemand beanstandete es. Außerdem hatte ich ein paar Bekleidungsstücke doppelt übereinander angezogen, falls der Frühling noch nicht in Alaska eingekehrt ist. Die hohen Stiefel und den von dir handgestrickten, beigen Pullover hab ich gerade ausgezogen. Zudem ist die von dir gebastelte Leder-Bauchtasche für Geld und Dokumente sehr anschmiegsam und praktisch. Nochmals danke dafür. Schreibpause.

Weil das Flugzeug nicht voll war, konnte ich ausgestreckt über drei Sitze hinweg ein paar Stunden schlafen. Nach der einstündigen Zwischenlandung in New York gab es Frühstück und später fotografierte ich die mit Schnee überzogenen Rocky Mountains …

Übrigens: Die beiden alten Damen gaben mir ihre Adressen, im Falle, dass ich bei ihnen übernachten möchte. Süß. – So, Land in Sicht! Werde diesen Brief in Los Angeles in den Briefkasten stecken … Küsschen von deiner Annika

KAPITEL 28

Nome, den 18. Mai 1970

Liebe Ursula, damit mir keine Sehenswürdigkeiten an Land entgehen, schreibe ich im Flugzeug. In schöner Erinnerung ist mir der Flug nach Fairbanks geblieben. Man hatte eine gute Sicht auf die Alaska Range und zum mächtigen, schneebedeckten Mt. McKinley. Aber als ich dann in Fairbanks die dunkelbraune Holzaußenwand meines Hotels erblickte, glaubte ich, im wilden Westen zu sein. Mein Hotelzimmer war nämlich eine alte Bretterbude im ersten Stockwerk, wo die zweite Tür zu einer schmalen Veranda führte. Jene Verandatür konnte man aber nicht abschließen. Sie war nämlich als Feuer-Notausgang gedacht und gleichzeitig eine durchgehende Verbindung zur Außentreppe und zur Straße. Von außen hätte also jeder, der wollte, bequem in mein Zimmer eintreten können. Vorsichtshalber erkundigte ich mich nebenan bei der Polizei, ob es sicher sei, dort zu schlafen. Daraufhin beruhigte mich ein freundlicher Polizist. Übersetzt: „Madam, es gab noch keine schwerwiegenden Fälle. Machen Sie sich keine Sorgen. Ich rate Ihnen, noch heute das Völkerkundemuseum zu besuchen. Da erhält man einen guten Eindruck, wie die Einwohner Alaskas früher lebten."

Naja. Ich also hin. Die Einheimischen trugen dort traditionelle Kleider aus Tierfellen. Sie erzählten, sangen, und tanzten. Des Weiteren verkauften sie Stickereien mit kleinen, bunten Perlen und Souvenirs. Ich kaufte winzige Schnitzereien aus Knochen, Talkstein und Zähnen.

In mein Zimmer zurückgekehrt, schob ich vorsichtshalber den Tisch und drei Stühle vor die Balkontür und schlief gegen einundzwanzig Uhr ein.

Doch schon um ein Uhr nachts wachte ich durch Stimmen und Geklapper auf. Draußen war nämlich eine helle Nachtstimmung. Sagenhaft! Also zog ich den dicken Pullover an, schrieb zehn Ansichtskarten und steckte sie kurz vor sechs Uhr in den Briefkasten.

Ohne Frühstück im Bauch fuhr mich dann der Besitzer bei bewölktem Himmel zum Airport. Unterwegs fragte ich ihn, ob er nicht friere, weil er nur ein kurzärmeliges Hemd trage. Seine Antwort: „Laut Wettervorhersage erwartet man heute warmes Wetter. Ein Grad Celsius." Zum Piepsen, gell?

Nach einem schaukligen Flug landete ich dann heil in Anchorage und unternahm dort eine sechsstündige Omnibustour auf gut befahrbaren Straßen. Überwältigend fand ich den weißen, an manchen Stellen türkis-hellblauen Porta-Gletscher.

Abends flog ich noch für einen Stopover nach Kotzebue. Jene Eskimo-Ortschaft ist bekannt für Angeln, Hundeschlittenfahrten und für Vorführungen traditioneller Volkstänze. Gleich nach der Flugzeuglandung kam ein Gangstertyp auf mich zu, der leicht angetrunken wirkte. Er trug alte Klamotten und schwärmte, das Eis sei auf der See gebrochen und er könne mir mit seinem Kanu und seinen Angeln einen Traumurlaub bieten. Die Sing- und Wasservögel und die Falken und Adler kämen schon zurück und ich könne dann den nordischen Frühling im Bild festhalten.

Aber ich deutete auf einen halb eingeschneiten Hundeschlitten sowie auf die eingemummelten Touristen, und die leicht bekleideten lokalen Bewohner und sagte, dass mir solche Fotos genügen würden. Außerdem müsse ich in einer Stunde nach Nome weiterfliegen. Daraufhin sprach er einen älteren Touristen an.

In diesem Flugzeug bin ich die weitaus jüngste Touristin. Meine Sitznachbarin sagte, weil im Norden Alaskas alles sehr teuer sei, kämen eigentlich nur reiche Touristen dorthin. Hauptsächlich Deutsche, Japaner und Norweger. Ende. Muss mich für den Landeanflug anschnallen. Grüße alle. Deine Annika

*

Tagebucheintrag in Alaska

Kurz nach zweiundzwanzig Uhr landeten wir in der Hafenstadt Nome. Um diese Jahreszeit ist es hier fast durchgehend Tag und Nacht hell. Sagenhaft. Während der Fahrt zum Hotel, erfuhr ich vom Taxifahrer, es sei noch kühl genug, eine Hundeschlittenfahrt zu unternehmen. Daraufhin buchte ich umgehend an der Hotelrezeption für den kommenden Tag eine Bus-Besichtigungstour (inklusive Hundeschlittenfahrt und Goldwaschen) und ging sofort schlafen.

Morgens schien die Frühlingssonne in mein Hotelzimmer und gut gelaunt betrat ich etwas später den Reisebus. Oje, ich erfuhr, dass ich die einzige Touristin sei, die trotz der beginnenden Eisschmelze die Schlittenfahrt riskieren wolle. Ein Ehepaar warnte: „Tun Sie es nicht. Im Beringmeer sind schon die ersten dicken Eisschollen gebrochen." *Aber weil mir dann später der Hundeschlittenfahrer versprach, es sei noch nicht zu riskant, setzte ich mich trotzdem auf den Hundeschlitten. Sechs eingespannte Schlittenhunde schauten mich mit ihren süßen braunen Augen an und warteten unruhig auf ihren Einsatz.*

Endlich stellte sich der Hundeschlittenführer hinter mich auf den Schlitten. Dann gab er dem Husky-Leithund sein Kommando und urplötzlich schoss ‚unser' Hundeschlittengespann los. Es war ein wunderschönes Gefühl. Anfangs taten mir die Hunde zwar leid, aber als sie dann mühelos flitzten, wusste ich, es war keine Tierquälerei. Wie vom Blitzgott angetrieben, fuhren wir schätzungsweise mindestens drei Kilometer auf dem Eis. Ich vermute, dass mich alle Touristen fotografiert haben. Aber kein Tourist bot an, mir per Post ein Foto nachzuschicken. Und zu betteln liegt mir nicht.

*

Alaska, 20. Mai 1970

Lieber Paul, mir gefällt es hierzulande dermaßen gut, dass ich hier gut und gerne zwei Jahre verbringen könnte. Am besten mit dir. Ja, du. Mit dir. Ich denke viel über uns nach. Und wenn du hier säßest, so würde ich dich x-mal umarmen und drücken.

Mittlerweile bin ich im Besitz einer Urkunde, die bestätigt, dass ich den Arktischen Zirkel überquert habe. Es ist ein großer Farbdruck mit dem eis- und schneebedeckten Meer, auf welchem während der Mitternachtssonne mehrere Huskys einen Schlitten ziehen …

Leider verbreitete sich heute die Nachricht, dass eventuell zwei Fluglinien in den Streik gehen wollen. Daher möchte ich aus zeitlichen und finanziellen Gründen kein Risiko eingehen, zumal mein Geldbeutel sehr geschrumpft ist. Gut, dass die Flüge bezahlt sind und man an Bord was zu essen kriegt. Fliege noch heute Abend um 23:45 (im Hellen!) zurück nach Anchorage … Love, Annika

*

USA, 22. Mai 1970

Lieber Paul, … als das Flugzeug um drei Uhr nachts in Anchorage landete, buchte ich mich sofort im Hotel Roosevelt ein und erfuhr, dass die Eisschollen an der Küste (am Golf von Alaska) fast alle geschmolzen seien. Ich solle froh sein, dass alles gut ging mit meiner mutigen Schlittenfahrt. Aber mir waren die Komplimente egal. Ich war hundemüde. Ohne zu duschen ließ ich mich erschöpft aufs Hotelbett fallen und schlief bis um acht Uhr morgens durch.

Enttäuschung: Gleich nach der Morgentoilette hieß es, bis zum nächsten Tag gäbe es keinen Flugzeuganschluss nach Seattle. Folglich aß ich nur ein trockenes Brötchen, trank Wasser und suchte und fand für die folgende Nacht ein noch billigeres Zimmer (ohne Bad). Fazit: Mir reicht das Pfennigkratzen und Herumhängen in Flughäfen. Schreibpause.

Hallöchen. Ich befinde mich jetzt in einem Hoteldoppelzimmer, welches ich mit einer deutschen Studentin teile, die ich auf dem Salt Lake City Airport kennenlernte. Zum Piepsen. Da sie ebenso knapp bei Kasse ist, bummelten wir vor zwei Stunden zu Fuß durch die Stadt. Bei der Gelegenheit rief ich von einer Telefonzelle meine Tante und meinen Onkel in Milwaukee an und sie baten, ich solle recht bald zu ihnen kommen.

Während ich schreibe, haben meine Zimmerkollegin und ich Angst in diesem preisgünstigen Zimmer. Grund: Unter uns im Erdgeschoß ist ein Nachtclub (vielleicht sogar ein Puff) und wir hören grölende Frauen- und Männerstimmen.

Vor einer Viertelstunde schauten wir beide neugierig aus dem Fenster. Unglaublich. Unten auf der beleuchteten Straßenkreuzung schwankten betrunkene Männer mit (wahrscheinlich) Prostituierten durch die Gegend. Prompt blockierten wir hier oben unsere Tür, indem wir einen Schrank und ein Bett vor die Tür schoben.

Schreibpause.

Der neue Tag ist angebrochen, ich schreibe während des Fluges nach Milwaukee. Muss grinsen, denn die Studentin und ich hatten trotz der Tür-Verriegelung nachts wenig schlafen können. Als dann aber heute früh die Morgensonne in unser Zimmer schien, alberten wir beide wie Teenager herum. Lachten, weil wir so ängstlich gewesen waren. Beeilung. Land in Sicht. Gleich werde ich diesen Brief in Milwaukee in den Briefkasten stecken. Bin ja so gespannt, wie du reagieren wirst. Ganz liebe Grüße, deine Annika.

*

Milwaukee, 25. Mai 1970

Wurde abgeholt. Erkannte Tante Magdalene schon aus der Ferne an ihrer

Hochfrisur. „Ach, wir freuen uns, dass du hier bist", sagte sie. „Kind, was bist du schlank! Du musst mehr essen ..."

Und dann hieß es relaxen, erzählen und Rinderbraten, Knödel und Gemüse essen. Und Rotwein trinken. Und am nächsten Tag erneut essen, essen und mehr essen. Und Milwaukee besichtigen und ihre Freunde besuchen. Und heute Abend hielt meine Tante schuldbewusst ihre Hand vor den Mund und jammerte: „Oh, mein Gott, mein Gott! – Kind! Ich hab's beinahe vergessen! Für dich sind zwei Briefe angekommen. Von der Mutter und von deinem Mann ..."

*

Post von Paul:

Meine liebe Annika, danke für den Brief auf dem Kopfkissen. Es muss ja jeder seine Meinung ausdrücken, dann hat man das Ergebnis vor sich liegen. Du hast mir einiges aus deiner Sicht gesagt, und von meiner Seite ist jetzt alles klar. Ich war noch nie so wütend, wie an jenem Tag, als ich deinen Brief vorfand.

Um mich abzulenken, versuchte ich, in Ursulas Schrebergarten nach Spatzen zu schießen. Trotzdem warst du ständig in meinem Kopf. Kannst du nachvollziehen, wie es in mir aussah? Wir hatten uns doch versöhnt. Ich verstehe es bis heute nicht! Du bist noch immer das liebe, liebe, unberechenbare und launenhafte Mädchen, in das ich mich damals so unsterblich verliebt hatte. Trotzdem, Annika. Ginge es bitte, dass du diese Unberechenbarkeiten in Zukunft etwas minimierst?

An jenem Spätnachmittag hätte ich mit jedem Krach anfangen können. Deshalb begann ich, Bier zu trinken. Doch weil es mir nicht schmeckte, ging ich schlafen. Aber es dauerte lange, bis ich „weg" war.

Annika, findest du nicht, dass wir uns ein klein wenig mehr Mühe geben sollten, unsere Liebe – das einzig Kostbare – was wir auf unserer kurzen Erdenwanderung haben, etwas mehr zu pflegen? Gegebenenfalls aufzufrischen? Ich weiß, ich bin nicht perfekt und deshalb bitte ich dich um Verzeihung. Aber du, tu mir doch bitte nicht mehr so weh! Nein. Ich bin dir nicht mehr böse. Ich möchte mich mit dir versöhnen. Und ja, wahrscheinlich brauchten wir die Trennung, die du so urplötzlich und heimlich organisiert hast. Typisch! – Du bist immer wieder voller Überraschungen.

Was die Elfie anbetrifft, so ist jegliche Eifersucht unberechtigt. Sie war ein One-Night-Stand, als ich einmal besoffen war. Ich weiß heute noch nicht, wie sie die Adresse deiner Mutter ergatterte. Jedenfalls werde ich sie nie mehr treffen. Auch mit Dagmar ist es für immer vorbei; darüber mehr mündlich … Annika, du fehlst mir. Ich hab dich so unendlich lieb; in jeder Hinsicht. Leider finde ich keinen Lippenstift, um dir einen Kuss auf den Briefbogen zu drücken. Ich wünsche dir einen guten Heimflug … Dein Paul

*

Erleichtert, weil er ihr nicht böse war, las Annika noch den herzlichen Brief ihrer Mutter durch.

Große Freude! Drei Tage später traf Annika auf dem Frankfurter Flugplatz ein, wo Paul ihr entgegenrannte und beteuerte: „Schön, dass du wieder hier bist. Ich habe dich sehr vermisst."

„Ich dich auch", gestand Annika, rieb sich etwas verschämt ein paar Freudentränen weg und fragte: „Woher wusstest du, dass ich heute zurückkomme?"

„Von deiner Mutter. Deine amerikanische Tante hat sie angerufen", erwiderte er und fragte Annika, ob sie vor der Autofahrt noch in ein Café wolle. Doch Annika verneinte und hakte sich bei ihm unter.

Viel, viel später, nachdem sie und Paul zu Hause alleine auf der Couch saßen, sagte er: „Annika, deine Aufregung war völlig unbegründet …"

„Ach, Paul, vergiss, was gewesen ist."

„Ich kann's nicht", beteuerte er und verkündete, ohne sie anzuschauen: „Es ist wichtig."

„Wieso? Was meinst du?"

„Ich kam damals zu spät. Dagmar war schon gestorben."

„W-a-a-a-s?", stutzte Annika und schämte sich dann für ihr damaliges Misstrauen.

Er nickte ernst: „Annika, sie war so jung! So jung, wie du und ich. Der Vater tut mir so unendlich leid …"

„Mir jetzt auch", antwortete Annika und ließ ihn dann reden. Reden, reden. Und hörte ihm zu. Und sie umarmte und tröstete ihn: „… Paul, sie ist erlöst. Der Vater wird drüber hinwegkommen … Die Zeit heilt Wunden …"

*

In den kommenden Wochen und Monaten fuhr Paul kaum noch alleine weg und folglich war Annika seelisch und körperlich erfüllt. Besonders erfreut war sie, als mal wieder ein Brief aus Afrika eintraf. Eine ehemalige Arbeitskollegin schrieb unter anderem: *„… Annika, die Ärztin Dr. Schneider-Kalke hat an mich aus Deutschland geschrieben. Sie fragte an, ob ich eure neue Adresse wüsste und sie rausrücken würde. Hättest du was dagegen? Sie möchte unbedingt mit dir Kontakt aufnehmen, weil sie dich dringend für eine Zeugenaussage bräuchte."*

Nachdenklich reichte Annika den Brief Paul und sagte zu ihm abends im Bett: „Weißt du, zuerst wollte ich zusagen. Aber warum sollte ich? Das Protzlach-Thema ist in meiner Gedächtnisschublade längst abgelegt. Und da soll es auch bleiben. Ich will die charakterlosen Herren nicht wiedersehen."

Paul schaltete die Nachtischlampe aus und erwiderte: „Richtig … Und jetzt schlaf schön."

„Du auch", antwortete Annika gähnend und drehte sich auf die Seite. Sie war sehr müde. M-ü-ü-ü-de. Igitt. Was ist das denn?, dachte sie, denn sie träumte, dass eine schwarze Frau über ihr schwebte und gackerte. Sie hatte einen weißen Hühnerkopf und streckte Annika ihre drei dicken Fingerkrallen entgegen. „Hilfe", jammerte Annika im Schlaf, als sie in ihrer Armvene eine Nadel sah, an die eine Infusionsglasflasche angeschlossen war. Zudem erkannte sie ganz deutlich, in der Deckenspiegellampe, dass ein Mann faultierähnlich in ihrem aufgeschnittenen Bauch herumfummelte. „Hilfe!"

Ihr eigener Hilferuf weckte Annika, doch dann erkannte sie, dass sie in Pauls Armen lag. „Annika, du hast zum zweiten Mal um Hilfe gerufen."

„Ja, ich hab geträumt", erwiderte sie und erkundigte sich. „Wie spät ist es denn?"

„Zwei Uhr nachts."

Annika gähnte. „Tut mir leid, dass ich dich geweckt habe", sagte sie, trank flink ein Glas Wasser aus, drehte sich schlaftrunken auf die andere Seite und schlief bis um sieben Uhr morgens durch.

*

Zwei Nächte später träumte sie schon wieder gegen zwei Uhr: Erst verschwommen und dann ganz deutlich sah sie in der Deckenspiegellampe einen Mann, der mit einem langen Bindfaden zwei Knoten knüpfte. Dann durchtrennte er ein Fleischband und danach klimperten ein paar chirurgische Instrumente in eine Metallschüssel. Annika träumte, sie säße von einer schwarzen Frau umarmt auf einem Schaukelstuhl. Hihihi, lachte eine hämische Männerstimme und Annika murmelte: „Was ist bloß? Warum schaukelt mein Bett? – Hilfe!", rief Annika und schreckte in der Realität morgens um fünf Uhr zusammen, als sie Pauls Stimme fragen hörte: „Hast du schon wieder von dem Mistkerl geträumt?"

„Ja", erwiderte sie ganz benommen und bibberte am ganzen Körper. Zärtlich streichelte er ihre Hand und fragte nach einem Weilchen: „Kommst du mit in die Küche?"

Sie war einverstanden und kochte dann für beide Kakao."

Sich zulächelnd saßen sich beide am Tisch gegenüber und schlürften den heißen Kakao mit Honig. „Ich denke", begann Paul, „es ist Zeit für einen Tapetenwechsel."

„Wie meinst du das?"

„Ich habe ein tolles Jobangebot bekommen."

Sie setzte sich kerzengerade hin. „Wo?"

„In Amerika."

„Und was für ein Job wäre das?"

„Die wollen in Alaska eine riesenlange Erdöl- Rohrleitung bauen. Mitten durch die Wildnis. Durch Gebirgsketten und über Flüsse. Dicht an den Gletschern vorbei. Du musst bedenken: Es gibt zigtausend Gletscher in Alaska. Und rund dreitausend Flüsse. Und drei Millionen Seen. Bis zur Fertigstellung wird das Bauprojekt mehrere Jahre dauern."

Annika unterbrach ihn. „Paul, darf ich erst mal duschen?"

„Ja", erwiderte er und arbeitete unterdessen in der Küche. Später beim Frühstücken fuhr er fort: „Geologen und Vermessungsingenieure sind schon im Einsatz. Die benötigen aber mehr Experten. Wie ist's? Hättest du Lust, auszuwandern?"

„Ja", antwortete sie spontan, schüttelte seine Hand und sagte: „Viel Glück."

„Ja, viel Glück", erwiderte er und von diesem Tag an wurden im Laufe der Monate viele Vorbereitungen getroffen.

KAPITEL 29

An einem Frühjahrsmorgen des Jahres 1971, als in Seattle die aufziehende Morgendämmerung durch einen Gardinenspalt leuchtete, hörte Annika ihren Mann besorgt fragen: „Na, wie hast du geschlafen?"

„Gut. Wie ein Murmeltier", entgegnete sie schlaftrunken, rieb ihre Augen und bemerkte verwundert ihr feucht verschwitztes Nachthemd. „Paul, wieso fragst du?"

„Na, du hast nachts gejammert?"

„Komisch. Ich möchte wissen, warum ich in letzter Zeit wieder von dem Hornochsen träume."

„Annika, ich glaube, der Protzlach hat bei dir tiefe seelische Wunden geschlagen. Ich möchte wissen, ob der noch im Malika Zoomuh Hospital arbeitet."

„Wer weiß", erwiderte sie und schnürte ihren zweiten weißen Lederschuh für den Krankenhausdienst zu. Sie liebte ihren Job in Amerika, zumal sie schon mehrere kollegiale Freundschaften geschlossen hatte. „Du, ich muss losflitzen …", sagte sie bald.

„Ich auch", erwiderte er und fuhr zunächst ins Vermessungsbüro der Company für Rohrleitungen und Straßenbau.

*

Eines Donnerstagnachmittags, kurz nachdem Paul mal wieder eine zweiwöchige Geschäftsreise nach Alaska begonnen hatte, arbeitete Annika etwas im Blumengarten, ehe sie die Zeitung aus dem Briefkasten holte. Sie freute sich, weil sie außerdem einen dicken Luftpostbrief ihrer Mutter vorfand. Ins Haus zurückgekehrt, entdeckte sie, dass im Briefumschlag zusätzlich ein versiegeltes Aerogramm von Felix steckte. Gespannt zündete sie sich mit ihrem Gasfeuerzeug eine Zigarette an und las, dass Felix mittlerweile mit Carmen verheiratet sei. Zudem schrieb er:

… Achtung Annika, hier kommt eine umwerfende Neuigkeit, die ich dir nicht länger vorenthalten darf. Du stehst hier nämlich wieder hoch im Kurs.

Die Leute rätseln derzeitig in den verschiedensten Variationen über dein damaliges Weggehen vom Hospital und ich denke, es ist ein positives Signal. Rate, rate! – Du errätst es nie! Stell dir vor: Der Protzlach ist nicht mehr hier. Sein fluchtartiger Rücktritt war aber nicht sein eigener Entschluss. Was Genaues ist noch nicht durchgesickert. Annika, sicherlich freust du dich über diese sensationelle Nachricht ... Anfrage: Wie gefällt es euch in Seattle? In alter Freundschaft, grüßen euch Felix und Carmen

*

Seattle, Sommer 1971

Lieber Felix und liebe Carmen, herzlichen Glückwunsch noch nachträglich zur Vermählung ... Ein besonderes Dankeschön gebührt dir, lieber Felix, weil du mich über den Weggang von Protzlach informiert hast. Du bist eben ein Freund mit Charakter und Herz. Weißt du, seit unserer Afrikazeit vermisste ich meine dortige Arbeit sehr, aber ganz besonders den Zusammenhalt unserer Clique. Paul wird auch staunen, wenn er deinen Brief liest.

Momentan arbeitet er in Alaska. Er liebt seinen abwechslungsreichen Job sehr. Einmal stand er neben einem Jäger, der einen etwa acht Zentner schweren Elchbullen erlegt hatte. Die Beute wurde dann im Freien (zum Frieren) an einem großen Pol befestigt. Das heißt, man hat den erlegten Elch mit der Zuhilfenahme von Seilwinden hochgezogen. Damit die Wölfe und Bären nicht an die Jagdbeute gelangten. Gefriertruhe war also überflüssig. Hat man Hunger, hackt man sich wohl mit dem Beil ein Stück Bratenfleisch ab.

Natürlich gibt es auch Jäger, die ihre erlegte Beute in einem Blockhaus einschließen. Unter anderem sah Paul in den Schneebergen die weißen Dall-Schafe mit den gebogenen Widderhörnern. Paul hat auch schon braune und schwarze Bären gesehen, die seelenruhig am Straßenrand des Alaska Highways gegrast hatten. Einmal wurde allerdings sein Arbeitskollege von einem Grizzlybär angegriffen. Und zwar hatte sein Kollege in der Nähe eines Bären gearbeitet, der seine halb verweste Beute, einen Kuh-Kadaver, beschützte. Höchstwahrscheinlich fühlte sich der Bär bedroht. Nach dem Überfall schwebte der Mann zwei Wochen lang in Lebensgefahr. Aber er überlebte.

Ihr fragtet an, wie es uns in Seattle gefällt. Meine Antwort lautet: Recht gut. Hier gibt es viele Möglichkeiten, die Freizeit zu verbringen. Wandern, Skilaufen, Wassersport, Angeln und, und, und. Allerdings haben wir noch nicht so gute Freunde wie euch. So, das wär's für heute. Herzliche Grüße von eurer (in Bezug auf Protzlach) im Siegesrausch befindlichen Annika

*

Am Abend seiner Rückkehr saß Annika im Wohnzimmer vor dem Fernseher und häkelte nebenbei eine bunte Schoßdecke. Paul beugte sich zu ihr herunter, küsste sie, erzählte ein wenig, las dann den Brief aus Afrika, schüttelte ungläubig seinen Kopf und sagte: „Na endlich ist der Kerl dort weg. Jetzt könnten wir gerne wieder in Afrika arbeiten."

„Nein, ohne mich", antwortete Annika. Ohne aufzuschauen, häkelte sie unermüdlich weiter.

„Es gibt eine Überraschung", sang Paul.

„Welche?"

„Wenn du drei Arbeitstage frei kriegen könntest, darfst du mich nach Juneau begleiten. Mein Chef, der George, bezahlt für die Flüge. Er will sogar für uns einen zweistündigen Besichtigungsflug über die Gletscherlandschaft arrangieren."

„Toll. Ich krieg bestimmt frei. Hab ja viele Überstunden erarbeitet."

„Na prima", erwiderte Paul strahlend, und so verging die Wartezeit bis zum Ausflugtag. Doch in Juneau in der kleinen Flugzeughütte eingetroffen, gab der Pilot den Fluggästen folgendes (in Englisch) zu bedenken: „Guckt euch den trüben Himmel an. Ich kann nicht garantieren, ob ihr von der ausgedehnten Eislandschaft viel sehen werdet. Das Wetter wechselt in Alaska sehr schnell. Wollt ihr es trotzdem riskieren?"

„Ja", erwiderten alle drei Passagiere, stiegen ins kleine Flugzeug ein und freuten sich über eine relativ gute Sicht über die riesige Winterlandschaft.

„Unten herrschen etwa minus 40°C", kommentierte der Pilot und deutete zu zugefrorenen Gletscherseen und Flüssen. Und zu abgebrochenen Eisbergen. „Manche Eismassen erinnern an abstrakte Skulpturen", meinte er und riet: „Lasst eurer Fantasie freien Lauf." Ferner schwärmte der Pilot von Schneeziegen, die sich nur im Hochgebirge aufhalten würden und erläuterte: „Ein Jäger muss bis zum fünfunddreißigsten Lebensjahr eine Schneeziege geschossen haben. Sonst schafft er es nicht mehr."

„Warum?", wollte Annika wissen.

Der Pilot lächelte: „Weil die zu weit oben sind. Und weil man fit sein muss. Ja-a. In den Schneebergen geht es noch sehr urwüchsig zu. Manchmal baumelt dort ein geschlachteter Fleischbrocken vom Baum runter. Damit das Großwild ihn nicht klaut ..." Alle lachten.

Urplötzlich gab es einen drastischen Wetterumschwung. Wegen eines Gewitters mit starken Windböen wackelte und klapperte das Flugzeug beängstigend stark und von der schneebedeckten Eisberglandschaft war kaum noch etwas zu sehen. Das Flugzeug kurvte mal nach rechts, mal nach links, machte Steig- und Sturzflüge. Auf einmal roch es nach einem Gemisch von Magensäure und Lebertran. George musste sich übergeben. Auch Annika war kreidebleich im Gesicht. Angsterfüllt schrie sie einmal dermaßen laut; als stünde sie auf einem lichterloh brennenden Scheiterhaufen.

Plötzlich donnerte und blitzte es noch mächtiger und zwischendurch verhinderten dunkle, nebelige Wolken die Sicht zu der Gletscherlandschaft. Erneuter Sturzflug. Eine scharfe Umdrehung. Die Anspannung des Piloten, der das schaukelnde Flugzeug zu beherrschen versuchte, war offensichtlich. Annika hielt sich verkrampft fest und schloss ihre Augen, während der Pilot auf die Richtung der Landebahn zu steuerte. Und als das Flugzeug zur Landung ansetzte, glaubte man, das Ende sei nah. Plötzlich ein Aufprall. Lautes Ein- und Ausatmen. „Das – war – knapp", murmelte der Pilot. Große Freude. Erleichtert stiegen alle vier aus und umarmten sich. „Paul, ich glaube", sprach Annika zu Hause in Seattle, „ich werde nie wieder mit so einer kleinen Maschine fliegen."

Er drückte leicht mit dem Zeigefinger sein unteres Lid etwas runter und guckte ihr lächelnd ins Gesicht. „Abwarten", sagte er. „Das glaubst du doch selbst nicht." Daraufhin nickte sie schmunzelnd und erwiderte: „Stimmt."

*

Einige Tage später traf schon wieder ein Brief von Felix ein. Unter anderem schrieb er: *„Achtung! Achtung! Thema Protzlach! Bekannt ist nun, dass er knallhart und schnellstens – ohne vertragsmäßige Abfindung – auf eigene*

Kosten von hier abhauen musste. Er musste sogar die Frachtkosten für sein Hab und Gut übernehmen. Im großen Gegensatz zu dir, liebe Annika. Denn dich bezahlte man ja damals großzügig aus! Und die Kosten deiner Schiffsreise – samt Frachtkosten – wurden vom Arbeitgeber auch übernommen. Tja, da seid ihr platt was? Mehr kann ich euch aber noch immer nicht mitteilen. Das Management hält dicht. Aber ich krieg bestimmt noch mehr raus. In alter Freundschaft grüßen euch Carmen und Felix.

*

An einem Oktobermorgen desselben Jahres bürstete Annika ihre langen Haare, während Paul sich rasierte. „Draußen ist miserables Wetter", verkündete sie. „Ich hab dir den dünnen Mantel rausgelegt."

„Okay", erwiderte er und lenkte das Gespräch in eine andere Bahn: „In Afrika ist vielleicht schon Trockenzeit. Dort bräuchte ich keinen Trenchcoat. – Was machst du denn heute Vormittag?"

„Ich werde an Dr. Wankelgut schreiben."

„Prima. Du, ich hab' keine Zeit zum Frühstücken. Ich muss heute früher ins Büro."

„Okay", erwiderte Annika, flitzte in die Küche und reichte ihm kurz danach an der Haustür ein Stück Toastbrot mit Butter. „Das kannst du im Auto essen."

„Okay. Bis später", erwiderte er und bald schnappte das Türschloss zu.

Etwa eine Stunde später legte Annika Durchschlag-Blaupapier zwischen ein Aerogramm und einen weißen Papierbogen und rollte alles in die Schreibmaschine ein. Dann begann sie, den Brief zu tippen. Unter anderem erwähnte Annika, dass sie im Laufe der Jahre mindestens fünfhundertmal an die unschönen Differenzen in Afrika gedacht habe, die sich damals ergaben, – eben weil sie die fachlichen Qualitäten von Herrn Protzlach anzweifelte. Nun sei es ja wohl offensichtlich, dass man ihr Unrecht getan hatte.

Unter anderem fragte sie an, wo sich derzeitig Protzlach befände. Zusätzlich informierte sie ihren ehemaligen Chef über ihre gehobene berufliche Position und forschte, ob er für sie in Afrika einen neuen Job vermitteln könne. Abschließend wünschte sie ihm alles Gute und steckte den Brief beim Postamt ein, ehe sie ihren Nachmittagsdienst im Krankenhaus antrat.

Spätabends heimgekehrt, es war gegen dreiundzwanzig Uhr, reichte sie Paul den Durchschlag des Briefes zum Durchlesen. Seine Reaktion lautete: „Der wird bestimmt nicht antworten, weil du ihn wieder bemängelt hast."

„Doch. Du wirst schon sehen", lautete ihre überzeugte Antwort.

KAPITEL 30

Mittlerweile war es Dezember geworden, doch von Dr. Wankelgut traf keine Post ein. Gedankenversunken nähte sich Annika an der Nähmaschine ein neues Nachthemd. Plötzlich hörte sie Paul von unten rufen: „Post von Felix!" Freudig rannte Annika die Treppe runter, schlitzte das vor langer Zeit abgestempelte Briefkuvert auf und las den Brief vor:

Liebe Annika und lieber Paul, hier wird einem die gute Laune verdorben, weil mal wieder unser Air Conditioner nicht kühlt, weil er vereist ist. Ärgerlicherweise gibt es hier noch immer keinen Fernsehanschluss. Konsequent nutze ich diese freie Abendstunde, um dir, liebe Annika, ein sensationelles Update zu geben. Protzlach wurde (schon vor seinem Eintreffen in Afrika) in Deutschland polizeilich gesucht. Angeblich blühte ihm Gefängnisstrafe. Wegen Betruges! Jetzt wissen wir, warum er damals so überstürzt – und ohne Visum – in Afrika eintraf.

Unlängst erzählte ich Dr. Wankelgut, dass du dich weitergebildet hast und in Seattle einen gut bezahlten Job in der Operationsabteilung hast.

Er lässt dich herzlich grüßen und will dir in Kürze mitteilen, ob und welche Position er dir hier anbieten könnte. Ich sagte ihm, dass Paul zwischen Greenville und Buchanan ein Jobangebot mit einem Bombengehalt bekommen könne …

Ein andermal mehr. Frohe Weihnachten und ein Prost für das Neujahr! In alter Freundschaft und Frische grüßen euch Felix und Carmen

*

Seattle, Februar 1972

Lieber Felix, liebe Carmen, draußen glitzert der Schnee im Sonnenschein, während ich in einem Café schreibe. Bezugnehmend auf keinen Fernsehanschluss bei euch: Vor einigen Monaten, als Paul beruflich in Fairbanks engagiert war, übernachtete er dort eine Woche in einem alten, einfachen Hotel (Familienbetrieb). Zu seinem großen Erstaunen stellte er fest, dass dort viele einheimische Gäste waren, aus deren Zimmern der Fernseher dröhnte. Letztendlich erfuhr Paul vom Wirt, die Fernseher seien eine Notwendigkeit, denn viele Gäste kämen aus vierzig bis sechzig Kilometer Entfernung. Meistens an Wochenenden. Nur, um Tag und Nacht im Motel Fernsehen gucken zu können.

Unlängst hat mir Dr. Wankelgut einen verlockenden Arbeitsposten (inklusive Firmenwagen) angeboten. Darüber freue ich mich; beziehungsweise es schmeichelt meinem Ego. Dennoch haben wir uns entschlossen, hierzubleiben, denn privat hat uns eine Glückssträhne getroffen. Hurra! Ich bin schwanger.

Zudem möchte Paul nun doch in naher Zukunft in den Bau der riesenlangen Erdölleitung in Alaska involviert sein … Seid herzlich gegrüßt von Annika und Paul   .

*

Post von Cousine Ursula, Ulm, den 3. Juni 1972

Liebe Annika, lieber Paul, toll, dass mit der Schwangerschaft alles normal verläuft. Ich drücke meine beiden Daumen, damit die Geburt komplikationslos vonstattengeht …

Unlängst hat sich ein netter Gast auf meinem Balkon eingenistet. Dabei handelt es sich um eine sehr scheue Amsel, die auf meinem Geranienblumenkasten fünf grün gescheckte Eier gelegt hatte. Wasser sowie Weißbrot stelle ich ihr ab und zu hin, wenn sie weg ist. Und wenn sie zurückkehrt, beobachte ich sie, wie sie sich daran labt.

Annika, vielen Dank für das Foto von euch. Ich finde, der Bart steht Paul sehr gut! Auch der neue Beatle-Haarschnitt und die langen Koteletten an den Ohren … Ich drücke euch ganz fest und wünsche euch eine kraftstrotzende Gesundheit. Eure Ursula

*

Post von Ursula. 26. Juni 1972

Liebe Annika und lieber Paul, … meine Vögel auf dem Balkon sind frech. Die Jungen haben inzwischen die Größe eines Hühnereis erreicht und eins ist verschwunden. Ich bin froh, wenn sie meinen beschlagnahmten Balkon *räumen. Heute lag ich ganz ruhig im Liegestuhl, da kehrte die Amselmutter zurück, kreischte und flog wie eine Wilde umher. Umgehend räumte ich ängstlich meinen Platz. So geht das nun schon seit über drei Wochen …*

Ich habe mir einen dunkelgrünen Hosenanzug, ein Maxikleid und hohe schwarze Schnürsandalen gekauft. Sieht alles knorke aus … Am liebsten hätte ich gleich etwas für mein zukünftiges Patenkind gekauft, entschloss mich aber, ein Kindersparkonto einzurichten … Ich wünsche euch alles Liebe. Eure Ursula

*

Weil sich Annika im siebten Monat ihrer Schwangerschaft so fit fühlte, verband Paul seine Geschäftsreise für beide mit einem Kurzurlaub in Florida.

Als sie dann Hand in Hand am Sandstrand entlang gingen, guckte Paul auf Annikas dicken, etwas spitzen Bauch und drückte sanft ihre Hand. „Hast du nun schon alle Babykleider gekauft?", erkundigte er sich.

„Ja und nein. Eine Arbeitskollegin hat mir viele Babyausrüstungen und Spielsachen geschenkt. Sie hat vier kleine Kinder …"

Paul rümpfte seine Nase. „Vier Kinder? Sind die Kleider auch noch gut erhalten?"

„Ja. Zum Teil sind sie wie neu." Plötzlich deutete sie zum Horizont. „Guck mal: Da hinten schwimmt ein Passagierschiff."

„Schön", erwiderte er nur. Annika schwieg ebenfalls und atmete die frische Meeresluft ein. Unter ihren Schuhsohlen knirschte und knackte es angenehm. Neugierig schaute sie nach unten, erkannte, dass sie einen schmalen Naturteppichstreifen aus lauter weißen, vogeleierschalendünnen Muscheln betrat und fragte: „Entsinnst du dich an den Liberiastrand? Als wir dort einen ähnlichen Muschelteppich betreten haben?

„Ja", erwiderte er.

„Die Geräusche erinnern an knirschenden Schnee. Mir gefällt dieser Strand. Ich freue mich schon darauf, wenn wir eines Tages mit unseren Kindern Sandburgen bauen werden."

Er hüstelte. „Kindern? – Jetzt kriege erst mal eins", erwiderte er, während sie sich für eine kurze Verschnaufpause auf einen großen Stein setzte.

Beide beobachteten dann drei Jungens beim Kricketspielen. Plötzlich fiel deren Ball in ihre Richtung. Ängstlich, er könne Annikas Bauch treffen, rannte Paul drauf zu. Fing den harten Ball auf und rief: „Catch!" Und schon warf er den Ball einem Jungen zurück.

„*Thank you, Mister!*", rief der Junge laut lachend. Paul setzte sich zu Annika, die gerade ihren Bauch streichelte. Auf einmal nahm sie seine Hand und legte sie auf ihren dicken Bauch. „Fühl mal. Da ist es ganz hart. Unser Stammhalter strampelt mal wieder."

„Ich fühle nichts", reagierte Paul.

„Ich auch nicht mehr", lachte Annika. „Meistens strampelt er nachts ..."

*

Weitere vier Wochen waren seit dem Floridaurlaub vergangen. Eines Spätnachmittags erwähnte Paul, er müsse morgen wegen zwei Kundenbesprechungen nach Juneau fliegen. Dort habe ihn sein Chef erneut zu einem Besichtigungsausflug über den Menden Hall Gletscher eingeladen. „Aber", sagte Paul, „wegen deiner bevorstehenden Entbindung fliege ich nicht mit."

„Natürlich fliegst du mit", riet Annika, „meine Schwangerschaft verläuft doch völlig normal."

Er strahlte sie an und umarmte sie voller Dankbarkeit. Und an seinem Abreisetag streichelte er ihren Bauch und sagte zum Baby: „Bleib da drin, bis ich zurück bin."

*

Drei Tage später, als er nach Seattle heimkehrte, war er zwar besorgt um Annika, weil sie Rückenschmerzen hatte und wegen des dicken Bauches kaum noch sitzen konnte. Aber er schwärmte trotzdem von seinem Flug über die sonnenangestrahlte, gigantische Eislandschaft. Dieses Mal hatte er sie gut filmen und fotografieren können. Annika freute sich für ihn und reichte ihm voller Stolz eine selbstgestrickte,

weiße Babymütze. Er lächelte und streichelte das Mützchen so sanft,
als handele es sich um ein Baby.

KAPITEL 31

Seattle, Februar 1973
Schande, oh Schande. Lange nichts hier reingeschrieben.
Dabei sind wir schon lange glückliche Eltern. Unser Andrew wurde im
August letzten Jahres geboren und außer, dass er ein paar Tage lang Gelbsucht
hatte, ist er kerngesund. Ich finde: Ein Baby zu haben, ist schöner, als eine
erfolgreiche Karrierefrau zu sein. Dennoch, um beruflich auf dem Laufenden
zu bleiben, habe ich mich um einen Teilzeitjob im Krankenhaus beworben.
Dieser Tage erhielten wir für unseren Andrew von Ursula ein Postpäckchen
mit einem kleinen Ski-Anzug plus deutscher Kinderbücher und zwei Musik-
kassetten mit Kinderliedern. Hurra! Ursula möchte ebenfalls nach Amerika
auswandern.

*

Seattle, Juni 1973
Schon wieder sind über drei Monate vergangen. Ein unvergesslich schöner
Moment war, als Andrew mit sechseinhalb Monaten im Flur entlangkrabbelte
und „Mama-Mama" sagte. Das tolle Gefühl, als er mir in ein anderes Zimmer
nachfolgte, werde ich wohl nie vergessen. Andrew machte übrigens schon mit
achteinhalb Monaten seinen ersten freien Schritt.

*

Seattle, August 1973
In letzter Zeit nur Kalendernotizen gemacht. Jetzt kann Andrew auch tan-
zen und rückwärts gehen und ich habe viel Freude an ihm …
Unlängst teilte uns Ursula mit, sie wolle nun doch nicht nach Amerika
auswandern. Das ist ein großer Schlag für mich, zumal Paul schon wieder
wochenlang auf Geschäftsreisen ist. Ich bin schließlich noch jung. Ich versaure
hier bald. Außerdem schrieb er mir nur eine Postkarte und rief mich nur ein
einziges Mal an. Zu gerne wüsste ich, ob er mir treu ist? Er hat mir lange nicht

mehr gesagt, dass er mich noch liebt. Naja, ich ihm ja auch nicht. Ja schon, ich weiß. Ich sollte dankbar sein. Aber … Naja, Trübsalblasen hilft nicht. Ich werde Andrew in den Kindersportwagen setzen und ihn spazieren fahren.

*

Kaum heimgekehrt, klingelte das Telefon. Ein Urlauber rief an. „… Moritz!", jubelte Annika in den Telefonhörer, „woher hast du unsere Telefonnummer?"

„Von Felix. – Annika, ist Paul auch da?"

„Nein. Nur unser kleiner Andrew und ich … Paul ist beruflich in Hongkong. Er kommt in zwei Wochen zurück."

„Verreist er öfter?"

„Ja. Er ist mehr unterwegs als zu Hause. – Moritz, wo bist du denn jetzt?"

„In Kanada. Im Yukon Territorium...", begann er und schwärmte eine Weile, ehe er Annika um ihre Adresse bat und ihr versprach, ein Foto zu schicken.

„Okay. Schreib auf …"

„Danke. – Du, Annika?"

„Ja?"

„Letzte Woche pflückte ich wilde Beeren von den Sträuchern. Während eines feurigen Sonnenuntergangs. Hätte dir gerne eine ganz süße auf die Zunge gelegt."

„Danke. In Gedanken hast du es eben getan. Du, Moritz, was jagst du dort?"

„Bestenfalls stechende Mücken", schäkerte er.

„Witzig", erwiderte sie lachend und fragte: „Jagt ihr Hasen?"

„Wenn es nichts Größeres gibt, schieß ich dir auch ein Eichhörnchen oder einen Fasan … Aber ich bin ein Hobby-Großwildjäger. Hoch zu Ross. Auf weißem Pferd. Mit neuem Jagdoutfit und allem Drum und Dran. Mein Freund und ich jagen überwiegend, ohne gefrühstückt zu haben."

„Warum *das* denn?"

„Ein hungriger Bär ist ein besserer Jäger als ein satter Bär."

„Hört sich gefährlich an."

Er lachte wieder. „Wir jagen schlichtweg Wölfe, Karibus, Kojoten, Elche und Schwarzbären. Ich habe schon Schwarzbären auf Fußwegen entlanggehen sehen. Ganz gemächlich. Auch bei Tageslicht. In manchen Gegenden sind sie eine Pest. Kippen die Abfalleimer um und fressen davon. Schwarzbär-Fleisch schmeckt übrigens wie Rindfleisch. – Und das Fell von einem Grizzly prangt im Blockhaus eines Bekannten. Auch sein Großkaliber. Mit dem er den Bär erschossen hat. Aber auf einen Grizzly habe und werde ich nie schießen. Höchstens zur Notwehr."

„Wie meinst du das?"

„Na, wenn man versehentlich in die Nähe eines Bär-Babys oder einer Kadaver-Beute gelangt. Dann wird's gefährlich. Aber ansonsten, wenn man einen Grizzly nicht provoziert, greift er sowieso nicht an.

Apropos Bär-Babys: Wir sollten mal im Juli in der unberührten Wildnis zelten. Mit der Sicht auf grüne Berge mit schneebedeckten Berghauben. Und auf die grasenden Braunbären. Der Juli ist nämlich die Paarungszeit der Grizzlys. Dann würde ich eine violette Wildblume in dein dickes Wuschelhaar stecken." Er räusperte sich. „Sag mal, mein Schwarm. Bist du glücklich verheiratet? Ich meine, seid ihr beide von A bis Z fusioniert?"

Sie lachte. „Ja klar. Besonders, wenn Paul zu Hause ist."

„Annika, ich möchte dir was sagen."

„Schieß los. Ich höre", erwiderte sie und begann nebenbei für Andrew aus Bauklötzen einen Turm aufzubauen.

„Seit Afrika bist und bleibst du mein Idol. Spürst du das manchmal?"

In dem Moment schubste Andrew den Turm um und juchzte. Annika lachte wieder in den Hörer. „Ja, ein bisschen. Weil ich Strohwitwe bin. – Du bist ja ziemlich direkt. Bist du noch ledig?"

„Ja. Und wenn du mich mal besuchst, fache ich abends ein gemütliches Bondfeuer an. Und breite eine Picknickdecke aus. Direkt neben einem Teppich aus lauter schlafenden Vergissmeinnicht. Erahnst du, wie das Feuer gemütlich flackert? Und knistert?" Sie kicherte. „Ja. Du Romantiker."

„Und kannst du erahnen, wie die Funken sprühen? Und wie ein leichter Rauch um unsere Nasen weht? Und wir unsere Nasenspitzen gegeneinanderreiben?"

„Ja, Moritz. Wie früher die Eskimos. – Das kann ich mir alles sehr gut vorstellen."

„Annika?"

„Ja-ah?"

„Darf ich dich in drei Tagen besuchen kommen?"

„Willst du mit dem Motorrad den Alcan Highway erkunden?"

„Nein, das wäre Zeitverschwendung. Da wäre ich mindestens fünf Tage unterwegs. Ich würde fliegen. Wärst du einverstanden?"

„Nein, Moritz. Das geht nicht! Bitte nicht, wenn ich alleine bin. – Du, der Kleine weint. Ich muss Schluss machen."

„Ja, ich kann ihn hören. Alles Gute, Annika. Tschüss."

„Tschüss, Moritz", erwiderte sie, legte den Hörer auf und wechselte Andrews Windeln.

*

Vier Tage später erhielt Annika einen dicken Brief mit ein paar beschrifteten Jagdfotos von Moritz. Des Weiteren befanden sich zwei handgeschriebene Zettel darin. Sofort betrachtete sie das beigefügte, versprochene Foto von der Jagd mit dem erlegten Elch. Moritz sieht gut aus …, stellte sie fest und las dann die an Paul und an sie gemeinsam gerichteten Zeilen. Anschließend las sie den an sie persönlich geschriebenen, zusammengefalteten Papierbogen, in dem drei gepresste Vergissmeinnichtblumen lagen.

Liebe Annika, bitte entschuldige meinen jahrelangen Kommunikationsabbruch. Gelegentlich erkläre ich dir vieles. Momentan ist es ein Uhr nachts und während ich schreibe, löffle ich nebenbei eine selbstgekochte, heiße Elchsuppe. Nach schwedischem Rezept. Ich wünschte du könntest sie kosten. Glaube mir, wenn Paul nicht mein Freund wäre, dann … Naja, du weißt schon.

Anbei die Visitenkarte meiner kanadischen Freunde, die ich in Kürze zu besuchen gedenke. Bitte rufe mich in einer Woche dort an. So, jetzt haue ich mich in die Falle. Tschüss, du. Bin in Gedanken bei dir. In Liebe Moritz

*

Annika las seine persönlichen Zeilen noch zweimal durch, warf sie zerrissen in den Papierkorb, legte eine Kinderschallplatte auf, hob Andrew auf den Arm und tanzte mit ihm vergnügt auf dem Parkett-fußboden des Wohnzimmers. Andrew juchzte und bewegte sich im Rhythmus. Und als sie dann laut sang: „Ein Vogel wollte Hochzeit halten, in dem grünen Walde. Fiderallala. Fiderallala ...", da versuchte er mitzusingen.

*

Drei Tage später, es war ein warmer Spätvormittag, kam ein Unwetter auf. Die Schreibzimmertür knallte und die Gardinen wehten bis hoch zur Decke. Blitzschnell schloss Annika das Fenster und wischte den verregneten Schreibtisch ab. Just in dem Moment klingelte die Haus-türglocke. Sofort guckte Annika durch den winzigen Türspion.

Da stand er. – Völlig unangemeldet. Triefend nass. Mit einem bunten Rosenstrauß im Arm. Annika öffnete sofort die Tür. „Moritz! – Wo? Warum? Das gibt es nicht! – Komm bitte rein", bat sie und beschnup-perte dann im Haus eine gelbe, himmlisch duftende Rose. „Mm, wie lieblich", sagte sie und sah in seine strahlenden, tiefblauen Augen, die auf sie schon in Afrika eine unwiderstehliche Anziehungskraft ausge-übt hatten. „Moritz, komm, ich zeig dir das Badezimmer. Du kannst Pauls Bademantel anziehen ..."

„Nicht nötig. In meinem Koffer sind trockene Klamotten", erwiderte er und verschwand damit im Badezimmer.

Später, als Annika den Esstisch deckte und Alaska Heilbutt grillte, las Moritz dem kleinen Andrew so lange aus einem Kinderbuch vor, bis er eingeschlafen war.

„Der Kleine ähnelt sehr seinem Vater", bemerkte Moritz während des Abendessens.

„Ja, das haben andere auch schon festgestellt", erwiderte sie und fragte ihn dann über Liberia aus. Aber sie konzentrierte sich nicht so sehr auf seine Worte, vielmehr wollte sie lediglich seine tiefe Stimme hören und ihn sehen. Und als er dann bei gedämpftem Stehlampen-licht neben ihr im Wohnzimmer stand, überlegte sie sich, ob sie ihm überhaupt noch wiederstehen wolle und könne. Und als sie seinen warmen Hauch auf ihrer Wange spürte, hätte sie ihn am liebsten geküsst. Doch das ging ja nicht. Sie war schließlich verheiratet. Um sich abzulenken, reichte sie ihm eine Flasche Rotwein und fragte: „Entkorkst du sie bitte?"

„Ja, gleich", meinte er, stellte die Flasche ungeöffnet auf den Kaffeetisch zurück und hob Annika hoch. Sofort spürte sie, wie ihr Herz schneller schlug. Und als sie dann seine bebenden Lippen auf den ihren spürte, schlang sie spontan ihre Arme um ihn. Wie benebelt bemerkte sie sogleich, wie er an ihrem Rücken den Reissverschluss ihrer gelben Bluse öffnete. Und plötzlich – wie auf ein Startkommando – begannen sich beide auszuziehen.

Wie bei einem Herbststurm flogen Ihre Kleidungsstücke in hohem Bogen durch die Luft und fielen auf den weißen Teppichboden. Und als Annika seine dicken Schultermuskeln und seinen nackten, warmen Körper neben sich fühlte, waren alle moralischen Vorsätze vergessen. Sie mochte, wie er ihren Oberkörper liebkoste. Und nachdem ihre Hand zärtlich seine Leistengegend berührte, verschmolzen sie bald in völliger Liebe miteinander.

Ein leichtes Lächeln huschte über Moritz' Gesicht. „Ich fühle mich wie ein Löwe in seiner dreitägigen Hochsaison. Alle drei Minuten … Wegen mir könnten wir Tag und Nacht im Bett verbringen", meinte er und zitierte dann einen Vers aus Goethes Faust:

Ich höre schon des Dorfs Getümmel,
Hier ist des Volkes wahrer Himmel,
Zufrieden jauchzet Groß und Klein;
Hier bin ich Mensch, hier darf ich sein!

„Hier darf ich, ich sein", wisperte er.

„Schade", gestand sie ihm am kommenden Nachmittag, „dass du mich heute schon verlässt …"

„Annika, wir sehen uns bestimmt wieder …", meinte er beim Abschied und drückte sie noch einmal ganz fest.

*

Stunden, Tage und Wochen vergingen mit Gewissensbissen. Und dann kehrte Paul aus Asien zurück und alle drei genossen das Familienleben. Dennoch gab es Momente, in denen Annika mit ihren Gedanken bei Moritz war. Aber weil er sich wochenlang nicht meldete, erkannte sie, sein Besuch müsse ein Geheimnis bleiben. Ein Geheimnis deshalb, weil sie sich manchmal morgens übergeben musste.

*

Felix an Familie Probst. Liberia, Dezember 1974

Hallo, liebe Freunde! Danke für eure in Abständen eingetrudelten Geburtsanzeigen von euren Stammhaltern Andrew und Matthew. Auf den beigefügten Familienfotos sieht man euch das Familienglück an. Anbei ein Foto von uns, als wir in Monrovia am Caesar-Strand waren …

Hier etwas Politik: Seitdem der siebenmalige gewählte Präsident William Tubman (der Vater des Landes) 1971 im Ausland gestorben und dann in Liberia beerdigt worden war, geht sein Nachfolger, Präsident William R. Tolbert, scharf ran! In Monrovia werden jetzt jeden Freitag ein bis drei Mörder öffentlich aufgehängt …

Letztes Jahr entließ er innerhalb von sechs Monaten einige Minister seines Kabinetts, die er für unfähig hielt. Einer wurde fristlos entlassen, weil er unpünktlich zur Arbeit erschien. Zwei unschuldige Leutnants hängte man, weil sie angeblich ein Attentat auf den Präsidenten ausüben wollten.

Dennoch ist Tolbert bei vielen Liberianern beliebt. Er versprach nämlich der Bevölkerung soziale Verbesserungen und reduzierte den Reispreis. Reis ist bei der Bevölkerung wie eh und je das Hauptnahrungsmittel. (…)

Lieber Paul, dein neuer Office-Job hört sich gut an. Ihr macht euch! Mit Interesse las ich einen Zeitungsartikel über den Bau der Trans-Alaska Oil Pipeline. Ich finde, es ist eine gewagte Sache, wegen der vielen Erdbeben im eisigen Alaska. Naja, überlassen wir es den Experten. Adios Amigos! In alter Frische und Verbundenheit grüßt euch ganz herzlich euer Freund Felix, nebst Carmen

KAPITEL 32

Seattle, den 15. Juni 1975

Lieber Felix, danke für deinen Brief, der schon vor einem halben Jahr hier eintraf. Mittlerweile arbeitet Paul bereits an dem Bauprojekt der Pipeline mit. Große Herkules-Transportflugzeuge fliegen sämtliches Baumaterial ins Hinterland, bis hin zum Eismeer. Kräne heben und senken über zwanzig Meter lange Stahlrohre. Jedes Rohrstück wiegt über acht Tonnen. Wegen der Erdbeben werden die Rohre im Zickzack aneinandergeschweißt. Zudem baut man sie auf den überirdischen Strecken auf Stelzen. Täte man das nämlich nicht, so würde im Permafrostboden die Umgebung der Rohre aufgewärmt werden und schmelzen. Fazit: Die Pipeline könnte an solchen aufgeweichten Stellen verrutschen oder sogar zerbrechen. Wenn die Rohrleitung fertig gebaut ist, wird das Öl im Norden in die Pipeline gepumpt und fließt dann zum eisfreien Hafen im Süden Alaskas durch.

Wegen der dortigen (jetzt im Sommer) lange anhaltenden Tageshelle ist Paul oft wochenlang beruflich unterwegs. Was privat betrachtet für unsere Familie mit einigen Opfern verbunden ist. Fast den ganzen Frühling und Sommer verbrachte er in der Alaska-Wildnis. Naja, dafür verdient er dreimal so viel Geld, wie vor zwei Jahren. Insofern können wir also nicht klagen. Außerdem bekommt er öfter mal Urlaub.

Das beigefügte Foto zeigt unsere vierköpfige Familie vor unserem Haus.

Übrigens pflegen wir mit Doris und ihrem Ehemann Prof. Dr. Benjamin Uhländer brieflichen Kontakt. Beide kommen uns demnächst besuchen. Nun Briefchen beeile dich. Herzliche Grüße an dich und Carmen. Eure Annika mit Familie

*

An einem frühen Sommerabend desselben Jahres stand Annika an der Haustür und sah, wie ein Taxi vorfuhr. „Toll, dass ihr hier seid ...", begrüßte sie alsdann ihre Freundin Doris und deren völlig ergrauten Ehemann. „Habt ihr einen schönen Flug gehabt?"

„Ja", erwiderte Benjamin und fragte schmunzelnd: „Wo ist denn dein Göttergatte?"

„Auf Geschäftsreise. Er lässt euch grüßen ... Wie lange bleibt ihr hier?"

Benjamin lächelte sie an. „Zwei Nächte. – Wenn's dir recht ist."

„Prima", antwortete sie.

„Und wo sind eure Kleinen?", erkundigte sich Doris.

Annika deutete mit dem Finger zum Flur. „Die schlafen schon", erwiderte sie, während sie sich nach unten bückte und Doris' Reisetasche ergriff. „Kommt mit. Ich zeige euch unsere Söhne."

Alle drei schlichen ins Kinderzimmer und Doris flüsterte: „Wie alt sind sie jetzt?"

„Matthew ist ein Jahr alt und im Krabbeln ein kleiner Weltmeister. Er zieht sich fleißig an den Möbeln hoch. Und geht gerne an einer Hand spazieren. Andrew ist knapp drei Jahre alt und redet gerne", erwiderte Annika, ehe sie ihren Besuchern das Gästezimmer zeigte.

Peinlich und doch niedlich: Am kommenden Morgen stand der kleine Andrew unbeobachtet hinter der angelehnten Badezimmertür und fragte den Besucher: „Opa, kann ich deine Zähne haben?"

„Nein, kleiner Mann, denn sonst habe ich ja keine", nahm Benjamin die kleine Blamage mit Humor hin und steckte die Halbprothese in den Mund.

Später klopfte Benjamin freundschaftlich Annikas Schulter und lenkte das Gespräch in eine andere Bahn: „Du, Annika, dein Protzlach-Feind ist bei der Ärztekammer nicht registriert."

Annika klatschte einmal gedämpft in die Hände. „Siehst du, *das* hab ich mir gedacht", reagierte sie siegesbewusst und suchte den Augenkontakt mit Doris. Da plötzlich wurde ihr bewusst, dass ihre Freundin bereits das schmutzige Geschirr vom Tisch abgeräumt hatte und das Spielzeug vom Fußboden aufzuheben begann.

„Hör auf zu arbeiten Doris", bat Annika. „Bitte keine Zeit verschwenden. Erst machen wir eine Stadtbesichtigung. Wenn ihr abgereist seid, habe ich genügend Zeit für die Hausarbeit ..."

„Dein Wunsch sei mir ein Befehl", antwortete Doris grinsend. Dann holte sie ihre aus Liberia stammende Handtasche aus Schlangenhautleder und stieg etwa zwanzig Minuten später als Erste hinten ins Auto.

In der teilweise hügeligen Innenstadt angekommen, schob Doris mühelos den Kinderwagen zum Pike-Place-Fischmarkt, der sich in der Western Street befand. Sich angeregt unterhaltend, warteten sie alle vier an einem Fischstand; als plötzlich ein Fischhändler einen zirka vierzig Zentimeter langen Fisch in hohem Bogen über Benjamins Kopf hinweg warf. Lautes Gejohle. Ein Zuschauer fing den Fisch auf. Doris und Annika lachten und unterhielten sich dann angeregt über die bunten Wochenmärkte in Liberia.

Anschließend fuhr Annika mit ihren Gästen in ein fünfzig Kilometer entferntes Restaurant, von dem man eine gute Sicht auf den Mount Rainer hatte. Alle waren überwältigt von dem Ausflug, aber leider mussten Doris und Benjamin schon am nächsten Tag wieder abreisen.

*

Seattle, März 1976

Viele Monate nichts hier reingeschrieben. Große Familienfreude! Vor vier Wochen erblickte unsere Tochter Hillary das Licht der Welt. Sie ist gesund, dunkelhaarig, trinkt gut und weint wenig. Kurz gesagt, ein Traumbaby, wie man es sich wünscht.

*

Aerogramm aus Liberia. November 1976

Liebe Familie Probst, danke für eure Post vor langer Zeit. Neuigkeiten: Moritz hat in der arabischen Ölindustrie aufgehört. Zu viel Sand im Getriebe … Er lebt und arbeitet wieder in Liberia. Ist mit einer hübschen Frau namens Helga verheiratet, die aus erster Ehe zwei Teenagerjungens hat. Letztere leben aber beim leiblichen Vater in Deutschland, der auch finanziell für die Ausbildung der Kinder sorgt. Als Moritz euer Familienfoto betrachtete, kommentierte er: „Der Matthew mit seinen blonden Löckchen und den Pausbäckchen sieht aus, wie eine Käthe- Kruse-Puppe. Soweit die Nachrichten. Ich hoffe, man hört von euch. Euer Felix, nebst Carmen

*

Annika spürte einen kleinen Stich von Eifersucht und wünschte, sie könnte nach Liberia in Urlaub fliegen. Just in dem Moment unterbrach lautes Telefongeklingel ihre Gedankenwelt. „May I speak with Mrs. Probst, please?", erkundigte sich vom anderen Ende der Leitung eine unbekannte Männerstimme.

„Yes. Who am I speaking with?"

„Just a moment please. I'll connect you."

Stille.

„Annika, ich bin's. Paul. Kriege keinen Schreck. Bei mir funktionieren alle fünf Sinne. Und ich kann stehen und gehen. Ich bin aber im Krankenhaus."

„W-a-a-a-s? – Was ist denn passiert?"

„Ich wurde am linken Mittelfinger operiert …"

„Wieso?"

„Lange Story. Wir haben hier eine Frostkälte von minus 41°C. Mir war draußen was ins Auge geflogen. Und ich hatte schnell meinen Handschuh ausgezogen. Um mein Auge zu reiben. Aber stattdessen rutschte ich aus. Und fasste aus Versehen eine Metallstange an. Prompt blieb der Finger dran kleben. Haut und Muskeln zerrissen. Bis auf den Knochen. Innerhalb von Minuten bekam ich Frostbeulen. Ich hätte vor lauter Schmerzen schreien können. Natürlich gab es Verzögerungen, ins Krankenhaus zu gelangen."

„Wieso?"

„Weil es weit entfernt war. Und bei so einer arktischen Kälte fliegt kein Hubschrauber."

„Warum nicht?"

„Sonst zerbrechen die Rotorblätter. Aber mach dir keine Sorgen. Wie geht's dir und den Kindern?"

„Gut. Wann kommst du nach Hause?"

„Das weiß ich noch nicht. Muss Schluss machen. Tschüss."

„Tschüss", erwiderte sie, aber er hatte schon aufgelegt.

Erst acht Tage nach dem Telefonat kam Paul für fünf Tage nach Hause und erzählte viel von seinem Job. So auch, dass an einer Stelle, wo die Pipeline über der Erde gebaut werden sollte, beinahe ein Desaster passiert wäre. Begründung: Es handelte sich um die Rennbahn von Tausenden Karibus (domestizierten Rentieren).

Annika griff zu einer Zigarette. „Und was hat das mit den Rohren zu tun?"

„Naja. Die dicken Rohre liegen auf hohen Stützen. Und für die Karibus wäre das wie eine kilometerlange hohe Mauer gewesen. Die wären garantiert durchgedreht. Oder mit Volldampf in die Pipeline gerast. Also mussten neue Berechnungen her. Und im Endeffekt verlegte man die Rohre unter der Erde …"

„Interessant …", kommentierte Annika und ging zum Büfett, um zwei Weingläser zu holen. Sie öffnete mit dem Korkenzieher die Weinflasche und fragte: „Paul, wenn die Pipeline fertig ist, wollen wir dann in Liberia Urlaub machen?"

„Annika, ich glaube, unsere Hillary ist noch zu klein für eine Reise in die Tropen. Außerdem möchte ich lieber mal drei Wochen zu Hause ausspannen. Und das Familienleben genießen."

„Okay", erklärte sie sich einverstanden, aber tief im Inneren war sie etwas enttäuscht. Doch, da sie sehr häufig wegen Moritz ein schlechtes Gewissen spürte (hauptsächlich wenn sie Pauls Nähe fühlte), war sie immer besonders nett zu ihm.

KAPITEL 33

Seattle, Anfang Juni 1977

Hurra! Seit Ende Mai diesen Jahres ist endlich die rund eintausenddrei-hundert Kilometer lange Alaska-Ölpipeline fertig gebaut und Paul wird von nun an öfter zu Hause sein. Er erzählte, dass für den Bau der Pipeline rund zwanzigtausend Leute beschäftigt waren, von denen viele verunglückten und dass dreißig Arbeiter sogar ihr Leben verloren.

In unserem Haus herrscht momentan eine große Unordnung. Überall stehen Umzugskisten rum. Paul hat nämlich für zwei Jahre einen Job in Fairbanks akzeptiert. Anfang Juli kommt der Möbelwagen zu uns.

Letzte Woche gaben wir bei uns eine Dinner Party für acht Personen. Es gab gekochte Krabbenbeine (Alaska King Crab Legs) mit Zitronensaft und goldgelb geschmolzener Butter. Dazu gab's Gemüse und kleine Kartoffeln mit roten Schalen. Außerdem noch Mahi Mahi Fisch mit Knoblauchsoße. Schmeckte hervorragend. Die Männer fachsimpelten über die Pipeline: „Die Hälfte der Erdölleitung verläuft unter der Erde", begann einer uns Frauen zu erklären. „Und die andere Hälfte ist oberirdisch installiert. Dort liegt die Pipeline auf 7800 Stützen ..."

Meine Freundin riss staunend Mund und Augen auf, als ob sie das noch nie gehört hätte: „Wow! Das wusste ich nicht ..." Daraufhin kicherten wir Frauen und eine flüsterte: „Ich glaube, ich könnte bald ein Fachbuch über die Entstehung der Pipeline schreiben."

*

Über den Einzugstag in Fairbanks, Anfang Juli 1977

Warmes Wetter mit 24°C. Während der Autofahrt sah ich einen Teil der Trans-Alaska-Pipeline und außerdem einen Schaufelraddampfer auf einem breiten Fluss. Aber plötzlich ratterte unser Gefährt wie im Wellengang hoch und runter und wir gerieten mächtig ins Schleudern. Dunkle Erde hatte sich mitten auf der Straße in Matsch verwandelt. Wir gelangten an eine etwa drei Meter breite Straßensenkung, wo spiegelnde Wasserpfützen in tiefen, schlammigen Radspuren standen. Mutig riskierten wir die Weiterfahrt und zum Glück überwand unser Konvoi das Hindernis. Später, als wir auf einem Parkplatz parkten, genossen wir einen grandiosen Blick auf den Mt. McKinley und erreichten dann nach der Weiterfahrt letztendlich doch wohlbehalten unser Ziel.

Große Freude! Der Möbelwagen war noch lange nicht ausgeräumt, da begrüßte mich eine zirka sechzigjährige Nachbarin mit Handschlag: „Hi, Honey. I am Jean Petersen …" Ich mochte sie auf Anhieb und im Laufe eines kurzen Gesprächs erfuhr ich dann, dass sie verwitwet sei und in Alaska geboren wurde. Ihr Ehemann stammte aus Deutschland. Ich staunte, denn auf einmal sprach Mrs. Petersen gebrochenes Deutsch mit uns: „Wenn du willst, pass ich auf dein Kinder auf. Damit es mit Einzug flott vorangeht."

Ich war total überrascht und umarmte sie aus Dankbarkeit. Andrew und Matthew taten desgleichen und gingen sofort mit ihr mit. Hillary blieb aber bei uns, denn sie schlief gerade im Kinderwagen.

Nach etwa zwei Stunden kam Mrs. Petersen mit den Jungens zu unserem gemieteten Haus zurück und brachte eine Porzellanplatte mit frisch gebackenem Vollkornbrot, belegt mit Butter und Seelachsrogen. Paul und ich waren überwältigt.

*

Fairbanks, Anfang September 1977

Bin vom Klima und von der Wildnis um Fairbanks angenehm überrascht. In den Hügeln haben wir schon zwei schwarze Bären gesehen. Und einmal wanderte ein Elch durch Fairbanks. Im Vergleich zu Liberia ist es beruhigend, zu wissen, dass es in Alaska keine giftigen Schlangen und keine Zecken gibt.

Dieser Tage erhielten wir einen Brief von meiner Mutter. Sie bedankte sich für das farbige Foto unserer fünfköpfigen Familie und ihr schönster Satz lautete: „Annika, euer Matthew hat wohl die blauen Augen von deinem Großvater geerbt." Als Paul das las, lächelte er wohlgefällig und sagte: „Jetzt geht mir ein Licht auf …"

Mit unserer Nachbarin verstehe ich mich weiterhin blendend. Um mich etwas zu entlasten, spielt Mrs. Petersen an manchen Tagen mit Andrew und Matthew und singt auch mit ihnen englische Kinderlieder.

Einmal, als wir beide miteinander Kaffee tranken, erzählte sie von früher, als *sie sich mit ihrem Mann in Fairbanks ansiedelte. Zwei Jahre lang hatten sie in einem Wohnwagen campiert und gut gespart. Wegen der gutverdienenden Goldgräber und Pipeline-Arbeiter gab es auch viele Rauschgifthändler, Drogen- und Alkoholsüchtige. Zudem sorgten etwa zweihundert Prostituierte für das leibliche Wohl der Herrenwelt. Letztere hätten damals pro Woche ein paar Tausend US-Dollar verdient. Abschließend meinte Mrs. Petersen: „Allerdings gab es viele Geschlechtskranke. Aber trotzdem war Fairbanks eine begehrte Boom-Town gewesen ..."*

KAPITEL 34

Weitere glückliche Tage und Wochen waren vergangen und die landschaftliche Schönheit mit der Herbstfärbung löste bei Annikas Familie eine erneute Faszination aus. Am ersten Oktoberdienstag unternahmen Frau Petersen und ihr Bekannter mit Annika und den Kindern einen Waldspaziergang, der zu einem Spielplatz führte. Beglückt über so einen schönen Tag, wurde für die zweite Oktoberwoche ein ähnlicher Ausflug vereinbart.

Doch als der Tag da war, kam Frau Petersen endtäuschenderweise nicht rüber. Daraufhin telefonierte Annika mit anderen Nachbarn. O Schreck! Es gab eine niederschmetternde Nachricht: Die liebe Frau Petersen war im Beisein ihrer Tochter (während eines Kinofilms) an einem Herzinfarkt gestorben.

Große Trauer. Besonders am Tag der Beerdigung. Es herrschte eine eisige Kälte und am Abend gab es den ersten Schneesturm. Die Sicht existierte praktisch nicht mehr. Der strenge Winter in Alaska war da.

*

An einem Dezemberabend, als die Kinder bereits schliefen, nähte Annika einen Kleidersaum an und Paul reparierte die Kuckucksuhr. „Ich hoffe", unterbrach Annika die Stille, „es hört bald auf zu schneien. Sonst wird dieses Haus eingeschneit …"

„Keine Sorge. In Fairbanks ist der Schneefall verhältnismäßig gering", erklärte Paul.

Annika schaute ihn ernst an. „Als ich heute Vormittag mit Andrew durch den knirschenden Schnee stapfte, zitterten wir wie Espenlaub. Obwohl wir dicke Anoraks trugen. Und warme Fellstiefel."

„H-hm", reagierte Paul, ohne sie anzuschauen.

„Paul, du hörst mir ja gar nicht zu."

Er machte eine säuerliche Miene und rückte die Wärmflasche in seinem Rücken zurecht. „Hör mal. Schneeglätte und Minusgrade gehören zu Alaska."

Annika schnitt den Nähfaden ab, holte dann das Bügeleisen, klappte das Bügelbrett auf und sprach weiter: „Ja. Und Chaos. Du hast ja keine Ahnung! Spielplatz ist im Winter tabu. Deshalb bauten sich die Jungens im Wohnzimmer ein Zelt. Aus Stühlen und Decken. Hillary krabbelte sofort darein. Und schlief zwei Stunden darin."

Paul lachte. „Na prima."

Annika winkte ab. „Ach, was weißt du schon von Kinderbeschäftigung. Wenn draußen durchgehende Dunkelheit herrscht."

„Tröste dich. Der Winter ist schnell vorbei. Und der Frühling und Sommer machen alles wieder gut. Dann ist Fairbanks das reinste Paradies auf Erden. Wirst schon sehen."

„Der Winter dauert über sechs Monate", korrigierte sie ihn. „Stimmt. Und er bietet auch positive Seiten. Denke an die spektakulären Polarlichter über dem Abendhimmel. Die wir fotografiert haben. Genieße sie. Im Sommer siehst du keine. Hast du schon mal daran gedacht, die Farbenspiele zu malen?"

„Ja. Aber man kann ja auch mit Worten malen. Darf ich dir mal vorlesen, was ich ins Tagebuch geschrieben habe?"

Er streckte seine Hand aus. „Gib es mir. Ich lese es selbst."

Annika drückte es an ihre Brust. „Niemals. Schreib dein eigenes Tagebuch", schlug sie vor und las dann ein paar Zeilen vor:

„Die Nordlichter sind einzigartige Naturschauspiele. Jedes Mal sind sie in Form und Farbe total unterschiedlich. Einmal waren es schräge, aufsteigende, breite Bänderstreifen mit allen Regenbogenfarben. Prächtiges Hellgrün, Weiß, Lila, Blau, Türkis und Orange.

Ein anderes Mal erinnerte das Nordlicht an hellgrüne, aufsteigende Schleifen- oder Blütenblätter. Dann wiederum an einen gigantischen, japanischen Fächer.

Einmal bildete ein schleifenähnliches Luftgebilde die Nummer Sechs am Himmelszelt, die von Ost nach West in horizontaler Form schwebte. Sie nahm fast das ganze Himmelsbild ein …"

„Gut geschildert", übernahm Paul das Wort. „Weißt du", ich staune immer wieder über Alaskas Naturwunder. Oben im Norden hab ich mal einen dunkelroten Himmel gesehen. Mit pechschwarzen Wölkchen. Wenn du so was malen würdest, dann-"

„Nein, Paul, jetzt geht's nicht. Erst wenn die Kinder größer sind. Übrigens, unser Andrew hat gestern Wölfe heulen gehört! Während der Tagesdunkelheit. Und dann leuchteten wir mit der Taschenlampe die Umgebung ab. Fanden aber anstatt Wolfpfoten-Spuren nur Schuhspuren. Und eine aufgewühlte Stelle. Andrew behauptete, ein Stachelschwein habe dort gebuddelt. Ich sag dir: Der Junge hat eine unglaubliche Fantasie. Der redet und fragt mir noch ein Loch in den Bauch. Zum Glück fanden wir ein Kinderbuch mit Tierpfoten-Abdrücken ..."

Paul trank einen Schluck von seinem Alaska Amber Beer (Alaska Bernstein Bier) und stellte das Glas auf den kleinen Tisch. Dann hob er Matthew auf seinen Schoß, bewegte seine Knie im Rhythmus und sagte: „Draußen dröhnt wieder die Gospelmusik?"

„Country Music", korrigierte sie ihn.

Er winkte ab. „Is' egal was. Jedenfalls geht mir der Lärm auf den Sack. Deine Nachbarfreunde könnten ja wirklich ihr Radio leiser stellen ..."

„Paul, willst du dich deshalb mit den Nachbarn zanken?"

„Nein", knurrte er, „ich bin ja schon ruhig."

*

Da die Außentemperatur bei minus 23°C lag, blieb Annika mit den Kindern im Haus. Für Abwechslung sorgend, sagte sie eines Morgens: „Kinder, wascht eure Hände und setzt euch an den Tisch. Die Eier sind schon in den Eierbechern."

„Okay, Mama", antwortete Andrew und klopfte als Erster das Ei auf die Tischplatte. Aber die Eierschale zerbrach nicht. Deshalb klopfte er erneut und kräftiger. Nichts passierte! „Mama", platzte er raus, „das ist ja Plastik. Hast du Spaß gemacht?"

„Ja", erwiderte sie und alle lachten.

KAPITEL 35

Wegen heftigen Schneefalls auf dem Highway und wegen der lang-
anhaltenden Winterdunkelheit, hatte es Anfang 1978 Postverzögerun-
gen gegeben. Zudem war eine Weihnachtspostkarte von Felix erst an
die alte Adresse nach Deutschland und dann nach Seattle geschickt
worden. Fazit: Sie traf erst Anfang März in Fairbanks ein.

*Liebe Annika und lieber Paul, ich schreibe in großer Zeitknappheit schnell
ein paar Zeilen. Moritz lässt euch ausrichten, er und seine Frau kämen euch
für drei Tage im Juli oder August besuchen. Beneidenswert. Ich wünschte,
ich käme auch mal aus diesem tropischen Schwitzkasten raus. Frohe Weihnachten und einen guten Rutsch ins neue Jahr. Seid grüßt von Felix mit
Familie*

*

An einem hellen, warmen Sommerabend hielten sich Moritz und Helga
sowie Familie Probst im Garten auf. Paul und Moritz wendeten am
Grill die Steaks und Würstchen. Die Kinder spielten Verstecken und
die zwei Frauen sonnten sich auf den Liegestühlen.

„Herrlich", meinte Helga, „so ein Leben lass ich mir gefallen. Nicht
zu heiß und viele extra Stunden Taghelle."

„Ja", schaltete sich der ewig nach Abenteuer suchende Moritz ins
Gespräch ein, „mir gefällt es hier auch. In naher Zukunft ziehen wir
nach Alaska. Nach Nome. Mich interessiert die Indianerkultur."

Annika strich ihren Halskettenanhänger (den kleinen Elefanten aus
Elfenbein) einmal über ihre Lippen und neckte ihn: „Moritz, du wirst
dich wundern. Bei den eisigen Polarwinden frieren dir die Ohren ab."

Er blinzelte ihr heimlich zu. „Niemals. Die arktische Kälte stört mich
nicht. Ich schaffe mir ein paar sibirische Husky-Hunde an, lege mich mit
ihnen vor den Kaminofen und lehne meinen Kopf an ihr molliges Fell."

Helga schaute ihn finster an. „Moritz, jetzt spinnst du wirklich. In
die Saukälte kriegst du mich nie ..."

Er ignorierte ihren Kommentar und schwärmte: „Wir werden ein Jagdgebiet mit einer gemütlichen Homestead-Lodge kaufen. Und uns einen motorisierten Schlitten und ein einmotoriges Flugzeug anschaffen."

Der sechsjährige Andrew rüttelte an Moritz' Arm und fragte: „Bist du eine Millionär?"

„Nein. Aber ich träume gerne. Und wenn ich in Alaska lebe, dann fahren wir mal in den Schulferien mit einem Schlittenhundegespann.

„Oh ja. Ich komm bestimmt mit dich mit. Wenn ich groß bin. Dann will ich ein Hundeschlitten-Rennfahrer werden. Weißt du das schon?"

„Nein", entgegnete Moritz und verkniff sich wegen Andrews englischen Akzents ein Lächeln.

Was allerdings Moritz und Annika anbetraf, so hatte sich keine Gelegenheit geboten, alleine zu sein. Zumindest gelang es ihnen bis zum Abschiedstag, öfter nebeneinander zu sitzen oder sich die Hand etwas länger zu drücken.

*

Tage und Wochen vergingen im Laufschritt und abermals kam der kurzanhaltende Herbst. Es war eine günstige Zeit, Spielzeug und Winterbekleidung einzukaufen. Hillary war nun schon zweieinhalb Jahre alt und durfte an jenem Tag im Shopping- Center neben den Eltern hergehen. Doch urplötzlich war sie verschwunden. Große Aufregung und Fahndung.

Endlich! Zehn Minuten später erfuhren Paul und Annika, dass ein kleines Mädchen im Kaufhausschaufenster in einer Ecke hocken würde und sehr gerötete Augen habe. Ein Kunde hatte das Mädchen von der Straße aus im Schaufenster entdeckt und es sofort bei der Information gemeldet. Umgehend rannte Paul zu dem bestimmten Schaufenster hin. Tatsächlich! Es war Hillary. Sie saß seelenruhig dort und drückte in ihre Windel.

*

Zwei Monate später begann – urplötzlich und mit Macht – der lange, dunkle Winter. Er brachte Glatteis und eisige Winde mit sich. Wege und Seen waren mit dicken weißen Schneedecken bezogen. Dunkle Schneewolken ließen keine Sonnenstrahlen durch. Eisblumenmuster machten einige Fensterscheiben undurchsichtig und erneut sehnte man den Sommer herbei. Doch vorerst kam er nur auf Papier. Von Felix.

Liebe Annika, lieber Paul und Kinder!

... Wieder einmal brütet die Tropenhitze dermaßen, dass mir das Wasser wie von einem Rieselbrünnlein von der Stirne rinnt. Mittlerweile (beziehungsweise endlich nach einigen Monaten) hat uns Moritz seine Filme und Fotos aus dem Land mit den traumhaften Gletscherlandschaften gezeigt. Der Filmausschnitt, wo ein monströser Braunbär unterhalb eines rauschenden Wasserfalls ein Wassergebiet mit Felsensteinen überquert, ist absolute Spitze.

Moritz und Helga schwärmten von Land und Leuten. Besonders von euren Buben. Moritz staunte über Matthews Ausdauer beim Angeln. Zudem habe Moritz noch nie so viele große Fische innerhalb kürzester Zeit gefangen. Stimmt es, dass er einen fast vierzig Pfund schweren Heilbutt geangelt hat?

Helga erwähnte auch, sie würde sehr gerne eure beiden Jungens während der Schulferien nach Liberia einladen; beziehungsweise, wenn sie etwas älter sind. Oder kommt uns doch einfach alle einmal besuchen. An Unterkunftsmöglichkeiten mangelt es hier nicht und auf jeden Fall können wir einige Freizeit für euch abstauben, denn man plagt sich nicht mehr so ab wie früher. In alter Frische. Euer Felix

*

Fairbanks, Juli 1979

Lieber Felix, liebe Carmen, lange Zeit ist verronnen, seit unserer letzten Briefkorrespondenz. Bei uns war es schwierig, an den Briefkasten zu gelangen. Die Straßen und Wege aus Kies, Beton, Teer und Sand waren fast ein halbes Jahr lang steinhart gefroren und mit Schnee und Eisdecken bezogen. Manchmal war es draußen durch die schneidende Kälte wie im Nebel. Man fürchtete sich davor, mit dem Auto zu fahren. Und wenn doch, dann verstaute man vor der Autoabfahrt – für Notfallsituationen – ein paar Schlafsäcke, Wolldecken, Taschenlampen, Leuchtraketen, und, und, und. Hauptsächlich wegen Hillary, denn wenn die Kleinen der eisigen Kälte nur wenige Sekunden und Minuten ausgesetzt sind, droht der Erfrierungstod.

Hier eine kleine Familienepisode während der letzten Winterzeit: Paul war bei der Arbeit und ich gab mir Mühe, die Kinder zu beschäftigen. So bat ich Andrew und Matthew, den Frühstückstisch zu decken. Beide sträubten sich.

„Gut", sagte ich, „dann tut es eben die Hillary! Sie ist das beste Mädchen auf der ganzen Welt!"

Schwups sprang Matthew vom Stuhl und holte die Tassen aus dem Schrank. Daraufhin schubste ihn unser dreijähriges Nesthäkchen und schrie ihn mit ihrer hellen Stimme an: „Nein, Mama sagt, ich soll holen Tassen! Fauler Junge. Ich schieb dich Kinnhaken." Alle lachten.

Allerdings genießen wir jetzt das warme Sommerwetter, zumal man Dank der Mitternachtssonne Tag und Nacht angeln oder zum Spielplatz gehen kann. Oder aber Golf, Tennis, Fußball und, und, und spielen kann. Die Kinder und ich essen hier dreimal wöchentlich frischen Fisch. Apropos Angeln. Ja, es stimmt. Moritz hat so einen schweren Fisch geangelt. Und unser Andrew geht sehr gerne zur Schule.

Des Weiteren ist hier Wassersport groß geschrieben. Ich gehöre sogar einem Kanu- und Kajakverein an. Selten aber doch unternehmen wir auch Fahrradtouren; beziehungsweise Hillary sitzt dann brav bei Paul oder bei mir im Fahrradkindersitz.

Vor ein paar Tagen erreichte die Kleine beim Eierlaufen als erste das Ziel. Warum? Sie hielt den Löffel in der linken und das Plastik-Ei in der rechten Hand.

Zu eurer Information, dieses Jahr zieht unsere Familie nach Seattle zurück. Die neue Adresse erhaltet ihr dann später. Liebe Grüße von Annika mit Familie

*

Seattle, Ostersonntag 1980

Sitze am Küchenfenster mit hochgelagertem Bein, weil mein rechtes Fußgelenk verstaucht ist. Paul und die Kinder suchen im Garten Ostereier und ab und zu zeigt mir ein Kind ein Schokoladen-Häschen oder ein bemaltes Ei und ruft: „Mama, I found one" oder: „Ich hab eins!" Wir sind zwar bestrebt, zu Hause nur Deutsch zu sprechen, aber es ist leichter gesagt, als getan; alleine schon wegen den englischen Fernsehprogrammen und weil unsere Kinder häufig mit amerikanischen Nachbarkindern zusammenspielen.

Hillary ist nun vier Jahre alt und hat sich vor ein paar Tagen still und leise vor dem Badezimmerspiegel die Haare geschnitten. Besonders ihren Pony. Der ist krumm und schief geschnitten. Stellenweise bis auf eine Länge von einem halben Zentimeter! Als ich sie ertappte, schaute ich sie sehr ernst an und fragte: „Hillary! Wo sind deine Haare?"

„In Abfalleima. Mama", lachte sie und wir lachten alle.

KAPITEL 36

Moritz an Familie Probst in USA. Liberia, 7. Januar 1981

Liebe Amerikaner, fast ein ganzes Jahr ist vergangen, seit wir voneinander hörten. Heute feiern wir den Tag der Pioniere. Für mich also ein idealer Schreibtag. Zunächst lieben Dank für das Familienfoto eurer fünfköpfigen Familie, das mir Felix überreichte … Leider ist er letzte Woche mit seiner Familie für immer nach Deutschland zurückgekehrt.

Nun etwas Politik: Präsident Tolbert ist mit einer miesen Wirtschaftskrise und vermehrten Arbeiterstreiks bei ausländischen Gast-Firmen konfrontiert. Folglich gibt es derzeitig einigen Ärger mit den lokalen Arbeitern. Neue Parteien sind wie aus dem Boden geschossen (Zum Beispiel: Bewegung für Gerechtigkeit in Afrika), denen auch einige meiner einheimischen Beschäftigten beigetreten sind. Unter meinen liberianischen Arbeitern gab/gibt es viele Streitereien und Schlägereien. Die Frauen mucken nicht auf. Wie eh und je werden einige von ihren Männern unterdrückt; besonders, wenn sie keine Kinder kriegen. Manchmal scheint es einem, dass Hühner netter behandelt werden als Frauen, denn Hühner benutzen die Leute ja auch als Zahlungsmittel.

Was wir damals nicht wussten: Von der ärmeren Landbevölkerung gelangten häufig blutjunge Mädchen zu Amerika-Liberianern. Als minimal bezahlte Haustöchter. Manche wurden adoptiert und erhielten dann keine Arbeitslöhne. Ein reicher Liberianer sparte an Kosten für Haus- und Gartenpersonal, indem er viele Kinder adoptierte. Man munkelte, sie mussten (beispielgebend) für den Adoptionsvater auch in der stickigen Mittagshitze Holz spalten und in Reisfeldern wie Kindersklaven schuften. Und Vergewaltigungen seien noch eine der leichteren Misshandlungen gewesen.

Stellt euch vor: Nachdem bei unseren Nachbarn des Nachts eingebrochen wurde, packte Helga in panischer Angst ihre Sachen und flüchtete zurück nach Deutschland …

Euch allen ein Drücker von eurem Freund Moritz

*

Seattle, September 1981

Hurra! Wir sind Besitzer eines doppelstöckigen Hauses, zu dem ein großes Gartengelände gehört. Wohnen in einem Außenbezirk von Seattle; gleich in der Nähe der Grundschule.

Von Ursula erhielten wir einen Brief, in dem sie uns ihre Schwangerschaft mitteilte. Darüber bin ich froh, denn es ist superschön, eine Familie zu haben.

Gestern rief Moritz an und sprach kurz mit den Kindern. Unsere Hillary erzählte ihm von den Hühnern der Nachbarin, weil sie die Eier vom Hühnerhaus holen darf. Wortwörtlich sprach sie in die Telefonhörmuschel: „Onkel Moritz. Ein Huhn hat gekackt ein Ei." Daraufhin lachte Moritz sehr herzhaft und ich wünschte mir insgeheim seine Nähe.

*

Liberia, 28. Dezember 1981

„Lieber Paul mit Familie, endlich ist meine Frau aus Deutschland zurückgekehrt, und wir würden uns freuen, wenn ihr uns in den Schulferien besuchen kämt. Ich arbeite nämlich für eine Eisenerzgesellschaft und wir bewohnen ein großes Company-Haus mit mehreren Zimmern. Gas, Elektrizität, Aircondition, Fernsehen, Schule, Geschäfte, Krankenhaus, Postamt, Kirche, Restaurant, Clubhaus und aller möglicher Schnickschnack sind vorhanden. Bitte überlegt es euch gut und meldet euch recht bald. Hoffend, dass sich in Liberia alles politisch stabilisiert, wünschen wir euch Wohlergehen in allen Richtungen. Viele Grüße von Helga und Moritz

*

Freudestrahlend faltete Annika den Brief zusammen und während sie dann draußen die fünf Meter lange Hecke beschnitt, hoffte sie auf Pauls Einverständnis. Doch Paul meinte am Spätnachmittag: „Annika, fliege du mit den Kindern alleine. Ich bin mit Terminen in Hongkong und China voll ausgelastet."

Enttäuscht stand Annika dann am Herd und rührte ab und zu eine Erbsensuppe mit Speck um. Wie oftmals zuvor, ließ sie die Suppe absichtlich etwas anbrennen, damit sich dadurch der gute Geschmack

218

steigerte. Beiläufig schaute sie aus dem Küchenfenster auf den Auto-verkehr. Sie dachte an damals, als sie mit Moritz in der Western Avenue Starbucks-Kaffee getrunken hatte, während Andrew im Sportkinder-wagen eingeschlafen war.

Nun stand Andrew schon neben ihr und knetete den Hefekuchenteig. „Mama", begann er, „darf ich mit Papa zu Hongkong fliegen?"

„Andrew, das kommt nicht infrage. Du bist noch ein Kind", erwiderte sie und probierte mit einem Teelöffel die Erbsensuppe, ehe sie fortfuhr: „Außerdem hat Papa dort geschäftlich zu tun."

„Ich weiß, aber ich kann bei mein ehemalig Nachbarfreund wohnen. Der hat mich eingeladen."

Annika legte den abgeleckten Teelöffel ins Spülbecken. „Andrew, seine Eltern sind berufstätig."

„Nein, Mama, die sind reich. Die haben eine Villa. Auf Hong Kong-Is-land. Auf Victoria Peak. Die haben ein Gärtner und ein Chauffeur. Und ein Köchin und auch eine Amah."

Annika klopfte mütterlich auf Andrews Schulter. „Was ist denn eine Amah?"

Er schaute zu ihr empor. „Die ist ein' Kinderfrau. Und ein Hausange-stellte. Die ist vom Philippinen-Land. Und ich kann da zu Privatschule gehen. Da braucht man kein Lunchpaket mitnehmen. Lunch kauft man in Schule."

Annika schüttelte skeptisch ihren Kopf. In dem Moment trat Paul neben sie und stupste leicht ihren Ellenbogen an. Dann griff er in die Backschüssel, naschte von den Streuseln und fragte: „Wo liegt das Problem? Für den Flug brauchen wir nichts zu bezahlen, weil wir mein Business-Flugticket in zwei Touristentickets eintauschen können …"

Annika schmunzelte. „Ja dann …", erwiderte sie und von diesem Tag an schrieb sie viele Briefe, organisierte die Flüge, nähte, packte, freute sich und dachte: Wie gut, dass ich mein Geheimnis bewahrte, sonst hätte Paul niemals zugestimmt, dass ich mit Matthew und Hillary alleine nach Liberia fliege.

KAPITEL 37

Im Januar 1982 am liberianischen Robertsfield Airport angekommen, schenkte Moritz seinen Besuchern Annika, Matthew und Hillary zur Begrüßung ein weißes Huhn.

„Onkel Moritz, wie heißt die?", wollte Hillary wissen.

„Betty."

„Is die schon ein Frau?"

Moritz antwortete schmunzelnd: „Ja. Und sie kann auch schon Eier legen."

Entzückt streichelte Hillary das Huhn. Doch Moritz setzte es sodann in einen Korb und sagte: „So, und jetzt möchte die Betty hinten im Auto schlafen."

„Okay", erwiderte Hillary und schlief dann während der langen Autofahrt, bis sie das große, gemietete Wohnhaus von Helga und Moritz erreichten.

„… Ihr seid sicher alle gerädert", meinte Helga später nach einem Imbiss und zeigte ihnen die Gästewohnung. „Und morgen früh", schlug sie vor, „schlaft ihr euch erst mal aus. Und nach dem Frühstück werdet ihr unsere Hausangestellte kennenlernen. Sie ist eine hervorragende Köchin. Sie ist mit unserem Gärtner verheiratet. Die beiden heißen Smith und haben zwei Söhne. Matthew, die Jungs werden dir gefallen. Sie sind in deinem Alter."

Matthew strahlte. „Toll", sagte er nur und am Morgen, bei der Begrüßung hieß es dann laufend: „Nice to meet you …" Und einer der Smith-Boys erzählte Mathew, dass er und sein Bruder häufig mit zwei weißen Jungens von der Mission spielen würden.

„Wow", reagierte Matthew und stromerte gleich am nächsten Tag (und in den kommenden Wochen) öfter mit den vier Boys durch die Gegend. Sie spielten Fußball, fuhren mit dem Skateboard, rasten mit Fahrrädern durch die Gegend, gingen schwimmen und angeln. Zudem unternahm Moritz zweimal mit Matthew eine kurze Motorradtour.

Hillary hingegen suchte im Hühnerstall täglich nach Eiern und spielte auch sehr gerne mit zwei liberianischen benachbarten Mädchen, die einen braunen Miniaturdackel und zwei große Puppen besaßen. Und einmal durften die Kinder unter Annikas Aufsicht dem Dackel ein kleines Baby-Jäckchen und eine Windel anziehen. Doch als sie den Miniaturhund in den Puppenwagen legten, um Mutter und Kind zu spielen, da hüpfte er davon. Und während die Kleinen ihn jubelnd suchten, begann Annika einen Brief:

Lieber Paul und Andrew, ich hoffe, ihr erhaltet diesen Brief noch rechtzeitig in Hongkong. Mittlerweile habe ich in Stadt und Land schon vier verschiedene Krankenhäuser besucht, aber im Gegensatz zu früher, sah ich nirgends weißes Personal. Einmal flog ich mit den Kindern für zwei Tage nach Harper, wo jetzt Julia mit ihrer Familie wohnt. Sie arbeitet also nicht mehr im Malika Zoomuh Hospital.

Den Kindern gefällt es hier supergut. Besonders dem Matthew, der ab und zu bei seinen Freunden schlafen darf. Das Wetter ist prima, es hat noch nie geregnet und daher ist es auch nicht so schwül. Ich habe sogar schon zweimal Tennis gespielt. Zudem tummeln wir uns täglich – mindestens einmal – im Swimmingpool. Hier herrscht Luxus pur! Kein Vergleich zum damaligen Malika Zoomuh Hospital. Ich war auf verschiedenen Wochenmärkten und die Filmkamera und der Fotoapparat sind hier häufig in Betrieb … Liebe Grüße und herzliche Umarmungen von Matthew, Hillary und Annika/Mama

*

An einem regnerischen Samstagnachmittag, als Helga beim Bridgespielen war und die Kinder mit zwei Freunden am Esstisch ‚Mensch, ärgere dich nicht' spielten, saßen sich Moritz und Annika im Wohnzimmer auf Sesseln alleine gegenüber und rauchten. Moritz lehnte sich nach vorne, tippte seine Zigarettenasche im Aschenbecher ab und fragte im Flüsterton: „Annika, der Matthew hat blaue Augen. Und lange, schwarze Augenwimpern. Wie ich. Ist er mein Sohn?"

Sofort dachte Annika: Ich sollte es Moritz sag–, doch dann schreckte sie vor dem Gedanken zurück. Schließlich würde dann Paul die Konsequenzen ziehen und möglicherweise verlöre sie Andrew und Hillary.

Annika hob ihren Blick, sah in seine Augen und kämpfte gegen ihre inneren Liebesgefühle für Moritz an. Er lächelte sie an und forschte. „Na, Annika, möchtest du mir nicht antworten?"

Sie holte tief Luft. Wie gerne hätte sie ihm gesagt: Ich liebe dich. Ja, Matthew ist dein Sohn, doch sie erwiderte ausweichend: „Moritz, mein Großvater hatte auch blaue Augen."

„Okay", entgegnete er und Annika wechselte schnell das Gesprächsthema: „Mir gefällt es hier …"

Moritz erhob sich vom Sessel, stellte sich hinter Annika und umarmte sie kurz, ehe er sie wieder losließ. Er sprach: „Das freut mich. Der Nachmittag könnte wesentlich besser werden."

„Ich weiß. Aber zieh bitte die Notbremse. Bis jetzt haben wir uns beherrscht. Und das sollten wir bis zu unserem Rückflug auch weiterhin tun."

*

Am Abflugtag herrschte am Airport eine gedrückte Abschiedsstimmung. Es wurde wenig geredet, ehe man sich umarmte. Moritz drückte Annika ganz fest an sich und flüsterte ihr ins Ohr: „Ich werde dich vermissen. Hast du bemerkt, dass meine Ehe nicht funktioniert?"

„Nein", entgegnete sie und sah in Sekundenschnelle, wie er zum Abschied Hillary hochhob und dann mit gespreizten Fingern durch Matthews blondes Haar fuhr. Annika hatte Tränen in den Augen und hörte Moritz wie aus der Ferne sagen: „Ihr müsst zum Flugzeug. Guckt nur nach vorne … Bye, bye."

„Okay. Bye, bye", antworteten alle drei und drehten sich dann doch noch einmal um, ehe sie durch die Tür gingen. Doch Moritz war schon weg.

„Mama", begann Matthew eine Unterhaltung im Flugzeug, „ich wollte länger in Liberia bleiben. Die sind alle so nett …"

„H-hm. Das denke ich auch. Aber niemand ist so nett und lieb wie euer Papa. Und unser Andrew. Stimmt doch. Oder?"

„Ja …", erwiderten beide Kinder.

Zurück in Seattle, kam Annika kaum zu Wort. Fortwährend

schwärmten Hillary und Matthew von all ihren Erlebnissen. Von den Papageien und Schimpansen. Vom Dackel und vom Huhn. Von Onkel Moritz und von allen ihren neuen Freunden.

Andrew hingegen schwärmte von den Sehenswürdigkeiten in Hongkong. Von einer Affenkolonie in einem bewaldeten Gebiet. Er fand die kleinen, häufig bettelnden Makaken-Affen drollig aber auch sehr dreist. Ein scheuloser Rhesusaffe habe ihn beim Picknicken angesprungen und ihm sein Sandwich aus der Hand gestohlen.

Zudem demonstrierte Andrew ein paar Karategriffe und Tai Chi Bewegungen, die er von den Hongkong-Freunden gelernt hatte. Die Star Ferry und Dschunken auf dem Victoria Harbour hatten ihm ebenfalls gefallen. So auch der Nachtmarkt in der Tempel Street und Drachentänze. Ganz besonders schwärmte er von der hohen Treppe zu der monumentalen Buddha- Bronzefigur auf der Insel Lantau. „Wenn ich das Abitur habe, werde ich Bildhauer werden …", proklamierte er.

„Ja, ist gut", erwiderte Annika. Sie wusste, er würde seine Meinung bald wieder ändern.

KAPITEL 38

1988: Post von Moritz aus Deutschland

Meine lieben Amerikaner, jahrelang nichts voneinander gehört und schon ist das neue Jahr mit horrenden Neuigkeiten da. Im Gegensatz zu euch, funktionierte nämlich unsere weniger perfekte Ehe überhaupt nicht mehr. Zumal sich herausstellte, dass Helga mit unserem neuen Houseboy unser Ehebett teilte, während ich berufstätig war. Resultat: Gütertrennung und Ehescheidung ...

Wie ihr sicherlich wisst, herrschen in Liberia stammeskriegerische Unruhen. Die großen ausländischen Firmen in Liberia spüren davon zwar nichts, aber im Land herrscht große Armut. Wegen der Hungersnot wurden alle meine Hühnerställe ausgeplündert. Annika, vermutlich wanderten sämtliche Nachkommen deiner Frieda-Henne in die Kochtöpfe. Das Huhn Betty hatte ich einer alten Liberianerin überlassen. Mich konnten keine zehn Pferde zurückhalten. Alles ist vergänglich. Anbei meine neue Adresse aus Köln. Bitte schreibt mir mal und fühlt euch fest umarmt von eurem Moritz

*

Seattle, Ende Februar 1990

Lieber Moritz, ... derzeitig befindet sich Paul auf einer Geschäftsreise in Europa (Zürich, München, Rom, London und ein paar Städte in Deutschland). Wenn machbar, würde er dich gerne besuchen. Bitte schicke mir deine Telefonnummer.

Unser Sohn Matthew ist in eine Berlinerin verknallt, die in unserer Nachbarschaft als Austauschschülerin lebte. Ihre Eltern besitzen in Deutschland ein großes Hotel. Matthew möchte – genauso wie seine Freundin auch – unbedingt ins Hotelgewerbe einsteigen. Und nach Europa. Naja, an sich sehen wir da keine Schwierigkeit, zumal er Deutsch spricht. Aber abwarten. Bis zu seinem Highschool-Abschluss ist es noch lange hin ... Mit guten Wünschen und herzlichen Grüßen deine Brieffreundin Annika

*

Telegramm von Moritz an Annika. Köln, März 1990
*… danke für die Info, dass Paul in Europa verweilt. Anbei meine Telefon-
nummer aus Deutschland. Bitte rufe mich an und fühle dich fest umarmt.
Moritz*

Unverzüglich rief Annika ihren Mann an und diktierte ihm die Telefonnummer von Moritz. Als Nächstes wählte sie Moritz' Telefonnummer und hörte bald seine tiefe Bassstimme: „Ja bitte?"

„Moritz?"

„Annika?"

„Ja."

„Schön, dass du anrufst. Gib mir deine Telefonnummer. Ich rufe
dich zurück."

„Okay", entgegnete sie und legte den Hörer auf.

Wartepause. – Klingeln! Annika nahm den Hörer ans Ohr und bald
hörte sie ihn fragen: „Annika, sag mir ehrlich, bist du wirklich glücklich verheiratet?"

„Ja."

„Ich hoffte, eine Chance zu haben."

„Moritz, es ist eine Frage der Moral. Nicht der Gefühle."

„Annika, das ist doch absurd! Total altmodisch! Du weißt, dass mein
Herz mit deinem verankert ist. Denke an die Schauspieler, die sich
laufend scheiden lassen."

„Moritz hör auf! – Ich bin keine Schauspielerin …"

Kurze Schweigepause.

„Annika, meine Mutter war sehr hinfällig und pflegeintensiv. Ich
hab sie hier bis zu ihrem Hinscheiden in ihrer Wohnung betreut. Jetzt
sind beide Elternteile gestorben."

„Oh, das tut mir leid … Ich entsinne mich, wie sehr du sie geliebt
hast …"

„Du, Annika", lenkte er das Gespräch in eine andere Richtung. – „Ich
bin der alleinige Erbe. Und mein Entschluss ist folgender: Ich werde
in Deutschland alles verkaufen. Und dann pachte ich in Kanada ein
Jagdrevier. Für neunzig Jahre."

„Wow. Das hört sich gut an."

„H-hm. Ich hoffe! – Annika, darf ich dich etwas ganz direkt und unkompliziert fragen?"
„Selbstverständlich. Wir sind doch Freunde."
„Hättest du doch Lust? Ich meine, den Rest deines Lebens mit mir zu teilen?"
„Hör auf, du Süßholzraspler. Hast du was getrunken?"
„Ja, mein Herzblatt. Aber jeweils nur ein Glas Wein", lallte er und fügte hinzu: „Annika, meine Liebe zu dir ist stärker als eine Stahlsäule. Du weißt, es gab einen Prinzen, der durch die Liebe zu einer Frau auf sein Erbteil verzichtete. Sowie der Telefonhörer auf der Gabel liegt, werde ich einen Korken ziehen und auf dein Wohl trinken."
„Danke, Moritz. Ich drücke dir die Daumen, dass du in Kanada glücklich wirst und eine nette Lebenspartnerin findest …"
„Danke. Tschüss Annika."
„Tschüss, Moritz."

*

Seattle 15. September 1991
Lieber Moritz, danke für deine Zeilen, auf die ich monatelang warten musste. Danke auch für das Foto mit deiner kanadischen Flamme (Roswita). Sie macht einen netten Eindruck und wir wünschen euch eine glückliche Zukunft. Danke auch für den Zeitungsausschnitt über den grausamen, liberianischen Bürgerkrieg. Man kann nur hoffen, dass alle Ausländer rechtzeitig rauskamen …
Stellungnahme zu deinen Fragen: Andrew studiert Medizin. Matthew ist ein begeisterter Baseball- und Tennisspieler. Er besucht die Highschool und möchte gerne zur Marine. Zweifelsohne wird sich das aber seinem jungen Alter entsprechend noch x-mal ändern.
Anfrage: Wenn ihr Zeit und Lust habt, kommt uns doch gerne mal in Seattle besuchen. Für Unterkunft ist gesorgt …
Herzliche Grüße von Annika, Paul, Andrew, Matthew und Hillary

*

Moritz aus Kanada an Familie Probst. November 1994

Liebe Annika und lieber Paul, Entschuldigung, ich habe lange nichts von mir hören lassen. Begründung: Seit knapp drei Jahren befinde ich mich auf meinem bergigen, lizenzierten Großwild-Jagdunternehmen. Bis es aber mit der Pachtung und allem anderen Pipapo geklappt hatte, waren über zwölf Monate vergangen. Damit ihr eine Vorstellung habt, mein Jagdgebiet ist in etwa so groß wie Schleswig Holstein. Hier gibt es wunderschöne Pappel- und Fichtenwälder …

Zurückkommend auf eure Einladung. Leider bin ich in den nächsten zwei Jahren so gut wie ausgebucht. Bitte, wenn machbar, dann besucht ihr uns doch gerne mal. Am besten im Sommer. Zieht bitte in Betracht, dass wir dann täglich gute zwanzig Stunden Sonnenlichteinstrahlung haben und viel unternehmen können.

In der Hochsaison bin ich häufig mit Touristen unterwegs. Beziehungsweise dann betätige ich mich (entweder oder) als Touristenführer, Jagdführer, Pilot, Schlachter, Gerber und Sportangler. Automatisch bin ich nebenbei ein Wildhüter, damit beispielgebend keine Königsadler geschossen werden. Die sind nämlich weltweit geschützt. Gegebenenfalls betätige ich mich auch als Transportmanager für gegerbte oder rohe Felle. Einer meiner Arbeiter hat auch schon Tierfelle von Großwild abgezogen und getrocknet. Und gegerbt. Meistens handelt es sich um Karibus, Wölfe und Elche.

Da es hier manchmal (wegen der feuchten, frischen Felle) höllisch stinken kann, schlage ich vor, dass ihr bitte euren Besuch ein paar Wochen früher bei mir anmeldet. Das Trophäenmachen ist ebenfalls nicht sehr nasenfreundlich. Warum? Trophäe bedeutet, dass Köpfe vom Flugwild abgekocht werden und mit Wasserstoffperoxid gebleicht werden müssen …

Seitdem ich in deutschen, arabischen und französischen Reisebüros inseriere, hat sich mein Jagdgebiet herumgesprochen. Die Leute buchen und mieten meine zweite und dritte voll möblierte Jagdhütte. Und jagen – entsprechend den Jagdbestimmungen – Niederwild. Also: Kaninchen, Enten, Moorhühner, Stachelschweine und, und, und.

Was allerdings Karibus und anderes Großwild anbetrifft, so dürfen die Hobbyjäger nicht ohne Jagdlizenz jagen. Daher muss ich sie als Großwildjäger begleiten. Außerdem habe ich ein paar Angestellte in meinem Anwesen.

Ich kann also meine Zeit so einrichten wie ich will. Vorausgesetzt, ich bekomme ein paar Wochen vorher Bescheid, damit ich vorausplanen kann.

Schon seit Monaten hält uns hier der klirrend kalte Winter mit Eis, meterhohem Schnee und trübem Himmel im Schach. Die Tiefsttemperatur war unter minus 30°C. Folglich ist Touristenstillstand und meine ansonsten so sehr lange „To-do-Liste" ist sehr geschrumpft. Stattdessen sind Glühwein, Schneeschieber, Streusalz, ein Pickup mit einer offenen Ladefläche und ein Traktor hier und dort im Einsatz.

Gestern fuhr ich mit meinem Motorschlitten zum Eisfischen. Beziehungsweise der Motor versagte auf der Rückfahrt. Glücklicherweise hatte ich meine Schneeschuhe dabei und habe dann bei Schneetreiben die lange Strecke nach Hause zu Fuß bewältigt. Darf nicht dran denken. Meine Beine waren bis hoch zu den Knien ziemlich gefühllos; wie abgefroren. Doch sie erholten sich.

Momentan knistern große Stücke Brennholz im offenen Kaminfeuer. Durch die Wärme fühle ich mich wahrscheinlich so pudelwohl wie meine zwei neben mir liegenden Husky-Schlittenhunde. Also, wie erwähnt, ihr seid hier herzlich willkommen.

Im Übrigen: Meine sibirischen Husky-Hunde habe ich alle nach euch benannt. Derjenige, der Matthew heißt, hat ein blaues und ein braunes Auge.

So, nun wünsche ich euch gesegnete Weinachten und ein gesundes, neues Jahr, verbunden mit herzlichen Grüßen aus dem tief verschneiten Kanada mit der anhaltenden nordischen Winterdunkelheit. Liebe Grüße und Drücker aus dem Yukon-Territorium, euer Moritz

KAPITEL 39

Viereinhalb Jahre später waren Matthew und Hillary ebenfalls berufstätig und lebten mit ihren Lebenspartnern zusammen. Einmal erzählte Matthew am Telefon: „Mama, bei Onkel Moritz hab ich mich sauwohl gefühlt. Wir haben Lachsfische und Forellen geangelt und ich hab auch Hasen geschossen. Und Onkel Moritz ist mit mir überall rumgeflogen. Sogar zwischen den Bergen. Bei Gelegenheit mach ich meinen Pilotenschein. Der Onkel Moritz hat gesagt, er will die Flugstunden bezahlen ... Mama, ich muss Schluss machen. Tschüss.“

„Tschüss“, erwiderte Annika, legte den Hörer auf und las dann in der Tageszeitung einen Artikel über Liberia, wo noch immer der Bürgerkrieg wütete. Dort passierten die unvorstellbarsten Gräueltaten eines Völkermords. Es gab viele Obdachlose. Hunderte Waisenkinder, die sich freiwillig zum Soldatendienst meldeten, hauptsächlich, um Essen zu bekommen. Doch um sie auszubilden und abzuhärten, herrschten verabscheuungswürdige Methoden. Annika las, dass ein Kindersoldat einen Freund töten musste, andernfalls hätte man ihn selbst getötet.

Traurig faltete Annika die Zeitung zusammen und bügelte dann Oberhemden. Sie schaltete Radiomusik ein, aber ihr gelang es nicht, das Elend in Liberia aus ihrer Gedankenwelt zu vertreiben. Besorgt wollte Annika gerne erfahren, wie es ihren ehemaligen Arbeitskollegen erging. Und um Adressen ausfindig zu machen, schrieb sie zunächst drei Briefe an Adressen, die sie noch von früher hatte. Doch die Briefe wurden von der Post an sie zurückgeleitet mit dem Vermerk: „Empfänger verzogen.“ Als Nächstes führte sie Telefongespräche mit Firmen, einigen Behörden und zwei Bekannten. Mit Erfolg.

An einem Vormittag rief Annika von Seattle aus ihren ehemaligen Chef Dr. Wankelgut an, der in Schleswig-Holstein lebte.

„Hallo?“, hörte sie vom anderen Ende der Telefonleitung eine leise, etwas befremdete Männerstimme. „Hallo, wer ist da? – Hallo-o-oh?“

„Spreche ich mit Herrn Dr. Wankelgut?“

„Ja! Mit wem spreche ich denn?“

„Hier spricht Annika Probst. Guten Abend."

„Grüß Gott. – Was kann ich für Sie tun?", fragte er sehr förmlich, und Annika merkte, dass er nicht wusste, wer sie war.

„Erinnern Sie sich nicht mehr an meine Stimme? Ich bin Annika aus Afrika."

„Annika?! – Ach. Das gibt's doch nicht! – Ich kann mich an Sie kristallklar erinnern", erwiderte er mit einer vertrauten, nun kräftigeren Stimme und erkundigte sich: „Annika, wo sind Sie denn jetzt?"

„In Amerika. In Seattle."

„Nein! – Ich kann Sie so klar hören, als stünden Sie neben mir. – Und wie geht es Ihnen beiden?"

„Gut!", sprudelte es aus ihr hervor, „wir können nicht klagen und wie geht es Ihnen?"

Er räusperte sich. „Fabelhaft. Und wie geht es Ihrem Paul?"

„Auch gut. Er ist viel auf Geschäftsreisen. Mal Südafrika. Mal Asien. Oder Südamerika. Mal Europa."

„Annika, wann kommen Sie nach Deutschland? Ich habe noch einiges gutzumachen.

„Vorerst nicht …"

"Schade. Wissen Sie schon, – dass die Krankenstation und das afrikanische Dorf nebenan dem Bürgerkrieg zum Opfer gefallen sind?"

„Nein."

„Ja. Total. Im Krieg brannten die Strohdächer und die Häusergerüste aus Bambuslatten wie Fackeln. Es gibt nur noch ein paar Ruinen. Und die hat der Dschungel bald verschlungen. Glücklicherweise gelang den meisten die Flucht. Sie versteckten sich in hochgelegenen Regenwäldern. Ehe die Rebellen mit Granatbomben im Dorf einmarschierten. Viele Menschen waren schon vorher an die Elfenbeinküste geflüchtet. Wer zurückblieb, starb an Malaria oder Hunger. Oder er wurde auf barbarische Weise getötet. Leider halten die unbarmherzigen Grausamkeiten weiterhin an.

„Tragisch …", erwiderte Annika und kritzelte Kreise und Dreiecke auf einen Schreibblock.

„Dr. Wankelgut, waren Sie schon mal in Seattle?"

„Nein. Und jetzt ist so ein langer Flug für uns zu anstrengend." Er stoppte, weil er husten musste.

Annikas rechte Hand hielt den Telefonhörer trotzdem noch ans Ohr. In ihrer linken Hand hielt sie ein dickes Buch und machte damit – zur Stärkung ihrer Armmuskeln – nebenbei Gewichtheben.

„Tja", fuhr Dr. Wankelgut fort, „kleine Jungens wurden gezwungen, Kindersoldaten zu werden. Und um zu beweisen, dass sie die älteren Rebellen respektierten, galten horrende Methoden. Beispielgebend wurde ein Zwölfjähriger forciert, seiner eigenen Mutter eine Brust abzuschneiden. Wussten Sie davon?"

„Nein, aber-", wandte sie ein, doch er redete erneut nonstop weiter: „Nun ja, Annika. Sagen Sie doch. Wie gefällt es Ihnen denn in Amerika?"

„Sehr gut", begann sie, aber sofort übernahm Dr. Wankelgut abermals das Wort: „Fabelhaft. Das hört man gerne. Wann gedenken Sie, Ihre Verwandten zu besuchen?"

„Eventuell in drei Jahren", antwortete Annika.

„Hervorragend! Fabelhaft! – Ich verspreche Ihnen: Wenn Sie nach Europa kommen, nehmen wir uns einen Tag frei. Und dann treffen wir uns in einem guten Restaurant."

„Toll."

„Wenn wir uns wiedersehen, schließe ich Sie in meine Arme und werde Sie ganz, ganz fest drücken. Zur Wiedergutmachung."

Annika schmunzelte wohlgefällig, denn sie empfand seine Worte als eine indirekte Entschuldigung. Doch ehe sie dazu Stellung nehmen konnte, wechselte er das Thema: „Ja, aber nun sagen Sie doch Annika. – Was sagen Sie zu der Entwicklung in Liberia?"

„Die ist haarsträubend. Die arme Bevölkerung."

„Ja. Es ist ein Armutsland des entsetzlichen Elends. Eine Desaster-Zone! – Durch den chaotischen Bürgerkrieg haben auch die Gummiplantagen weitgehend gelitten. Von den angezapften Baumstämmen tropft der Gummimilchsaft auf die Erde. Weil das Management und viele andere ins Ausland geflüchtet sind."

Annika schaute nachdenklich auf die Uhr, während Dr. Wankelgut ganz gelassen weiterklönte, so, als führten sie ein preisgünstiges Ortsgespräch.

„Der Tierbestand", setzte er fort, „ist kolossal geschrumpft. Die hungrige Bevölkerung musste ja was essen. Viele Kinder wurden gedopt. Mit Marihuana oder Kokain. Oder mit Alkohol. Damit sie zum Schießen Mut bekamen. – Und sie bekamen Mut. Und schossen auf unschuldige Menschen. Wie auf tote Zielscheiben. Gewillt und rigoros! Oder sie warfen mit Handgranaten. Sie wissen Annika: Kinder besitzen nicht diesen kolossalen Selbsterhaltungstrieb. Wie wir Erwachsenen. Kinder leben den Moment. Sie fürchten sich nicht vor dem Tod. Vielen Kindersoldaten kam es drauf an, ein Held zu sein. Sie wollten ihrem Kriegsgott gefallen, um eine Handvoll Reis zu bekommen. Oder ein kleines Stück Fleisch! – Quo Vadis Liberia? Annika, wissen Sie was das heißt?"

Annika grinste. „Wohin gehst du, Liberia", erwiderte sie in den Hörer und dachte: Du redest mit mir, wie mit einer Tochter. – Schon hörte sie ihn erzählen, was aus einigen ehemaligen Auslandsangestellten geworden ist. Jemand war schwerkrank. Ein anderer gestorben. Diese und jene seien bereits Großeltern. Und dann verkündete er: „Unter der jüngeren Generation gibt es schon wieder ein paar Waghalsige. Die in Liberia arbeiten. Also, Annika, machen wir Schluss. Lassen Sie uns wissen, wann Sie uns besuchen. Wir richten uns nach Ihnen. Bitte grüßen Sie ihren Mann …"

Annika wünschte ihm noch einen schönen Abend, legte den Hörer auf und begann dann für ein Nachbarkind eine Geburtstagstorte zu dekorieren, die die Form der Mickey Mouse hatte.

KAPITEL 40

E-Mail from: Annika
Date: January, 3, 2000
To: Ursula
Subject: Kurz treten
Liebe Ursula! Yee-haw! – Die neue Jahrtausendwende ist auch in Seattle da! Und soweit ich es beurteilen kann, ist mein Computer vom Millennium-Virus verschont geblieben … Danke für deine E-Mail und für den dicken Postbrief mit den Fotos vom Krankenhaus, wo du jetzt arbeitest. Euer großes Familienfoto lassen wir rahmen. Ja, ich arbeite auch in einer Chirurgischen Abteilung. Toll, dass ihr uns besuchen kommt. Unser schwarzer Pudel ist sehr kinderlieb … Ganz liebe Grüße an dich und deine Familie, sowie an Bernadettes Familie. Eure Annika und Paul

*

Computereintrag. Seattle, 28. Januar 2001
Konnte in den letzten zwei Nächten nicht durchschlafen, weil ich um Pauls Wohlbefinden sehr besorgt bin. Er ist nämlich beruflich in Ahmedabad, in der indischen Provinz Gujarat, wo ein Erdbeben große Verwüstungen verursacht hat. Die Fernsehnachrichten und Zeitungen berichteten, dass (genau in dem Gebiet, wo Paul geschäftlich zu tun hat) fünfhundert Schulkinder lebendig verschüttet sind. Man befürchtet, dem katastrophalen Erdbeben – oh Schreck! – seien über fünftausend Menschen zum Opfer gefallen. Tausende Inder haben seit über zwanzig Stunden nichts zu essen und zu trinken.

*

Computereintrag. Seattle, 30. Januar 2001
Heute erhielt ich endlich einen Telefonanruf aus Indien, wo das Unheil bringende Erdbeben gewütet hatte. Vor lauter Aufregung zitterten meine Hände.

„Mach dir keine Sorgen. Mir ist nichts passiert", hörte ich dann Pauls beruhigende Stimme, die bei mir Freudentränen auslöste.

Natürlich telefonierte ich dann sofort mit unseren Kindern, die ebenfalls sehr besorgt gewesen waren.

*

Computereintrag, Seattle, 30. März 2001

Letzte Woche erhielten wir von Moritz ein Briefpäckchen mit tollen Fotos. Am schönsten finde ich das, wo er mit einem Jagdgewehr zwischen zwei Schlittenhunden steht. Im Hintergrund sieht man seine halb eingeschneite, rustikale Blockhütte. Des Weiteren hatte er Fotos von seinen drei Pferden, zwei Milchkühen sowie vom Angeln auf dem über dreitausend Kilometer langen Yukon- Strom beigefügt. Auf anderen Fotos sieht man seine landwirtschaftlichen Maschinen, sein Motorboot, ein Paddelboot, zwei Kanus und einen Geländewagen. Moritz schrieb, dass er mehrere Landarbeiter, einen Manager und einen Gärtner angestellt habe. Folglich brauche er sich kaum um die Landwirtschaft, Reparaturen, Stallarbeiten und um das Baumfällen zu kümmern. Letzteres sei von großer Wichtigkeit, da während des acht Monate langen, frostkalten Winters für genügend Brennholz gesorgt werden müsse. Zudem besorgten die Arbeiter für die Kühe und Pferde ausreichend Heu für den Wintervorrat. Kurz und knapp: Ich möchte gerne mal hinfliegen.

*

Computereintrag. Seattle, 26. September 2001

In der diesjährigen Sommerzeit verbrachten Paul und ich einen vierwöchigen Urlaub bei Moritz und seiner um sechs Jahre älteren Freundin Roswita. Sie hat einen erwachsenen Sohn aus erster Ehe, der aber beim Vater wohnt. Moritz lebt von der Umwelt ziemlich isoliert; zumal er keinen Telefonanschluss, sondern nur ein Funkgerät hat. Er sagte, bei guten Wetterverhältnissen könne er mit seinem Privatflugzeug in knapp einer halben Flugstunde in der nächsten Ortschaft sein. Er besäße drei Blockhütten, bei denen die Elektrizität durch einen Generator gewährleistet wird.

Gleich am dritten Tag flog Moritz mit uns über seinen Privatbesitz, zu seiner zweiten Blockhütte. (Übrigens: Zu allen drei Anwesen gehört eine Fluglandebahn.) Wir staunten, dass in der betreffenden Jagdhütte zwei Angestellte lebten und arbeiteten. Der eine Kanadier hieß Jack und sah richtig urig aus mit seinem langen, grauen Bart. Beim Begrüßen hielt Jack meine Hand mit seinen rauen Händen ziemlich lange und erkundigte sich, ob er zum Abendessen geröstete Yukon- Kartoffeln und Regenbogenforellen servieren dürfe. Ich bejahte und muss gestehen, es schmeckte mir später vorzüglich!

Anschließend entfachte Jack ein Lagerfeuer mit abgestorbenem Feuerholz und erzählte uns Gästen einige Anekdoten über das Großwild. Einmal sei ein Bär in eine unbewohnte Jagdhütte durchs Fenster eingebrochen und habe in der Vorratskammer Konservenbüchsen runtergeworfen. Zudem habe der Bär mit seinen Krallen Löcher in eine Konservendose gedrückt und dann den Birnensaft ausgetrunken.

Dann kam Moritz zu Wort: „Einmal fühlte sich wohl ein Skunk von meinem Minibus bedroht und benutzte seine Stinkdrüse als Abwehr."

Ich stutzte. „Wie denn?"

Moritz lachte: „Er beträufelte damit einen Autoreifen. Und nicht zu wenig. Es stank bestialisch. Wochenlang." Alle lachten. Moritz holte dann aus der Jagdhütte seine Gitarre und spielte und sang für uns.

Als Moritz stoppte, klopfte Jack seine Pfeife aus und begann zu erzählen: „An einem Morgen hatte ich einen Kuchen gebacken und ihn zum Abkühlen auf den Küchentisch gestellt. Und dann ritt ich mit meinem Gast aus Deutschland zu einem See am Walddesrand. Ihr glaubt es nicht! Als wir heimkehrten, stand ein schwarzer Bär am Küchentisch und aß den schönen Napfkuchen auf."

„Und? Hast du ihn erschossen?"

„Nein. Ich hob meine Arme hoch und sprach im ruhigen Ton zum Bären."

„Und? Was hat er dann gemacht?"

„Er hatte eine feuchte Nase und fletschte seine großen Eckzähne. Dann musterte er mich mit seinen kleinen Augen und erhob drohend eine Vordertatze. Und ich befürchtete, er würde mir den Kopf abbeißen. Ich hatte nämlich kein Spray zur Hand. Doch letztendlich verschwand er langsam durch die Haustür."

*

In schöner Erinnerung ist mir, als Moritz und ich am nächsten Vormittag in der Nähe eines Pappelbaumes alleine zum steinigen Flussufer gingen. Dort stellte er zwei Klappstühle ins flache Wasser und dann angelten wir im Sitzen, während unsere Füße im klaren Wasser abkühlten.

Später aßen wir am Lagerfeuer von einem selbst geangelten und gar gebrutzelten Hecht und insgeheim erinnerten mich sein Luxus, sein Allgemeinwissen und die Lagerfeuerromantik an den aristokratischen Hochadel. An einen Prinzen, der in einem traumhaften Jagdgebiet im Dauerurlaub lebt. Er legte seinen Kopf zurück, schaute zu einem kreisenden Adler und fragte mich:

„Warum gibst du nicht zu, wie und was du fühlst?"

„Ich tue es doch. Ich fühle mich wohl", erwiderte ich seiner eigentlichen Frage ausweichend.

Er legte einen Arm um mich und meinte: „Annika, wir Menschen beherrschen nicht das Leben durch das, was wir tun. Sondern durch das, was wir empfinden. Und instinktiv fühlen. Und danach sollten wir auch handeln. Ich bin mit zwei Indianern befreundet, die den Intellekt der Weißen haben. Und den Instinkt der Wilden." Er schaute nach unten und während er sprach, zeichnete er mit einem Schraubenzieher Indianersymbole in den Sand. „Weißt du, Annika", fuhr er fort, „das sind Typen, die seelisch unendlich empfindlich sind. Aber körperlich und im äußeren Gebaren, da sind sie völlig unempfindlich." Moritz spielte dann mit meinen Fingern und beteuerte: „Zugegeben, langsam komme ich mir lächerlich vor, dir zu sagen, dass ich dich begehre. Ohne einen Anspruch darauf zu haben. – Verzeih mir. Aber deine Nähe treibt mich zur Verzweiflung. Du bist meine Lotusblume."

„Das glaube ich dir", gab ich zur Antwort, „aber Paul ist ein guter Ehemann und Vater. Auf den ich mich verlassen kann. Das kam mir so richtig zu Bewusstsein, als er beruflich in Indien war. Und ich ihn durch das Erdbeben verschüttet glaubte."

Er nickte verständnisvoll und meinte: „Trotzdem gehört dir mein Herz, Annika. Du wirst das spüren, solange ich lebe."

Mir wurde etwas schwindelig und schwach ums Herz. Und in dem Moment hätte ich mich am liebsten nackt ausgezogen. Aber ich erhob mich abrupt von meinem Platz und sagte: „Moritz, ich muss und möchte von dir Abstand halten."

Er versprach, meinen Wunsch zu respektieren. Und als wir in seine Jagdhütte zurückkehrten, konnte ich mit einem reinen Gewissen in Pauls und

Roswitas skeptische Augen schauen. Bis zu unserem Abreisetag blieben wir vernünftig.

*

Post von Moritz. Dezember 2002

Liebe Annika, lieber Paul, schon wieder ist ein Jahr verstrichen. Derzeitig verläuft hier einiges nicht so wie man es sich wünscht. Vor ein paar Wochen hat meine hochschwangere Kuh irgendwo gekalbt. Aber ihr Kälbchen ist verschollen. Ich vermute, dass ein Braunbär es aufgefressen hat …

In vielen Ländern der Welt brodelt es politisch und die wirtschaftliche Krise hat mir einiges vermiest. Seit dem Einbruch an den Aktienmärkten sind nämlich meine Aktien kolossal gefallen! Nun ja, das Leben geht weiter und wir sollten jede Stunde und jeden Tag genießen, so lange wir können. Vorschlag: Wollen wir nächstes Jahr gemeinsam eine Kreuzfahrt unternehmen und ausgiebig relaxen? – Abschließend übermittele ich euch herzliche Weihnachts- und Neujahrsgrüße. Drücker! Euer Moritz

*

Computereintrag. Seattle, 10. März 2003

Super! Paul hat für uns eine Kreuzfahrt gebucht, obwohl manche Kreuzfahrtschiffe wegen der Terroristenanschläge um ein Fünftel weniger Passagiere verbuchen als gewöhnlich …

Paul und ich befinden uns jetzt im Vorruhestand. Einesteils ist das schön, anderenteils vermissen wir das turbulente, arbeitsreiche Leben von einst. Unsere drei Kinder wohnen nämlich aus beruflichen Gründen ziemlich weit entfernt von uns.

Sohn Matthew hat sich seinen Kindheitstraum erfüllt, indem er als Offizier auf verschiedenen Kreuzfahrtschiffen arbeitet und gleichzeitig viel von der Welt sieht. Da er sich (saisonbedingt) Anfang Juli mit dem Passagierschiff beruflich in unserem Breitengrad befinden wird, werden wir gemeinsam mit Moritz und seiner Partnerin Roswita (ab Seattle) eine Kreuzfahrt nach Alaska unternehmen.

KAPITEL 41

Computereintrag am Abend. Juneau, 14. Juli 2003

Schon vorgestern begrüßte uns unser Sohn Matthew an Bord des hundert-
zehntausend Tonnen großen Kreuzfahrtschiffes. Er trug seine weiße Offiziers-
uniform und ich war sehr stolz auf ihn. Wir erfuhren, dass es auf diesem
Ozeankreuzer an die zwanzig Bars, mehrere Restaurants, dreißig Passagiersui-
ten mit privaten Balkons und über eintausend Passagierkabinen gibt. Gerade
schreibe ich in unserer Kabine auf meinem Laptop, während Paul Fernsehsport
schaut.

Heute, vor dem Frühstücken, trainierten Paul, Roswita und ich eine halbe
Stunde auf den Laufbändern im Fitness-Studio. Moritz hingegen konnte aus
gesundheitlichen Gründen nicht mithalten. Er ist sehr schlank geworden,
spricht aber nicht gerne über Krankheiten.

*

Nachdem wir heute Morgen in Juneau im Internet-Café ein paar E-Mails
abgesandt haben und anschließend spazieren gingen, kreisten drei Weißkopf-
seeadler über uns. Angeblich gibt es in Alaska über dreißigtausend solcher
Adler. Später unternahmen wir eine Bus-Landtour, wobei der Mendenhall-
Gletscher die bedeutendste Touristenattraktion war. Von unten aus gesehen,
erinnerte er an einen vom Berg strömenden breiten Fluss, der aber gefro-
ren war. Und anstatt als Wasserfall abzustürzen, bildete er eine gigantische
Relief-Eiswand, die an lauter verschnörkelte Orgelpfeifen erinnerte. Es war
ziemlich kühl und ich fand es lieb, als Moritz meine kalten Hände rieb, ehe
wir uns zum Besucherzentrum begaben.

Anschließend gingen wir bei Sonnenschein durch den Green Angel Garden
und zum Museum. Bei letzterem erinnerte mich eine weißliche, durchsichtig
wirkende Regenjacke an Pergamentpapier. Wir erfuhren, dass früher die Eski-
mos ihre Regenjacken aus Bärendärmen anfertigten, indem sie die gegerbten,
breiten Darmstreifen aneinandernähten.

*

Computereintrag in Skagway
Während der Goldgräberblütezeit wohnten in diesem Ort etwa fünfzehntausend Einwohner; heutzutage nur noch rund eintausend. Man zeigte uns ein winziges Haus, in dem früher zwei Prostituierte gleichzeitig gearbeitet haben sollen. Manchmal, so hieß es, hatten sie hundert Kunden pro Tag und das Risiko für Geschlechtskrankheiten sei groß gewesen. Da dachte ich mit Wehmut an Mrs. Petersen, die mir von den Prostituierten in Fairbanks erzählt hatte. Später, als ich beim Tanzabend, an Bord unseres Luxuskreuzers, Moritz davon erzählte, wusste er es schon. Sein Wissen ist beachtenswert. Wir tanzten dann zusammen und ich gestehe, es war ein tolles Vergnügen, mit ihm einen Tango und auch Rock'n'Roll zu tanzen. Allerdings tanzten wir beide nicht mehr so wild wie damals in Afrika. Und jetzt freue ich mich schon auf morgen, wenn wir in den Gewässern der Tracy Arms Region sein werden.

*

Gleich nach dem Frühstück eilten viele Passagiere bei Sonnenschein ans offene Deck. Annika staunte, denn obwohl es Sommer war, herrschte in der Nähe des gigantischen Tracy-Arm-Gletschers eine arktische Kälte. Deshalb verteilten ein paar Besatzungsmitglieder für die frierenden Passagiere Wolldecken zum Einmummeln. Auch Annika schwang sich eine über ihre Schultern.

Just in dem Moment kam eine große Gestalt auf Annika zu, die einen dunkelblauen Winteranorak trug und die Kapuze über den Kopf gestülpt hatte. „Na, Mama, wie gefällt es dir?", fragte ihr Sohn Matthew.

„Supergut. Hast du Pause?"

Er grinste. „Sagen wir mal, ich hab mir fünf Minuten gestohlen. Ich muss gleich wieder zurück ins Büro. Mama, wo ist Papa?"

„Im Speisesaal. Beim Frühstücken."

Matthew drehte sich um. „Ah, cool! Da kommt er ja schon. Mit Roswita und Onkel Moritz."

Nach seiner Begrüßung mit allen, blieb er plaudernd neben Moritz stehen. Annika, innerlich erfreut darüber, fotografierte sofort die beiden und hörte Paul sagen: „Ich brauche was zum Aufwärmen. Möchte jemand einen heißen Kakao? Mit Baileys-Likör?"

„Nein, danke", erwiderte Annika und sah, wie Paul dann vergnügt vor sich hinpfeifend mit Roswita zur Bar schlenderte.

Annika hingegen eilte gemeinsam mit Moritz auf dem oberen, offenen Deck von Backbord nach Steuerbord. Von Steuerbord nach Backbord. Und wieder zurück. Um ja nichts zu verpassen. Um ja alles mit ihrer Kamera einzufangen. Häufig standen sie Schulter an Schulter nebeneinander. Und in so einem Moment wünschte sie sich, Moritz würde sie fest an sich drücken. Aber das ging ja nicht. Verträumt betrachtete sie den hellblauen, türkisen Gletscher, dessen sonnenangestrahlte Ecken und Kanten wie Millionen Diamanten glitzerten."

Moritz stupste Annika leicht mit dem Ellenbogen an. „Stellenweise erinnern mich die Farben an deinen weißen Opal. – Wieso trägst du eigentlich nicht den Ring von mir?"

„Moritz, ich habe ihn schon zwei Mal getragen. Außerdem trage ich sehr häufig den Elefantenanhänger."

„Ah-ja? – Und wann und wo hast du den Ring angehabt?"

„In Seattle", beteuerte sie.

„Ach ja?", zweifelte er erneut und berührte ihre Hand. „Ich bin enttäuscht. Es sollte symbolisch ein nie endendes Bündnis bedeuten."

Sie drückte ihr Kinn auf ihr Schlüsselbein und schielte ihn von unten nach oben von der Seite an. „Ich kann deinen Träumen leider nicht folgen", schäkerte sie. Er umging ihren Kommentar und meinte: „Uns verbindet ein gemeinsames Fühlen und Denken. – Ich meine, was die Liebe zur *Natur* anbetrifft."

„Kann sein", erwiderte sie, ohne aufzublicken. Wie hypnotisiert sah sie zu den abgebrochenen, türkisblauen Eismassen. Und zu den Küstengletschern, die so hoch wie Wolkenkratzer erschienen. Im Wasser schwammen viele Eisschollen und ein Mini-Eisberg. Auf letzterem lagen fünf Robben. „Überwältigend!", äußerte sich Moritz und fragte: „Kommst du mit zur anderen Seite?"

„H-hm", bestätigte sie mit einem kurzen Nicken und bald standen beide an der entgegengesetzten Reling und betrachteten ein USA Coast Guard Ship. Auf einmal erschallte aus dessen Lautsprecher eine laute Männerstimme im Kommandoton. Es war ein Befehl, dass drei junge

Besatzungsmitglieder über Bord springen sollten. Aber wegen des eiskalten Wassers müssten sie innerhalb von dreißig Sekunden wieder zurück auf dem Schiff sein. Kurz darauf sah man tatsächlich wie die schlanken Männer über Bord sprangen, und – wie befohlen – sofort wieder triefendnass aufs Schiff zurückkletterten. Moritz erklärte: „Annika, das war eine Einweihungsmutprobe, ehe sie voll anerkannt werden. Zugleich eine Rettungsübung."

Plötzlich hörte man gespenstisches Rumoren, Knacken, Stöhnen und Grollen. Moritz ergriff Annikas Hand. „Komm. Gletscherabbruch", sagte er und innerhalb von Sekunden standen sie dann an einer anderen Reling. Wie angewurzelt beobachteten sie von dort aus, wie ein gigantischer Eisbrocken knackend und mit einem gewaltigen Donnergetöse absplitterte und langsam, fast geräuschlos ein Stück ins tiefblaue Eismeer glitt. Eine hausgroße Gletscherspitze ragte nur noch aus dem Wasser. Schwups tauchte auch sie krachend laut ins tiefe Meer und verursachte sprühende, hundert Meter hohe Wasserfontänen. „Der Gletscher hat eben gekalbt", erklärte Moritz, woraufhin Matthew, der zufällig schmunzelnd hinter ihnen stand, erklärte: „Die Alaska-Leute nennen das einen Weißen Donner. Die Gletscher kalben mehrere Mal pro Stunde. Den Krach hört man kilometerweit …"

„Ah", reagierte Moritz erstaunt und strahlte den jungen Offizier an. „Na, Matthew, was macht die Angelkunst?"

„Keine Zeit dazu, Onkel Moritz."

„Lass mal den Onkel fallen. Wir sind beide erwachsen. – Komm mich doch mal wieder in Kanada besuchen …"

„Ja, das hört sich gut an …", erwiderte Matthew und entschuldigte sich: „Ich muss leider gehen. Wir unterhalten uns später …"

„Okay, Matthew", übernahm Annika das Wort. „Wir bleiben noch hier. Papa und Roswita sind an der Bar …"

Berauscht schauten Annika und Moritz nun wieder zu den Bergen und Regenwäldern, die sich im glatten Meerwasser widerspiegelten. Hier und dort sah man, wie von den bis zu tausend Meter hohen steilen Felsenwänden Wasserfälle herabstürzten. Moritz reichte Annika sein Fernglas: „Schau geradeaus. Direkt in der Mitte des grünen Berges. Wo der Wasserfall ist. Dort siehst du einen Braunbär." Beide schwiegen, während sie abwechselnd den Bär beobachteten, bis Moritz wieder die Stille brach: „Annika, ich liebe diese Atmosphäre. – Komm, wir gehen nach hinten, wo wir alleine sind." Sie drehte sich zu ihm um und nickte zustimmend.

Moritz ging links von ihr und genauso wie zwei Teenager-Mädchen vor ihnen, hängte er ebenfalls die wärmende Schiffswolldecke über Annikas und seine eigene Schulter. Und während sie dann kichernd zusammen eng nebeneinandergingen, zog er sie blitzschnell in eine Ecke und sagte: „Jetzt sind wir ungestört. Ich wollte dir schon lange sagen, dass das Verhältnis zwischen Roswita und mir täuscht. Es funktioniert nicht so hundertprozentig. Der Mann von Roswita wünscht zwar die Scheidung, aber Roswita will sich nie von ihm scheiden lassen."

Annika stutzte. „Ich glaubte, ihr wäret glücklich miteinander. "

Moritz drückte liebevoll ihre rechte Schulter und stöhnte: „Ach, Annika."

Sofort machte sie eine abwehrende Bewegung. „Moritz, wir sind keine Teenager mehr", muckte sie auf und wandte sich zum Gehen. Doch er hinderte sie daran, indem er sie blitzschnell auf die Lippen küsste. Annika strahlte nun doch und war für einen Moment versucht, ihm von seiner Vaterschaft zu erzählen. – Doch dann schreckte sie vor der spontanen Idee zurück. Immerhin war sie mit Paul verheiratet. Und wenn, dann stünde Paul zu, dass er als Erster davon erfahre. Sie schwieg.

„Ist alles okay?", erkundigte er sich.

„Ja. Bis später", erwiderte sie und kämpfte mit den Tränen.

*

Zwei Tage später lagen vier große Ozean-Kreuzschiffe im Hafen der Kleinstadt Ketchikan, die man auch „Lachs-Hauptstadt der Welt" oder: „Stadt der Totempfähle" nannte.

Als Paul und Annika dort bei Nieselregen mit einer Pferdekutsche durch Ketchikan fuhren, passierten sie hohe historische Totempfähle. Außerdem sahen sie Angler, die fast unterarmlange Lachse verkauften.

Abends nach dem Formal Dinner gingen Paul und Roswita ins Spielcasino, während Moritz und Annika wieder auf dem Promenadendeck an der Reling standen und nach unten auf das schwarze Wellenmeer schauten. „Moritz", begann Annika, „Roswita hat mir verraten, dass du letztes Jahr schwer krank warst."

„Annika, die Ärzte haben alles im Griff. Und ich betone nochmals: Ich bin in der Tat finanziell recht gut abgesichert. Du gingest mit mir in keiner Hinsicht ein Risiko ein. Obwohl ich durch den Aktiencrash über drei Millionen Dollar verloren habe."

„Geld zieht bei mir nicht", sprach Annika und fragte: „Drehen wir noch eine Runde ums Deck?"

„Nein. Ich geh schlafen", erwiderte er knapp und reichte ihr die Hand. „Bis morgen, Annika."

„Gute Nacht", erwiderte sie und schaute ihm nach. Aber er drehte sich nicht mehr um.

Gedankenversunken sah sie öfter zu den schwarzen, rauschenden Ozeanwellen, während sie auf dem menschenleeren Promenadendeck spazieren ging. Aber weil es ihr nach der ersten Runde zu einsam war, entschloss sie sich, zum Casino zu gehen. Just in dem Moment begegnete sie Paul. „Ich hab dich gesucht", sagte er freudestrahlend.

„Warum?"

„Ich hab zweihundert Dollar gewonnen."

„Was? – Das ist ja toll", reagierte sie und umarmte ihn wieder im Bett.

*

Am nächsten Morgen war Moritz nicht beim Frühstück und so bat Annika Paul, mit ihr gemeinsam an Deck ein paar Runden zu drehen. Er war einverstanden und fragte dann neugierig: „Na, Annika, was hat dich bis jetzt am meisten beeindruckt?"

„Die Lachs- Brutstation. Mit den Millionen Baby-Lachsen", schwärmte sie. Unglaublich, wenn sie zweitausend Meilen geschwommen sind, dann sind sie erwachsen und schlachtreif."

„Ja, die Natur ist phänomenal. Und, was hat dir noch gefallen?"

„Die Gletscher ", erwiderte Annika und lenkte das Gespräch flüsternd in eine andere Bahn: „Du, Paul. Mich bedrückt etwas. Ich möchte dir etwas beichten."

„Schieß los! Ich beiße nicht."

„Ich weiß", begann sie und stockte kurz. –

Er schaute sie an. „Ich höre."

„Ich w-weiß-", stotterte sie schuldbewusst. „Oh, ich weiß nicht, wie ich es dir sagen soll."

Er legte seinen Arm um ihre Schultern und drückte fest zu. „Versuch es doch mal."

Schuldbewusst spürte sie, wie ihr die Röte ins Gesicht schoss und senkte den Blick und murmelte: „Ich habe dich mit meinen Gefühlen etwas betrogen."

Schweigepause.

„Sprich weiter. Ich höre geduldig zu."

„Paul, unser Matthew ist leider", sie stockte und schaute ein paar Sekunden nach unten auf einen lackierten Balken.

Er blieb stehen: „Ist ihm was passiert?"

„Nein, nein, nein! Dem geht's gut. Aber...", sie zögerte erneut.

„Was, aber?", drängte er, zu wissen.

„Er ist leider – oh, du wirst enttäuscht sein", druckste sie herum, doch um es schnell loszuwerden, gab sie sich einen inneren Ruck und fuhr fort: „Unser Matthew ist ein Kuckuckskind."

„Was meinst du?"

Annika hob kurz ihre Schultern. „Er ist leider nicht dein leiblicher Sohn", offenbarte sie ihm schnell.

Paul stutzte. „Machst du einen Witz?", quetschte er heraus.

„Nein. – Moritz ist der leibliche Vater", beendete Annika hastig ihr Geständnis. Im Nu, als hätte Paul sich an ihr verbrannt, spürte sie, wie sich sein Arm von ihren Schultern löste.

Er guckte sie verdattert an. „Was!? Das bedeutet ja", er schluckte. „Das bedeutet ja, dass du mit Moritz geschlafen hast."

„Ja. So ähnlich."

„Du hast also ein Verhältnis mit ihm?", fauchte er empört.

„Nein", versuchte sie die peinliche Tatsache zu mildern. „Paul, das ist lange her. Außerdem haben wir es nur zweimal getan."

Er rückte seine Brille zurecht und schaute sie prüfend an. „Einmal oder hundertmal! Das spielt keine Rolle!"

„Pscht", bat Annika, „sei bitte leise. Hinter uns sind Leute." Daraufhin flüsterte er: „Die Tatsache ist, du hattest mit ihm Sex. Blau, blau, blau sind Großvaters und Moritz' Augen. Daher der breite Brustkorb. Jetzt geht mir ein Licht auf. Warum unser Sohn nach Kanada flog. Und nach Liberia. Nett hast du damals alles eingefädelt. Du falsches Luder", tadelte er sie. Dann fletschte er wütend seine Zähne und fragte: „Weiß Matthew, dass ich nur sein vermeintlicher Vater bin?"

Sie blies ihre Wangen auf. „Nein. Natürlich nicht."

„Und seit wann weiß Moritz, dass *er* der biologische Vater ist?", fragte er gehässig. Annika brach in Tränen aus. „Der weiß es auch noch nicht ..."

In dem Moment kam ein junges Ehepaar aus der entgegengesetzten Richtung und schaute entrüstet zu Paul. Dann blieben sie vor Annika stehen und fragten auf Englisch: „Ist alles in Ordnung?"

Annika zauberte ein Lächeln und wie abgesprochen, erwiderten beide: „Okay", und gingen an ihnen vorbei. Paul schritt schweigend neben Annika her, bis sie sich schluchzend alles von der Seele geredet hatte und fügte abschließend hinzu: „Außerdem wirst du immer Matthews Vater bleiben. Du hast ihn großgezogen. Du bist sein richtiger Vater, wie es auf seiner Geburtsurkunde steht. Matthew liebt dich. Er vergöttert dich sogar. Matthew war und bleibt dein Lieblingssohn. Wirst schon sehen: Solange wir auf Erden wandeln, wird er dich Papa nennen."

Plötzlich stoppte Paul, stellte sich mit vorgeschobenem Brustkorb vor sie hin, ergriff ihre Oberarme, schaute sie sehr ernst an und sagte: „Annika, die erlebnishungrige Frau! Du bist noch immer voller Überraschungen. Mal positiv, mal negativ! Mit dir ist es nie langweilig. Du treibst mich noch zur Weißglut. Eine Konsequenz wäre ..." Er stoppte.

Annika sah ihn erstaunt an und reagierte klar und deutlich: „Entschuldige bitte."

Er streckte den rechten Zeigefinger in die Höhe. „Annika, eins muss ich dir lassen: Du hast deine Rolle sehr clever gespielt. Und jetzt gehe ich alleine zur Bar. Das verstehst du doch? Nicht wahr?"

„Ja", erwiderte sie kleinlaut und war sehr traurig, weil er nach seiner Rückkehr stundenlang nicht mit ihr redete.

Erst am Abend, als Paul neben ihr im Bett lag, erhielt sie eine Antwort: „Annika, ich habe gründlich nachgedacht. Wir sind beide nicht unschuldig. Und du hast Recht, ich werde Matthew immer lieben. Er ist mein Sohn. Hast du dir schon überlegt, ob wir es Moritz und den Kindern erzählen sollten?"

Sie lehnte sich an ihn. „Das überlasse ich dir." Er lächelte ihr zu und in dem Augenblick war ihr hundertprozentig klar, was für einen lieben Mann sie hatte. Sie sagte: „Es tut mir so leid. Ich liebe dich."

Er schaute sie prüfend an. Doch dann drückte er sie an sich und wie benommen spürte Annika, wie er zärtlich ihr Haar kraulte. „Ich liebe dich", versicherte er ihr ebenfalls und rückte seinen warmen Körper immer näher an sie heran. Und dann kam der Moment, in dem beide in Liebe verschmolzen und unbeschreiblich schöne Gefühlswellen durch ihre Körper strömten …

„Schlaf gut …", hieß es später.

Annika hörte nur das sanfte Ticken des Weckers und das leise Rauschen der Meereswellen. Glockenwach lächelte sie zufrieden vor sich hin. Liebe und Dankbarkeit erfüllten ihr Herz. Beglückt lehnte sie ihren Kopf an Pauls Schulter und hörte seine gütige Stimme: „In den nächsten Tagen werde ich alleine mit Moritz reden."

Spontan knipste Annika die Lampe an, wandte ihr Gesicht Paul zu und fragte erstaunt: „Ist das dein Ernst?"

„Ja", erwiderte er knapp und vergrub sein Gesicht kurz in seinen Händen. Annika hob ihre Augenbrauen und schwieg.

*

Zwei Tage später proklamierte Paul in der Kabine: „Annika, das Gespräch hat stattgefunden."

„Und?"

„Er hat sich entschuldigt und ich hab ihm gesagt, dass es mir sehr wehtut. Weil Matthew nicht mein Fleisch und Blut ist. Ich sagte ihm, dass ich mich fühlen würde, als hätte ich einen Sohn verloren. Außerdem legte ich ihm nahe: Solange ich lebe, bin ich Matthews Vater."

„Und? Wie reagierte er?"

„Er sagte, das verstünde sich von selbst. Und ihm sei alles sehr peinlich."

Annika sah, wie Pauls Mund zuckte, als er weitersprach: „Ich glaube, es gefiel ihm, dass er endlich einen Sohn hat. Denn es war offensichtlich, wie nahe er am Wasser gebaut war. Daraufhin war ich sauer. – Naja. Zum Schluss hatten wir beide Tränen in den Augen und haben uns umarmt."

Sie kämpfte in dem Moment auch mit den Tränen und schaute aus dem Kabinenfenster. Wie aus einer anderen Welt hörte sie Paul weitersprechen: „Wir einigten uns, den Kindern vorerst noch nichts zu sagen. – Annika, ich gehe jetzt ins Fitness-Studio. Wenn du möchtest, kannst du gerne Moritz anrufen. Und mit ihm alleine reden. Hier in unserer Kabine. Aber beherrscht euch."

Annika wischte ihre Tränen ab, versprach es und rief sogleich Moritz an.

Etwa fünfzehn Minuten später strich Moritz eine Haarsträhne aus Annikas Gesicht und fragte: „Warum hast du mir das nicht früher gesagt?"

„Warum, warum, warum?! – Na weil es rundherum so besser war. Du warst damals in Afrika. Und wie es schien, warst du glücklich verheiratet. Und ich liebte – beziehungsweise liebe meine ganze Familie."

Moritz küsste ihre Stirn. „Das weiß ich doch. Es gab aber trotzdem Momente, in denen ich es vermutete. Von jetzt an ist Matthew der Prinz in meinem Herzen. Und seine Mutter ist die Traumkönigin. Ich versichere dir, für Matthews Zukunft ist üppig gesorgt …"

„Du, für seine Zukunft wäre auch ohne deine Millionen gesorgt worden", reagierte sie etwas beleidigt.

„Entschuldigung. So habe ich es nicht gemeint …"

Plötzlich war es Annika ganz wehmütig ums Herz und sie quetschte tränenblind heraus: „Weißt du Moritz, unser Matthew war in der Schule ein wahrer Musterschüler. Und du konntest ihn für seine guten Leistungen nie lo-"

„Schwamm drüber", beruhigte er sie, führte ihre Hand kurz an seine Lippen und zitierte dann aus Goethes Faust:

„Das Werdende, das ewig wirkt und lebt,
Umfass euch mit der Liebe holden Schranken,
Und was in schwankender Erscheinung schwebt,
Befestigt mit dauernden Gedanken."

*

Dann küsste er Annika auf die Wange und sprach: „So wie alles gelaufen ist, ist es gut. Mein Leben war reich gesegnet. Mit Erlebnissen und Liebe. Nicht zuletzt durch dich, und überhaupt durch deine ganze Familie. Ich spüre, dass wir beide in unserem Sohn weiterleben werden."

Moritz öffnete die Balkontür, ergriff ihre Hand und zog sie hinaus. „Lass uns träumen", seufzte er, „bei Meeresluft und trotz des trüben Himmels."

Plötzlich regnete es. „Moritz", begann Annika, als sie wieder in der Kabine waren, „du hörst dich ziemlich melancholisch an. Das passt überhaupt nicht zu dir. Du bist krebskrank. Nicht wahr?"

Er legte seine Stirn in ausgeprägte Querfalten, die seine Ausdauer und Willensstärke verrieten. Dann stierte er sie stillschweigend eine Weile an, drückte ihre Hand und presste leise hervor: „H-hm. – Aber es besteht Hoffnung …"

„Moritz, ich muss dir ein Bild zeigen", lenkte Annika ihn ab und klickte suchend auf der Digitalkamera herum. „Ich hab's. Guck, was ich fotografiert habe. Vater und Sohn. Ihr seht euch etwas ähnlich. Sollen wir für dich das Bild beim Schiffsfotografen ausdrucken lassen?"

„Oh ja. – Oder, gib mir bitte den SD-Chip. Ich bringe ihn selbst zum Fotografen."

„Okay … Ich gehe jetzt zu Paul. Du möchtest sicherlich ein bisschen alleine sein." Er biss sich etwas auf seine Unterlippe und nickte. „Ja", erwiderte er, gab ihr einen Wangenkuss und verließ die Kabine.

Annika zog sich um und suchte und fand dann Paul auf einem Liegestuhl, in der Nähe des Swimmingpools.

*

In den kommenden Tagen – bis zum Verabschieden von Matthew, beobachteten Paul und Annika, wie Moritz häufig die Nähe seines biologischen Sohnes suchte. Wann immer es möglich war, schüttelte er Matthews Hand, setzte oder stellte sich neben ihn und klopfte ihm kameradschaftlich auf die Schulter. Und am Ankunftstag in Seattle hörten sie Moritz sagen: „Matthew, meine Maschine wartet auf dich. Eine Cessna 180. Viersitzer. Lass mich wissen, wenn du den Flugschein machen möchtest. Ich bezahle ihn. Das habe ich dir ja schon damals versprochen."

Matthew strahlte: „Darf ich dann meine Freundin mitbringen?"

„Absolut", erwiderte Moritz und man bemerkte seinen Vaterstolz.

KAPITEL 42

Und so kam es, dass Paul und Annika im Laufe der Zeit ihren Kindern von Moritz' Vaterschaft erzählten.

Eines Tages rief Matthew aus San Francisco an: „Hallo, Mama und Papa, wie geht's?"

„Gut ..."

„Believe it or not. Der Moritz war wieder bei uns. Für zwei Wochen."

Paul hüstelte. „Das freut mich. Aber ich muss zur Arbeit, Matthew. Die Golfbälle brauchen Bewegung."

„Haha. Tschüss, Papa ..."

„Tschüss. Matthew."

Jetzt sprach Annika: „Na, was hat er denn gesagt?"

„Mama, der brachte ganz viel Spielzeug mit. Und Schmuck für meine Frau und für mich. War uns echt peinlich."

„Er tut es gerne für dich. Ist er noch so dünn und blass?"

„Nö. Der hat paar Kilogramm zugenommen. Wir beide haben für einen Marathon trainiert. Er sagte, er sei geheilt. Er fühlt sich fit wie ein Zwanzigjähriger."

„Na prima. Das sind gute Nachrichten", erwiderte Annika und als Paul abends von dem Anruf erfuhr, schwieg er.

*

Seattle, 3. April 2007

Liebe Doris, lange haben wir voneinander nichts gehört. Meine Schuld. Entschuldigung. In letzter Zeit waren Paul und ich häufig im Oma/Opa-Einsatzdienst. Beispielsweise fuhr ich vorgestern mit unserem kleinen Enkelsohn zum rotierenden, über hundertachtzig Meter hohen Observationsdeck der Weltraumnadel. Weißt du noch, als wir beide auf der Aussichtsplattform der „Space Needle" den Rundblick genossen? Und wie dein Schuhabsatz abbrach? Und wir beide einen Lachkrampf bekamen?

Wie schnell doch die Jahre verfliegen. – Mittlerweile ist Matthew schon zum zweiten Mal Vater geworden. Moritz kam auch zur Taufe. Er war guter Dinge und auf meine Bitte hin, erzählte er mir dann endlich, dass er vor ein paar Jahren wegen Lymphom-Krebs behandelt wurde. Sechs Monate lang hatte er zweimal wöchentlich – immer vier bis fünf Stunden lang – Infusionen mit Chemotherapie erhalten und fünfzehn Kilogramm abgenommen …

Doch schließlich erhielt er das ersehnte Ergebnis, er sei geheilt. Moritz behauptete sogar, er fühle sich körperlich so robust wie ein Indianerhäuptling. Selbst sein Spezialist konnte nicht glauben, wie gut er auf die Chemotherapie regiert hatte. Moritz schwärmte mir sogar vor, dass er nördlich des Polarkreises in Coldfoot gewesen sei und bei heller Mitternacht eine Hundeschlittenfahrt unternommen habe. Zudem berichtete er von einer tollen, mehrtägigen Schneemobilfahrt durch die arktische Tundra. Einmal habe er vom Flugzeug aus ein Rudel mit Millionen Rentieren beobachtet. Wir schmiedeten auch Pläne, Matthews Geburtstag mit großem Aufwand bei Moritz in Kanada zu feiern. Zum Beispiel mit einer Ballonfahrt über sein Jagdrevier; mit der Sicht auf silbern glänzende Seen, Sumpfgebiete und schneebedeckte Bergkuppeln.

Aber, aber. – Aber leider sollte es nicht dazu kommen. Es gibt nämlich eine traurige Mitteilung, die mein Herz sehr berührt, zumal ich hier niemandem meine eigentliche Betrübnis anvertrauen möchte. Du wirst es nicht glauben. – Vor einigen Wochen erhielt unsere Familie die niederschmetternde Nachricht, dass Moritz mit seinem eigenen Flugzeug verunglückt sei. Ich kann es manchmal noch immer nicht fassen. Zumal er mit Leib und Seele ein sehr guter Luftpilot gewesen war. Paul, Matthew und ich flogen/fuhren zur Trauerfeier, bei der nur neunzehn Leute ihm das letzte Geleit gaben. Obwohl er doch in Afrika bei allen so sehr beliebt gewesen war. Mein Mann, der die Grabrede hielt, musste zweimal unterbrechen und schlucken. Und bei mir durchtränkten viele Schnupf- und Tränenbäche mehrere Papiertaschentücher.

Oh, Doris, ich wünschte, du wärest unsere Nachbarin. Oft habe ich mir hier herbeigesehnt, so eine Freundin wie dich zu finden, aber da ist niemand, der dich ersetzen könnte. Ich bezweifle auch, dass ich hier jemals so eine Freundin wie dich finden werde. Hört sich ziemlich deprimierend an, nicht wahr?

Ja klar! Ich habe Paul, – der ja auch wirklich ein guter Freund, Vater, Opa und Ehemann ist. Aber ich denke, geheime Überlegungen wären bei dir gewiss besser aufgehoben … Moritz wurde auf einem Berggipfel seines Grundstücks beerdigt. Matthew, der Haupterbe des Jagdgebietes, veranlasste, dass dort ein schwarzer Granit-Grabstein mit Goldschrift hinkommt. Das andere Vermögen,

einschließlich Aktien, ging an Andrew, Hillary und an einen Wohltätigkeits-
verein …
Last, but not least: Wie geht es dir und Benjamin? Please, keep in touch.
Herzliche Grüße von unserem Familienclan und meiner Wenigkeit, Annika

*

An einem milden Herbstnachmittag des Jahres 2007 wartete Annika in einer Parkanlage auf Paul. Gedankenvoll umklammerte sie ihr geblümtes Halstuch, das von Moritz stammte. Sie schaute zu einem Blockhaus, in dessen Restaurant sie einst mit Moritz und dem damals noch kleinen Andrew gegessen und nebenbei über Afrika gesprochen hatten. Seit dem Ende des liberianischen Zivilkriegs waren fast vier Jahre vergangen. Die Medien berichteten, dass laut Statistik der Vereinten Nationen – Liberia noch immer zu den drei ärmsten Ländern der Welt gehörte.

Auf einmal vernahm Annika hinter sich Geräusche, die an rascheln-des Herbstlaub erinnerten und drehte sich um. Es war Paul, der, wie ein kleiner Junge, fröhlich das Laub vor sich her scharrte. Entschuldi-gend hob er seine Arme. „Ich weiß, ich bin spät. Tut mir leid. Ich konnte einfach den Golfschläger nicht loslassen", scherzte er und fragte sie etwas später: „An was denkst du?"

„An Moritz. Und wie es kommt, dass du mir nicht mehr böse bist."

Er runzelte seine Stirn und forschte: „Sollte ich? – Liebst du ihn noch immer?"

„Paul! Ich bitte dich. Man soll die Toten ruhen lassen. Inklusive deine ehemalige Freundin Dagmar." Er machte einen kleinen Buckel. „Okay. Komm, wir gehen ins Café", schlug er vor und beide begannen dann, ein Stück Torte zu essen und plauderten über dies und jenes. Annika leckte die Sahne von der Kuchengabel ab und sagte: „Paul, wir haben einen traurigen Brief bekommen."

„Von wem?", fragte er erschrocken.

„Von Doris. Aus München", erwiderte sie und reichte ihm den hand-geschriebenen, hellblauen Luftpostbrief.

*

Liebe Annika, lieber Paul, danke für euren Brief mit der erschütternden Nachricht über Moritz' tödlichen Unfall. Leider gibt es auch von hier eine schlimme Hiobsbotschaft. Stellt euch vor: Nach einer Krankenhaus- Notaufnahme machte man vor einigen Monaten bei Benjamin eine Computertomographie (CT). Später gefolgt von einer Kernspintomographie. (Die gab es ja zu unserer Berufszeit noch nicht. Man nennt sie auch Magnet-Resonanz-Tomografie (MRT). Ergebnis: Benjamin hat einen bösartigen Gehirntumor (Glioblastoma multiforme). Er leidet furchtbar. Seit seiner dritten großen Operation ist er leider auf einem Auge blind. Er geht auf Krücken, obwohl ihm oft schwindelig ist und er häufig erbrechen muss. Das Schlimmste sind seine mörderischen Kopfschmerzen. Mir bricht das Herz, wenn ich ihn leise stöhnen höre. Er meinte, es sei eine Folter rund um die Uhr. Es sei dermaßen schlimm, als würde jemand ein breites, dünnes Metallband um seine Stirn und den Schädel winden und es mit einer Flügelschraube oder einer Zange laufend fester zusammendrehen.

Oh, Annika. – Er will sterben und man hilft ihm nicht. Weshalb gibt es so grausame Gesetze? Weshalb gibt es für Totkranke keine Sterbehilfe. Wieso kann man nicht selbst entscheiden, wann man für immer einschlafen möchte? Hoffnung auf eine Besserung gibt es leider nicht. Meine Tage als Privatpflegerin sind sehr ausgefüllt. Man hat mir nahegelegt, ihn in ein Pflegehospiz (Sterbehospiz) zu bringen. Nee, nee, danke. Benjamin bleibt hier bei mir …

Betreffs Freundschaft: Mir geht es wie dir. Ich vermisse dich wie eine leibliche Schwester, die ich nie hatte … Deine Doris

PS: Liebe Annika, zwei weitere Tage sind vergangen und ich fühle mich wie in einem schlechten Traum. – Noch ehe ich diesen Brief zum Postamt bringen konnte, ist mein lieber Benjamin von uns gegangen. Mein Herz ist voller Trauer … Deine Freundin Doris

*

Mitfühlend beobachtete Annika ihren Mann, der den Brief kopfschüttelnd las. Sie erinnerte sich an Benjamins Güte. Wie ein fürsorglicher Vater hatte er in ihrer Kindheit veranlasst, dass sie bei seiner Hochzeit Blumen streuen durfte. Ihm verdankte sie auch den Afrikajob. Außerdem brachte er in Erfahrung, dass Protzlach nie promoviert hatte.

„Das war ein Schock", unterbrach Pauls Stimme ihre Gedanken. „Mensch, hat der gelitten. Und die Doris kann einem auch leidtun. – Komm, Annika. Wir gehen."

Sie war einverstanden und als sie heimkehrten, richtete sie das Abendessen und ging früh schlafen. Paul hingegen schaute noch Fernsehen.

Wie die Zeit dahinrennt, überlegte sie im Bett. Unser Andrew ist nun ebenfalls ein Vater. Was ist das? Igitt! – Igitt! Sie sah einen Chirurg, der tintenverschmierte Finger hatte und mit blutroten Bindfäden Matrosenknoten knüpfte. Mitten in einem aufgeschlitzten Bauch. Plötzlich hörte Annika im Traum eine zarte Mädchenstimme Folgendes fragen: Möchten euer Hochwürden eine Spritze? Zum Punktieren? Doch der Operateur schrie sie an: Klappe halten! Du freche Göre! Schere! Eileiter durchschneiden. Eierstöcke bleiben im Bauch. Jetzt kitzelte Julia den Chirurg mit einer weißen Feder im Nacken und protestierte: Aber die will doch Kinder kriegen!

Quatsch. Hilfspfleger! Auffangschüssel her, schrie der grüne Mann. Und Annika beobachtete im Traum, wie der pralle Fleischbrocken in die Schüssel reinplumpste. Es war dermaßen geräuschvoll, als sei ein mit Wasser gefüllter, übergroßer, schwerer Fußball auf einen Holzfußboden geprallt. Sie hörte Wimmern und schnelle Klopfgeräusche. Auf einmal konnte Annika mit der Schüssel fliegen. Fliegen wie ihr weißes Huhn Frieda.

„Wau! Wau …", hörte Annika ihren Pudel in der Realität bellen. Etwas verwirrt rieb sie ihre Augen und spürte dann, wie die Morgensonne sie blendete. Sie lächelte vor sich hin, Paul war schon aufgestanden. Nun erkannte sie erleichtert, dass es einer jener abscheulichen Protzlach-Angstträume gewesen war, die sie häufig während ihrer Schwangerschaften belästigt hatten. Auch jedes Mal, wenn ihre Tochter und Schwiegertöchter schwanger gewesen waren.

Annika schwang ihren hellblauen Frisierumhang über ihre Schultern, als Paul nach oben rief: „Annika, das Frühstück ist fertig! Kommst du runter?"

„Ja, gleich", versicherte sie ihm; doch plötzlich schrillte das Telefon. Annika nahm den schnurlosen Telefonhörer ans Ohr und grüßte mit einer singenden Stimme: „Good Morning."

„Hallo Oma, wie geht's?", hörte sie zu ihrem Ergötzen die zarte Stimme ihrer kleinen Enkeltochter Bella.

„Danke gut, mein Herzchen. Kommst du uns heute mit deiner Mami besuchen?"

„Ja!"

„Na wunderbar … Dann darfst du dem Pudel einen Knochen geben … Bis später. Tschüss, Bella."

„Schüss, Oma."

Zufrieden lächelnd in der warmen Wohnküche angelangt, gab sie dem am gedeckten Frühstückstisch Zeitung lesenden Paul einen flüchtigen Wangenkuss. Dann legte sie eine CD mit der Fledermaus Operette auf, holte sich von der Kaffeemaschine eine Tasse Cappuccino und gesellte sich zu ihm.

Überrascht öffnete sie ihren Mund. „Oh-h-h", sagte sie, denn jetzt fiel ihr Blick auf einen frisch gebackenen, duftenden Hefe-Streuselkuchen. „Paul, hast du den gebacken?"

„Ja. Ich bin seit vier Uhr wach und habe die Zeit genutzt." Annika drückte mit dem Finger den locker gebackenen Hefekuchen. „Schau mal, wie der zurückfedert. Ich hätte es nicht besser machen können. Super!"

Er lächelte. „Der Ruhestand macht's möglich. Außerdem besuchen uns heute Nachmittag die Enkelkinder …"

Annika rieb kurz ihre Hände. „Ja, ich weiß. Dann kann mir Hillary gleich was am Laptop zeigen."

Er schaute sie ernst an. „Ich lese gerade einen Artikel über Liberia. Und über die Brutalitäten während des Bürgerkriegs. Und über die Unterdrückung der Frauen."

„Die gab es doch schon früher", wandte Annika ein. „In den Augen der liberianischen Männerwelt waren die Frauen noch nie viel wert. So manch eine Frau tauschte man gegen eine Kuh ein. Das weiß doch jeder."

„Ja, klar. Und wenn eine Ehefrau fremdging, dann galten brutale Maßnahmen. Zum Beispiel schnitt man bei ihnen Körperteile ab. Oder man begoss Körperteile mit Säure."

Über Annikas Nasenwurzel bildeten sich zwei tiefe Falten und sie fragte: „Kommt jetzt eine Moralpredigt, oder was?"

„Nein. So war es nicht gemeint … Die liberianischen Rebellen machten aus vielen Frauen und jungen Mädchen Zwangsprostituierte. Für die Kasernen und Behelfslager …"

Annika riss ihre Augen auf. „Oh je! Wie schrecklich."

„Stimmt. Die Zeitung schreibt, dass das Straßennetz erneuert werden muss. Ich bin sicher, wenn die Verkehrsinfrastruktur funktioniert, dann geht's mit der Wirtschaft wieder aufwärts."

Annika schnitt sich ein Stück Kuchen ab und stimmte ihm zu: „Ja, besonders seitdem die liberianische Präsidentin Ellen Johnson-Sirleaf am Ruder ist. Die Leute nennen sie die Eiserne Lady."

„Ja, die ist gut. Man erzählt, sie habe einige korrupte Polizisten entlassen. In der Polizei-Akademie werden neue Polizisten ausgebildet. Ein großer Prozentsatz sind Frauen."

„H-hm", machte Annika ohne aufzublicken und knüpfte an ihrer Perlenkette weiter. Plötzlich erinnerte sie sich an den Brief ihrer verwitweten Freundin Doris. Darin stand, seitdem sie in München im Seniorenheim lebe, sei ihr Freundeskreis immer lichter geworden. „Du, Paul, wenn wir mal nach Europa fliegen, möchte ich gerne Doris besuchen …"

Paul schaute sie an. „Ja, logisch. Das ist überhaupt kein Thema."

KAPITEL 43

An einem sonnigen Septembernachmittag des Jahres 2009 fuhren Annika und Paul mit einem Mietauto vom Frankfurter Flughafen auf die Autobahn. Annika bestaunte die Herbstfärbung und fühlte sich bald wieder wohl in Deutschland.

In der ersten Urlaubswoche besuchten sie einige Verwandte und Freunde. Der vorletzte Besuch galt Doris, die gleich nach der Begrüßung sagte: „Annika, du wirst staunen, was für einen Heimbewohner ich hier aufgegabelt habe. Er heißt Herr Zoller."

„Wie? – Hast du dich hier im Seniorenheim neu verliebt?"

„Nee, nee, danke. Der Herr Zoller ist mir nicht knusprig genug. Er ist schon fünfundachtzig. Und ein bisschen rund geraten. Aber geistig ist er topfit. Rate. Ratet. – Ihr beide erratet es nie!"

„Dann rede", reagierte Annika, „sonst platze ich vor Neugierde."

„Herr Zoller kannte deinen Feind Protzlach. Den selbsternannten Chirurgen."

„Halleluja. – Das gibt`s nicht!"

„Doch, das gibt es", beteuerte Doris. „Herr Zoller und der Protzlach gingen als Knaben zur selben Volksschule. Eine zeitlang waren sie sogar Kriegskumpels." Doris grinste und bat: „Kommt mal bitte mit. Der Herr Zoller wartet schon im Aufenthaltsraum."

In einer gemütlichen Sitzecke strahlte ihnen Herr Zoller entgegen und hob zum Gruß seinen großen Bierkrug hoch.

Sobald dann alle mit Getränken versorgt waren, legte Herr Zoller los: „… Seit dem Kriegsende habe ich leider keinen Kontakt zu Protzlach gepflegt. Aber mein Langzeitgedächtnis funktioniert noch recht gut. Protzlach und ich haben die gleiche Schulbank gedrückt. Als Kind wollte er nur ‚Protzlach Junior' genannt werden. Ich bin nebenbei bemerkt Jahrgang 1924. Protzlach Junior hatte einen sadistisch veranlagten Vater und kassierte oft Prügel. Mit drei Lederbändern, die an einem Knüppel befestigt waren. Und an jedem Lederband war am Ende ein Knoten. Manchmal hatte Protzlach Junior blutige Wunden am Hintern. Und am Rücken. Lange rote Striemen. Das erinnerte mich an das Auspeitschen von Seeleuten. Im Zeitalter der Kolonialisierung. Das kennt man ja heutzutage aus Kinofilmen."

Herr Zoller legte eine Schweigepause ein und griff zu seinem Bierkrug. Und Doris, die die Story wohl schon kannte, schien etwas gelangweilt zu sein. Fortlaufend wippte sie abwechselnd mit ihren übereinandergekreuzten Beinen.

„Protzlach Junior", begann Herr Zoller weiterzuerzählen, „wollte aber nie bedauert werden. Und je mehr Prügel er bekam, umso frecher und brutaler wurde er. Ein falsches Wort auf dem Schulhof und schon ging die Rauferei los."

„Und dann", wandte Annika ein, „hat ihn bestimmt der Lehrer bestraft."

„Genau. Und nicht zu knapp. Der Lehrer war auch so ein Sadist! Der verteilte immer Tatzen-Hiebe. Mit dem Rohrstock. Einmal hatte er bei Protzlach Junior x-mal auf die Fingerspitzen der linken Hand gehauen. Ich sehe heute noch das rote Gesicht von Protzlach Junior. Zähneknirschend saß er auf der Schulbank. Direkt neben mir. Hasserfüllt kämpfte er mit den Tränen und steckte jeden Finger ins Tintenfass. Also einzeln nacheinander. Direkt in die blaue Tinte", sprach Herr Zoller und wischte mit seinem trockenen, rechten Zeigefinger demonstrativ über seine linke Hand. „Und dann hat Protzlach Junior mit dem dreckigen Finger, wie mit einem Pinsel, seine linke Hand blau beschmiert."

Und als seine sanftmütige Mutter die dick angeschwollene Hand sah, da schickte sie ihn sofort zum Arzt. Aber Protzlach Junior ist nicht hin. Er sagte: „Das wird schon wieder." Und ein paar Monate später starb seine Mutter. An der Schwindsucht. Und der Vater behandelte den Sohn wie einen Sklaven."

„Der arme Junge", kommentierte Annika. „Ich habe als Krankenschwester viel Elend gesehen. Aber so was!?"

Herr Zoller stutzte. „Sie sind Krankenschwester? – Pardon. Seit fünf Jahren sagt man ja Diplom-Pflegefachfrau."

Annika grinste. „Echt? Krankenschwester hört sich besser an."

„Finde ich auch. Übrigens: Beruflich haben wir etwas Gemeinsames. Ich bin nämlich ebenfalls medizinisch gebildet."

„Echt?"

„Ja. Als Protzlach und ich dreizehn Jahre alt waren, machten wir unseren Erste-Hilfe-Kurs. Der gehörte zur Ausbildung fürs Rettungsschwimmen. Mit Atemübung und so."

Annika grinste. „Naja, zur Ausbildung eines Mediziners gehört wohl etwas mehr."

„Warten Sie ab, verehrte Dame. Als ich 1939 fünfzehn Jahre alt war, brach der Zweite Weltkrieg aus. Und am 1. April 1942 kamen Protzlach Junior und ich zur Kriegsmarine. Zur Ausbildung. Und bei der Marine mussten wir beide ein zweites Mal einen Erste-Hilfe-Kurs absolvieren. Der dauerte vier Wochen! Moment bitte."

Annika sah, wie Herr Zoller einen Kellner herbeiwinkte. Sie grinste in sich hinein, einen Erste-Hilfe-Kurs könne man wohl kaum mit ihrer Ausbildung vergleichen.

Der Kellner kam, brachte das bestellte Bier und Herr Zoller erzählte weiter: „Den Kurs haben wir beim Stabsarzt gemacht. Im Personalbüro. Hauptsächlich für Verletzungen. Denn Krankheiten gab's ja nicht. Die jungen Soldaten waren ja alle kerngesund." Er winkte ab. „Ist ja unwichtig. Jedenfalls waren wir Kriegskameraden auf einer U-Boot Flottille. Also bei der Kriegsmarine: Auf unserem Torpedo- Fangboot waren wir sechzig Mann. Aber keine Ärzte und Schwestern. Daher fungierten Protzlach und ich als Arzt und Helfer. Einmal hatten wir Verletzte durch Granatensplitter."

Annika schaute ihn interessiert an. „Wie sahen die Splitter denn aus?"

„Die hatten ganz bizarre Formen. Mal wie eine Erbse mit sägeähnlichen Zacken. Oder einfach nur ein langer Stachel. Aber nur an einem Ende. Oder es war einfach nur ein Eisensplitter. So lang wie ein Fingernagel. Je nachdem. Einmal gab es Verletzte durch Granateneinschläge. Vorne am Bug. Und Achtern. Also an der Backbordseite. Der eine Matrose hatte einen Oberschenkel-Durchschuss. Armer Kerl, war nicht zu retten. Weil eine große Arterie getroffen war."

Herr Zoller machte eine Sprechpause und trank einen Schluck Bier, ehe er weitererzählte: „Ja. Auf dem Kahn war dauernd was los. Einmal hatte ein Offizier den ganzen Hintern voller Splitter. Bis zu einem Zentimeter Länge. Die haben wir alle mit Pinzetten rausgeholt."

Annika unterbrach ihn. „War der narkotisiert?"

„Nö. Nur ein bisschen Schnaps. Die Splitter waren hauptsächlich unter der Haut. Im Fettgewebe."

Paul räusperte sich. „Und wo befand sich Ihr Fangboot?"

„In der Ostsee. Vor Pillau. Und in Gotenhafen. Und im Seehafen von Königsberg. Oder wo sie uns hinschickten.

Doch eines Tages war Schluss mit der See. Protzlach und ich kämpften als Frontsoldaten."

Doris gähnte. Herr Zoller trank nochmals einen Schluck Bier und fuhr fort: „Da sahen wir steif gefrorene Soldaten. Barfuß. Und halb nackend. Weil die Überlebenden doch ihre Klamotten brauchten. Wegen der sibirischen Kälte. Wir sahen zwei namenlose Leichen. An ihren Hälsen fehlten die Halsketten. Mit den Erkennungsnummern. Junge Burschen in unserem damaligen Alter."

Zoller machte eine kurze Erzählpause und holte tief Luft, ehe er weiter redete: „Dann kam ein Rückzug. Protzlach und ich endeten in einem Feldkrankenhaus als Hilfsärzte. Ich wollte vor dem Elend weglaufen, aber Protzlach hielt mich zurück. Er war stark und mutig. Das muss man ihm lassen. Einmal hat er einem Soldaten sogar den erfrorenen Fuß abgesägt. Der arme Teufel hatte schwer gelitten. Aber er überlebte. Jene Amputation stieg Protzlach zu Kopf. Wenn immer möglich, ließ er sich von Hinz und Kunz bedienen. Und sich wie ein Stabsarzt anhimmeln."

Paul verpasste dem Herrn Zoller einen kleinen Boxhieb auf die Schulter. „So, jetzt ist Schluss mit dem Kriegsthema."

„In Ordnung Kumpel", antwortete Zoller und fuhr fort: „Paul, ich gebe Ihnen noch ein Bier aus."

„Nein, lassen Sie mal", erwiderte Paul kopfschüttelnd. „Wir müssen noch auf Shoppingtour. Morgen fahren wir in aller Frühe nach Schleswig Holstein …" Alle erhoben sich dann vom Tisch und verabschiedeten sich.

KAPITEL 44

Der nächste Besuch galt Annikas ehemaligem Chef aus Afrika. Übermüdet von den vielen Besuchen der letzten Tage, gähnte Annika während der langen Fahrt und fragte sich, wie wohl Dr. Wankelgut jetzt aussehen würde.

Als sie Afrika verlassen hatte, war sie aufgeregt und empört gewesen. Aber nun war sie entspannt. Wie – im – Schlaf. – Komisch. In einer Schüssel dreht sich eine große Fleischkugel wie von selbst. Die ist ja noch lauwarm. Huh, da guckt ein blaues Babyfüßchen raus.

Annika drehte sich auf dem Autositz im Schlaf auf die andere Seite, lehnte sich etwas an die Autotür und hörte im Traum, wie ein weißes Huhn mit einer gackernden Sprache redete: Annika, die Operierte wird nie erfahren, ob es ein Junge oder ein Mädchen war. Sie kann es auch nicht beerdigen. Weil es ja angeblich ein Tumor war. Vorsicht! Arztgeheimnis! Blaue Tintenfinger fliegen durch die Luft. Frechheit! Der Boss fegt die große Fleischkugel mit einem Besen in eine dunkle Kammer. Schweigepflicht. Entschuldigen Sie sich, forderte eine mürrische Geisterstimme. Plötzlich Autohupen. Autobremsen quietschten.

Das Auto ruckte. Annika schreckte auf. Sie wollte schreien. Aber ihre Stimmbänder schienen eingetrocknet zu sein. Paul berührte ihre Hand. „Keine Sorge", sagte er. „Es ist nichts passiert. Schlaf weiter."

„Nein, ich bleibe lieber wach", erwiderte sie und griff in ihre Ledertasche. Sie fand die kleine Schachtel und schob Paul und sich selbst einen Bonbon in den Mund. Dann schaltete sie Radiomusik ein und betrachtete die Landschaft während der Weiterfahrt.

*

Endlich in Lübeck angelangt, erreichten sie das rote Ziegelsteinhaus der Familie Dr. Wankelgut. Annika drückte dreimal, in etwa zweiminütigen Abständen, auf den Klingelknopf der Türsprechanlage. Niemand meldete sich. Enttäuscht drehte sie sich um und ging wieder

Richtung Auto. Plötzlich rief Paul ihr entgegen. „Geh zurück. Da ist er ja."

Da stand er. Unbeweglich, wie eine aufrechte Schaufensterstatue. Mitten in seinem geöffneten Haustüreingang. Seine schwarzen Lackschuhe glänzten. Sein Gesicht verzog keine Miene. Annika ging auf ihn zu. Sie fragte sich, ob es sein könnte, dass er mit demselben weinroten Kaschmirsakko bekleidet war, das er schon in Liberia bei Festlichkeiten zu tragen pflegte? Komisch. Warum bleibt er stehen? Und stiert nur in unsere Richtung.

Just in dem Moment kam seine Frau vom Garten und trocknete ihre Hände an ihrer schwarzen Schürze ab. „Entschuldigen Sie bitte. Mein Mann ist kurzsichtig", erklärte sie und begrüßte die Gäste mit Handschlag. „Nett, dass Sie gekommen sind …"

Bald stand Annika vor ihrem ehemaligen Chef. Seine Augen waren gerötet und sehr wässrig. Er streckte seine Arme aus. Annika tat es ebenfalls. Er umarmte sie. Annika tat es auch. Sie spürte seine Wange an ihrer Wange und hörte seine Stimme: „Grüß Gott, Annika. Fabelhaft, dass Sie hier sind. Bitte treten Sie ein."

Neugierig schielte Annika zu den vielen afrikanischen Masken, die die Flurwände schmückten. „Hier fühlt man sich gleich zu Hause", sprudelte es aus Annika frei heraus. In dem Moment wandte sich der alte Herr flüsternd speziell an Annika alleine. „Wissen Sie, wegen des Protzlachfalls habe ich noch immer ein schlechtes Gewissen. Sie hatten recht, er war kein qualifizierter Arzt."

„Ich weiß das bereits", erwiderte sie ruhig und gelassen.

Wankelgut zuckte die Achseln. „Tja. Als er eingestellt wurde, zweifelte ich nicht an seinem Können. Er hat mir die *besten* Zeugnisse vorgelegt. Von großen Krankenhäusern. Mit dem offiziellen Briefkopf. Es ist mir heute noch ein Rätsel, wie er das gemacht hat. Es waren alles Urkundenfälschungen."

„Kann ich mir vorstellen", meinte Annika.

Er nickte. „Und als dann alles ans Tageslicht kam, da nahm er sich das Leben."

„W-a-a-a-s? Davon wusste ich ja gar nichts. Ich bin platt!"

Dr. Wankelgut schaute sie ernst an, doch dann lächelte er so nett wie damals, als sie ihm das erste Mal am Airport in West-Afrika begegnet war. Er klopfte Annika kameradschaftlich auf die Schulter. „Annika, wir sind Freunde", hörte sie abermals seine sympathische Stimme und horchte auf, als er fragte: „Darf ich Ihnen das Du anbieten?"

Annika lächelte siegesbewusst in sich hinein. „Ja, gerne, Harry", entgegnete sie lächelnd und schmeichelte ihm: „Du, bis auf deine grauen Haare hast du dich kaum verändert. Du bist ja noch ganz schön fit."

Er deutete auflachend zur Haustür. „Der Schein trügt. Meine Frau und ich lassen uns das Haus putzen. Und den Garten versorgt ein Gärtner. Und das Essen lassen wir uns liefern. Wir haben für euch das Mittagessen mitbestellt. Habt ihr Hunger? Möchtet ihr mitessen?"

„Ja, gerne", antwortete Paul.

„Gut", nickte Harry und deutete auf eine geschnitzte Kommode aus Kampferholz. „Da sind unsere afrikanischen Erinnerungen drin. Auch deine Briefe, Annika. Nach dem Lunch zeigen wir euch einen selbstgedrehten Film aus unserer Liberiazeit …"

Harry Wankelgut wandte sich an Paul: „Sag mal, wie geht's eigentlich euren drei Kindern?"

„Danke, gut. Die Jüngste, unsere Hillary, die lebt jetzt mit ihrer Familie in Seattle. Sie wohnt ganz in unserer Nähe.

Und der Älteste, unser Andrew, den sehen wir selten. Er wohnt nämlich mit seiner Familie in Chicago. Und der Mittlere, der Matthew, der hat den Pilotenschein gemacht. Er lebt mit seiner Familie in Kanada …"

Harry spitzte seine Lippen wie zu einem Kuss und nickte. „Nun ja. Das ist der Lauf der Dinge. Vermisst ihr eure Kinder und Enkelkinder sehr?"

„Ja, schon", erwiderte Paul und ergänzte: „Aber heutzutage empfindet man die Trennung ja nicht allzu stark. Weil man mit ihnen per Telefon, Fax und E-Mail den Kontakt pflegen kann. Sagt mal, wie viele Enkelkinder habt ihr denn eigentlich?"

„Zwölf", erwiderte Harry mit einem strahlenden Lächeln und ergänzte: „Und wir haben sogar schon drei Urenkel …"

„Wow", staunte Annika und beobachtete, wie sich Harry sehr langsam von seinem Sessel erhob. Und dann sagte er drei für Annika sehr vertraute Worte: „Also, gehen wir!"

Annika legte einen Arm um seine Schulter. „Das hast du damals am Flugplatz in Liberia auch gesagt. Weißt du noch, als ich damals eintraf? Und nicht durchatmen konnte?"

Er schüttelte seinen Kopf. „Nein. Daran kann ich mich nicht erinnern", erwiderte er und erkundigte sich: „Möchte noch jemand etwas
mehr Rotwein?"

„Nein danke", meinten alle und plauderten schließlich über den Sapo
National Park, der sich im Sinoe County nahe Greenville befand. Harry
wünschte, er wäre jünger und könnte mal zu dem dichten Regenwald-
gebiet am angrenzenden Sinoe River hinfliegen, denn in den Sech-
zigerjahren war er noch nicht erschlossen worden. Bedächtig schob
Harry die fetten Fleischreste an den Tellerrand, legte sein benutztes
Besteck drauf und lenkte das Gesprächsthema in eine andere Bahn:
„Viele afrikanische Flüchtlinge sind in ihre liberianische Heimat zurückgekehrt. In Zwedru wimmelt es von Menschen. Im Flüchtlings-
lager. Zum Großteil sind die Menschen krank und schwach. Annika,
ich glaube man braucht uns dort. Wann fliegen wir hin? Und bauen
alles wieder auf", scherzte er.

„Im Traum sofort. In der Realität geht's nicht mehr."

Harry nickte. „So ist es. Aber du bist ja noch jung im Vergleich zu
uns", antwortete er. Dann erhob er sich langsam vom Stuhl, holte ein
elektrisches Kabel und nun berichtete Paul von Alaska.

Erst nach etwa zwei weiteren Stunden fummelte Harry etwas ner-
vös an seinem alten Filmprojektor herum. Paul, der sich von früher
her mit Projektoren gut auskannte, beugte sich seitlich neben den
alten Herrn und half, den schmalen Film der großen Filmrolle ein-
zufädeln.

Endlich! Endlich surrte der Projektor. Die Super 8 mm- Filmspule
drehte sich. Alle vier saßen vor der großen, weißen Leinwand und
betrachteten den alten Stummfilm aus Liberia.

„Wusstet ihr", begann Harry mit dem ersten Kommentar, „dass der
liberianische Präsident Charles Taylor zwei Holzexportfirmen besitzt?"

Paul stutzte. „Nee. Ehrlich?"

„Tja", meinte Harry, „es würde mich nicht wundern, wenn er auch
über die illegalen Abholzungen informiert war. In den primären Regenwaldgebieten …"

Alle stierten dann gespannt auf die Leinwand und betrachteten den
schwarzweißen Amateurstummfilm. Kurz vor dem Ende des Films
irrte ein weißes Huhn auf einem Dorfplatz herum: „Ein Huhn!", schoss

es aus Harry heraus. „Das ist ja grandios! Annika, entsinnst du dich an dein afrikanisches Huhn? Wie hieß es noch mal?"

„Frieda."

„Richtig. Tja. Genauso wie dir damals. Genauso hat man unserer Bundeskanzlerin Angelika Merkel auch ein weißes Huhn geschenkt. Am liberianischen Flugplatz. Zum Empfang. Das war nach dem Ende des Bürgerkriegs. Wusstest du das?"

„Ja, ich hab's in der Zeitung gelesen", erwiderte Annika und erhob sich gleich nach der Filmvorführung von der rostbraunen Ledercouch.

Etwas später, nachdem sie mit Paul gemeinsam die weiße Leinwand aufgerollt hatten, war es an der Zeit, sich zu verabschieden. Für alle vier ein enttäuschender Moment. Diesmal fragte keiner: „Wann sehen wir uns wieder." Jeder spürte, es war das letzte Mal. Man umarmte sich herzlich und winkte, winkte. Winkte, bis Paul um die Kurve und dann Richtung Frankfurt fuhr.

Während der Autofahrt dachte Annika an ihre eigenen Stummfilme. Sie hatte sie bereits vor einigen Jahren am Computer digitalisiert und mit Musik und Kommentaren angereichert. „Sag mal, Paul", begann sie, „wie gefiel dir eigentlich der Stummfilm?"

„Naja, damals waren schwarzweiße Amateurfilme sensationell. Heutzutage schmunzelt man drüber."

„Stimmt", erwiderte Annika gähnend und lauschte auf das monotone Geräusch des Automotors. Paul konzentrierte sich auf den Straßenverkehr und schwieg.

Gelangweilt schlief Annika wieder mal ein und träumte, wie sie mit einem Schiff über verschneite Wälder und dann über die Saharawüste flog. Plötzlich sah sie aus der Vogelperspektive einen Riesen mit roten, leuchtenden Augen. Er trug ein langes, pechschwarzes Gewand und hatte Elefantenohren, aus denen lila Hörner wuchsen. Seine gigantischen Hände sahen aus wie Hühnerfüße, aus deren Krallen blaue Tinte tropfte. Direkt auf eine Fleischkugel, von der die Tinte auf den weißen Wüstensand rieselte. O Schreck! Plötzlich gab das Gespenst schaurige Eulen-Töne von sich: Huhu-u-uh. Alles entfernt. Begraben. Kein pathohistologischer Befund. Akten manipuliert. Hörst du das Käuzchen? Es schreit Miau! Von jetzt an bist du unfruchtbar!

In dem Moment wachte Annika auf und erinnerte sich an einen Artikel, in dem geschrieben stand, dass manche liberianischen Naturreligionen unfruchtbare Frauen verachteten. Kinderlose Frauen würden im Hinterland nicht zählen. Weil sie von den Göttern nicht begnadet waren.

Sehr bemüht, sich wachzuhalten, schlief Annika nun doch wieder ein und hörte im Traum erneut die grausige Gespensterstimme: Demzufolge wäre gar keine OP nötig gewesen. Die ist jetzt weniger wert, als ein weißes Huhn. Ein weißes Huhn schlüpft aus dem Ei. Benötigt keinen Uterus. Aber du? Du wirst heimlich entführt werden! Huh. Unter Umständen wirst du als unfruchtbare, kinderlose Frau im Regenwald verloren gehen. Huh! – Annika stöhnte im Traum und zuckte zusammen. Wo kommt die denn her? Eine Liberianerin setzt sich neben mich. Sie hält meine weiße Frieda auf dem Schoß und spricht: Annika, der Protzlach hat sich eine Kugel in den Kopf gejagt. Das weiß man genau, denn am Griff und am Abzug fand man tintenverschmierte Fingerabdrücke. Trotzdem Annika, denke an das Wort: … Wie wir vergeben unseren Schuldigern … Du bist nicht der Richter.

„Ja, ich verstehe", nuschelte sie.

Eine streichelnde Hand auf ihrem Oberschenkel und gütige Worte rissen Annika aus ihrer Traumwelt.

„Annika, was verstehst du?", fragte Paul.

Sie lächelte. „Im Traum ist mir einiges bewusst geworden. Der misshandelte Protzlach Junior wurde bestimmt selten umarmt. Oder getröstet. Ich glaube, er war ein geschmähtes Kind, das nach Anerkennung hungerte …"

KAPITEL 45

Annika saß im kalten Winter 2012 auf ihrer weißen Ledercouch und sah ihre ergraute Freundin Doris auf dem Fernsehbildschirm, die zu ihr sprach: „Tolle Sache, so ein Skype-Gespräch. Da denkt man an unsere Afrikazeit zurück. Weißt du noch? Der Posttransport dauerte manchmal über zwei Wochen. Und zu telefonieren, das ging ja schon gar nicht, vom Dschungel aus. Und jetzt? Jetzt unterhält man sich über Skype am Bildschirm. Oder am iPhone."

„Ja, sagenhaft."

„Annika, hast du von unserer Kältewelle gehört?", erkundigte sich Doris.

„Ja, ein bisschen."

„Wir hatten bis zu minus 30 °C. In Tirol liegt drei Meter Schnee?"

„Wow. Aber Alaska übertrifft euch. Die haben zehn Meter hohe Schneemassen. Manche Ortschaften sind fast eingeschneit. Dort hat es drei Wochen lang ununterbrochen geschneit. Zum Glück brachte ein russischer Tanker Heizöl nach Nome. Sonst wären die erfroren."

„Unglaublich …", kommentierte Doris und wechselte bald das Gesprächsthema: „Ich hab einen sehr guten Draht zu meiner Stieftochter. Sie ist kinderlos und bringt mir öfter Blumen oder Pralinen. Und manchmal fährt sie mit mir zum Supermarkt. Zum Shoppen. Und schleppt meine Einkaufstaschen."

„Nett. Und wie sind deine Stiefsöhne?"

„Naja, sie sind höflich und nett. – Annika, wann kommt ihr mal wieder nach Deutschland?"

„Vorerst nicht. Wir machen öfter Oma/Opa-Dienst …"

*

An einem milden Septembernachmittag des Jahres 2013 hatte der deutsch-gebürtige Ehemann von Hillary den Station-Wagen in der schattigen Einfahrt geparkt und klingelte an der Haustür. Annika öffnete die Tür und schon überreichte Hillary ihr eine schwere Kühltasche. „Hier, Mama. Die Sahnetorte. Pass auf, dass Papa die nicht sieht. Ich muss flitzen. Wir müssen die Babys reinholen. Die schlafen noch in den Autositzen."

„Okay, ich helfe euch gleich", erwiderte Annika und bemerkte, wie plötzlich die kleine Bella aus dem Auto kletterte. „Hallo, Oma ...", jubelte sie und rannte ihr entgegen.

In dem Augenblick klingelte Hillarys iPhone. „Good timing, brother ...", antwortete sie ins iPhone, hob ihren Zeigefinger und flüsterte Annika zu: „Andrew steht im Stau. Wir sollen schon anfangen."

Bella rannte geschwind wie ein kleiner Tornado zur Terrasse, wo Opa Paul auf dem Gartenstuhl saß. Schmunzelnd klopfte Paul seine flachen Hände dreimal leicht auf seine Oberschenkel und fragte: „Bella, möchtest du gerne auf meinem Schoß sitzen? Und Hoppe Reiter machen?"

„Ja ...", quiekte sie mit ihrer hellen Stimme und ließ sich hochheben. Hillary stellte sogleich den breiten Kinderwagen neben Paul und sagte schmunzelnd: „Papa, dann können Mama und ich ja gehen. Wenn du und dein Schwiegersohn auf die Kinder aufpasst."

„Ja-ja, geht man", erwiderte Paul, während sich Annika kurz über den Kinderwagen beugte, in dem die acht Monate alten Zwillingsjungen friedlich schliefen. Auf einmal spürte sie, wie Hillary sie an der Hand zur Seite zog. „Mama, heute gibt's High Life. Es wird bestimmt viel fotografiert. Komm mit, wir gehen nach oben ins Badezimmer. Und machen schnell Notfallbeauty. Für Papas Gesellschaftsturbulenz."

„Okay ...", kicherte Annika und oben angelangt, befahl Hillary: „Setz dich, Mama. Ich male deine Lippen an. – Wo ist dein Lippenliner? Und Lippenlack? Ah hier. Lach nicht. – Halt still." Annika hielt still, ließ sich noch schnell ein paar Augenbrauen zupfen und hörte ihre Tochter sagen: „Mama, ,das' gelbe Bluse sieht schon richtig geil aus an dir. Nimm passend dazu lieber Silber. Oder Weißgold. Macht jünger. Jetzt Augen-Make-up. Damit kann man viel rausholen." Annika blies ihre Wangen auf: „Sehr clever, mein Kind. Bei mir ist nicht mehr viel rauszuholen."

„Doch, Mama. Wirst schon sehen", kicherte Hillary und schlagartig ließ sie eine gesalzene Lachsalve los. Plötzlich erklang die Türglocke. „Mama, ich muss flitzen! Die Gäste sind da. Beeil dich mit dem Schmuck-Auswechseln. Mach ‚ein' Schnellschuss!", befahl Hillary im Scherz und rannte die Treppe runter.

Und nachdem dann später alle (außer Matthews Familie) Kaffee getrunken und von der Geburtstagstorte gegessen hatten, beschäftigten sich die Kinder altersentsprechend; entweder mit einem Karaoke-Spiel oder einem Fitness-Spiel. Oder sie hüpften draußen auf dem Trampolin, fuhren mit dem Dreirad herum, spielten am iPad oder am alten Computer.

Die Erwachsenen plauderten. Unter anderem wusste Paul zu erzählen, dass der fünfundsechzigjährige, ehemalige liberianische Präsident Charles Taylor unlängst zu fünfzig Jahren Gefängnisstrafe verurteilt worden war.

Des Weiteren wurden Neuigkeiten von Matthews Familie in Kanada ausgetauscht. Und alle befürworteten, dass seine Kinder eine Nanny plus einen Privatlehrer hatten. Annikas Augen strahlten; in Kürze würde sie mit Paul dort ihren nächsten Urlaub verbringen. Möglicherweise wird Matthew mit mir über das große Jagdgebiet fliegen, das einst Moritz gehörte, hoffte sie. Nebenbei beobachtete Annika ihren Schwiegersohn, der die Sektflasche entkorkte, dann die gefüllten Gläser verteilte und schnupperte: „Mmh! Der Sekt duftet nach Mandeln und Regenwald", sagte er schmunzelnd. Annika nahm ihr dargereichtes Sektglas entgegen und bald toasteten sich alle zu: „Happy Birthday, Paul …" Hillary klirrte ihr wasserklares Kristallsektglas gegen Pauls Glas. „Prösterchen, Papa. Ich wünsche dir ein richtig schönes Jahr", sagte sie mit einem mysteriösen Lächeln.

„Zum Wohl, Hillary", nickte Paul ihr zu und schaute erstaunt auf ihr Glas. „Sag mal, wieso trinkst du nur Wasser?"

„Papa, ich bin auch happy mit ohne ‚das' Alkohol", erheiterte sie alle mit ihrem englischen Akzent und fügte schnell hinzu: „Wir erwarten wieder Nachwuchs."

* * *